程维 著

浮灯

FU DENG

百花洲文艺出版社
BAIHUAZHOU LITERATURE AND ART PRESS

图书在版编目（CIP）数据

浮灯 / 程维著. —南昌：百花洲文艺出版社,2018.11
ISBN 978-7-5500-2795-4

Ⅰ.①浮… Ⅱ.①程… Ⅲ.①长篇历史小说－中国－当代 Ⅳ.①I247.5

中国版本图书馆CIP数据核字（2018）第066800号

浮 灯

程 维 著

出 版 人	姚雪雪	
选题策划	程 玥	
责任编辑	游灵通　袁 蓉	
装帧设计	方　方	
制　　作	周璐敏	
出版发行	百花洲文艺出版社	
社　　址	南昌市红谷滩新区世贸路898号博能中心Ⅰ期A座20楼	
邮　　编	330038	
经　　销	全国新华书店	
印　　刷	南昌三联印务有限公司	
开　　本	710mm×1000mm 1/16　印张 22.25	
版　　次	2018年11月第1版第1次印刷	
字　　数	300千字	
书　　号	ISBN 978-7-5500-2795-4	
定　　价	46.00元	

赣版权登字 05-2018-177

邮购联系　0791-86895108
网　　址　http://www.bhzwy.com
图书若有印装错误，影响阅读，可向承印厂联系调换。

乘六蛟兮蜿蝉。

——《楚辞·九思·守志》

所谓蛟龙得水之秋，自此一举，此后不复与
诸君伍矣。

——《北史》

成仙成佛，成妖成魔，都由人做；行善获
福，造恶得祸，皆是因果。

——吕纯阳

自序：21克

　　我以为一部很棒的小说，前面应该有一篇很有意思的作者自序，我一直对早年读过的俄国小说《当代英雄》的作者莱蒙托夫的自序不能忘怀，甚或以为那才叫完美。但小说没有完美可言，尤其是长篇，大师也有残缺，经典更无完善。正因为它有残缺才给后人留下了活路，找到了继续从事小说写作的入口。完美只是一种追求的借口，那是人类永远无法解决也没有必要解决的问题。所以还有人在路上，你不必为它缺乏后来者而忧心忡忡。这是上帝的设计，小说的古老技艺也便代有传人。

　　记得鲁迅先生在《故事新编》里重述了一个古老的复仇故事，叫《铸剑》，是张扬春秋大义替父母复仇的血性史诗。长篇《浮灯》的写作虽非《铸剑》，亦是叙述一桩古老的仇恨从过去到今日所陷入的种种迷局与歧途。我想这部小说是写到了一个看似人类存在的永恒命题。全书以非线性叙事方式通过柳士龙追索许真君的复仇——线索贯穿东晋、民国与当下，内容丰富而斑驳。浮灯，农历七月十五鬼节日落时分漂浮在南方黑色河流上的荷灯——它是飘摇与不稳定的，喻指这个没有安全感的世界，残酷的行径总以正义之名来实施，而受害者又以仇恨之名来报复，由此循环往复，世界陷入动荡与不安，使人处于看似由先天的原罪和宿命所造成的无法摆脱的困境中而引发思考。这种种困境是人性的脆弱所致，还是由土地、宗教、政治、权力而诱发起人性底线的一次次失禁？小说追求一种节外生枝、枝藤蔓延的密体叙事风格，将传奇、史事、现实和虚构交织，形成文字与意象，隐约的人物与草蛇灰线的关系，繁复，冗杂，泥沙俱下。在看似鱼龙曼衍式的书写里，试图展现一个瑰丽离奇而又险象环生的浩荡世界。就写作而言，作家当然是个历史的怀疑论者，他的方法论不是钻故纸堆，不是考古挖掘，也不是田野调查，作家所写的历史是审美表达的历史。写作，就是寻找神话与诗歌的故乡。而写得好的小说和诗一样，可以用"百读不厌"一词形容。平庸之作，读一行也嫌多。恕我读小说竟似读诗一样挑剔，因为人生不过百年，要做的事太多，只能去芜取菁了。

挑剔的阅读也令我每次写长篇皆如临大敌，如履薄冰，有多少写作可以重来？但我总是一再回到起点，每次写长篇必须摒弃其他而不敢稍有懈息，有一种不把它扳倒，就会被它扳倒的感觉，必须全力以赴才有取胜的可能。我是为自己而写作的，那种来自隐秘的痛苦之欢，使我欲罢不能，何在乎他人是否得知其中的内在秘密。如果是寻常叙述的套路就根本不值一写，这是在蹚出一条路，是在披荆斩棘开拓自我的命途，是在艺术上冒险。只有在叙述策略和语词上把自己逼上绝路，而又从极限中走出来，这才是我写小说的意义。还是那句话，我对小说的要求是苛刻的。真正的小说大于故事，大于戏剧与影视。而一首诗能被所写小说的语词顷刻覆没，这是我所对小说的另一重要求。事实上一部伟大的小说是语词的杀手。

时至今日，人们看小说究竟是看什么？如果仅仅是故事恐怕是不够的，那看美剧就行了，而小说是影视不可拍出与表现的那部分，我早就想说出，它是大于影视而忠诚于人类语言雕塑的叙事。只有文字体现的叙事之美，才是小说的生命，也是阅读者的快乐所在。这部小说已不是向谁致敬了，无论形式与内容它都是一种新的创造。作者固然不敢以此来大言不惭地自矜，但它起码是一种自设的难度律令，以此让写作逾越，即便是个高难度的姿势，亦没有违背他对小说美学的某种趋求。写作之所以成为他的最大魅惑力乃是来于自设的难度挑战，使他变成了跃跃欲试的远征选手。一篇序文不可能解决任何问题，也不可能给读者即将开始的阅读做出武断的评判，它仅仅是一部小说未进入之始的前奏，犹如幕布开场前的弓弦调试。但作为我，已是在小说完成之后的对读者的忐忑交代或提示。如果把它(小说)当作欣赏，便不会因片刻的停顿而无暇一口气读完一部长篇视为遗憾，而恰巧因为这间歇能品味到小说的况味，使之如饮甘醇，在即将到来的阅读中兴趣频生。小说家非巧舌如簧之徒，他必须在自行创造的世界里游刃有余地自圆其说。小说的伟大与迷人之处在于虚构的力量。它使文字在凌空高蹈中变为了及物的活体生命，仿佛每一个字都有21克的灵魂。

《浮灯》的写作过程就如同上帝假作者之手赋予书中的每个人物那至关重要的21克，无论是从头至尾的角色还是匆匆一瞥的姓名，他们的出现都是人间现场的一个整体，都是我在小说中强调的区别于妖域的人间。所以也可以把这部小说视为对人间众生包括草木的还魂记。这是我的四部长篇写作以来首度的开场白，我想把这个留给自己是因为觉得在此书完成之际感觉太不容易。事实证明没有一场战役是轻易便能取胜的，而失败则可能发生在瞬息之间，这就使我将对它的写作事先设置得异常艰难。在当下只有难度写作才是有效写作，反之则视为无效。我只是一个虚构者，一个在深夜加班以文字为砖石建构的民工。这部小说最好的段落都应该带有夜晚的气息与一些黎明的曙色或鸟鸣。

长篇写作不是体现一个作家的释放而是巨大的隐忍。即使汪洋恣肆如《清明上河图》，也是精当细致的工笔刻画，他必须像米开朗琪罗举起锤与凿那样小心翼翼而独具匠心，下手却必须果断而准确，不能一锤下去就敲损了大卫的一角，而是把经典塑像从大理石中剔出来。这部书中着笔较多的人物有柳士龙、许大头、马晓朋、戴先生、蒋将军、程国伦等，小说里出现的人物有数十上百个，有的贯穿始终，有的只是一段，而还有的不过匆匆一瞥，其实这才是人生常态，偌大人间不是供几个人表演的舞台，而是众生的场域，他们千回百转又相互关联，每一个人中都有你和他的存在，人与人是相互映现的，互为影子与表里，一个人的命运便是众生的命运，众生的命运就是每个人的命运。为此《浮灯》有别于其他小说的人物设置，他们固然不是大卫，我也无意于以传统小说的使命来塑造人物，而是把他们视为众生的一部分，恰巧在一些时候涌出或呈现，他们的存在就其本质上与一闪而过的人物姓氏无别，都是交汇而过的匆匆人生。

对于语言我是痴迷的，仿佛语言里面藏着妖怪，我还是要把她释放出来。尽管写作是筑一道阻挡生命衰朽的堤坝，但还是要以平常心来看待每一部长篇的写作，尽管都呕心沥血，但它是否出色，无须断言过早。倾全力而为之难道不是一个作家该履行的天职么？好在我完成了这一部，在它的写作过程中我不敢稍有懈怠，我已拼尽全力。但愿上天能赐我更大之力，能进入下一部期待已久的篇章。只有坚持不懈，没有别的办法。

2017.6.28

目　录

第一部

东晋本事·五花剑

鲛人从水出，寓人家，积日卖绡。将去，从主
人索一器，泣而成珠满盘，以与主人。

——〔晋〕张华《博物志》

第一章

第1折

柳士龙第一次看到白色的荷灯，是在当垆妇酒肆后门的河水上，当时他还是一只不谙世事的小蛟。每天喜欢在那里嬉水，接受妇人抛到河里的食物。他对当垆妇不无好感。只是没想到她前屋的酒桌上常有一个莫测高深的道士来饮酒，每饮辄醉，每次皆以鲶鱼豆腐下酒。鲶鱼是没有鳞的，裸着身子，传说是杀了人的人死后转生。没鳞的鱼犯淫，驱鬼请神禁食此鱼，不然法术自破。而这个红脸大脑壳的道士全不顾禁忌，只管吃喝得痛快。醉了便嚷着要将一支木头剑押在妇人那里抵酒。

有一回，道士忽然说："妇人，你这里有妖气！"

吓得柳士龙赶忙闷下水，溜出老远，泅至大江之上，才冒出头来。其时星辉在天，波光皎洁，一片宁静。

他仿佛又看见那叶荷灯在星光下向他幽幽游来。

江面上如同一幅水墨画，很不真实。多年以后，他仍然记得这个场景，似幻似真，使他如同活在一个梦里。他一度怀疑自己是当垆妇人梦里的生物，他对自己的身份和处境一直没有停止过疑虑，不真实的感觉如同一种他人对自己的虚构。谁是对自己的虚构者呢？柳士龙是从第一个遇到的人——当垆妇开始怀疑的。

当他受到饮酒道士的惊吓之后，就仿佛逃出了妇人的梦，疑虑之心渐渐被来自外部的恐惧所替代。漆黑的江水仿佛变得又硬又冷起来，像一把给他带来危险的刀，他早晚想到岸上去过生活。

柳士龙第一眼看见这个世界的时候，发现这个世界是妖异的，他也是妖异的，如同一个满眼迷幻而万象虚生的戏台。只是这个戏台很大，仿佛大得没有边际，分不清台上台下，白天黑夜。也就是说，台上台下与白天黑夜都在演戏。众生都如同是被戏台幻变出来的，是戏里的无中生有，而戏台又不断提醒并说服他让他感到这一切都是真实的。它既不是繁华一梦，也并非空洞幻景。

人世烟火生了又灭，灭了还生，而万物山川则陈旧如戏台布景。你变灭了去，万物还在那里，山川如故。雁南飞，背上扛着两把与空气搏杀的刀。季节轮回，雁阵排作人字的形状，既清晰又飘忽，恍若写在天空的一纸刀裁出来的锦书。湿蒙蒙的清晨已然开始悠悠醒转。豫章古城此时还没有从昨夜的酣卧中完全睁开眼睛，万寿宫陈旧而暗红的木门吱呀一声裂出个缝隙，小道士像个薄薄的纸人从门隙出来，回头费劲拨出个大得与他瘦小的身体不相称的木桶。他睡眼惺忪，拎木桶走到潮湿而滑溜的井栏边，蟋蟀还藏于石缝里发出鸣唱，微风带着河流的腥湿气味在四处游荡。小道士一手将木桶放入井口，一手拎住系着木桶的新搓的黄草绳，让其顺青苔滋生的黑乎乎井壁往下滑落。井下漆黑如墨，可以看见深处井水偶尔泛起的幽光，像盘踞巨蟒的乌亮的脊背在蠕动。小道士心不在焉地打了个呵欠，一句浏亮的鸟叫，他转头，一面色晦暗老者不知什么时候站在身后。老者悠悠地说："别到这里打水，井里有妖气。"其声干涩沙哑，像一把锯子在他心头锯了一下。小道士手中绳头一松，水桶松手掉入井底，只听到井深处传出的闷响。这一幕千百年来大同小异地上演过多少次了，已不能胜数，总之，小道士长大后变成老者，他又可能去提醒另一个小道士，只要万寿宫在，那口井在，就会不断有小道士去打水。而井底究竟有何妖异，谁也没见过。井底的气息柳士龙是刻骨铭心的，它已成了保留在柳士龙感官记忆里的重要部分。

他不是人，他自称姓柳，名蛟，字士龙。

他从井底出来后，一直以人的面目在豫章晃荡了很多年。《说文》上称："蛟，龙之属也。池鱼，满三千六百，蛟来为之长，能率鱼飞置笱水中，即蛟去。"民间只相信蛟是古代传说中一种能发洪水的怪物。我是谁？柳士龙也常常自问。那么多生物学家和哲学家一直在对蛟进行研究与思考，始终说法不一，一直没弄明白，即使上天与人间都把他视为妖孽，他仍坚信自己是蛟人。能变化为不同的外形，并且有一些胜于常人的能力，但是跟神不一样，跟人也有差别，他是古老四时轮回的豫章山川草木的生物。四野的风，在赣江两岸吹来了天文地理与俚语野唱，又吹肥了草木牛羊，吹得游丝拐着青青白白的炊烟往蓝空里钻，也吹来了妄图青史留名的人，他们以修仙悟道之名，在山头或城中盖起了寺观，四时的香火供奉着传说中的神祇。缭绕的青烟仿佛向上天报道人间的消息。

豫章有个叫龙沙的地方，是江边一片寂地，据说常有蛟人从那里上岸看夕阳，看着看着还会落泪。蛟人是忧伤的。

柳士龙没有遇上梅丽娘之前，对自己干的营生是羞于启齿的，那确是与打家劫舍的匪盗毫无二致，甚至还更凶狠，他是祸首。他能兴风作浪，然后虾兵蟹将一哄而上，把载钱载粮载货物的船只一掠而空，官船也罢，商船也罢，民船也罢，遇上了，就不放过。

可他不杀人，不杀！这是规矩。尽管劫掠过程中有人殒命，那是或落水溺毙，或吓破了胆丢了性命，却不是为其所杀。柳士龙不屑于那种杀人越货的勾当。他承认是船家害怕的祸害，在赣江九泷十八滩和彭蠡流域，确曾兴风作浪了一些年，为人所忌，沿岸的船户起帆前都要焚香祷祝避开蛟精求得平安。官府一度动过出剿的脑筋，但由于柳士龙神出鬼没，法力不可琢磨，也就知难而退了。货主船家有时会请当地的驱魔师来护卫，但那多是冒牌家伙，也有胆儿肥，武艺高的人，怀着斩妖除魔的豪情找上门来，皆铩羽而归。他们应该明白，柳士龙确实不是一般湖匪河盗，不是，他是妖物！妖过的日子在人看来是到处为害的，他却是漫无目的，神出鬼没，不可琢磨，像水上光影去留无迹。而那些活在城里关巷间的人们，竟像一个个漆黑的影子，穿着臃肿的衣服蝙蝠似的跑来跑去，他们奔跑的动作敏捷而张扬，那些宽大的袖子和袍裾把黑色的影子留在光天化日之下，令柳士龙常生诧异之感。

柳士龙出没的豫章城，位于赣江南岸。云席舒卷，花瓣颤动着空气。随处可见枝叶繁密的树木,这种树木人称豫樟。豫的原意是指象之大者,引喻开来即是宽阔,舒展。而在豫章是专指这种又粗又壮的生长很缓慢的树木,其密叶虬枝,状如一座秘密而古老的空中城堡。章是章江,章江与贡水交汇成赣江,赣江流入彭蠡,至长江,是大地的古老动脉。柳士龙最初所在的东晋时期,后来的鄱阳湖尚未形成,只是一片平原洼地,西为海昏,东为枭阳。海昏的上游水出自西山,漫延为豫章的大湖。豫章这地方有两个显著特征,一是枝杆粗大密叶如盖的豫樟树,一是河流甚广,水系丰沛,尤以章江为最。豫章郡设于汉高祖年间,下辖十八县,郡治就是豫章城。

如果说彭蠡是江右诸水之母,那么赣江便显然是江右诸水之父。抚河、锦江、修水、信江、饶河等河流都是波光粼粼、无与伦比的妖孽表演的戏台。最早在这条江上兴风作浪的是传说中的蛟精,一种人们至今只能在幻想中见到的妖孽,而据说这种蛟精上了岸就能变成人,尤善于在阴雨天气从城市水井里冒出来,混迹于街市闾巷中,人妖莫辨。第一个能在赣江上与蛟精叫板的人,是一个辞官不就而归真的落魄道士。当他在豫章城里的梅仙祠做道长时,手下有了十二个弟子,这使他跟蛟精叫板更有了底气,后来他就成了江右福主,豫章保护神,令万人膜拜的万寿宫供奉的许真君。

豫章城在那个年代,还真是水城,到处都能看见布满褶皱的流水,犹如绸缎般闪烁。水路从赣水入抚河进皋门可直入城内,城有六座城门,南面有两座门,一是南门,一是松阳门,西面有两座门,一是皋门,一是昌门,东北面各一门,以东、北为名。西出皋门数十是云遮雾绕的西山,山中怪石嶙峋,树木森森。而城内大街小巷中有的古井也能通至江里,所以有时薄暮时分或雨天,从街巷的古井里冒出个人影来,也是可能的。

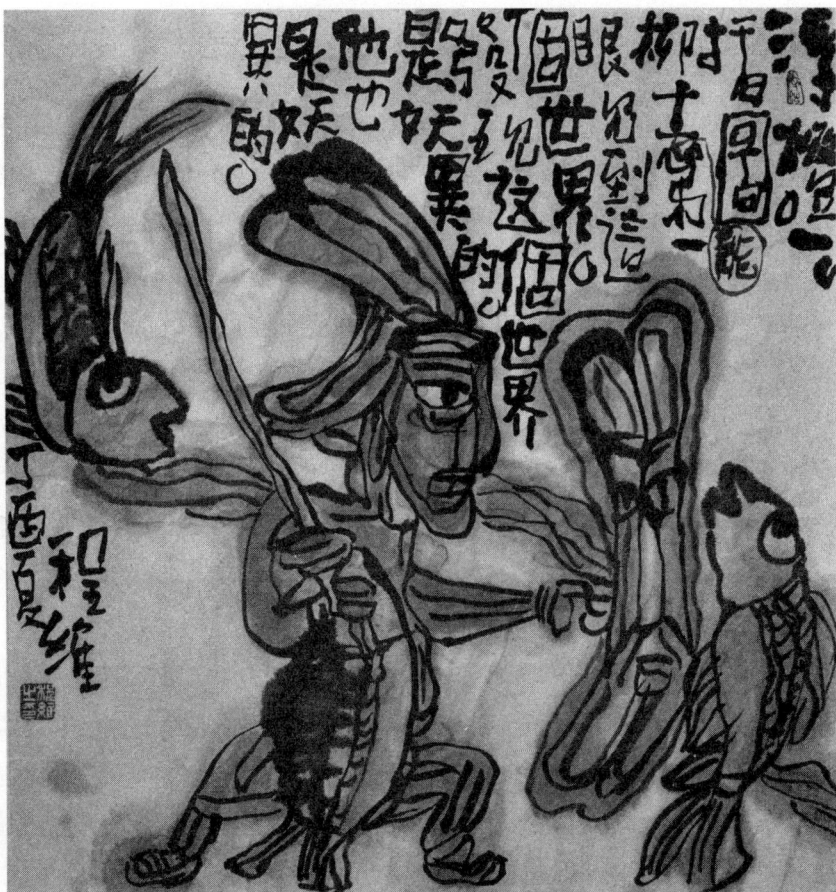

鱼妖图

有人大白天坐在自家门前，挥刀宰一筐滑溜似蛇的鳝鱼，手起刀落，晚上就有鳝鱼铺天盖地般地找上他的门来。

也有人眼睁睁看见三年前战死的郎君手捧野花进了与新娘别前共寝的婚房，人跟进去，什么也没有。城东王老汉到后院茅房撒尿，每回都见树洞里有张美人脸朝他媚笑，后来王老汉的长子用锄头打死了一条盘踞老树多年的蛇。

柴步门人得城来，尘土飞扬。匠人、商贩、卖艺者比比皆是。铁匠、木匠、棉花匠、银匠、铜匠、画匠、石匠、雕刻匠、钉马掌的人、磨刀人、剃头的、贩马的、裁缝、皮匠、鞋匠、算命的、风水师、编筐的、炸油饼的、变戏法的、说书的、耍猴的、放风筝的、做糖人的、摆地摊的、赶车的、搓绳子的、卖布的、卖种子的、卖菜的、卖肉的、卖菜刀的、卖年画的、写对联的、写状子的，数不清的人，聚集在一起，也就吵吵嚷嚷，如百蝇入耳，人声鼎沸，哪一样不透着世俗烟火与市井气息，不令人倾心迷醉其中。豫章仿佛是座人妖共生之城，那个时代也是人妖共存、人妖共生的时代。

妖仿佛可以变人，人也可以成妖，尤其有很多人热衷于修道成仙，拥有很高的法力，以此镇住妖，而妖总是想方设法来躲避这样的道高之士，这种人总是很难缠，柳士龙自然也不愿遇上这种家伙。但他命中又注定与这样一个难缠的道士共生于世，好像他的存在就是那个道士在这个世界上运用他的法力的理由，道士是以柳士龙的存在来证明他的价值的。这个道士是豫章西山人，姓许，名逊，都叫他许道长，后人又称他许真君，熟悉他的人只叫他许大头。

许大头的厉害处在于他修道术时拜了一个好师父，是个容颜不老的道姑，人称谌姆，不仅教会了他三五飞步之术，还传给他一支五花剑，和一套正一斩邪剑法。那把剑就成了妖的克星。只是剑只有一把，乱七八糟的妖却很多，豫章一带蛟精鱼精蛇精猢狲，许大头一个人是忙不过来的，东家请，西家请，百十里外也慕名来邀请，许大头分身乏术，只有让弟子代劳，有的弟子法术不济，出手露丑不仅妖未除成，反遭戏弄，还是跑来要请许大头亲自出马，且再三叮嘱，要把五花剑带上。除妖得成，人备了酒席庆贺，把许大头敬得脸红脖子粗，若是得手，事后还能跟壮硕的村妇躲到野外酣畅地云雨一番，然后头上挂着草楂满身酒气回他的梅仙祠呼呼大睡。

豫章城的夜半，人们都睡熟了，总有一队骑马的士兵像乌鸦一样飞出城去。那些在夜晚出没的冰冷的骑士，他们的盔甲上黑光闪烁，像是月光鳞片。这些在暗夜中泅渡的鱼，仿佛是接受了神灵的派遣，去迎接来自莽莽森林的灯盏。而道路崎岖，怪石的阴影如同潜伏在马蹄声音里的死亡，带来黑暗内部的消息。豫章城每夜都有小队骑士出城，太守梅颐也不知道这一队队骑士发自何处，他的城门在日落时分已随最后一缕光线关闭，没有他的命令，守卒不会打开。然而次日清晨总能听说昨晚有骑士像箭样射出了城门。它就像守门士卒每夜定时到来的梦。在这个梦里迎接灯盏的骑士会在森林里遇到凶恶的梦鬼，他们会发生残酷的搏斗，如果梦鬼被斩杀，骑士会迎回灯盏，他们会烧化梦鬼的尸身，次日的豫章城就格外晴朗，如果骑士死于梦鬼之手，灯盏便会被梦鬼吹熄，次日的豫章城便愁云惨淡、阴雨绵绵。豫章人都相信这在他们夜晚睡着后发生的事，除了太守梅颐，没有谁产生疑问。

第 2 折

拥有一支五花剑，是绝大多数豫章人都产生过的想法，屠龙斩蛟，那是多么雄壮神勇而令人羡慕的事。五花剑毕竟不是五花肉，哪是谁想就能拥有的。五花肉谁家杀了猪，还是有机会吃到的，五花剑只有一支，许真君只有一个，自然只有许真君拥有，对此豫章城的人都明白。哪怕妖怪再多，也要等许真君一个个来斩，剩下的人不是等着被妖吃了，就是担惊受怕地待着打发日子。好在活着总是有乐子可寻的，未必都要跟许大头做道士，米铺总还要人来开，铁器总得要人来打，豆腐总得要人来磨，酒肆总得要人来操持，棺材总得要人来做，风水也得有人会看，棉花也得有人来弹，田地不能没有人耕种，府衙不能没人去坐堂，诗书不能没人去读，边塞不能没人去守，美女不能没人去喜欢。豫章城的人也就不只是盯着梅仙祠的门槛过日子了。

道士许大头其实是个看似天性开朗，整日红光满面、兴奋异常的胖子，他有一颗黑得发红的大脑袋，厚嘴唇周围是一圈张扬的白胡子，硬刷刷的，鼻头浑圆而油亮，眼眯得像条线，仿佛拎着笑意不放，偶尔乍露内敛的神光令人觉得这家伙像个噩梦。许大头也有闲暇时光，逢着远近没人邀请，他在祠里也闷得慌，就抄着手在豫章的街市上晃荡，脚上无论冬夏都是一双厚底老棉鞋。雨水过后，黄泥路被来来去去的脚踩得稀烂，又黏又滑的泥巴，使人一路走得提心吊胆，东躲西闪，仿佛在避开无形的枪棒袭扰，目光不敢须臾从脚下挪开，许大头一路却走得兴致盎然，鞋底的黄泥也越粘越厚，人如踩高跷。街上多有些同样抄着手的男女，站在自家灰黑色屋檐下看刚入城的人和车马，带着一副貌似故人的表情，仿佛在期待久违的邂逅。

嗜酒是许大头的毛病，只要酒肆有人探头出来跟他打个招呼，他就过去跟人喝上了。许大头量却浅，几杯下去，舌头就大了，话也大，说的仍是喝酒的大话。说谁能把城下的章江变为一条酒河，他也能眼不眨就喝下去！章江门酒肆女主人就过来调笑，说许道长："若俺屙的尿是酒，你敢喝不敢！"许大头见那妇人是有些姿色的，二话不说拿脑袋就往人裙底钻，妇人咯咯笑着口骂疯道士："赶紧滚一边去，别占老娘便宜。"许大头就拼命搓着手，把那双蒲扇般的大手搓得发红，乐呵呵接着跟人说笑，人都喜欢他。许大头身藏法术，表面嘻嘻哈哈混迹市井，人却敬他是个高人。

红尘中那么些眼睛，哪有几双能看破许大头，他却能识破人间藏身的妖鬼。只是他好酒，炼丹服药，阳气旺，眼珠子赤红，性欲强得很。据说他母亲因吞食了凤凰嘴衔的宝珠，生下了他。许大头年少便熟读四书五经，善舞刀弄剑，骑马射猎，在郊外误射死一头幼鹿，见母鹿回头舔着幼鹿身上的血迹，哀鸣不止。这使他异常悔恨，毁弓折箭，起誓从此不杀生，找人学道，跟了法术高强的师父，学了一身绝世的道术。豫章乡野一带，提到这位道士，估计很多人首先联想到的是他传说中的巨大阳具——曾有一妇人言之凿凿说一次跟道士野合，由于高潮过于猛烈竟然昏厥了过去。道士的声名从海昏沿赣水传到枭阳就愈加玄乎起来，水上讨生活的汉子们传闻许道士之所以天赋异禀，是因为其阳具上有一颗巨大的疣。那颗疣的名声在枭阳完全盖过了他的五花剑，以至使人不乏神往，尤其一些丈夫留守边陲的妇人更是渴望一睹为快，乃至梦想艳事的发生。

有关许大头的故事，掺杂着事实与添油加醋的坊间想象，其奇异诡谲流传在赣江两岸。身为净明道派创始人和民间信仰者——许道士身上有着诸多半人半神的色彩，关于他最终的结局，即民间津津乐道的"一人得道，鸡犬升天"，也存在两种看法，一种是他的追随者和信徒把他的正常死亡加以神化，另一种则认为是许道士以得道升仙的方式将自己隐遁起来，以躲避不死的妖物施加报复。事实上在后来豫章西山万寿宫里，人们既没有看见过他的尸体，也没有见过神迹。但是在很多年前的豫章，一家酒肆女主人在后门的江里暗自养了一条蛟，她只早晚两头往河里喂食，那蛟也便定时来，渐渐过了不少时日，妇人在一个傍晚朝河里撒食。

夕阳下，河面泛着粼粼金波，波纹哗啦一下打开，水底突然腾起半座屋般大小的蛟身，掀起巨大的白色水花。妇人大骇，却见那怪物，只在水上露半个身子频频朝她下拜，心下知道她养的那小宠物，已是这般大了，那蛟似成了精，在向她谢恩呢！拜毕，怪物一入水，便不见了。此后每逢涨水季节陆续自沿江百十里就会传来水妖掀翻船的消息。妇人便会站在后门石阶上，对水长叹，说一声："作孽呀！"

这天晚上，一队骑士在豫章城外，遭到了山匪伏击，他们大多数都是被发自树林的一种弩箭所击中，有的射中背部，有的插在脖子上，有的射到了前胸，有的插在屁股或大腿上，他们中箭时所发出的痛苦叫声仿佛得了头彩一般，那些声音汇合在一块，竟然像是兴高采烈。骑士们的勇悍使他们并没有在弩箭一击之下纷纷死去，而是激发了他们向死而生的最后豪情，他们像野兽一样嗷嗷叫着，齐声呐喊，不约而同衔足一口气，忍住不死。挥舞着手中兵器扑向树林，向伏击者进行复仇。

大剑骑士们变得凶狠而沉重，好像裹挟着万钧雷霆，砍翻了暗藏的弩手。他们的最后的冲击仿佛冲出了生命的界限，也给他们自己带来了死亡。只是他们的死亡像铁器一样，发出撞击的声响，仿佛是生命的迸开与撕裂。他们是高喊着跨进死亡的，如同他们的死亡是一个有声的热闹喧腾世界，而不是世界沉寂的尽头。

骑士们的胡须在那一刻是飘扬的，像是春风拂柳，被兴高采烈的欢呼所打动，带着激情满怀的亢奋投身死亡，那是他们献给自己的颂歌，这使他们的世界与众不同。然后骑士们纷纷以后倾的姿势倒地告别人生，眼睛仰视苍穹旋能的繁星，仿佛那是一个万花筒，有亲人的面孔和缤纷的繁花，撒向骑士的死亡之途。他们的殷红之血为即将关闭的生命加冕。此时，豫章城里的人正在酣卧，作呓语，在臭烘烘的梦里，他们再度与蛟精相逢。

第3折

柳士龙跟许大头最初的距离只是一间屋的前后门，彼此隔着一条酒肆的走廊，许大头在前面的酒桌上喝酒吹牛，柳士龙在后面的江水里渐渐长大。谁也没料到二者会成为生死冤家。

酒肆女主人样貌姣好，她有在后门石岸上放荷灯的习惯，那浮在水面的绿荷上的幽幽烛光，仿佛带着女主人的无限心事，欲说还休，引起柳士龙的注意。开始时他只远远看着，当得知她的丈夫早逝，柳士龙似乎又看懂了她的心事，慢慢游近她时，才感知到了她的善良。酒肆后门的池水连着城里的湖津直通赣江。

千里赣江之险尽在险礁隐伏危机暗藏的十八滩，黑浪翻滚，危岸若大鹰的乌翅，大刀阔斧般从天上劈下来，水妖惑人骊歌随黑色的雾气弥散，仿佛死灵魂的吟咏，秋水生寒。饱含水气的江风，润泽而狂大，把千疮百孔的帆撩得很高，从江州城下刮到万安，经过无人问津的小镇，携带着南方沼泽地的腐根植物的味道，凡经商、发配、贬官去岭南，都要溯赣江而上。赣江十八滩成了交通险途，行舟者的鬼门关。十八滩的风浪多为蛟精作怪。人便慕名前往豫章求许道士出马来降妖。

道士许大头貌似闲人一个，却也多有热衷之物，一是人家的好话，二是女人，酒是不在话下。身为有道之士，这是许大头的凡俗之处。

货主们架着许大头至柴步门酒楼，桌上有一道红鲤，未下筷之前，做东的刘财翁热情洋溢介绍说："此鱼有个叫法，不知许道长是否听过？"许大头随口应道：“说来听听。”刘财翁先是不无夸张地大声咔出喉中一泊老痰，唾脚下，鞋底使劲蹭几下，手指叉开筷子，点着冒热气的红鲤道：“此鱼非鱼也，乃异兽，却又叫横公鱼，形如鲤而赤，昼在水中，夜化为人。刺之不入，煮之不死，但捡上好乌梅二枚，煮则死。食此鱼，可却邪病。来来来，道长先尝尝！”许大头夹一块，瞄一眼，说：“我看也就是个菜，好吃才重要。”塞嘴里，牙齿与舌头便忙活起来，众人忙劝酒，大呼小叫，好不热闹。一通大酒下去，灌得许大头眼都红了，坐在那里只傻笑。货主就开始吹捧许大头本领了得，是豫章的福主，是斩蛟除魔的仙人。道士听得自是老怀大慰，虽假装谦逊几句，也就不多言语。人再灌酒，只摆手，道：“罢了，罢了”。

　　人激将起来，也是不喝。有货主就说：“怕是道长恐多喝了咱的酒，怕我等有求于他帮忙哩！”许大头咧嘴说：“我岂是那种人，吃了不认账？说，有啥事求俺的。”几个货主面面相觑了一下，扑通跪地，只是哭。许大头道：“鸟样！啥事？尽管说就是。”为首货主故作悲愁状道：“不是我等说，怕是向道长说了也没用。”许大头收住脸：“这话是怎么说的？”为首货主道：“我们是往返赣江上的商人，近期十八滩处出了一个兴风作浪的妖怪，几回都翻船劫货，眼看我们的营生断了，一家老小也就活不成，便相约着来求道长救命。可回头一想，那妖怪法术高强，恐怕道长不一定是对手，恐是不会去的，所以悲上加悲，愁上加愁！”许大头听了有些尴尬，只有干笑两声，说：“刚才说那妖物，那个什么横公鱼，不是吃下肚了吗？怎的还有什么妖来着？”货主们只跪求，许大头用又脏又黑的大袖抹抹嘴，说：“即便你等不这么说，俺许大头知道了这事，也会去会那妖怪一会的。”众货主立马云开雾散，面露笑颜。仿佛许大头出马，便是手到擒来。

　　只是许大头私下掐指一算，暗自吃惊，对众人说：“这是个得道的蛟精在作怪，难怪官兵折戟沉沙，奈他不何！”众人脸上阴云又起，齐问：“道长可有对付法子？”许大头眯着眼，不吱声，仿佛在琢磨，又似元神出窍，早已飞出去打探妖情去了，众人便不再惊忧，各自都一脸哭相，满是沮丧。这其中一个货主名倪炳，是豫章太守梅颐的小舅子，倪炳在生米街有店铺，赣江有船，他的生意沿江上下，一向春风得意，两岸不少集镇都有他包养的女人，有天傍晚，海昏城的一个叫香兰的女人家里冒冒失失闯进个汉子，自称是她远房堂兄，说了些上几辈复杂的亲戚关系，仿佛千丝万缕，把香兰说得如同置身于云遮雾罩的深山。她招待堂兄晚饭，且留宿了一晚。次日，堂兄一早便甚是匆忙地朝堂妹香兰告别，说要赶早船，路还远，说罢就作了千里之别。香兰似乎还没记住堂兄的相貌，日子一过，也就愈发模糊。忽一天，她发现来去匆匆的堂兄有件东西遗在她家里，令她既惊愕，又窃喜。香兰记得堂兄入她家门，背了个米袋子，里面鼓鼓囊囊的，堂兄走时也是背了那袋子的。这件遗下的东西看不出是值钱货，却也让人舍不得扔，像是富贵人家的一件闲物，也就让人顺手牵羊摸了出来，这使香兰对此前素未谋面的堂兄，觉出一些疑虑来。

数日后，有人在护城河的臭水里发现了一具尸体，当人拨开胡生乱长的河草，看见死者的面孔幸福而安详，有一种诸事已了的表情。当海昏县骑都尉赶来，验明尸身，又在水下烂泥里找到一袋赃物，断定豫章郡府仆役奸守自盗的案子水落石出，可以回去复命了。

当香兰将堂兄遗下的物件向押船途经海昏过夜的倪炳出示时，她根本没想到倪炳会流露出古怪而惊异的表情，他冲口而出的一句竟是："怎么到你手里了？"仿佛他对这件东西期待已久。

倪炳一进屋就闻到了芭茅花的气息，仿佛看见了耀眼的白色，明亮的光线游移在茂盛的青绿色芭茅叶之间，一对蜻蜓贴在剑形的叶片中央，以静止比翼的对称方式，上下紧咬在一起热烈交尾。

"怎么不可以到我手里？"香兰对倪炳奇怪的疑问顿时生出本能的反应。倪炳心里一动，反涎着脸皮笑道："我是问你是从哪里得来这东西的。"香兰只轻描淡写说："一个远房亲戚。"倪炳面有狐疑："远房亲戚？怎从没听你说起呢！"香兰就有些撒娇："什么都要跟你说呀，你几久才来一回？"倪炳便嘿嘿笑，好像心有歉意，嘴里却说："这不来了嘛！"香兰身子一扭便往他身上靠过去，一对大奶先落在男人掌上。

倪炳到海昏城前是从豫章太守府里出来的，豫章太守梅颐是他姐夫，出门前梅太守有些神秘地叮嘱他此行要替他留心一桩事。待要开口说那件事时，传来一阵银铃似的笑声，倪炳忙道："小姐回来了。"梅颐站起身来迎着小姐道："女儿啊！今天怎么这么高兴？快说来为父听听，也高兴高兴。"门里便冒出个天仙似的小姐来，一边笑个不停，像捡了金，一边说："爹呀你说怪不怪，我今天真遇上个怪人了。"梅颐："怪人？没把你吓着？你还能这么好笑！"小姐说："就是好笑嘛！"

第 4 折

曙色初显，柳士龙上得岸来，章江码头的泊船尚悄无声息，收卷的灰白色樯帆像鹭蜷缩的羽翼，它的头还深藏在羽毛丛里做梦。这样的清晨，豫章城的街巷四下无人，只有这时他才喜欢不躲不避地在街巷溜达，而城里每天开门最早的地方，不是店铺，不是官衙，不是客栈，不是临河人家，每天开门最早的地方是上蓝院。豫章王萧综出资在里面塑了一尊大佛，远近信士每每来此朝拜进香，柳士龙在城里七拐八拐也就转到了这里，门开着，他自进去，院里清静，他见到了佛，没见到人，也没特别感觉，却待离开，竟有人声入耳，才闪身到佛像后面，就见一窈窕小姐娉婷而来，身后随一侍女。她敬香，合掌，默祷。柳士龙喉咙不适，轻微咳了一声。却见小姐身子一震，显是惊吓了她。柳士龙心生愧意，不加思索现身出来道歉，说：

"我是个晨游客，贩卖茶叶途经此地，小姐莫怕。"说罢，柳士龙转身就想赶紧离开。

小姐却咯咯地笑，那笑声像一串银铃，干净而清脆，真好听！柳士龙从来没听过，这笑声竟又是专门对他发出的。他停下步子。

小姐说："你看你脸上都成花猫了。"侍女跟着笑。

柳士龙方意识到由于藏躲泥佛后面，陈旧的帘幕老灰揩了一鼻子。他猛然意识到，自己是一个外形俊朗的书生，脸上灰黑使这张脸一定很滑稽。柳士龙正欲伸手抹去，小姐将一方香帕，让侍女递过来，柳士龙受宠若惊了，从没有谁这般细心地待他，他举着小姐的香帕，略犹豫，还是轻轻在脸上擦了擦，他唯恐玷污了小姐的香帕。可是那香帕在他脸上一擦过后，灰黑的印迹已令他心里竟有一份不曾产生过的羞愧。以往的年岁，他内心不曾知道什么是自惭形秽，此时竟突然有了，他感到奇怪。柳士龙想把香帕还给它的主人，又因脏污而尴尬，小姐又咯咯地笑，说：

"公子，你先留着，等把脸揩干净了再还给我。"说罢，对侍女示意："兰儿，该回了！"

柳士龙不知所措，想说点什么，嘴却笨得张不开口，只有一种又傻又蠢的感觉。但小姐的那张惹人怜爱的瓜子小脸上为他绽放的笑容，使他惊喜交织，还有那银铃似的笑声，仿佛就悬浮在他的耳际。聪慧伶俐的侍女兰儿临走时，烟一般飘过来，凑到柳士龙耳根告诉他，梅丽娘是豫章太守梅颐的千金。又烟一般随小姐身后飘走了。噢，他就这样知道了梅丽娘。

当梅丽娘将上蓝院的偶遇当一桩趣事开心地对豫章太守梅颐说："爹呀，我今天遇上了一个好笑的怪人。"

梅颐说："怎么个好笑法，又怎么个怪法？"梅丽娘一歪头，闪着眼睛，仿佛在用目光勾勒那个人的样子，嘴里说："他傻傻的，愣愣的，你一见到他就想笑。"

梅颐说："一个傻瓜有什么好笑的。"

梅丽娘撒娇道："爹，人家不傻。"梅颐说："不傻？那就是个二愣子。"

梅丽娘说："也不是二愣子。"

梅颐说："好好好，只要你开心就好，爹还有事要忙呢。"梅丽娘见父亲心事重重的样子，只有走开。

梅颐自不会把女儿一点好笑的事挂怀于心，他急于要遣人找到被人盗走的太守印，一个堂堂豫章太守，府印都没有了，还怎么做太守。梅颐表面不慌，却是如坐针毡。

梅颐知道豫章太守不好当，他走马上任而来正值春末夏初，疯狂的绿，侵入视觉。野生植物恣意繁衍，茁壮生长，河流、水塘而外，几乎都是猛绿起伏、重叠、堆砌、密致的烦冗与杂陈，饱含着阴郁的汁液。偶见锈红色的泥土，如鲜艳的肉，仿佛阴性色彩里滑脱的阳物，林暗木沉，静沙深流，山川皆藏险异。这里的河流多有蛟精引生水患，又有彪悍之辈在伏牛山里聚众为匪，截击行人，杀人夺财。而散原山中更有飞头族昼伏夜出，白日如淳朴山民，夜间，双耳暴长如翅，脱颈飞出，入城袭掠，杀人越货，对城民构成重大危害。历任豫章太守均为此地治安深感头痛，寝食不安，无不把剿匪除妖当着头等大事来处置。曾有一位身怀道术名叫贾雍的苍梧郡人，风尘仆仆来到豫章出任太守。贾雍非等闲人物，他乔装易服以求仙问道者身份进山，翻山越岭，穿林钻洞，摸清了飞头族本来是一群原始山民，生存技能十分落后，只有凭借祖先传下的古老飞头术谋生。

飞头术的运用也十分危险，往往付出死亡代价。头离开身体飞出之前，飞头族必须找好隐藏自己身体的地方，必须选择在不为人知的隐秘的山洞，当头离人飞出后，无头的身子处于睡眠状态，完全失去自我防护能力，而一任头颅梦游般在外面飞翔。此时就是一只野狗也能把十几具无头人置于死地，其凶险巨大。飞头族只能夜间令头颅飞出，天亮前必须飞回，与身体连接，如果此前身体被移动了位置，飞翔的头找不到自己的身体，必死无疑。如果飞翔的头还没来得及赶回，天就亮了，那些头必陨落而亡。因此飞头族对自身行踪尤其隐秘，常人根本无法探到飞头族的蛛丝马迹。太守贾雍经过近半月的侦察，探明了飞头族的藏身洞窟和致命弱点。回城后，贾雍组建了一支行动迅捷的轻骑部队，贾雍说明飞头族居停特点，打算等到飞头族头飞出后，深入到他们藏身洞窟对毫无防卫能力的无头身体大开杀戒。经过短暂训练，一日天色断黑时，贾雍亲自率一队轻骑飞城而出，直奔散原山去袭击飞头族。天大亮了，城楼上观望的士兵见太守单人匹马跑了过来，太守的坐骑仿佛刚刚脱去身上的沉沉黑暗，带着遍体的闪电与霜痕。远看上去，太守在马上皮影般摇摇晃晃，像喝得醉醺醺的样子，又像受了伤。城中将士都跑出来迎接，却见马上坐的是太守贾雍的一截身子。

他的头不翼而飞，所有人无不惊骇万状。无头太守自胸腔发出声音："你们不要害怕，飞头族被我灭了，你们应当高兴！不幸的是我的手下都阵亡了，我凭着一点道术回来给你们报个信，大家可以无忧了。"说罢身体在马背上有些虚飘，

飞头族杀了豫章太守

如同纸人。他的马就地转着圈子，垂首踢着地上湿黑的烂泥，发出咴咴的哀鸣。太守贾雍在马背上做了个朝来路眺望的手势，那条蚯蚓般的土路已在初熹下由依稀的灰白而转为泥黄色。太守贾雍的手举到齐眉的位置，头已是不存在了，那个手势显得空落而怪异。众人见此情景皆掩面恸哭，太守的身子晃了几晃，大叫一声不好，从马上栽倒而亡。太守贾雍栽倒的地点有一座风吹雨打后年代不可考据的石头雕像，古老而拙朴，石像的头部栩栩如生。

豫章人筹资买了上好的柏木棺材厚敛太守，并特地找最好的匠人，为太守贾雍雕刻了一只楠木的头，安放在棺材里下葬。那只出自匠人之手的楠木头颅，散发出独特的木质香气，其面部表情呈现出些许逝世伟人特有的悲郁与忧患之色的遗容状貌，令见者难以释怀。

出殡那天，全城缟素，如覆大雪。太守贾雍的灵柩经过城门石像时，有人发现石像也流出了两道泪水。梅颐是深知这么一位前任的，并深怀敬意。飞头族没有了，轮到他的大患是洪水蛟精。为镇水害，他在江边盖了龙王庙，又加固了堤防，疏通城中河道，堤岸多植柳树，又对街巷的水井加了井盖护栏。豫章太守梅颐能想到的，似乎都做了，一心指望能保豫章四时平安。

梅颐初到豫章任上，仿佛就见无头太守的影子在眼前游荡，像一个幽灵，在暗示并督促他。

梅颐于职守是不敢稍有懈怠的。现在虽不似当初，可太守印却丢失得蹊跷。他急令海昏诸县骑都尉和捕快追踪府内不告而别的一位嫌疑人——厨师金大掌，他带走了伙房的刀勺铲等一应用具，也可能还不怀好意地盗走太守印。这令郡府伙房一时竟无法开伙做出膳来。当刀勺铲具被厨师金大掌囊括一空，梅颐知道了,竟有些觉得好笑。待他准备颁布一道有关修缮护城河文告,才发现太守印也不见了,脸部表情便僵住了。他又私下叫来小舅子倪炳,一个喜欢到处打听稀奇事且贯通风月的老手,交代他暗中探知太守印的下落。

倪炳万万没有想到,他受姐夫梅颐所托之事很快就有了结果,真似得来全不费功夫,他为自己有一手搞女人的本事而暗自得意,为免夜长梦多,半夜即小心翼翼拨开了香兰架在他肚皮上又白又嫩的大腿,悄无声息穿好衣服,偷偷从香兰的柜里取出那件太守印,就急如快箭般奔向码头,连夜乘船返豫章。只是他没想到夜行船水路的凶险。一般船家都须泊岸过夜,他这一急却犯了忌,船行吴城不远就滑入一股奇怪的旋流,整个船都吞进了旋涡里。

正是一个旋涡使豫章太守印落到柳士龙手里,当时他还以为是一件财宝,拎过来细看,是个官印。若平时,这种东西他不会当回事,见了也就扔了,像扔一块破石头。但他遇上了梅丽娘,就对这件东西留心起来。柳士龙知道梅丽娘的父亲是豫章太守。柳士龙不会像外逃厨师金大掌那样,觉得要到别处掌厨谋生,只有锅铲菜刀大勺是重要的,剩下的都多余,可以弃之如草芥。柳士龙想做一件完璧归赵的事,将太守印通过梅丽娘还给她的太守父亲。因为在小姐眼里,他是一位身形俊朗的书生柳士龙。

第5折

柳士龙当然有柳士龙的样子,他既不是一条鱼变的,也不是传说中在阴晦之日化身人形从龙沙上岸的豫章人谈之色变的赣江蛟精。他自是穿着书生的服饰,唇红齿白,眉目英秀,走起路来自有一番潇洒怡然的风度,这种书生样子,是极讨女子喜欢的。柳士龙这副模样出现在豫章街市上,就是想再度邂逅那位心仪的女子。他光天化日之下怀揣着梅丽娘的绣帕和太守印在街市上转悠,已然不计所犯的凶险。

半月前,柳士龙乘船自海昏而来途中,与一条奇怪的船擦身而过,船头有个大脑壳红脸道士,手捏一酒壶,像醉酒一般,斜挎一把剑,竟在船板上手舞足蹈,那船也就左右拼命摇晃，荡起很大的波浪。柳士龙的船小，也被荡得颠簸起来。艄公就要将船避开，柳士龙却不肯让，只迎着浪头过去。柳士龙也稳住身体，脚钉在船头，两船相会之际，柳士龙见那红脸道人猛对他大瞪一双灯笼似的眼睛，状欲喷火。柳士龙心中一凛，待要避开，却见道人腮帮子忽地鼓胀如斗，嘴一张，激射出一支酒箭朝他飞来。柳士龙急闪避，还是有几星酒点沾上衣袖，当即冒出火来。柳士龙方觉道人厉害，是存心冲自己而来，已然避无可避。他斗狠之心立马横生而起，嘴里也念出诀来，将乌云雷电召来，仿佛巨大的磨盘乌沉沉压在红脸道人的船上头，一声霹雳，像寒光闪闪的锋利巨斧从天上劈下来，硬生生将那船桅杆劈裂，那船人顿时惊慌失措，乱作一团。红脸道人暴喝一声："妖孽！休要猖狂。"

柳士龙站在船头竟然哈哈大笑，说："疯道士，且报上名来。我与你素昧平生，为何为难我呢！我何时得罪过你吗？"红脸道士手脚仍是舞蹈不止，随船颠簸，仿佛整条船也醉了。道人气咻咻说："我是豫章许逊，识得你是蛟精一个，在十八滩兴风作浪，为害不浅，今日也算狭路相逢，岂能放过你！待我许大头来为地方除却一害，还赣水以清流。"柳士龙仍是笑道："靠山吃山，靠水吃水，那只是我的营生，许道士放着修真炼丹的事不做，何苦来管闲事，你见过不吃草的羊，还是见过不吃羊的狼呢？"又振振有词说，"凡道士不可泣泪及液泄，此为损液漏津，使喉脑大竭，是以真人道士常以吐纳咽味，以和六液。凡道士常当存思，识己之形容，极使髣髴如在我前，使面上常有日月之光，洞照一形，使日在左，月在右。可你这道士好酒色，放浪形骸，自不检点，自顾不暇，也敢大言不惭！"

许大头说："我不跟你斗嘴，你老实受擒也就罢了，否则必遭我剑诛！"柳士龙说："既然如此，你是铁了心要为难我了，先看看你有多大本领！"说罢，一念口诀，风雨大作，那乌云里似有千百条鞭子狂抽那船，水里也生出无数巨蛇拽着那船陀螺似的在暴风雨里旋转。

许大头船上有一位叫吴猛的弟子转得晕头转向，他仿佛看见豫章城头有一骑白马飞驰而来，马上骑者面目模糊却是手提一支灿烂的宝剑，向空中飞舞，好像一阵酒醉的狂草，那剑在光芒里五色斑斓，煞是神奇而壮观，红壤绿亩的丘陵在马身飞驰里闪逝。吴猛不由要喝出一声彩来。马上的骑者赣水飞渡，纵奔到乌云上，马蹄抓牢一个滚雷，却见一条条银蛇妖娆起舞，就要把一条船拽入江底，骑者暴喝一声："呔！"挥五花剑朝乌云劈去。吴猛忽觉夏日午卧的一股凉爽，带着油油绿意袭来，几朵睡莲在亭榭下洁白地盛开，窗棂里有仕女的纨扇掩藏敷粉的面庞。豫章绿漪阁的翘角飞檐勾连着南浦的朵朵飞云，耳壁内回荡着荷花淫欲的爆裂之声。仕女们裙底飞扬，肥硕的大奶与屁股风情难抑。吴猛双眼迷离恍惚如梦初醒，他看见师兄许大头肥厚的红脸上光彩夺目，定住的身形，手抓宝剑，确有些说不出的神武。吴猛只问："妖孽咋了？"许大头不语，仿佛身体停留在那一刻大破妖法的神勇里。

许道士彭蠡斗法传至坊间，经闲人添油加醋，在纷飞于茶楼瓦肆的舌尖上被无限放大，即使没有征服对手，也是在叹息之余让那对手侥幸逃脱。绿漪阁的仕女英儿这天下午突然肚腹痉挛，疼得翻滚，众姐妹怎么施手也无济于事，当下便面面相觑，正没主意。有个叫瓶儿的仕女忽地一拍巴掌道："有了！"众人忙问有什么法子。瓶儿说："不如拿一个从沸水里煮熟的完壳鸡蛋到她肚子上滚动试试，最好是双黄的。"有人随即道："巧了，早上刚有只乌鸡下了个双黄蛋。"

瓶儿绸裹着滚烫的双黄蛋落在英儿雪艳的肚皮上，轻轻一滚。英儿尖叫，再滚，英儿低低呻吟，反复滚过数十下，英儿已安静了下来，腹疼似乎消失。众姐妹松了口气，瓶儿掀开绸裹的双黄蛋，众人探看时，皆讶异那颗原本雪白的蛋，已然色如铅灰。瓶儿隔栏扔到水里喂鱼，那蛋一入水，壳即自裂开来，从里面游出两尾鲶鱼，一露黑脊，身子一扭，滑溜入水。瓶儿惊奇地咦一声，那鲶鱼眨眼就不见了。

第 6 折

柳士龙和梅丽娘的再次邂逅如同一场千年后的旧戏，没有丝毫新意，但当事情发生时，就像一个新世界在他面前打开了。柳士龙获得了新生一般，而梅丽娘是柳士龙的救世主。在气息奄奄的东晋，为王者，黄金铸就了冠冕的同时，也织好了他们的裹尸布，就连路旁的马粪，也插着招摇的王旗。而有钱的，都在服药石，药效发作，便剁头鸡般满地暴走，然后暴饮暴食，弄不好就噎死。没钱的，也故作服药状疯疯癫癫，说起话来天上一句，地下一句，人便觉得高深莫测。有闲的，索性像癞皮狗般大模大样躺在大街上，人也会把他看作服药后的洒脱。有两把子力气的，便在树荫下搭个炉灶，三伏天烧炉旺火，拼命打铁，也不在乎打成什么东西，好似纯粹就是消耗力气。你若真打出个像样物件，是个很没面子的事，会让人当着话柄满城耻笑十天半月。豫章城就这样在无数个死亡般的黑夜之后，又投身到了一个个不顾死活的白日，市井鼎沸，空气中有晒干的鸡屎混杂着鱼腥以及草木和灰尘散发的气味，城外长年累月堆积的垃圾如同一座五颜六色的山冈，城上执戟者的影子从高处投到地上，被柳士龙的脚踩过去。

无数条腿交叉重叠地运动着，切割着早晨的光影，仿佛在搬动着豫章城的运行，撬动着折叠在城门与墙中间的老日子。酒商、茶商、药商、布商、米商、鱼商、盐商，各色商家的铺子摊子都打开了，牵马的，赶牛车的，驼笼挂袋的，担桶的，戴斗笠的，卖绿油油蔬菜和色泽鲜艳瓜的，赶猪的，蹲地上闷头宰鱼的，抱着小羊的，杂耍的，钉马掌的，打铁的，卖酒的，披斗篷的，卖小吃的，推木车的，讨价还价的，窃窃私语的，披头散发狂走的，看着别人傻笑的，从门洞里出来又进去的，这个叫那个一声没有反应的，一碗接一碗喝冷水的，坐门槛上只专心致志在身上捉虱子的。豫章街市上的人，好像都埋头各忙各的，偶尔发出个引起哗然的声音，类似犬叫，有空旷的回音，仿佛一种久远的记忆。

豫章城好像每块石头都见证过奇迹，每条死狗都是怨灵的预兆，就连天气有一点突变都如同法术施展的症状。半月前，道士许逊与妖孽彭蠡斗法的事早已不胫而走，传遍全城。人们虽未见道士捉到的妖物，却还是英雄般迎归了许大头。面对一张张满是油汗的脸上过度放纵的亢奋，许大头的头脑亦颇清醒，他对人说："蛟精还未剪除，只是被贫道小挫，此蛟精非比寻常，本领不弱，十分狡猾多变，众人须多提防，贫道也会一追到底，尽全力除了此害。"众人听道士此说，虽心有余悸，仍是轰声叫好。几个打算陪许大头去喝酒的人就悄悄溜了边，许大头心中有数，也只打个哈哈，自带着吴猛等几个弟子回了梅仙观。吴猛是有些不悦的，嘴里就少不得有牢骚，说："若妖怪袭来，无人抗争，一场洪水就能横扫全城，不会有谁活下来，谁还为你传唱歌谣？"许大头只是摆摆手，笑笑。

数日之后，一个缃袍道士死于城墙，仿佛一只飞鸟撞在上头，它的死状像是粘在城墙上，他的头没入了厚厚的墙体内部。

吴猛看见此景，心里紧缩了一下，他与许大头对视一眼，两人都欲言又止。两个弟子抱着缃袍道士的身体费了九牛二虎之力，也没将那颗头从城墙里拔出来，而围观的人越来越多，见梅仙祠的人束手无策，众人纷纷议论，竟怀疑起梅仙观道长与妖孽彭蠡斗法是不是一桩自我吹嘘的事情。

吴猛与两个弟子皆在阳光下满头大汗而又沮丧地望着许大头。一张张疑窦丛生的脸，也把围观的焦点由头没城墙死者转向了他。仿佛缃袍道士像一只飞鸟撞在城墙上的死状是对梅仙祠的莫名嘲讽，而梅仙观道士不能把死者的头从城墙里拔出来更是一个笑话。这个笑话直接剥夺的是道长许大头的面子，他自是不能袖手让人耻笑，却又不能像卖狗皮膏药变戏法的，在众目睽睽之下施展法术，这有炫技之嫌，是师门大忌。所以身怀法术的吴猛也不敢擅自动手，只眼睁睁看他。

许大头不动声色，暗施法术藏于袖中朝死者身上一抖，说："人又不是钉子，哪能拔出呢！你们托平他的身子，就能把他移出来了。"两个弟子再次动手，果然好端端将缃袍道士完整移了出来，那颗头完好无损，遗容似带笑意，仿佛死得很颇为自得。围观众人都探头一睹为快，又无不啧啧，目送着许大头率弟子将缃袍道士尸体默默地抬回梅仙观。

梅仙观里有株老梅树，据说是很多年前有个叫梅福的人隐居此间修道，一天心念一动，手指一点，眼前出现了一株暗香袭人的梅树，他知道自己成仙了，便飘然而去。梅仙此前在衙门混过事，一度当过县令，脾气怪，性子偏，世事洞明，得罪了更高层的人物。知道惹了祸，索性挂印而逃，上头便遣出鹰犬来追杀。梅福隐姓埋名，时而水路游走，时而陆路夜行，有很长一段时间充当吴中城门戍卒，满面风霜尘垢，尽是哨骑的影子。挨过漫长时日，得知自己成仙了，才明白终于逃过尘世的劫，回头一看，身后的崎岖，都是修炼过程必经的磨难，世界也便云淡风轻。许大头貌似他的传灯者，早年也混过仕途，做过旌阳令，觉得无趣，却把一个旌阳县治理得夜不闭户，路不拾遗，百姓都叫他许旌阳，许大头还是怀念豫章的鸡屎气息，觉得在人妖混杂的故乡，更有他的用武之地，就有一伙人跟随许大头回到豫章修炼道术。而故地的人事风物是如此熟悉，哪样不牵人，哪样不勾人。许大头又多事，常常传下几句口诀让弟子好生修炼，他却跑出来喝酒找女人。许大头所以能有追随者，还是在于他有高强的道术。这道术来自于他的奇遇。那段经历是许大头的不宣之秘。只有大弟子吴猛知道。

第二章

第 1 折

那只白色的鸟飞来的时候，许大头意识到王敦死了。

一个月前，许大头和吴猛学师归途中梦见天生乱象，便匆忙赶去了王敦的洞庭军营。那时王敦还是个趾高气扬的将军，准确地说，是朝廷任命的镇东大将军与江南太守。王敦对这一任命并不满意，曾不止一次在官至丞相的堂兄王导面前发过牢骚，说："不是我们老王家出力，当今天子还不知是谁呢！"堂兄赶忙捂住他胡子拉碴的嘴巴，骨碌碌转动眼珠子，压低嗓门说："隔墙有耳。"又对他耳朵用细若蚊蝇的声音说，"别急呀兄弟，先把气沉住了，到时候天下都是你我兄弟的，别说一个太守，十个太守的位置也是你的。"

王导的话带着满嘴臭烘烘的气息，熏得他直想屏住呼吸，自然也就不吱声了，王导朝他诡黠一笑，便引堂弟到厅堂与群僚饮酒作乐。

王敦没有坐回酒席的原位，而是跨步走到司鼓乐伎旁边，乐伎恭敬地为他让出位置，王敦大大咧咧一撩袍，露出粗壮发红的双臂，两手操起鼓槌，闭目定了定神，忽地击起一个鼓点，嗵。大家即刻安静下来，摆出一副侔听的样子，嗵嗵，嗵嗵嗵嗒，嗵。众人都知道王大将军深谙音乐，能亲眼观看他击鼓表演，也是很难得的事。王导坐在主人席位上，虽客气而热情地向同僚劝着酒，耳朵却在听着王敦的击鼓声，他听出了这位堂弟仿佛骑上了高大的战马，挥师出征，雄壮的整齐的军威被齐刷刷的鼓点敲了出来，激越的鼓声催促着军队奔赴战场，大将军的火红披风掠过城头，身先士卒的勇气与豪迈震撼人心。堂上听者无不动容，心绪亦颇有激昂之慨，不觉都竖起拇指称大将军真不愧为一代雄豪。

鼓毕，王敦已是通身大汗淋漓，衣袍湿透，他起身，朝司鼓乐伎一扔鼓槌，径直奔厕房而去。把满堂赞叹与恭维扔在屁股后头。王导却发笑起来，心道这老弟还是那副德行！想起他与武帝司马炎之女襄城公主成婚时的糗事，差点笑出了声。

那是王敦新婚之夜，刚入洞房，便突然感到下腹膨胀，暗里便埋怨是大司马石崇和王恺一帮家伙起哄拼命灌他的酒，还强将一只散发臊味的鹅屁股塞到他嘴里，要他硬吃下去。吃下鹅屁股后，肚子就有些不舒服，像吃到残留的鹅屎，觉得恶心。酒喝到半夜才散，公主的侍女便过来引他入洞房，说公主在等着驸马呢！王敦急急跟着侍女后头，迈醉步走，他发现侍女的屁股很圆，这使他隐约想到石崇的金谷园的侍女。上回在金谷园饮酒，热热闹闹有几十名相貌姣好且仅披薄纱的侍女相陪，石崇这家伙一手端酒豪饮不止，另一手也没闲着，那手竟像鱼一般在侍女薄纱掩映的圆屁股上游来滑去，还不断朝王敦递唆使的眼色，王敦佯装未见。石崇生活奢华，讲排场，厕所都有十多名美貌的婢女侍奉，并放置甲煎粉和沉香汁，如厕后的人都会更换新衣。很多客人都因为要在众侍婢前脱衣而感到尴尬，王敦自觉是脸皮厚的，可在众美色环侍下如厕，虽表面神情自若，终究还是半天也没蹲出什么名堂。这回确是内急得很，煞是难耐，不等上床，他便要去上茅房。王敦不知公主的厕所是大有讲究的，进厕所看见漆箱里装着干枣，这本来是用来堵鼻子以避臭气的，王敦以为厕所里也摆设果品，便吃起来，竟然把一颗颗枣吃个精光，肚子也不疼了。出来时，侍女端着装水的金澡盘和装澡豆的琉璃碗，王敦便把澡豆倒入水里，一咕噜喝了，侍女们见状，都掩口而笑，王敦问："笑啥？"侍女刁，只说："还是驸马去问公主吧！"王敦回到洞房，一问公主，反把公主笑得肚子抽筋。襄城公主忍不住还是把这事对父亲司马炎说了，司马炎觉得好笑，又把这事对舅父王恺说了，王恺又告诉了石崇，一时朝中皆知，王敦只摇头，说："这有啥好笑呢！少见多怪。"石崇逢人只说："我们的大将军非寻常人，就是洒脱出众！"

王敦对建康朝中上下人等内心是不屑的，皆视为一班胸无大志的行尸走肉，他早晚要出手收拾一番。一个月前王敦似乎觉得收拾这个局面的时机已经到了，他陈兵十万于洞庭，意在建康。许大头闻讯，心想天下又要乱了，便赶紧和吴猛从豫章起身，赶往武昌，得知王敦不在，又马不停蹄奔至洞庭。

第 2 折

这天晚上大将军王敦睡在洞庭的军营里做了一个奇怪的梦，梦见帅帐前挂着大将军旗的木头旗杆突然朝上暴长，旗杆顶端把天都捅出了个窟窿，天空竟掉下大片明晃晃的黑瓦，砸在兵卒头上，像大刀一样削掉不少头颅，全营大骇。王敦惊出一身冷汗，他身为江南太守屯兵十万于洞庭，是计划与身为丞相的堂兄王导里应外合直取建康，对天子来一回挟持，给天下翻个个儿，此时正箭在弦上。天一亮，王敦爬起床，也没按习惯如厕，便懵头懵脑反抄着一双肥手在帅帐来回踱步，显得心事重重，他那双肥手细皮嫩肉的，保养极佳，根本不像个武官的手，仿佛从没接触过兵器，却极似个才子的手。他对晚上的梦百思不得其解。这时参军郭璞说："帐外来了两位高人，急着求见将军。"

王敦拍掌说："来得好，快请进来。"就见进来两个形貌不伦不类的道士，看不出具体年龄，一个红脸大脑壳，一个黑面孔满脸硬刺刺胡子，松松垮垮的黑色道袍上满是黄尘和泥斑，像是远道而来。郭璞貌似一个斯文且腼腆的书生，他介绍红脸道士为许真人，黑面孔道士是吴真人。王敦没有把内心的想法挂在脸上，只嘿嘿笑两声，算是表示欢迎。吩咐端上酒菜，说："既是赶上饭点了，就一块吃早饭。"道士也不推辞，王敦忍了忍，还是说了些场面话，说："早就听郭参军说起过二位真人，久仰得很，不想今日驻军洞庭得见，实在高兴得很！"他用了两个"很"字，以示对两人到来的重视，说罢带头喝了一杯。三人也将杯里酒喝了，许大头还咂咂嘴，龇牙说道："王将军，好酒啊！"又自顾斟上，端起来要喝，王敦说："酒，本将军有的是，慢慢喝。"许大头就笑。王敦接着说："我昨夜做了个奇异的梦，想请教各位，替我解解这个梦，不知怎样？"许大头仍笑，王敦有些迷惑地看看郭璞，郭璞脸色红红的，说："实不瞒将军，二位真人就是为这个梦来的。"

王敦"哦"了一声，手自然摸酒壶给许大头和吴猛倒酒，嘴里说："果然是高人。"略沉吟后说："二位知道我做了什么梦呢？"

许大头酒已有几分上脸，鼻头也红起来，说："将军是要考我们了！"王敦尴尬地干笑，嘴里说："哪里话，我请教还来不及呢！"

吴猛说："将军昨晚可是梦见一木破天？"

王敦说："正是。这梦透着怪异，很是莫名其妙，我一个带兵的人，就想着老天是不是有什么预示？"许大头顿了一下酒杯，将本已举到嘴边的酒放下，说：

"我也不说绕弯子的话，我们舟马不歇地赶过来，就是来救命的。"

王敦疑惑，说："救命？救谁的命？"

许大头朝帐内帐外看看，说："救将军满营将士的命。"

王敦说："这话怎么说呢？"许大头满脸收紧，拧着嘴巴说："将军的梦可是很不吉利呀！"王敦说："怎么个不吉利法？"

许大头说："木字破了天，就是——末。我看将军这十几万兵马是不能轻举妄动的，若大军一动，可能片甲不存。"

王敦听了脸上就难看起来，嘴里埋怨："你这道士，说的什么屁话！"转而向郭璞说："郭参军，你给我算一卦看看。"郭璞当三人的面算了一卦，便"哎呀"一声，说："从卦象上看将军不吉，若要起兵建康，必将大祸临头，若安心做江南太守，可享百年之寿。"王敦压住怒气，问郭璞："你给自己算一卦，看看你什么时候死。"郭璞笑了，云淡风轻地说："不用算，我明白我的死期就是今天。"

王敦说："我的命你算不准，你的命还真算准了，知道为什么吗？我的命在老天手上，你的命在我手上，我正打算要你今天死。"

吴猛跳起来就要制止："将军你不能滥杀无辜！"

这时武士已经进来架住郭璞。王敦哈哈笑道："怎么不能？他是我帐下参军。怎么无辜，他妖言动摇军心，我身为镇东大将军杀一个这样的部下，哪里有错？！"王敦说罢，喝令众武士："把妖道一并拿下！"

许大头正喝着酒，见王敦真动了杀机，眼看着涌进来满帐持刀武士，个个杀气腾腾，再不脱身就得脑壳落地，许大头猛然将酒杯扔到房梁上。那酒杯化作一只白色的鸟儿，绕着房梁转来转去地飞腾，把王敦和众武士的目光都牵着走，许大头拉吴猛，吴猛去拉郭璞，郭璞身子已被武士五花大绑，绳头牵在武士手上，跑不了。吴猛暗叹一口气，只有和许大头趁众人不留意，溜之大吉。

许大头二人逃出了军营，王敦方回过神来，气急败坏大骂妖道使诈，命一队飞骑赶紧追拿。那些飞骑兵呼啸地驰出营门，兜头的风，将红色披风鼓荡起来，使他们像一只只飞扬的鹰。营内，郭璞见王敦一副抓耳挠腮的模样，不由哈哈笑了起来，王敦说："你都死到临头了，竟还笑得起来，是不是有毛病啊！"

郭璞说："竟然知道死到临头，不笑干什么？"

王敦忽然想起，有一次到郭璞家里找他，见屋里无人，门仆分明说主人在家，王敦便猜郭璞是在如厕，他不管那么多，一撩厕帘："哈哈！你小子果然在这里。"只见郭璞赤裸着身体，披散着头发，口衔宝剑正在设祭。郭璞一见王敦大惊，吐出宝剑说："大将军啊大将军！我不是说过嘛，我家里的房间你都可随意出入，但千万不要入厕中找我，不然，主客都有灾难。你这般冒冒失失闯进来，不但害了我，你自己也难免其害呀！"王敦当时大大咧咧说了一句："你呀别神经兮兮的，整日装神弄鬼躲着不见人，我就不信这个。"王敦嘴上说不信，心里还是剃突了一下，是上了心的。此刻想到这里，就有了犹豫，郭璞像是看透了他的心思，只撇嘴笑，王敦背着手踱了几步，回头说："你呀我说你这个神经病，叫我该如何处置你？"

郭璞说："你既说了让我今天死就不用更改了。"

王敦说："你倒如此干脆，活腻味了？"郭璞笑道："你知道我是个嗜酒好色之徒，这世的美酒和美人我还没有尽兴呢，谁还会活腻味！只是我知道我的寿命是有一定限数的，以前有朋友担心酒色会给我带来祸患，我说我尽量享受还怕达不到定数呢！你说是吗？"王敦叹息，说："人家都说我是个怪人，没想到你是个比我还怪的家伙，这真是个怪人辈出的时代啊！对死都这么任性，那么，你是要我成全你了？"

郭璞："大成若缺。"王敦："什么？"

郭璞："记得我过庐江时，庐江太守胡孟康被司马丞相召为军中祭酒。当时江淮之间还是平安无事，胡太守安然无忧，不想过江南去。我为他占卦，得到的结果是：败。胡太守不相信。我整顿行装将要离开，看上了胡孟康的一个婢女，生得十分美艳，一时没法得手，便取来小豆三斗，撒在胡太守宅院的四周。胡太守早晨起来，看到数千穿红衣的人把院子围了起来，到近处看又没有了，心里害怕，请我为他占卦。我对他说，你家里不应该收留这位婢女，可把她领到东南方二十里远的地方卖掉，千万不要和买主讨价还价，这样妖怪也就自行消失了。胡太守就依此而行。我暗中派人以很低的价买下了这个婢女。再画了符丢入井中，那数千红衣人都被反绑双手，一个接一个跳入井中，胡太守非常高兴。我也带着这个婢女离开了庐江。后来不过数旬庐江就沦陷了，那个婢女所幸跟了我，也就逃过一劫。"

王敦问："后来呢？"

郭璞："将军是问那个婢女吧！她相貌像极了襄城公主。"王敦鼻孔里"哼"了一声，郭璞说："我玩腻后就把她卖了，还赚了双倍的钱。"

王敦满是鄙夷："看你一副斯文模样，竟也这般无耻。"他龇着牙，虚着眼朝郭璞笑，带着不屑，那笑分明是种耻笑。

郭璞恍若未闻未见，他的目光穿越了营帐，看见一头皮毛斑斓的老虎立在那里，眼盯着他。他知道那是一头不存在的虎，却是上天遣来接引他的使者，只有他能看见，因为那是他曾经豢养的。老虎斑斓的皮毛如同异样的火焰，那是一身怎样的好衣裳啊！郭璞有些入神。王敦转身对武士轻描淡写地吩咐："带出去，并用手做了个斩的手势，仿佛轻轻松松让人做桩很愉快的事。"

第3折

许大头和吴猛向南急行，一身汗臭地逃出了晋关。抵达庐江口，想乘船去钟陵，却见江宽水阔，船只稀少，一片茫然。两人东瞅西望，沿江边走边寻，好不容易找到一条破船，却不见船夫，吴猛四下高喊数声："船家！船家！有人要渡江了。"

黑乎乎的岸边草棚里跑出一个胡刺拉碴的汉子，说："我是船家，却不会驶船，这船也就没法载你们了。"吴猛忍不住骂一声："我操，哪有船家不会驶船的，那算个屁！"

许大头止住吴猛，别乱嚷，对那自称船家的汉子说："你只需让我上船，我自己驾船，船资少不得你。"船家忙不迭点头答应。这时二人来的黄土路上卷起滚滚尘埃并出现爆豆似的马蹄声，王敦的追兵到了。许大头和吴猛急忙上船，船家却犹豫了，一脸狐疑看着二人，嘴里说：

"你们不该是犯什么事了吧？"吴猛一把将他拉上船，对船家说："你待在舱里关门别出来，不管发生啥事，千万别向外偷看，就啥事没有。"船家不敢多言语，躬身钻进舱闭上门。许大头再看追兵，已将至江边，见二人上了船，便大喊："妖道在船上，别叫妖道跑了！"

许大头口中念念有词，施起法术，叫一声："起！"船就离了水面。那头追兵到了江边纷纷翻身下马，为首校尉喝令："放箭。"这边船已腾空而起，急射过来的箭雨乌鸦般跟在船尾，船却在空中飞行。追兵收弓不射了，一个个看得发呆，那船竟像只水鸟从眼中一飞而过。许大头和吴猛在端坐船头，见追兵呆若泥塑，反而让船回头绕了一圈，从追兵的头顶掠过，士兵手上的弓全都啪嗒啪嗒掉到地上，二人哈哈大笑。一滴水从飞过的船身落下，滴到校尉的鼻头上，校尉如梦方醒，船早不见了。

会飞的道士

校尉从空中的水珠里看见了两条飞舞的黑龙。

片刻之间，船已到了庐山金阙洞西北的紫霄山的山顶。许大头打算快点经过金阙洞，船就往低处飞，不料撞到了山上的林木，船身剧烈震动。躲在舱里的船家震得栽了个跟斗，头上碰了个大包，又痛又惊，一手摸头，一手就掀窗朝外面看，他惊异地发现是两条长蛇似的有足有翼的怪物背着船在飞。"龙！"他冲口而出。龙身子一惊，觉察被看破，把船搁置在山顶，朝许大头尖叫一声，两条龙自顾自地飞去。

许大头沮丧，对船家说："叫你不管如何别往外看你偏不听，现在好了，船搁在山顶上了，你这船家是当不了的，只能在山上安身了。"船家知道自己犯了错，一时便不知如何是好，只纳头下拜，求道长指一条生路。许大头说："合该这也是定数，你就到这里隐居修行吧。"便把服食灵草的方法和遁迹隐身的地仙方术传授给他。将船家安顿后，许大头二人才离去，庐山紫霄峰上却留下了那条船的痕迹。

青山，树木，仿佛亘古未变，移动在山中树色间的人影，如同恍然即逝的声音，无论如何再清晰地看见、听到、感触到地上的草，土坷垃，石头，风，阳光，投影，横七竖八的枝杈，腐烂，枯叶，虫子，鸟，腐败与霉湿的气味，青郁勃发，都是轻飘飘的，在真实中存在的一个巨大虚空，悬浮着感官，行走的屦履，停顿，观看，枝条的啼叫，飞去的翅膀，被告知一切的即失性，不可久留，久驻，久存，久在于山里。人也像一日的光影，转瞬即逝，留下空山，空是山的主人。巨大的虚在，就是空，它等待的是仿佛不在的虚浮与飘游的仙的存在。如此许大头驾船的飞临，如果不是触碰事故，很可能不被船家看到，也就不会落下，许大头和吴猛就不会停滞于山间，把船家改造为一个隐者，让他守住空山，把虚浮的山光水色挂在命里，他就打坐在大山的庙堂，许大头走了，吴猛回头再看，新的隐士已成了一个辛苦的黑点，像扔在远处的一枚石子。

当一枚石子从天落下时，许大头惊醒过来，发现一身冷汗，胸前是树上掉的一枚松果，他想刚才的经历如果不是在梦里，现实中他是难以和吴猛一同逃出险境的。他或许是老虎做的一个梦，他又将吴猛带入了老虎的梦中，而这都有赖于郭璞的托付。那头老虎是郭璞在西山修炼时豢养的，它有时是郭璞穿在身上的一件衣衫，有时是他生出的一堆篝火。老虎能随郭璞的意念变形，郭璞如果死了，他的意念仍附体于那头虎。许大头从虎的梦境里出来，它已回归山林。

许大头后来得知郭璞被王敦所杀过程。武士将郭璞从军帐押出来，就见蒙面的行刑人在等着。郭璞泰然自若地问："到哪里杀头？"语气如同问去哪里喝酒吃饭一般。行刑人也淡淡地应了一句："在南冈头。"仿佛是说一个无比熟悉的老地方。郭璞说："一定是在两棵柏树之下。"走到那里，果然有两棵柏树，行刑人"咦"了一声。郭璞说："树上应该有个喜鹊巢。"行刑人头一扭，用惊奇的目光看他。郭璞说："别瞧我，瞧树。"

武士和行刑人便纷纷转动脑袋往树上瞅，连个鹊巢影子也没找到，武士不耐烦，嚷着还是赶紧完事去向将军复命吧！郭璞说："头在我脖子上，随时等你拿去，也不急在片刻。"就听行刑人叫了声："在那儿呢！"众人朝那望去，密集的树枝里一只喜鹊正卧在巢上孵蛋，行刑人"哎呀"一声。郭璞不无得意，对蒙面的行刑人说："我们该是有过一面之交的，虽然你蒙着脸，我也知道你叫温青。"

温青一怔，说："你是恩人。"郭璞说："我当初对你说过你是帮我了决尘缘的人，我想现在是时候了。"温青想到几年前一人独行被狼困住，绝望之际，一头斑斓猛虎出现，把狼驱走。温青更加惊恐，自己该是虎口之食了，却见过来个书生模样的中年人，对温青说："你已得救了。"回头那人摸了一把虎皮，老虎竟变成了一件衣服。温青蹲在地上吓得不敢言语，那人说："老虎是我的衣服变的，你拿去，这一路就确保无虞了。"温青不肯接，那人说："只管拿去，以后我还要让你帮我了决尘缘呢！"温青接受后离去，这事也就渐渐忘了。此时一经提起，温青猛悟过来。

郭璞看着那鹊巢，一脸平静地说："你该动手了。"

树上喜鹊呼地扇起翅膀，飞离了窝巢。温青惊讶的是，在他要挥刀斩郭璞的时候，发现树林里走过来一头老虎，定定地站在百十步远的地方，他迟疑不决，郭璞歪着头催促，是时候了。

温青手起刀落，他觉得是那把刀将他的手抬起，又落下去，像一阵风，他斩人从没这么利索轻松过。更令他奇怪的是，在他对郭璞行刑之后，又看见郭璞的影子离开他的尸体，径自走向树丛，那头候在那里的老虎也乖乖地尾随郭璞的影子而去。温青找出当初郭璞送给他的那件衣服，燃火焚烧，火色斑斓，如那头老虎的皮毛，这桩事温青从此闷在肚子里，对谁也没讲。

王敦杀了郭璞，却没改变起兵狂念，被乱军所杀，叛乱平定之后草草掩埋的王敦尸首又被挖了出来，摆成长跪的姿势，遭受甲兵戮尸，他那颗肉嘟嘟的脑袋挂在城南朱雀桁上，引来大群红头苍蝇欢快地飞舞叮咬，累月不散。

那只鸟在许大头头上转了一个圈，落在他手上，吴猛看许大头，白色的鸟变回了许大头手上的酒杯。许大头从怀里捞出一壶酒，两人各执一杯，对饮起来。那壶酒是从王敦帅帐里顺手牵羊的，不一会酒就喝没了，二人便见几棵老柳树中间有气无力飘着的酒旗。酒瘾上来了的许大头闷头就投酒家去，吴猛在许大头屁股后头说："这是海昏地界，再往东就是枭阳了。"许大头"嗯"一声。

第4折

许大头身背着五花剑进入豫章城门时，还是惹来了一些好奇的目光。有时剑鞘也掩藏不住宝剑的光华，何况五花剑的斑斓之华又如何藏得住。早已把他们此行拜师的所获昭告无遗。他的同伴吴猛此时像是一个忠实的陪衬，他背上的包裹里塞着几件换洗衣物之外，仿佛别无其他。人们的肉眼还无法看出里面同样藏有不可多得的秘传典籍，这当然不是常人兴趣所在。泼皮汪五正啃着一截崩脆的黄瓜，身边站着三五个百无聊赖的同伙，皆贼眉鼠眼，盯住了老许背上的剑。心里盘算着用它可以换得不少银子，那就能花天酒地一阵子。他们看似不约而同在洗马池与老许二人不期而遇。

此时上午的阳光像黄色的尘埃弥漫在人身上，市井的嘈杂此起彼伏，旅途劳顿的老许和吴猛像两个疲惫的乞丐，老许却背着一把扎眼的剑，形成的反差颇为强烈。吴猛大声擤了一下鼻涕，双手一边搓动，一边用胳膊触碰老许，示意被歹人盯上了。

老许佯装不知，只蹲下身，伸手到水池里掬水洗脸，捋着乱糟糟的一嘴虬髯，一双红扑扑的手鲜艳动人。泼皮汪五上来打了哈呵，说："许道长，好久不见，看来是替人捉鬼除妖赚了大钱喽！"几个泼皮挤眉弄眼龇着黄牙哄笑起来。

老许说："家里又闹鬼了？"汪五厚着脸说："是啊，要借你一样东西辟辟邪气。"

老许不动声色将剑取下来，递给汪五，说："是这个吗？"汪五赶忙接过，一伙泼皮立马围上来大惊小怪要看那把剑。老许说："就看你能否拿得去。"

汪五笑笑，一副吊儿郎当的样子，大大咧咧抽出剑来。一股抢眼的光芒利刃般乍然而出，汪五大叫一声，扔剑脱手，捂住刺痛的双眼。众泼皮皆躲避刺眼的光芒。老许拾剑回鞘，嘴里道："一帮小鬼。"转身朝泼皮汪五轻描淡写说："回去吧，睡一觉就好了。"众泼皮顿显无比恭敬与小心，把汪五架着离开了，周边瞧热闹的人都喝起彩来，有的说，道长好手段！有的赞，好一把宝剑。

吴猛心里清楚五花剑至刚至阳，光含五华尽收一身，又在如此丰沛的阳光下，该剑一出，人眼哪里受得了。老许存心是要让泼皮汪五吃点苦头。这天夜饭时汪五家的狗吃到一摊醉汉的呕吐物，也自醉了，一直对着自己的影子奔走呼吼，发了疯般，两只眼珠似火炭发红，像藏在黑暗里的怪物，甚是骇人，吼叫连绵不绝，发出哀声，到半夜才息止。

许大头修道有成，名气大了起来，要来当徒弟的人几乎挤破了梅仙祠的门。

许大头精挑细选了十人留下，这十人是：时荷、甘战、周广、陈勋、曾亨、盱烈、施岑、彭抗、黄仁览、钟离嘉，正式拜他为师。从此许大头以五花剑施谌姆斩邪术，又以谌姆传授的飞步之术率众弟子活跃在豫章一带，以斩蛇精除妖孽为能事，足迹所至，精怪都躲入深林大水，避其锋芒。

许大头仍像一个不知疲倦的猎妖师，整天虽醉醺醺满身酒气，仿佛泡在酒缸里，但只要察觉妖邪的蛛丝马迹就一跃而起，紧追不舍。他偶有懈怠必是陷在某位妙妇的怀里，一时还分身乏术，这一点谌姆身为女人，却没有点醒许大头，且道术本不禁色，许大头的尘根也就在豫章扎得很牢。

第三章

第 1 折

东晋的豫章城妖异、肮脏而风流，柳士龙进得城来，见城门里一个木匠全神贯注在一根架在石头上的大木上仔仔细细地凿着，一下一下，耐心而细致，而一条浑身腌臜的狗在舔着烂泥里的一堆模糊不清的东西。柳士龙走过二者身边，都浑然未觉，而柳士龙已然看见一个眼熟的身影在人群里蹁跹而过——兰儿，柳士龙连忙叫出声来："兰儿！"兰儿灵性，一回头，脸生惊喜之色，叫了一声，公子。柳士龙迫不及待地问："你家小姐可好？"

兰儿却古灵精怪地"哎呀"一声，说："公子呀你可好记性，今儿才想到我家小姐了！"

柳士龙说："怎么了？"兰儿一笑，作转身欲走状，柳士龙忙拉住她，对她说："兰儿，我有东西要托你转交给小姐，不知肯不肯帮忙？"

兰儿嘴一噘："现在才找我帮忙啊！"柳士龙从怀里掏出那方罗帕，兰儿见了，顽皮地眨眨眼，说："这个啊？"柳士龙又掏出另一件——太守印，说："看看，还有这个。"兰儿没心没肺地说："这个忙，我帮不了。"柳士龙一急："兰儿，兰儿你还要我求求你，行行好吧！"兰儿手一摆，说："公子呀你别急，你听兰儿说，这个忙我帮不了，兰儿可是能帮公子另一个忙。"

柳士龙问："你既东西都不愿帮我转交一下，还愿帮我什么忙？"兰儿诡秘一笑，轻声说："兰儿可以领你去见小姐。"

"真的？"柳士龙喜出望外。

兰儿眼一瞪，说："公子若真的想见小姐，就当然是真的！兰儿从不说假的。"

柳士龙急切道："兰儿所说正是我心里求之不得。"又忙问，"啥时能见到你家小姐？"

兰儿说："急，是吧？你急我还急呢！总之这事包在兰儿身上就是。"

柳士龙赶紧称谢。兰儿却推拒："先别谢，待我想想。哦，有了，明天一早我家小姐要去桃花坞赏花，不如你到南浦亭渡口等我们，就当是偶遇一般。"

柳士龙连声称妙。

兰儿做了个鬼脸："我还得去给小姐取药！"

转身，背影一蹦一跳地被黄色的阳光化解在灰白的墙后。

柳士龙本想问她家小姐是否病了，没容开口，兰儿就跑开了，剩下满目阳光。

梅丽娘的病仿佛是与生俱来的。太守梅颐为给女儿治病，只差没把京城的太医请来，在他的官宦途中，几乎是遍访名医，仍不见效，只是咳，只是喘，病发急了，有气无力，见了让人揪心。自从请到梅仙祠许道长诊治，吃了他的药，小姐顿时有了活力，咯咯的笑声时而响起，犹如一串银铃，干净而清脆。

梅颐每当听到女儿的笑声就感到欣慰，他的心境由对女儿的忧心忡忡而转向了轻松与快乐。然而有一天，小姐忽然急促地猛咳，整个人都要咳散架一般，待咳嗽停了，人却坐在那里上气不接下气地哮喘不止。

梅颐见女儿一下恍若变了个人，气若游丝，自己好像又回到了噩梦中，忙差人去梅仙祠："赶紧叫，叫许道长来！"

许大头未看小姐已见梅颐满面愁容地迎了出来，嘴里只说："请道长救小女一命！"

许大头说："太守莫慌，待我看了便知。"见梅丽娘喘得吃力的样子，许大头把了脉，对梅颐说："小姐的药恐怕是不能离的，我道怎么这些日子没来取药了。"梅颐说："我误以为小女完全好了，也就一时松懈，药服了半年后竟自作主张停了。"

许大头说："不能停。"说着唤随身来的小道童取出药来，叫赶紧煎服了，应该无碍。小姐服过汤药，人又悠悠好转了过来。梅颐松了一口气，再三叮嘱兰儿好生伺候小姐，按时让小姐服汤药，每隔十日去梅仙祠取药一次。

第2折

南浦亭在豫章城西，亭外风光陈旧，乏善可陈，渡口由木头搭建，暗沉而简陋，仿佛几百年来就是这个样子，一水之隔的桃花坞，虽在四月天，隔水似乎也望不见桃花。柳士龙赶早就在亭中守望，明知梅丽娘不会这么早过来，仍是傻傻地左顾右盼，仿佛是个痴情少年。这样的场景烂俗而老套，但生活里哪有什么奇迹和艳遇，即使有也必经千百年的修炼与等待。陈旧的时光把南浦亭安排在春天的河岸，如同一个古老的道具，那条通往渡口的路，干燥而沉闷。亭中自然有比柳士龙来得更早的人，坐在那里等渡船。

柳士龙看见一位道貌岸然的老者，闭目危坐，船来了，人皆去，他没动。

老者白色的胡须衬着清瘦的面孔，很有一些庄严。他衣服色旧而干净，没有名士们不拘小节的邋遢，柳士龙对这种人是有敬意的。心想：如果我不是妖孽，我当然想做这种人。

亭下，两个农夫歇着担子，有一句没一句说着不咸不淡的话。

有位佩剑的武士头戴一顶大得夸张的棕笠径自穿过亭中，走向渡口，而艄公已将船摆渡到了河心，他手搭凉篷，不停地张望，好像风和空气里有他的信物。旁边一位不解其意的妇人说了句："船很快就会打回头的。"武士没有吭声。这是个一如往常的、漫不经心而又慵懒的早晨。

武士在若有所思中把对岸的距离拉长，一个因酒桌上一语不和而产生的草率冲动无法改变另一个人今天在桃花坞等待他一决生死的承诺。两把剑中了邪咒一般都迫不及待地在鞘中渴望对方主人的血，柳士龙似乎一眼就可以看出这是个去送死的人，他苍白的脸上已被死神签署了鬼门通行令。

柳士龙仿佛看见他被桃花坞的那个人一剑封喉，风没有丝毫犹豫就摘走了武士魂魄。他的生死已由渡船的来回速度计时，武士空洞的眼里飞过了一只乌鸦，他的身上突觉一阵寒意。然而周围的人都在春风荡漾里似有微醺。

几个黑衣汉子扛着一副乌漆棺材走向渡口，他们都迈着八字步，翘趄着脚，发出嗨哟嗨哟的夸张喊声，那是一副空棺，武士没有想到那是桃花坞的那个人为他预备的。忽然刮起一股怪风来，把几个扛棺材的黑衣汉子被吹得东倒西歪。

闭目危坐的老者不为所动，仿佛周围的事物都与自己无关，他只是坐着，面色沉静。两个农夫开始朝渡船张望，船距对岸还有一箭之地。一个农夫轻叹了口气，另一个农夫抛给他不屑的眼神。站在武士不远的妇人见对方无动于衷的样子，也不在意，仍热情不减地说："没想到去桃花坞的人还不少，一副棺材也要挤过去，船哪载得下这许多？看样子这棺材是要等着用的，我就不搭这趟船，只好再等下个来回了。"武士心不在焉，还是"嗯"了一声。

南浦亭里的阴影都被阳光清除了，时间过得有些长，城里的来路仍不见梅丽娘的影子。渡船过来了，扛棺材的黑衣汉子们齐喊"嗨哟"，棺材离地，两个农夫想抢着登船的，见这架势，只有摇摇头，避向一边。武士则随着棺材上了船。闭目危坐的老者轻微喟叹了一声。

"公子。"柳士龙一回头，梅丽娘和兰儿却立在他身后，柳士龙一直注视来路，竟没料想，梅丽娘已从桃花坞回返了，她的脸上已然桃花烁烁，柳士龙支吾着说：

"小姐早啊！"梅丽娘咯咯笑道："早？我们去桃花坞两个时辰了。"柳士龙差点没说我在南浦亭也等了近两个时辰了，只有说："我还是来得晚了。"

说着便从怀里掏出那方罗帕，双手捧着说："感谢小姐的香帕，让我玷污了，实在羞愧得紧。"梅丽娘又是银铃般地笑，说："既然被你玷污了，也就没必要还了，你还是留着吧。"

兰儿抿嘴笑，闪到小姐身后。柳士龙收起罗帕，将那件印信取出，对小姐说："我无意间得到这件物事，应该是令尊大人的。"梅丽娘一见，眼露狐疑，说："这印信，怎么在公子手里？"柳士龙说："不瞒小姐说，我是个生意人，水上行舟，到过很多市集，在交易中见到这件东西，就有心收了下来，便想交到小姐手上，完璧归还给令尊大人。"小姐说："既是这样，我父亲见了定会很高兴，不如我领你亲自交给他。"

柳士龙有些迟疑，说："这，合适吗？"梅丽娘说："有什么不合适，你找到了他遗失之物，自然要交给他了。"柳士龙说："悉听小姐之命。"梅丽娘笑，说："那就跟我走。"

麻风雨，若有若无，裹挟在风中，星星点点。梅丽娘惦着晾晒的衣物被雨打湿，领着侍女兰儿加急往回赶。柳士龙追随在两个女子身后，一点不敢怠慢。柳士龙看见风把梅丽娘吹得像一条裙子一样飘起来，仿佛是仙女，侍女兰儿也像一条裙子随她飘着。梅丽娘不时回头看他一眼，眼里满是关切和流转的明丽，看得柳士龙心里怦怦直跳，他完全是被她的目光牵引着在行走，一路上什么也没留意，只看见两条裙子在飘，柳士龙也好像飘了起来。风卷的灰尘时而迷蒙了眼睛，柳士龙赶紧擦拭，唯恐小姐飘离了视线。

与豫章太守梅颐的见面是愉快的。

这位还没成为柳士龙丈人之前的太守，见小姐领柳士龙出现在他面前时，就仿佛见到了东床快婿，含霜的面孔瞬间春风浩荡，小姐简单介绍过后，说："爹爹，这位柳公子有你遗失的东西要交给你。"当梅颐从柳士龙手中接过印信时，更是喜出望外，他抑不住兴奋，说："怎么在柳公子手里？"柳士龙又重复了一遍此前对小姐说的话，梅颐高兴还来不及，赶紧叫人收好印信，喜滋滋眯着眼，从上到下端详柳士龙，然后又看看小姐，突然问：

"柳公子可曾婚配？"梅丽娘急忙娇嗔道："爹爹呀你怎么好意思问人家这个！"梅颐哈哈笑道："你女孩儿家不好意思问，为父问来再合适不过了。"

小姐半是羞怨半是撒娇地用粉拳捶打梅颐，一边跺脚一边发嗲地说："爹爹呀！万一人家柳公子有家室，这叫女儿如何好做人呀！"她说着话眼睛却偷偷瞄着柳士龙。柳士龙慌忙对梅太守说："小生自幼父母双亡，随叔父漂泊在外做生意，年前叔父也染病亡故，我现今孤身一人，四海为家。"

梅颐面露怜惜，脸朝小姐，嘴里说："你看你看，不问哪里知道。这不就对了吗！"小姐佯装不知地问："怎么对了呢？"梅太守大笑，道："孩儿啊！这事就交给为父办好吗？"转头又对柳士龙说："柳公子你看呢？"柳士龙不无惶恐，随即跪谢，说："承蒙大人抬爱，小生感激万分！"梅太守只是抚须而笑，嘴里道："好说好说。"

这样的好事该是千年难遇，却是让柳士龙遇上了，豫章太守的印信，似乎充当了一个难得的媒介，仿佛金大掌当初窃走梅颐的太守印，就是为柳士龙行使的使命。柳士龙弄不明白究竟是什么原因使大厨金大掌忽然心血来潮窃取太守印抛下他热爱的厨房撒手走人，可能冥冥中确有天意。说不出是什么样的心理，后来柳士龙还有意到金大掌的厨房里看了看并发呆般站了一些时间，那间散发着菜香和馊水的满是烟熏火燎气息的厨房没有给他特别的征兆，只见几个厨子忙忙碌碌，看不出哪个还怀着金大掌的心思。

第3折

谁能想到我会成为豫章太守家的入赘女婿，谁能想到我会成为美貌贤惠的梅丽娘的郎君。

成婚那天，柳士龙骑在轩昂的白马上禁不住这样想，他胸佩硕大的红花，春光满面，意气风发，就像一个衣锦还乡的贵人，令路人投来无比艳羡的目光，他们对这位陌生客既满怀好奇，又心生欢喜。道旁看热闹的人群里扬起一张疑窦丛生的面孔，醉里泛红，仿佛杂木丛里生出的鸟窝。吹吹打打的热闹惊怒了河对岸一头牛，它猛然发足狂奔不止，后面紧跟着一个穷追不舍的提刀壮汉。金府的大门在喜乐中为柳士龙洞开。太守梅颐踌躇满志地迎纳了他家的乘龙快婿，在他的眼里，小伙子是个拘谨而又礼数周全的年轻人，没有世俗的油滑与浮夸。那些前来贺喜的同僚与乡绅挤满了厅堂庭院，茂树的广大绿荫遮蔽了梅府的喧闹，使贺客与主人的对话如同夜半的窃窃私语，渐渐模糊。

门外街道上经常有军士模样的人飞马而来穿过柴步门，又驰马而去，扔下一股烟尘，无意间制造些紧张气氛，令不明就里的行人左右猜度，也由此联想到豫章与别的城市的勾连，柳士龙与人世的勾连，张弛之间，如出一辙。

柳士龙原来以为他所度过的，都是坏时光，现在才发现还有好时光。但好时光的到来并不一定意味着坏时光就永久结束了。不，它还在，柳士龙明白，越进入美好的光景就越怀有担心，就像一层纸的脆弱，随时恐被捅破。仿佛梅丽娘给他带来的幸福越多，他的罪孽就越重。他不为人知的痛苦一直存在着。然而梅丽娘给他的惊喜总能驱开心头的迷雾。

"谁又能想到我们会拥有一对天真无邪的可爱儿女，男孩虎儿，女孩英儿"。柳士龙的内心一度忘却了曾经的本性，忘却了泥潭般的生活，他是可以做人的，做一个普通的好人，他可以散尽钱财，和梅丽娘带着一双儿女过着平平淡淡的日子。

柳士龙这些日子一直在想，他不要变化多端的法术，他只想心甘情愿变为一个人，便永不再变，他愿用不死之身，换得有生有死的凡躯，在有限的岁月里与妻儿共度。他不愿变回水底的龙，天上的云，树上的风，江上的浪，甚至三头六臂好像无所不能的神怪，他只需要简简单单的能力。即便像邻家豆腐坊老于头的磨豆腐本领，上水巷阿毛的木匠功夫，府衙门口旺发的打铁手艺。哪怕是酿酒师，赶车人，风水师，唱师或杂耍艺人，任其一项，都足以生活。平静的日子是屋檐下移动的光影，不可能一成不变，墙角的青苔也会在不知不觉中黑了又绿，绿了又黑，孩子们木门框上的身高刻痕也在一点一点往上蹿。一日柳士龙跟一双儿女在木门框上量过，用指甲划下刻痕，拍拍虎儿的光屁股，说：

"快快长吧，长大了跟我去江湖上见识见识，男子汉的世界很大很大。"虎儿笑着光脚丫子跑开了。

"夫君，你很久没出门了，以前那些生意是不是要去走往呢？"梅丽娘说。柳士龙回头，见她站在身后，她柔软的手搭在他肩头，抚摸着。柳士龙捏着她的手指，轻轻地反复捏着，柳士龙没说话，她知道他的心思，明白他的眷恋。她说："正如你对孩子说的，男子汉的世界很大很大！你不能就这样一辈子厮守着我和孩子。"柳士龙拍拍她的手背，说：

"我若是门口的铁匠多好啊！"梅丽娘咯咯地笑了，她的笑声令他着迷。她说："那我跟你生火拉风箱。"

柳士龙说:"如果我能做豆腐卖也很好啊!"她说:"那我就是豆腐西施。"

柳士龙说:"若我是个木匠,整天在木头上敲打做活计。"她说:"那我就是木匠娘子。"

柳士龙说:"假如我不是你眼中的我——"梅丽娘盯着他,双手捧着他的脸,笑着说:"那你是谁?"

柳士龙说:"我什么都不是。"

梅丽娘说:"就像我们从没见过?"

柳士龙说:"或者什么也没有发生,你是你,我是我,就像生活在两个不同的世界里,你做你的小姐。"梅丽娘瞪大眼睛说:"你呢?"柳士龙突然有些迷乱与恍惚,也有些莫名的伤感,说:"我,我不知道。"

梅丽娘又笑了起来,说:"这怎么可能,你看看虎儿和英儿,这一切都是真实的。"

柳士龙点点头,说:"是啊!"重复道,"这一切都是真实的。"忽然又说:"可我总似这是幻觉,你,孩子们,我们的家,这一切太美好。"

梅丽娘说:"郎君呀傻郎君,你在担心什么呢!我在你面前,难道会是幻觉?虎儿英儿在你面前难道会是幻觉?还有家父,郎君呀你别犯傻了,我们都好端端的,也会一直都这样好端端的。"柳士龙说:"是,是会好端端的。"

梅丽娘开心地笑道:"你应该放心去做生意赚钱养家啊!"柳士龙"嗯"地答应她,说:"有你守着这个家,我就放心了。"

梅丽娘说:"郎君呀你还有什么不放心呢!"她站直身子,叉着腰说,"有谁敢伤害太守家的千金和孙儿呢!你说是不是?"

柳士龙口里说是,心里忧虑重重。此时的屋廊在阳光下突然显得空洞,里面的家具和摆设处处都水落石出般从暗影里浮现,露出更大的空隙,让风流动。人身上的轻薄与细微之物也都恍若不存,只剩下光亮里的一些影子和不同的颜色。远近的声响轻重不一,有的恣肆聒噪,有的节制小心,仿佛人世的一呼一吸,又像是看不见的怪兽与昆虫在空气中游来荡去,一闪而逝。

第4折

天不觉热了起来才发现时光飞快，豫章城在日照下如同一个蒸笼，闷热异常，连蝉声也叫得有气无力，街巷阒无行人，都躲藏到阴凉处歇着，平日街头上窜的几条狗也焉了劲，趴在墙角阴暗潮湿处张着嘴，红色长舌一吐一缩，直喘。一群经常遭狗撵得东奔西逃的鸡也簇拥一堆，眯眼打盹，间或屙出一泡屎，与狗相安无事地缩在仅有的巴掌大的阴凉潮湿地带，仿佛都在消受难得的炎夏宁静。白昼将逝，太阳吐了一天毒火，也自在熄灭，人们方敢从屋里出来，就有不少人跑到河里洗澡去暑。

岸上望过去，近河浮着都是葫芦般的脑袋或半截光溜溜的身子。虎儿和英儿也让娘领着在河边嬉水除热，兰儿跟着两个光溜溜的玉孩儿下到水里。没料那两小儿一见水就欢天喜地，入水便如鱼一般畅快，转眼就不见了踪影，吓得兰儿大叫。梅丽娘惊得和衣扑进水里，主仆二人看水面哭喊着，谁知距一箭之遥，虎儿与英儿一前一后冒出小脑袋朝后面招手，欢喜地喊："娘，我在这儿。"

又掉头游了过来。梅丽娘又惊又喜，蒙面而泣。

孩子上得岸来，她一人扇了一巴掌。事后，梅丽娘还是对夫君流露了自己的惊异，她说："瞧咱这对孩子，谁也没教他们，哪里来一身好水性？"柳士龙笑笑，故作不以为然道："怎没教呢，他们在娘肚子里学得嘛！"

话虽如此说，柳士龙却知道梅丽娘对孩子看管更加留意了。入夜，一家人在院中乘凉，岳父梅颐坐竹榻上一边挥着蒲扇，一边逗弄着外孙，柳士龙跟梅丽娘聊着孩子的事，空气虽干燥闷热，但唧唧的虫鸣也给院落带来了几分安谧。

英儿小手一指天上，脆生生地说："好大个月亮，里面是不是也住着一家人呀！"梅丽娘忙拢住英儿的小手，说："小孩儿别用指头指月亮，月亮会割耳朵的。"虎儿插嘴说："月亮又不是刀，娘，你说月亮怎能割耳朵呢？"

梅丽娘说："等小孩睡着了，月亮里的人就带刀下来，把小孩的耳朵割了去。"虎儿问："月亮要小孩耳朵干什么？"梅丽娘说："因为小孩儿不听话呀，它便将那不听话的耳朵割走。"虎儿一时不作声了。

英儿说："爹呀！娘说的是真的吗？"柳士龙笑道："傻孩儿你说呢？"英儿说："我怕是真的，若月亮把我耳朵割了，我就听不见爹娘说话了。"说着便呜呜哭起来。柳士龙抱起英儿，拨着她的耳朵说："这不耳朵好端端都在吗！"英儿哭着说："我怕明天起来就没了。"

柳士龙不由笑起来，说："你是听话的孩儿，月亮不会割你耳朵。"英儿说："可我用手指头指了月亮呀！"柳士龙说："你放心，若月亮上割耳朵的人真下来我会拦住他，告诉他我们家英儿乖得很，他就会回月亮上去了。"

英儿停住哭，说："那我们拉钩。"柳士龙伸左手小指跟英儿的小手指轻轻一钩，月亮就远了。梅丽娘满脸幸福地望着柳士龙，眼里都是缱绻缠绵，她忽然心生感伤，说道："这世界太美好，美好得让人害怕它会突然失去。"

柳士龙无言地拍拍她，尽量使她踏实，说："你看，今夜的月亮是不是像一枚金饼呢！"

中元日到了，豫章人都到河上放荷灯。岸边挤满了放灯观灯的祈福者，也有人搭着台子穿着五颜六色夸张的戏服在唱戏。看着满河漂浮的荷灯，英儿好奇地问柳士龙："爹爹呀！为啥要放荷灯呢？"

柳士龙说："爹爹不知道，你问你娘吧。"虎儿嚷道："我知道我知道！"梅丽娘笑眯眯看着虎儿说："那你说说看。"虎儿绘声绘色地说："从前，天上有位仙女，她发现这里的湖很美很美，就偷偷下凡来了。王母娘娘得知仙女私自下凡，就派天兵天将来捉拿她。仙女不愿离开人间，她被捉走的那天，眼泪滴在湖水里，就长出了一朵朵的荷花。"英儿问："那为什么要放荷灯呢？"虎儿搔搔脑袋，答不上来，眼望着娘，梅丽娘对他笑笑，说："看我们家虎儿说得多好，仙女被捉上天了，凡间的人自是惦着她，盼着她平平安安的，好端端的。所以花开花落，人们都要来放荷灯，祈求平安，知道吗？"这时风里吹过来一段若有若无的吟唱："七月半，鬼上岸，放荷灯，烧香秉烛祭河神。"英儿问："娘，那歌里唱的是什么呀？"梅丽娘牵着孩儿离开水边，说："娘领你去吃米糕好不好？"虎儿说："我也要吃！"

女唱师巫词般的吟唱是豫章古老风俗的一部分，唱师是吴楚之地一种流行的巫师。在古远的年代就存在，是依靠歌唱沟通神灵，在婚丧嫁娶以及祭祀祖先、神鬼的活动中活跃的职业。主要唱诵一些与鬼神沟通的诗句，不管婚丧嫁娶，王位登基，节庆祝福，都会请到唱师来唱颂一番。女唱师是招魂祝颂的女子，她的唱诵幽远而诡异，女唱师也就给人以古怪、神秘而诡谲之感。豫章人对女唱师是又畏又敬的。女唱师巫词般的吟唱伴随着荷灯渐渐远去。在柳士龙眼里，那一盏盏顺流而去的荷灯，如同流向天空的泪珠，化为天上的繁星，缀在黑幕上，仿佛古远的启示录，又像任人猜想的无解之谜，它是天空对大地的悲悼性俯望。柳士龙觉得自己也可能是它俯望里的一颗疾逝的泪，在欲落未落之间漂浮。

第5折

昨天晚上，鸡不安的叫声到天亮才停歇，先是一只鸡莫名其妙尖叫起来，仿佛受了惊吓，声音单调而悠长，在黑夜里传得很远。梅丽娘努力闭上眼睛，不停的鸡叫声却使她惴惴不安，难以入眠。接着另一只鸡仿佛有了呼应，加入了尖叫，往往是先前的鸡叫两声，上一声短而急促，下一声高亢而绵长。紧接着的鸡叫，则是连续两至三声，干燥而枯涩，使不可知的暗夜更加空旷且深不可测。鸡的叫声，不似发自院内，好像由远而近在黑夜走动。

谁家深夜会有鸡放在外面呢！难道是鬼还是什么会作鸡叫的怪物吗？梅丽娘推了推酣睡的柳士龙，说："你听到有鸡叫个不停吗？"柳士龙含混地说："鸡叫，没有哇！是你的幻觉吧。"梅丽娘便不吱声，也再没睡着，直到天色发亮，鸡的叫声好像是随黑夜同时消失的，梅丽娘觉得蹊跷无比，但随着白昼到来，她内心的种种狐疑也就和黑夜一样无影无踪，随之而起的是一种离别的惆怅。郎君今日要出门，这是她知道不可避免的，只是并非去充军，并非去建功——十五从军征，八十始得归，那才是与亲人的死别。何况郎君是生意人，江湖漂泊，只是为了家计。大丈夫志在四方，父亲梅颐也是从陇西老家到豫章做官的，此前还宦游过多个地方，正是在这种不定的宦游中，她的母亲病故了，梅颐一直没有续弦，以此表达对妻子的思念。豫章虽好，毕竟不是故土，他还能适应，南方潮湿多雨的气候使他的腿关节有了风湿性炎症，他几乎能根据关节炎的发作来预测天气了，这一点梅颐与出生本地的同僚达到了一致的默契，现在他已经把自己看作是豫章人了，人们也开始叫他梅豫章，这是民声对一个地方官的最好评价与称谓了，有着极大的敬重与亲切。梅颐自是颇感欣慰，治事之余，他日甚一日开始担心的是爱女的病体与婚配，尽管依赖许道长的药剂女儿看似身体复原了，每日他还能听到银铃般的笑声，如果药一断，旧病自然复发，梅颐对此是有隐忧的。而自从厨师金大掌不辞而别，太守印信无端失踪，梅颐便产生出从未有过的焦躁，当女儿突然领着一位英俊年轻人给他送上遗失多日的太守印信时，梅颐喜出望外，他心里默祷，这是上天对他的眷顾，尤其他看出女儿对年轻人的欢喜，更认定这是天意的安排，是上天送来了上门快婿，他便成其美事。梅颐注意到女儿的身体渐渐无须依赖汤药了，她脸上泛出了健康的光泽，洋溢着幸福的喜乐，也顺利地生下了一双儿女，梅颐颇感满足。闲时，他也问及女婿柳士龙的生意，柳士龙回答他正想着重操旧业呢！梅颐便表示："家有我照应着，你尽可放心去做些事。"

柳士龙自是说了不少感激岳丈的话，梅颐只是摆手，嘴里说："一家人，何须说这些见外的话！你安顿好了便动身吧。"

柳士龙原本不知道人间是有感伤的，但出门时看到梅丽娘的表情和身影，尤其是她努力掩饰着自己的忧愁而尽量向他展示笑颜，柳士龙看出了她笑着的艰难。她默默地帮柳士龙将昨夜收拾好的行李背在身上，柳士龙蹲下身，跟孩子们拥抱告别。

虎儿问："爹爹呀你此去什么时候回来？"柳士龙说："长则半年，少则三个月，有娘和外公在你们身边呢，要乖乖听话。"又交代兰儿好生照顾小姐。这时岳丈梅太守过来说：

"以后还有得是厮守时候，天不早了，别误了行程，赶紧上路吧！"

柳士龙又叮嘱几句，梅丽娘和兰儿还是把他送到江边，小姐说要看着他登船。直到看不见他的影子了才会回去。

小姐今天穿着绿绸衣，她发髻高耸，如同嵯峨的云翠，细腰绿裙翻飞出逶迤

浮灯子图，是男女相遇的戏，姆娘也是在台代上演不完的。

丁酉夏日 和生维

柳生与梅娘

的云水和丝织的滑翔之声。

　　岸边即将启程的舟楫正在扯起帆来，那灰扑扑的帆布像一块弄脏的浮云，有着陈旧的污痕，再也洗不净了。岸柳披头散发如不修边幅的诗人逐水而行，风吹过的草岸仿佛被破碎的马蹄漫过的雨后菜地，水面的粪尿夹杂着农桑植物肆意挥发的气息使江岸离别的远景变得浑浊而惴惴不安。一个溺水的声音好像发自一处绝望的旋涡，柳士龙和小姐都悚然一惊。

　　那绝望的声音嘶嚎起来，像是鬼在打架。有女唱师在不远的小船上为亡者招魂，吟唱《楚王渡江》：楚王打了败仗，后有追兵前有长江。江宽水深，雨大风狂，一叶扁舟，颠簸晃荡。人太多，船要沉。先扔谁？船夫问。——歌里唱的是楚昭公兵败，退到汉江。江宽风大，扁舟一叶。一伙人都坐在船上，就有沉船的危险。于是艄公提议扔掉一些人，楚王犹豫先扔谁。结果，先扔大臣，说才子有的是，将来可以再招贤；又扔妻妾，说妻妾扔了大不了再纳娶；然后剩下的是血亲，兄弟和儿子，究竟先扔谁。最后，楚王决定扔儿子，说儿子扔了可以再生，而兄弟一辈子只有一次，绝对不可遗弃。女唱师歇斯底里的嚎叫，是鬼，一只只绝望的鬼，在投江的那一刻，在命悬一线的那一刻。在化身为死的那一刻，惊恐，不安，绝望而诡异。——人太多，船身斜。再扔谁能好一些？楚王说，扔妻妾。为什么扔妻妾？女人有的是，新的会更特别。

　　听到此，小姐猛然拉住柳士龙的手，仿佛他是唱词里的楚王，柳士龙隐约觉得她似乎预感到某种不祥，她只是抿住嘴，紧紧捏住他的手，柳士龙已感到生疼。

　　女唱师仍往下唱：儿子和兄弟先扔谁？有人说扔兄弟！有人说扔儿子！兄弟是手脚有情义，儿子是命根舍不起。有人说，干脆扔船夫，大不了一起死！有人说，船夫扔不得，我们要理智！有人说，这么难，不如自己死。有人说，有人说……没想到楚王要扔儿子！为什么扔儿子？儿子扔了还能生，兄弟一辈子就一次。女唱师哀号般的吟唱如孤魂夜哭，把一江水唱得鬼气沉沉。

柳士龙也不曾听过这般唱诵，仿佛把肠肺都唱出来了，把五脏六腑都掏出来，一桩桩，一件件：兄弟啊，情同手足！兄弟啊，一起长大！兄弟啊，朝夕相处！兄弟啊，自相残杀！

船家在催："客官，上船喽！"

柳士龙从小姐掌中抽出手，她的手竟冷冷的，仿佛握过一把寒刀。小姐只望着他，默默点头，算是让他上船，好生走。柳士龙也朝她点头，都没说一句话，《楚王渡江》仍在唱着，变得若有若无，招魂的船也走远了，柳士龙身上竟生出一身冷汗！耳朵里仍是那几句：人太多，船要沉。先扔谁？船夫问。人太多，船身斜。再扔谁能好一些？

第四章

第 1 折

在柳士龙与梅丽娘厮守期间，梅仙祠许大头正忙得不可开交，他受同道之邀，与吴猛率十大弟子前往长沙。长沙蛟精猖獗，每至夜间，便从城中水井里冒出来，偷吃居民家的鸡犬，甚至两百斤的大肥猪也被吃得开膛破肚般横尸烂泥里，并且不断有婴孩半夜在父母熟睡后失踪，据说也是被蛟精入户偷吃掉了。后来蛟精竟然光天化日出来，在城里化身为人，变男变女，谁又识得，便诱使少年男女投水溺亡。这种事三天两头发生，闹得满城恐慌，人人自危。官府束手无策，只有求助道士捉妖除怪。

面对如此大的蛟精之灾，长沙道士不得不向各处同道求援，邀请法术高强的同道会集长沙斩妖除蛟。

许大头接到道牒，不敢怠慢，率众弟子急赴长沙。说是除蛟，谈何容易，待到各处道术聚集长沙，准备各施法术进行一场大战时，蛟精反而不见了，长沙城居然风平浪静，没有发生蛟精作怪事件。夜晚来临，各家虽关门闭户，严防死守，却是没有任何动静，十天半月皆是如此，街头出没的反是三五成群的道士，长沙百姓也就大大舒了口气，仿佛太平无事。日子一久，竟然出现了短暂的夜不闭户，路不拾遗的景象。

市民反嫌太多的道士在城里巡游着十分地有碍他们的生活，说本来没妖怪了，见了道士却是紧张起来。便有不少人到府衙请愿，要求将大批道士撤走。官府也觉得青天白日，朗朗乾坤，邪不压正，怕是妖孽逞狂一时，再也不敢作乱了，便准了百姓的请愿，要各处来的道众限期十日内离开长沙。

许大头是何等人，怎会轻信蛟精突然消失的假象。

别的道众都陆续走了，他却悄悄留了下来，耐心地蹲在长沙，带吴猛等人对城里城外百十口井一一做了勘探，守了长达半年时间，终于发现蛟精蛛丝马迹，从城中一口幽深古井入手，命人铸造铁柱，打将下去，直插入地脉，施用法术逼得蛟精无法藏身，不得不出来与道徒厮杀。

有人说长沙作乱的蛟精是乌合之众，既无首领，也无本领，一对战，便被许大头及众弟子杀得落花流水，非死即伤，亡命而去。但长沙之战亦非易事，想那长沙跟豫章一般，都是水城，也是蛟精出没频繁之地。城中蛟精隐藏在多少口井里，又经四通八达多少湖水河汊出没，道徒们都得捕风捉影地追剿，这其中有多少挫折徒劳与损伤，自是在所难免，亦费时漫长。而长沙有的井直通豫章，这也成了蛟精暗中的逃路。

许大头及弟子只能做到将长沙的蛟精杀散了，不可能彻底剿除，日后还可能出来作怪都在预料中，蛟精经此一战，虽有逃逸，伤亡却不在少数，也是元气大损，长沙慢慢恢复了平静。许大头与长沙道友作别，各自叮嘱，不可掉以轻心，又互道珍重，率弟子返回豫章。

许大头返回豫章之时，正是柳士龙前往长沙之日。

柳士龙前脚离岸，许大头后脚就进了豫章太守衙门。太守梅颐闻说许大头在长沙城除蛟得胜归来，自然喜出望外，特地从花厅出来相迎，热情将许大头让进去，宾主落座。

太守梅颐少不得评价许道长为民除害的功德，许大头只红着大脸呵呵笑纳，貌似听得十分受用。待太守梅颐好话与客套话说完，许大头刷子眉拧了一下，面色也多了几分严肃，说："太守府上可安好？"

梅颐说："托道长洪福，小女身体尚好，已得婚配，且喜得一双小儿女，老夫也享有弄饴之乐，哈哈哈哈。"许大头连道恭喜恭喜大人！忽然又问："大人佳婿是？"

太守梅颐说："也就一普通生意人，老夫喜他人还本分厚道。"

许大头"哦"一声，说："我略知些面相，太守可引我相得一相，看看将来富贵如何。"太守梅颐说："那自然好，只是小婿一早就出远门跑生意去了，估计得有些日子才回来。"许大头又"哦"一声，便不说话。

梅颐兴致勃勃想听他说些长沙除蛟事迹，说："听说道长在长沙十分威风，杀得蛟怪胆寒，俱是望风而逃啊！"许大头却有些心不在焉，轻描淡写道："不过是传说罢了，也就稀松平常。"

梅颐不依不饶，说："我备下一桌薄酒，一来为道长接风，二来想亲耳面听道长除蛟故事。"许大头霍地站起身说："贫道刚刚回返豫章，只是先来拜望太守，尚有许多事要做，容改日得暇再来与太守把盏闲话。"太守梅颐只有说"好好好"，一连道了三个好，见许大头匆匆告辞而去。

这时一对粉孩儿口喊"外公"，从后厅嬉闹着跑了出来，太守梅颐顿时脸上乐开了花，矮下身子，让虎儿和英儿在左右脸颊上各亲一口，嘴里哈哈笑个不停。

梅丽娘从后面出来说："爹爹呀，看你也成了个老小孩了！"太守梅颐说："老小孩？好，我就是个老小孩，跟我的孙儿孙女一块玩。"又朝粉孩儿们道："你们乐也不乐意？"虎儿和英儿蹦起来说："好呀好呀！"

走到门口的许大头听到孩子声音，回头见一对粉孩儿正与那太守欢天喜地在一起嬉闹，脸上堆起了阴云，他忧心忡忡地离开了太守府，觉得豫章城比当初长沙的妖气还重。

第2折

柳士龙离开豫章前并没告诉小姐和岳丈梅颐是去长沙，只是说去会会各处的老客户，把停了许久的生意再做起来。商贾在当时不是很了得的职业，不似读书出仕，也不似靠着经营百顷田庄有钱有闲吃药石的名士，甚至还不如庄户人和做工的人让人瞧得踏实，更不如从军者那么有荣耀，仅是谋生职业之一种，且因商贾的货利性为时所不屑。

柳士龙去长沙当然不是做生意，而是去会一位向他发出求助的同类老侯，他是藏在长沙的一个老蛟精。

老侯要死了，传信过来有事相托，要柳士龙见一面。

柳士龙可以施展本事，很快就到长沙，但他既一心一意想做好一个人，就要以普通人的方式去完成这样一段旅行。柳士龙能够做到像风刮过水面一样飞跑，由于速度快，肉眼凡胎的人根本看不见飞跑的身体，就是能看见他一掠而过影子的人，也绝非常人，须是经过多年修炼，得了一双奇睛异目的人。他有快速度的本领，并不是说想怎样就怎样，想去哪就去哪，他还没有修炼到随心所欲的地步，若那样做会同样快速消耗精元之气，所以他不会轻易使用，除了性命攸关之时，或者十万火急之事，才会施展这么快的速度，未经修炼的肉眼自然是看不见。

其实空气中有不少快速的身体在穿行，他们有的被人称之为鬼怪，有的被人称之为妖精，有的被人称之为异士，有的被人称之为神仙。一般来说，鬼怪是最低的一层，活跃在水面，荒郊野地，芜园废院，夜半三更或无人居住的旧屋，鬼怪避人，怕阳气，人烟稠密的地方都要回避。妖精要高出鬼怪一层，尽管鬼怪的空间妖精也能出没，但成了精的妖是不避人的，甚至可以混杂在人群里，潜藏在闹市里而不为常人所知，得道的妖精也具有变化的本领，也可以借助其他的力量来加倍扩大自身的能力，这就是人称的妖术。

异士都是人间有异禀的高人，他们或是得到特殊的点化，激化了异禀，经过艰苦修炼而获得了超越了鬼怪妖精的本领，道行更高的人他们可以达到上界，与神仙沟通，并可以借助对方的力量行事，所以这种人一般都充当驱鬼师和除妖人，以维护人鬼和人妖之间的秩序。神仙就比异士还高，他们是护佑天道的，虽有上天下地的本领，但活动的范围主要还在人鬼妖三界之上。当然也有人把世界分为人（畜）鬼神三界，将妖归于鬼怪类，柳士龙不以为然。

神仙不管人间的事，交给驱鬼师除妖人去管，若是得到特别求助，偶尔也伸伸手，神仙也会到人间走走，却多半不惹事上身。神仙也都是经过千年万年苦修才得超凡脱俗成就的，所以神仙对待事物的态度早因为无欲无求轻轻松松，也就超然于物外。苦的还是人，苦的还是鬼，苦的还是妖。人要苦苦寻求维持生计的吃住，还要追求现世情爱的快乐，这每项都包含着极大的苦楚。

鬼要苦苦寻找去投胎为人，其难处犹如浮游在茫茫海里找一根朽木，还要从朽木的洞眼里看到投胎的世界才有希望。妖在堕落里挣扎，要不与人神为敌跌入万劫不复的无底深渊，要不挣扎着让自身停顿下来，在人间鬼域找到平衡，在仙鬼之间游走，非鬼非仙，是为妖，是为孽。

而妖孽是有孽缘的，柳士龙原本也是一介小仙的，却是犯了仙条，不像是别的仙偷食了禁品或是贪恋人间的享乐那般被打入凡间成了猪精山怪，柳士龙是开罪了上仙，被贬入凡间的水沼泽国，转眼成了一个蛟精。柳士龙当然可以自毁式地堕落下去，可他怎么也不甘心！好在他在豫章遇到了梅丽娘，这或许是上天的安排，上仙还没有忘记这个曾经的小仙。但柳士龙求老天不要让他成仙，不要让他为妖，只让做个普通人就最好，他宁可失去拥有的本领，像常人一样做事，吃饭，走路，睡觉。

常人哪里看得见空气中有高士，神仙，妖怪在奔跑。那么快的速度，说像一溜烟，也像一溜烟，说像一阵风，正似一阵风。在肉眼看不见的空间里奔跑，稍不留意还真会跟速度同样快甚至更快的家伙撞个满怀，那次柳士龙和许大头在彭蠡相斗，被他破了法。若不是跑得快，险些栽到他手里。

柳士龙没命地跑，也不知跑到了哪里，看见一个速度比他还快的家伙，依柳士龙的本事也只能看清他的影子，而不是全部，他飞速而来，柳士龙刹不住，他便撞在柳士龙身上，"哎呀"一声，以为身子撞散架了，岂料啥事没有，他从柳士龙身体中穿梭而过，把柳士龙的身体疾速打开又合拢。

那种速度快到几乎让他的身体觉察不到丝毫痛苦，可见其速度之快。如果对方是妖，肯定比柳士龙高一个等级，如果是神仙，柳士龙还是要拜下风。凡人不明真相，把神仙妖怪说变为一阵风或化为一溜烟就不见了，是不对的，事实身子没变，只是动起来的速度奇快而已。柳士龙的速度比不过跟他相撞的家伙，但也快到可以穿过的墙体和房屋，一般石头，泥土，木质类的东西是挡不住他的，他的速度快到可以穿越这些物体，而不损伤这些物体，就像一把刀可以切开肉，切开木头，全在于快，锋快。可刀还没快到从肉和木头上切开而不损伤它们的地步，这是因为刀的局限性，它还不够快，所以会给事物以损伤与毁灭，刀也正因为它的局限性存在，使之在现世才有效，才能充当实用的工具。如果所有事物都超越了寻常的标准，那将在现实世界失效，都将视为无用。

人和人的世间事物正因为其局限性，才有了通用的价值和生活意义。柳士龙跑得那么快对人间是没用的，人的速度标准是车马航船，以此来计行程和生命。也有少数人经过特殊的修炼，使生命得到进化，掌握快速的本领，这就是人间的高人异士，后来这种人越来越少，只有极少数人能够做到，但他们为了避人耳目，或是设法隐藏起来，若还在外面走动，就只称这是障眼法的魔术，以博得世人有限认知的接受，还可表演魔术谋生，演出小至隔墙取物大至穿越长城的把戏。在柳士龙的年代尽管人妖混杂，除了神妖之外，能有这种本领的人，一般是道士，高僧，修炼到了高层面的人物。柳士龙避而不用此道，而以普通人的行事方式才得以在豫章生活下来。

柳士龙缓步而行，骑马而行，坐车而行，乘船而行，都与常人无异，他觉得也很好。常人的感觉是在慢中产生和品味的，可以细细地观看人世风景，在慢慢地完成一件事的过程中体会到人的艰难与快乐，在有体积的物体上感觉到累，在稍微破坏身体平衡与完整时感受到病和疼，在一件事与另一件事之间偶尔停顿，感觉到歇息的放松，在与人为善的相互给予中感觉到愉悦，在贴心贴肉的爱里感受到灵魂战栗的狂喜，柳士龙就这样体会人世的苦乐酸甜。只有做了人，做了普通的凡人才尝到这种滋味，这就是做人的味道吧。

他和梅丽娘初遇时，有的仅仅是人的外形，在她眼里，柳士龙也像神一样俊美灿烂，可他内心感到自己还是妖孽。柳士龙是从小姐对待他的行为里慢慢学会做人，人的速度慢在小姐上体现的不是慵懒与闲散，而是专注和细致，款款深情的优雅。

她会无比投入地读诗，读着读着竟慢慢有了泪，柳士龙不懂这是为什么，她说："写诗的人一定是有大难处，而无以叙说，也不好哭出来，就把眼泪化成了诗，他不把泪流出来，却保不了读这诗的人不流泪。"

柳士龙还是不太明白，她就说："郎君呀江湖没有风浪吗？散发江湖，扁舟一叶的漂泊者，心里都是有愁结的人呀！若是你离开我和孩儿一定是有不舍吧，这种不舍随着离我们越远而在心里是会结成惆怅的啊，惆怅就像一张网罩着你的心，罩着你整个人，这也是难处啊！"

柳士龙突然说："是了是了，我是明白的。"梅丽娘方粲然一笑，这一笑使她脸上的泪如珍珠般放光，柳士龙轻轻为她擦拭，轻声说："我是喜欢你笑着的，不要伤感好么！"梅丽娘不好意思地看了他一眼，说："我怎么也无缘无故跟个诗文中人似的伤感起来了呢！这多不好啊，有你和孩儿们在心上，我该是世上最快活的人呀，你说是不是？！"

柳士龙笑起来，连说"是的是的"。柳士龙是从梅丽娘心里懂了快乐与忧伤啊，这是多么奇妙的感觉，他做仙做妖也感觉不到。那是这些感受都在快速中泯灭了。

柳士龙隐约觉得，这一走，就是天上一日，人间千年。他没说破，不能说，更不忍说，只是隐约地心里疼着。人与神仙的区别首先是速度快慢的区别，这区别也是强弱的区别，人活着慢，所有感觉都是鲜明而清晰的，喜怒哀乐，皆在肉身中停留，或一点一滴经过。神仙如风，一闪即逝，就没有百般感觉。一把刀的锋利是在一个快字上，快便能减消阻力，令人视为利器。马是快的，也能让人视为王者，但马因温驯而被人所驾。一般来说，快可制慢，慢也会绊得快翻跟头，快速本身是大消耗。

平常的神妖快速奔跑后，也会损耗元气，所以不会过于施行。除了速度，神妖也能变成鸟，变成鹰，变成马，变成虎，变成牛，变成男女，低一些的也能变作石头，树木，瓜果。本领大的还能借助其他各种力量，比如呼风唤雨，移山填海等，这都是借助于法术，在妖魔称作妖术，在神仙称作仙术，在异士称作道术。这些超越了人的能力而能发挥出来的本领，自然是更高级的技法，也是有秘诀，有方法，有传承的，仙家道术也就有哪门哪派。

第3折

柳士龙到长沙时，见城里已恢复了平静，街头巷尾少见了道士，行人脸上松弛自如，波澜不兴。酒楼茶肆，店铺客栈都在照常营业，人们有说有笑，兴致盎然，仿佛未曾发生过人心惶恐不安的蛟乱，未曾有过人蛟之战，日子又进入了寻常，各自还得忙着各自的生活。只是平静的湖面并不代表湖水下面也同样平静。柳士龙来长沙当然不是游览它的市井风物，也不是延揽买卖生意。他从长沙城的表面深入到内部，在一座荒凉庭院的地下密室里，见到了邀他来见的同类老侯。

老侯可能生来就是蛟精，有上千岁了，修炼得慈眉善目，很像一个得道老者，老侯的身体瘦如丝线，好像刮股风也能将他吹上天。但他不是一般的妖精，柳士龙看他是几乎快成仙了，由妖而仙是痛苦的，不似直接由人修炼成仙，而柳士龙则是由仙而妖，由妖而想做个人。老侯是在为摆脱妖孽之名做最后的挣扎，这种挣扎是痛苦的，因为他不能见同类再去作恶，他知道恶行的后果是招致同类的灭亡，他阻止同类为害于人，阻止与道士相斗，可妖孽的本性不是行善的，没有哪个蛟精吃他那一套。

老侯潜藏长沙数百年，经营着这座城里的水井与江湖河汉的密道与巢穴，指望以此能庇护同类的生存。可他的努力导致的是众叛亲离，形单影只，甚至还被其他蛟精将道士引到他的藏身处，他不得不出来应战，幸得一鱼精相救，使老侯带伤逃出，以他的修炼，一般的道术哪里伤得了他。可他遇到的是许逊，许大头使五花剑，用的是正一斩邪诀，道行再深的妖也难躲过。柳士龙见到老侯，他已奄奄一息。

老侯用无力的手指着守在他身边一个女子说："夏九娘是我的结拜妹子，亏了她我才有这口气见到你。你叫她姐吧！"柳士龙叫了一声姐，夏九娘对他施了一礼。老侯说："这回算是栽大了，这道坎定是过不去，老夫千年的修行在毁于旦夕前，想有个交代。"他说，"豫章的许道士我这回会了一下他，此人会是我们的克星，他那套正一斩邪剑法，必然会给我们带来更大的灾难。依我看你跟他早晚会棋逢对手。在我撒手前，我想将身上修来的这点道行给你，多少助你微末之力。"柳士龙说："不行，你千年修炼何其不易，以你的道行，是过得了这个坎的。"

老侯摇摇头说："我剩一副残躯，苟延于世又有何益，你对付许道士能添一点力，是多一点胜算，也能保护大家避过大劫。我看那道士的五花剑是冲着咱们来的，原先我是想不与人为恶，不想与人斗，现在恐怕错了。在人的眼里，凡妖必除，他们不会放过一个妖，不会放过你，你免不了是得放手一搏的。"

柳士龙望着老侯嘴里两颗假牙，说："我是不想跟他们过不去的。"老侯瞪着眼珠道："错！"然后一阵猛咳，吐血，他说，"罢，罢，罢。你先听我的，接受老朽这点千年仅存，也算是微末遗赠吧。"在老侯输给柳士龙功力同时并将鱼精夏九娘托付给他，并说："你的道行也顶得上三千年的修行了，夏九娘原本是我荷塘里有八百年道行的鲶鱼，她不容易呀！你从仙籍打入凡尘不上百年，以后你们就姐弟相称吧，说不定她是你一个好帮手。"柳士龙深深地点头，说："你说的全在我心里了！"

老侯叹口气，一副万事皆休的样子，忽然想起什么，抓过柳士龙的手说："还有一事，你须记着，长沙的井与豫章的井是相连的，夏九娘知道井下秘道。"他说："那个许道人回豫章必会察觉到你的行踪，会做加害于你的事，只是他与我交手，也伤了元气，会暗中调养一阵，再跟你恶战的，你要经营好豫章井下的布防，长沙井虽多，这次一战即溃，就是设防不严密，招致失陷，那可是血流成河啊！"老侯快咽气时，一双眼直勾勾盯着夏九娘，似有无限不舍，嘴里发出蚊子般细小的声音，夏九娘耳朵贴上去，才听清老侯说："我到这份上，还能有你陪在身边，不枉此生了。"令柳士龙没有料到的是，老侯说完最后一句话，他细瘦的身体愈发瘦了，瞑目时竟变回了蛟的原形。如果他不将千年修行的功力给他，老侯死也应该会保持人的身体的，他这样做，是要和人决裂啊！

这天夜里，柳士龙梦见披头散发的女唱师夜鬼哭泣般在月光粼粼的江上唱那绝望的《楚王渡江》：楚王打了败仗，后有追兵前有长江。江宽水深，雨大风狂，一叶扁舟，颠簸晃荡。人太多，船要沉。先扔谁？船夫问。——歌里唱的是楚昭公兵败，退到汉江。江宽风大，扁舟一叶。一伙人都坐在船上，就有沉船的危险。于是艄公提议扔掉一些人，楚王犹豫先扔谁。结果，先扔大臣，说才子有的是，将来可以再招贤；又扔妻妾，说妻妾扔了大不了再纳娶；然后剩下的是血亲，兄弟和儿子，究竟先扔谁。最后，楚王决定扔儿子，说儿子扔了可以再生，而兄弟一辈子只有一次，绝对不可遗弃。女唱师歇斯底里的嚎叫，是鬼，一只只绝望的鬼，在投江的那一刻，在命悬一线的那一刻。在化身为鬼的那一刻，惊恐，不安，绝望而诡异。——人太多，船身斜。再扔谁能好一些？楚王说，扔妻妾。为什么扔妻妾？女人有的是，新的会更特别。听到此，他又感梅丽娘猛拽住他的手，仿佛他是唱词里的楚王，他隐约觉得她似乎预感到某种不祥，她只是抿住嘴，紧紧拽着他的手，他感到生疼。女唱师仍往下唱：儿子和兄弟先扔谁？有人说扔兄弟！有人说扔儿子！兄弟是手脚有情义，儿子是命根舍不起。有人说，干脆扔船夫，大不了一起死！有人说，船夫扔不得，我们要理智！有人说，这么难，不如自己死。有人说，有人说……没想到楚王要扔儿子！为什么扔儿子？儿子扔了还能生，兄弟一辈子就一次。女唱师哀号般的吟唱如孤魂夜哭，把一江水唱得鬼气沉沉，她仍哭嚎般地唱：兄弟啊，情同手足！兄弟啊，一起长大！兄弟啊，朝夕相处！兄弟啊，自相残杀！——突然梅丽娘在他梦里哭喊："夫君啊你快回呀，快回来救救一双孩儿啊夫君呀！你快回！"

柳士龙猛然醒来，霍地爬起来，心惊胆寒，竟出了一身冷汗，柳士龙从来没有这么害怕过，他定了定神，见夏九娘在另一张床上熟睡，月光如水不声不响地浸透窗纱，微风习习，虫吟唧唧，使他恢复了平静。柳士龙倒头睡下，不一会儿又惊醒，是同样的梦，接连惊起三遍。夏九娘坐起来问："怎么了？"柳士龙说："是蚊子吮血，长沙这地方蚊子真多。"

夏九娘说："你初来，我是习惯了，蚊子也是认生的。"柳士龙说："我想也是了，你睡你的。"夏九娘也就躺下。柳士龙静坐，虫吟使夜晚愈发显得深邃而空旷，柳士龙想到老侯告诉他长沙的井与豫章的井是相通的，现在长沙的井破了，已难藏身。豫章的众多水井老侯也连着经营多年，可以用来跟道士抗衡。他告诉柳士龙豫章井的秘密，以及那里藏有多少蛟精，并说那是我们最后的巢穴，否则便死无葬身之地，要柳士龙好生维护，不要被许道士再破了。他还说到许大头的五花剑：

"我还真没见过谁的头被剑砍落后又长出来的，妖怪不能，神仙能吗，恐怕也未必啊！那样冷，那样沉，那样快，疾速落在脖子上，那是身体最脆弱的部分，没有硬物，是软的，连接头部和身体，哪经得了一剑挥将过去，像一股冷风，一下把头吹落到地上，那剑是神异的，它是附着斩妖诀的，妖的头也是血肉啊！没有什么东西的脑袋能经得住那把剑的锋利和砍杀过来的力量。"

老侯是被那剑伤到的，他原本可以不死，他以死之名邀柳士龙来长沙，将他修炼千年的道行给了柳士龙，他就真的死了。老侯是预料到了许大头是柳士龙危害极大的对手的。也许他不仅危及柳士龙的族类，还有家人，这正是令人害怕难眠的原因了，柳士龙看看熟睡的夏九娘，心里自语道："看来明天得回豫章去。"

第4折

梅颐一起床连续打了三个崩脆而亮堂的喷嚏，那喷嚏劲大无比，几乎要把他全身骨头打散架，几乎要把他抛起来，像个吹胀气的牛卵泡，抛到九霄云外。

他觉得这喷嚏真打得古怪，仿佛是妖躲在他鼻孔里作祟，要让他的身体被喷嚏抛上天，这还了得！梅颐想。一个鼻孔里竟然藏着这般大的气力，这是未曾预料到的，仿佛豫章城的井眼里藏着某种未可知的异能。不久前梅仙祠许大头就告知他，豫章井多，长沙城里蛟精之患多来自于井，平时不见动静，人汲水捣衣，也不以为意，一旦雨季，或碰到夏天发洪水，那就是蛟精出没的端口，太守不可不察呀！梅颐未曾在意，觉得许道士有些危言耸听，转而说道："梅仙祠听说要修一座坛台，我可让人捐些资费。"许大头见梅颐对自己的提醒心不在焉，暗自叹口气，说："梅仙祠修坛台之事，不劳太守费神，倒是对蛟精防患于未然，太守须切切放在心上。"梅颐敷衍道："我心里有数就是了！"转眼过了几日，梅颐这天早上便突然记挂起来，就命人对全城水井巡察，若废井便填了。

此时豫章天气正闷热，熏风吹过艾草疯狂蔓延的两岸，燥热的气息夹杂着牛粪与各种草木生发的腥气，使人们愈加不安，庭院茂绿的荫凉仿佛也不能庇护他们，聒噪的蝉鸣把屋后的阴影叫得又窄又长，像一条妖异的秘径。燕雀琐琐碎碎的叽喳如同街头巷尾的闲言碎语，啄着一个孤单路人的后背，雪白的影子加重了土地的青黑与潮湿之气，蚯蚓书写着隐秘而昭然无识的字迹，令一只好奇的黄犬低头一路嗅着，仿佛一个痴迷研读的老夫子。它的尾巴晃动出意外所获的惊喜，好像若有所悟。

系马桩巷口，一群人围看一眼老井各陈己见，有人说这眼井水污浊得很，浮有便溺屎粪，附近住户弃之不用，都到进贤门去汲水了，不如填掉。有人说别填，人还在这洗马桶呢！梅颐对井圈里瞅了瞅，见水面浮着一些粪便和发黄的烂菜叶，他缩回头说："填了。"人便不言语。梅颐用袖口擦脸上一把汗，问府吏老常："还有几处？"老常只说："大人我领你去三眼井。"一边说，"那是城里头最深的井，以前有妇人小孩不慎掉下去过，自从大人命我等加大石分出三个井口后，就再也没发生过这类事了。"梅颐"嗯"了声，不住点头，说："三眼井水质甘美清澈，冬暖夏凉，终年不涸，用这井水煮饭则饭不馊，酿酒则酒香如花露，煎药则药性不改，实在是豫章一宝啊！"老常说："大人说得是，有的人家宁可舍近求远也要到这里来汲水酿酒哩！"梅颐说："不过，这井通赣江，且与江水齐平，涨水时节要十分在意！"老常连说："那是那是。"一边说着就走到了友竹花园。

"大人，我见你气色不佳呀！"梅仙祠道士吴猛截住梅颐，好似完全是偶然的邂逅。梅颐满面带笑，随口应道："我身子骨还行！"一语把吴猛的点拨指鹿为马，颇不以为意。吴猛只对梅颐的头脸左看右看，满是煞有介事的表情，也不顾梅颐已流露不悦之色，说：

"太守印堂发暗，如乌龙盘梁，府里似有什么不洁之物。"梅颐脸上立马上了霜一般，冷冷地说："吴道士，这话从何说来，我可不爱听呐！"

吴猛施礼，轻飘飘扔一句："只当我没说。"竟转身而去。梅颐亦心有不快，拂袖自行，老常凑过来说："太守，吴道士不是口出轻浮的人，他可能有事要提醒你啊！"

梅颐说："瞎扯，我有什么事，要他这么提醒！这臭道士没事就妖言惑众，唯恐天下不乱，我还就不信这个邪。"

老常只好不语，闷头跟梅颐往前走，转过一个道口，见许大头肃然立在一棵古松树下，脸色庄重，若有所思。梅颐走过去，主动打了个招呼，说："许道长，我正按你说的让人对城里各处水井仔细巡察杜绝隐患呢！"

许大头也不瞅梅颐，只淡淡说："晚了。"

梅颐脸一沉，说："什么晚了，你提醒才几天呐！"

许大头面色如水，说："我提醒时已晚了。"梅颐说："道长，此话怎讲？城里没什么异样啊！"

许大头方才缓缓转过脸来，盯着梅颐，从额头到脸颊，到眼睛，把梅颐看得很不自在，说："我脑门子上又没长花，看什么看？"

许大头说："看来吴猛说得没错，大人印堂发暗，如乌龙盘梁，府里似有什么不洁之物。"梅颐怒，袖子用力一摔，像砸了件看不见的东西，愤愤然：

"这是什么话！你们这些道士净满嘴胡言乱语！"

许大头说："大人如若不信，可否领我去府上，亲手指出不洁之物来让大人明鉴？"梅颐气呼呼说："道长如若指明不出所说之物，该当如何？"许大头说："大人可拆我梅仙祠。"梅颐说："我可担不起那个罪。"许大头说："那就随由大人处置。"

梅颐气不过，只有说："好，走着瞧！"一拽许大头袖子，喳，扯破了。

第5折

梅颐不说话，怒气冲冲拽着许道士穿街过巷往府上走，正烂霉天气，潮湿得很，石板路也打滑。梅颐一脚压着一脚，下力很猛，路旁人见太守跟梅仙祠许大头发生了纠葛，都起了好奇心，有些闲汉都跟着过来。

老常掸着袖子，不住地轰，说："瞧什么热闹，都走开，走开！"闲汉也就往旁边歪几步，咧嘴涎着脸笑笑，又跟了过来，像轰不走的苍蝇，惹得一帮妇孺也尾随在后，叽叽呱呱不停。

眼见太守府门到了，许大头不走了，梅颐却没停步，手攥着许大头的臂，许

65

大头不动，梅颐反被突然绊住一般，头不回，再着手一拽。许大头说话了："梅太守，这个门我不能进。"梅颐眼一瞪，胡子翘得老高，说："怎么了？！"

许大头说："这可是太守府门啊！"梅颐说："你来的不是太守府门吗？"

许大头说："我去的是你家。"梅颐："我不是豫章太守吗？"许大头说："你是豫章太守。"梅颐说："那么，你就来对地方了。"许大头迟疑起来："这——"

梅颐说："你又不是初来，这门里多少脚印都是你的呢！"许大头似有不忍，梅颐却倔，硬要拽他入门。许大头沉重地叹了一口气，正色对梅颐说："大人呐不是本道士为难与你呀，只怕是我这一进去，这个门就破了。"

梅颐说："许道长，我知道你是高人，有一身好道术，我自认还是个行为端正的人，就不信你能从我府里捉出妖鬼来！"说着还朝围拢过来瞧热闹的人说："大家可以进来作个见证，许道长说我家里有不洁之物，我让他当众给我指出来。"众人听了愈加闹哄哄亢奋起来。

许大头无奈，说："也好。"便一步迈了进去，尾随于后的人众你推我搡，都想进去却还是有所顾忌，有闲汉说："梅大人叫我们进去作个见证，还怕啥！进去就是了。"说罢领头进门，后面的人一拥而入。

众人穿过花径来到后院，却见梅丽娘听到嚷嚷声从屋里走出来，她穿戴华丽而繁复的衣饰，仿佛今天是个大日子，她像一个新嫁娘。"爹爹呀！这是怎么回事？"

梅丽娘见梅颐满脸怒容，十分惊讶。

"儿啊！"梅颐欲言又止，心里有说不出的冤屈与怆然，还是提着嗓门说，"许道长要看看咱家，要到咱家捉妖哩！"

梅丽娘说："捉妖？谁是妖！"许大头也不回避，事已至此，他看了一眼梅丽娘，转头对梅颐干脆开门见山地说："梅大人，能否请贵婿出来一见？"

梅颐脸上一凛，说："不巧得很，小婿已外出多日。"

许大头说："大人可知贵婿是哪里人？干什么营生？"梅颐说："小婿不才，是个行商，做茶叶生意，枭阳人。"许大头示意避开众人，说："请大人借一步说话。"梅颐随许大头挪到一株老桂后面，许大头说："恕贫道直言，贵婿不是人。"

梅颐眼珠子都要瞪出来，还是压低嗓音怒道："胡说！"

许大头说："贵婿是个变化多端的蛟精。"

梅颐用手指点着许大头的脑门，气得嘴唇泛白，声音带哆嗦地说："好一个道士，你，长沙除蛟精昏了头了，睁眼满世都是妖物，连小婿这般好端端的人竟也说是蛟精，没蛟精你就寂寞，你就活不成是吧！看你却是个妖道，血口喷人！"

许大头说："大人息怒，贫道除妖也无须多作解释，大人府上确实妖气很重。"

梅颐说："好，就算我信你的话，你不是要把妖指出给我看吗，有本事你让它现出原形来，我就服你！"

许大头沉默片刻，好像有点举棋不定。

梅颐说："你会说妖不在是不是，干脆你把我说成蛟精好了，让我也知道我的原形是啥样，我是什么变的。"梅颐的声音由低而高，无法控制，瞅热闹的众人也就蔓延到了整个院里，老常和几个衙卫根本就制止不住。

许大头左右察看了一下院子，就看了看众人，仿佛下了决心，指着墙角一口井说："梅大人先叫人将那井暂时封住。"梅颐嗤地一笑，说："怎么，你能让蛟精从井里冒出来，也不嫌井眼窄？"

许大头面无表情地说："我是怕蛟精从那里逃走。"

梅颐说："好，那就依你，我让人把井封牢了。"

老常遂领两个衙卫搬来青石板，将井口盖个严严实实，上面还压了几条大麻石。梅颐对许大头说："这成了吧！"

许大头走到井前，用黄纸画上符篆，口中念念有词，将符篆贴在封井石上，转而对梅颐说："大人，恐贫道还有更大的得罪和伤害，恕我无礼，贫道先谢罪了。"梅颐昂首不语，脸铁青，更难看。

许大头说："事情早晚也会到这一步，贫道就顾不得许多，梅大人可否领一双孙儿出来见见。"许大头说着，一脸坚毅，像要摊牌般不再迟疑。梅丽娘抢了过来，一改往日温婉，声如铁钉，说：

"许道长，你这是什么意思？"

许大头说："孩儿没被小姐夫婿带走吧！"

梅颐冲到许大头面前，挡住女儿，说："道长，你的法术不少，使了一招又一招，这与小小孩儿何干？！"许大头说："你让小孩出来，一切也就明白了。"

梅颐颤声道："难道你要将小小孩儿说不是人不成？"许大头斩钉截铁说："正是。"

梅颐继续颤声道："难道你要将小小孩儿说是妖孽不成？"

许大头仍斩钉截铁说："正是。"梅颐"啊"地大叫一声，说："你呀你呀许道长，我倒真正看你不是人，是个不折不扣的妖道。"

许大头不慌不忙说："贫道是捉妖的"。

梅丽娘忍住内心的波澜，缓缓地说道："道长，我一向敬你是个有道之人，今日我还真想问一句，你还是人吗？为什么既把我夫君说成妖，又把我无辜的一双孩儿也不放过？为什么！"

许大头说："贫道生活有放浪处，但绝不会冤枉无辜。如果小姐真要知道有辜无辜，把你孩儿领出来就明明白白了。"

梅丽娘抿嘴咬牙点点头，说："好，好。"回头朝屋里说："兰儿，把虎儿英儿领出来，让人家看看，不然真还把我们家当藏一窝妖精呢！"

兰儿从里面应声，屋门咿呀地打开，兰儿先跨了出来，一看这阵势，怕吓着孩子，掉头又去掩门，虎儿和英儿在里头各自叫了声："娘！"一声高，一声低；一声长，一声短。

梅丽娘对兰儿平静地说："让孩儿们出来吧，没什么不好见的。"

没容兰儿去领，虎儿竟蹦了出来，不管天高地厚，小手一指许大头，竟然喝道："臭道士，屁道士，不许你欺负我娘欺负我外公！"

许大头一看眼前一前一后从屋里蹦出两个男女孩儿，都生得好看，男孩虎头虎脑，女孩灵气十足，皆有着纯净与天真，许大头暗自叹了口气。

梅丽娘责怪虎儿道："不可出口伤人。"又对许大头说："道长，这就是我的一双孩儿，请看看到底是人，或是妖？！也让街坊们看个明白！"

众人就叽叽喳喳议论，有妇人大声说："这不好端端孩儿么，怎说成妖精，不缺德吗！"又有人说："道士生孩儿没屁眼，净缺德啊！"有人向许大头扔破瓦片，有人朝许大头身上啐唾沫，嚷道："轰他出去！糟践人的东西！"许大头任人怎么唾骂扔瓦片也不闪不避，他只看着梅丽娘说：

"不是我跟小姐过不去，实在是蛟精在你家作怪，跟你过不去，这是坎啊！我进门前还犹豫，对太守说，我这一进去，门就破了。看来这劫是你我都躲不过的了！我想对于你们来说这是艰难的一天，还是灾难的一天，这就是劫数啊！也罢，今日之日，当生则生，当死则死，当仇则仇，当怨则怨，恩怨生死情仇，当了则了，当断则断。"回头对吴猛道："且取我五花剑来吧。"

吴猛将包在布囊里的五花剑抖了出来，慎重地以双手递给许大头，许大头徐徐抽出，捏剑在手，闭目深吸一口气，掐住手指，嘴里念念有词，面孔变得光辉熠熠，他的记忆里立即浮现出峥嵘，出现了奇崛的法力，仿佛使暗藏的生物无处遁形，那种逼迫的力量，要将空气胀破。众人突然安静得出奇，都要看道士施什么奇法，梅颐只睁着怒目，梅丽娘脸上有的是轻蔑与不屑。

两个孩儿看着老道变戏法般摆弄，先是天真地好奇，继而开始退缩，有了惊恐。梅丽娘见许大头对孩儿逼迫不堪，挺身过去挡住飞舞的剑光，厉声说："别装神弄鬼的吓唬孩子！"许大头像是被法术驱使，完全变了一个人，他推开梅丽娘，口咬手指，将血喷在五花剑上，朝两个孩儿身上一指，喝道："小小孽畜，还不快现原形！"两个孩儿顿时失魂落魄般身子左摇右摆扭动，十分身不由己，站立不住，一下伏在地上，扭曲挣扎，眨眼间，人只见两只鱼头蛇尾的小生物在地上乱窜，众人惊跳起来，大叫妖怪。

那生物受到惊吓就要往水井里逃，谁知吴猛已是虎视眈眈，守在井边，封住了逃路。梅丽娘一见自己两个孩儿忽然不见，竟现出妖物原形，一时魂飞魄散，惊厥而亡。两只小怪物原想夺路而逃，见母亲身死，不觉回过身来，伏在母亲身上哀鸣。

梅颐目睹这场变故大喊一声："孩儿啊！"泪如山崩。

许大头立住不动，对众人说："现在，你们大家都看到了，这是蛟精之子。"

众人被点破，猛回过神来一般，纷纷拾起棍棒石块瓦片，就往两小怪物砸去，许大头想要阻拦，由惊恐而转为用暴力来清除自身惶惑的人们哪阻拦得住，都喊着打死妖怪，石头棍棒就不住打过去。两个小生物也不躲不避，伏在母亲身边，直到被扔过来的石物杂具砸死掩没，众人才住手。

梅颐过去，一双颤抖的手扒开石块杂物，露出来的是一男一女两个孩儿和他们母亲的尸体，梅颐全身战栗，突然爆发出骇人的大笑。笑声，由悲怆绝望而至疯狂放荡，像一把火，一股风，扫荡着人们的心头。全城人知道，豫章太守疯了！梅太守的家里出了妖怪！

第五章

第1折

　　快临近豫章城，柳士龙突然有些不祥的预感，梅丽娘在他梦里哭喊着："夫君啊你快回呀，快回来救救一双孩儿啊夫君呀！你快回！"这声音一直萦绕在耳边，惊心动魄。松阳门外的旷野上艾草蓬生，如一簇簇恣肆蔓延的绿火，隐约有个披头散发的老者一边没来由般狂奔疾走，一边呼天抢地哀号，他的身影随着风中的艾草起伏不定，他的哀号也随风而逝，仿佛追随不可捉摸的魂灵，扔在后头的是烈日下的凄惶的影子。

　　柳士龙惦着妻儿，撒腿赶紧进城，夏九娘紧跟在他身后。令柳士龙奇怪的是，踅入熟悉的街巷，那些往昔烂熟的面孔，都变得怪异而恐慌，不管男女老幼都视他如鬼魅，掉头就跑。有的躲在屋紧闭门户，有的拉住小儿的手就往自家院里奔，有的连摊子也不管扔下就逃，似乎避之唯恐不及。有个老妇跪地对柳士龙乞求道："行行好吧，饶了我们！"旁边的黑脸后生一把扯起老妇，仓皇而去。柳士龙知道东墙祸起了，紧走几步，豫章太守府衙的门虚掩着，他和夏九娘推门而入，空庭寂寂。柳士龙跑到后院，只见一人站在桂树下，不动，如一木桩。兰儿！柳士龙呼叫，急促地问："发生什么事了？"兰儿不语，面如死灰。柳士龙焦虑地问："小姐呢？孩子呢？我岳丈大人呢？——都哪去了？！"兰儿突然叫一声："公子啊！"哇地大哭起来。

　　柳士龙在兰儿断续的哭叙中，得知家门惨祸，身体不由扑通跪倒在地上，仰

71

望苍天，发出撕心裂肺的惨叫，仿佛要把心呕出来，仿佛要把肺呕出来，仿佛要把肝呕出来，仿佛要把胆呕出来，仿佛要把血狂喷向天空。

乱云飞渡，卷来浓重似铅的雨云，一块块，黑压压地推过来，排山倒海，他要它把这汇聚在天空的山海朝豫章城砸下去。柳士龙诅咒要发动大水，搬运天上的雷霆和闪电，来为惨死的妻儿复仇！他要向妖道讨命，要把那些朝他无辜的孩儿们投掷过石头挥舞过棍棒的恶人淹没于仇恨的大水中。乌云来吧！雷电来吧！大雨来吧！

乌云仿佛搬运着沉重和巨大的石头，垒叠在低空，越垒越多，越叠越厚，眼看就要塌下来了。豫章城里一片惶恐不安，风鸣鹤唳，慌乱的人们像受惊的鸭子一样张皇失措，纷纷抱头鼠窜，发出不明所云的叫喊，他们歪斜的影子使街头巷陌满是仓皇，只有面孔木然的老者木雕般在阴暗的门洞里迟钝地或坐或立着，面对惊恐的世界，他们已麻木不仁，只偶尔眨动一下眼睛。

黑色天空坍塌了，大雨铺天盖地而来，满世界都是喧腾的水声，天上地下的水通过粗重而密集的雨的线条连接了起来，豫章城转眼白茫茫，仿佛悬浮在水里，鱼龙曼衍。筑在泥土上的城，变得没有了真实感，那些干燥的有着一堆堆马粪牛粪的黄土大路，那些硬邦邦高低不平的城中石板路，那些长年臭泥积水不断的烂草绳般的小路，瞬间都隐没在汤汤大水里。

大雨下了三天三夜，仍未停歇。水漫过了府衙的大门，冲进了梅仙祠，又涨到了高处的上蓝院门口，满城都是愁坏了的眼睛。柳士龙汇集所有江河湖泊的水落到豫章城，豫章城民将对妖孽的恐惧转为杀戮之心，用石头，棍棒，残害了无辜的虎儿和英儿。柳士龙要将愤恨通过狂暴的风雨化为复仇的箭，要

浮槎插稻圖五　老许的法术能斩得了江中的妖孽，却对付不了内心的恐惧，没法安顿。　丁酉毛焰

老许和他的五花劍

毁掉这座城。柳士龙要逼许道士出来跟他对阵,要让他付出血的代价来平息他的仇恨。

但许大头没有出阵,据说他施了大法,水淹进了梅仙祠的大门,却淹不到他打坐的房子,他的周围一滴雨也溅不过去,一点水汽也没有。也就是说,柳士龙召来狂风暴雨根本也奈何不了他。只能冲垮河堤,引发洪水,淹没庄稼,冲毁猪圈牛栏马厩和一些简陋房屋草棚,冲走人家的猪牛鸡犬和家什,而许大头及弟子则有道术护身,可以免除洪水之灾。雨水终有落尽之时,柳士龙便精疲力竭,许大头就祭起五花剑率弟子来寻他决战,而此时,柳士龙纵有天下的愤怒,也不是他的对手。

豫章的水面上出现了巨大而激烈的铁青色旋流,那旋流夹杂着河底的泥沙和两岸的花花绿绿的破烂,形成浩荡的旋涡,仿佛把洪流裹挟而来的万般杂物与牲畜都要吞入河腹。旋涡周围骨突骨突泛着白色的肮脏泡沫,荡起河流的呕吐物继续朝两岸漫延。旋涡中心突然腾起一根粗大的水柱,如同大河的阳具。那柱体是激烈旋转的,从水面疾速旋向岸上,所经之地,房屋,耕地,人畜,车马,摧枯拉朽般,无一幸免,皆被挟着狂风暴雨旋转的水柱扫荡。豫章沿江的房屋十有七毁,居民呼天抢地狼狈奔逃,像一些被雨打风吹的东倒西歪的影子。

洪水一经发动,一场人与蛟的全面大战不可避免,豫章江河井穴中的大小蛟精水鬼等怪物趁着洪水纷纷出洞,开始发动攻击,尤其见道士就死打烂缠至死方休,那些平时躲藏在井下的蛟精从城中巷落里一跃而出,自不同的街巷过来,渐渐对梅仙祠形成围攻。这些奇形怪状的生物平时隐身躲藏着不敢见人,只在暗影里变化,此时夹杂着污泥淖水大张旗鼓地显身出来与人作对,整个城里腥气弥漫,阴风浩荡。躲在屋里的居民惊恐万状,从门缝望出去,雨雾茫茫,雾里一声怪叫刀子般划过心头。一只怪物的利爪扑在木门板上,撼得剧烈震颤,那门板年深日久,似乎很难经得住怪物的扑击,怪物的利爪捅破了一个洞,黑湿而锋利的爪子伸进来胡乱抓挠,屋里妇孺吓得惊声尖叫,抱着一团。男人鼓足勇气,摸到一柄刀,猛劈过去,将怪物的爪子硬生生劈下一截,那截爪落在地上像河虾一样活蹦乱跳。

第2折

　　许大头率众弟子见满城里腥气弥漫，阴风浩荡，也大骇。心道这蛟精厉害，束手无策之余，不得不避其锋芒。豫章城里也不是没有想有作为的人，对神秘莫测的妖有人私下里准备了大小二十余把飞刀，也有人天才地制造了强弩，想给妖怪颜色尝尝，还有人暗地里经过无数试验，炼制了花花绿绿的毒药，打算毒死妖怪。可当蛟害降临，五花八门的奇门暗器，都无济于事。

　　待水柱龙卷过后，许大头叫弟子召集全城的铁匠，打造一根巨大的铁链。众人不明就里，多生疑问，许大头鼓着彤红的牛眼盯着一张张汗津津带有金属气味的面孔说："你们想不想躲过这一劫？"铁匠都说："谁不想呀！"

　　许大头又问："你们想不想保全亲人性命？"铁匠都说："想。"

　　许大头就说："那就照我说的去做！"

　　铁匠们再不敢犹疑，赶忙将打铁家什张罗起来开炉打造。雨势未减，草棚木户的铁匠铺里都炉火正红，粗大的链环在赤裸身子的汉子挥舞重锤的击打下，一环扣一环成形。许大头从这一家跑到那一家，亲自督造，忙个不停，酒糟鼻子晕红，两脸的大肉如铁砧般沉郁。

　　三天三夜全城铁匠不歇的打造，巨大而结实的十根几十米长的乌黑铁链终于告成，铁匠们嘀咕，谁搬得动！许大头说："现在没你们的事了，剩下的就是我的活儿了。"

　　众铁匠散去，许大头叫弟子们搭起道坛，他手提五花剑登上坛，烧了黄纸道符。这时乌云陡暗，黑雨砸落，打在棚顶上噼啪震耳，狂风卷地而来，一头栏里的白猪发出仿佛被捅了一刀般的刺耳的尖叫，呼剌剌被风刮上了天，只留凄厉的尖叫。吴猛十个弟子每人手握铁链一头，都心下惴惴然，紧张地看着道坛上的师父，许大头紧闭双眼不为所动，对发生的事充耳不闻，右手持剑当胸，左手指拈剑诀，嘴里念念有词。

　　那股龙卷风般的黑色水柱瞬就出现在城头，城里百姓皆惊恐，大呼小叫之声此起彼伏，黑柱越过城墙，许大头眉头抖动了一下，眼见就要席卷到设坛作法处

75

了。几条街都被龙卷水柱一扫而空，像是纸折木头搭的玩具，不堪一击。许大头突睁牛眼，大呼一声："起！"十根铁链腾空而起，如矫矫巨蟒，朝黑柱扑去。

吴猛朝手握铁链的道众高喊："稳住了，稳住！千万别撒手，稳住啊！"

一根铁链飞入黑色水柱，嘣然震断，又飞了出来，把手握另一端铁链的道士抛过两条街，重重砸进一家铺子。铺里躲的人见飞落一活物，还以为是妖怪，皆吓得尖叫躲藏，胆大的抄起扁担冲上去就要乱打，道士忙叫："住手住手，我是梅仙祠道士！"

那边许大头不敢丝毫松懈，不停作法催动其余九根铁链飞舞着，从不同方位缠住旋柱。但见越缠越紧，那黑气沉沉的旋转的水柱里竟然冒出一个巨大的凶煞恶神的头来，许大头大声叫道："缠住它，缠住它！"众弟子铆足劲，把铁链越索越紧，眼见是把那股旋转水柱里的怪物捆住了。铁链这一头在道士们的手上绷到了极处，可以感觉到被捆的怪物剧烈的扭动与挣扎。铁链在手上，仿佛有着怪物的反作用力，要把道士的手吃掉，那一双双手又咬住铁链不放。许大头不停念咒，驱动法力，额头冒起黄豆大的汗珠，面色煞白，像个病入膏肓的人。

龙卷风般的巨柱裹挟着乌云黑雨从沉沉厚土上接苍冥，威势悍猛，如同苍天砸下的一把大锤，所遇房舍一触即碎，人、牛、猪、羊、犬，悬浮在空中，全都失去重量，像是轻飘飘的剪纸和皮影。豫章城的门楼也散了架，屋顶砖瓦纷纷扬扬，洪水滔滔，汹涌漫入街道，一座城眼看不保。吴猛不停高喊："稳住！"

许大头猛咬中指，将血洒向五花剑，暴喝道："妖孽休得猖狂！"那声音似雷炸响，天空顿时闪了霹雳，那余音如戏腔般仍在袅袅不绝。龙卷狂暴的水柱动摇起来，歪歪扭扭，黑雾里不断有巨爪探出来乱踢乱蹬，缚在上面的铁链发出金属碰撞的响声。水柱从上至下如楼梯突然坍塌，水雾里蹦出一头水牛迅速从巨大的锁链里挣脱，蹦跳着仓皇而逃。手握铁链的道徒又惊又喜，对突然到来的胜利竟有些不知所措，许大头知道对手要逃，连忙催动三五飞步之术追了上去。

发生在豫章城这惊天动地的一幕，多少百姓都亲眼看到，他们在劫难到来时恐惧而畏缩，仓皇保命，只是祈求和盼望有人出头替他们降灾挡难，自己躲藏在后面如一窝还没开眼的幼鼠，当有人出头占了上风，他们便纷纷自鼠洞里跑出来起哄围观，好像他们个个都是英雄好汉。这一幕让他们记住了许大头的五花剑和梅仙祠道徒手握的乌黑铁链，那如巨蛇一般在空中飞舞，缠绕，激荡的铁链，使豫章百姓见识了许道长的通天法力。

第3折

柳士龙没有料到许老道的法术如此厉害，能布下铁索阵对付他，试图驱动法力把他捆缚，任其宰割。柳士龙的愤怒转眼化为了一盆冷水，只有变为一头包裹着仇恨与剧怒的野牛，落荒而逃，见江流滚滚，便纵身江水，排山倒海的激流和他内心一样愤怒与奔腾。他泅渡到对岸，想避上一避，再来复仇。谁料许老道飞步追来，后头还跟着一个虬髯满脸的道士吴猛。其他道士没二人的本领，都过不了江。许大头急追，吴猛尾随，张开臭嘴大喊大叫："别让妖孽跑了！"仿佛官兵捉贼。

柳士龙不由心头火起，停住脚步，不跑了，调转头挺一对粗壮尖利的牛角，迎面朝许老道直冲过去。许大头也未料到柳士龙会破釜沉舟拼死相抗。只见他急急刹住身子，手忙脚乱摆出对阵姿势，柳士龙不顾一切硬顶过去，许大头身子一歪，自是躲过，可牛角却是把后头顶缸的吴猛顶上了天。许大头"哎呀"一声，五花剑返手刺出，击中了牛的后腿。柳士龙摔开吴猛，他像一只破包袱一样在空中划了道弧线，扑通栽到烂泥水里，痛得怪叫。柳士龙见有口沙井在不远，便一头扎进井里。许大头不及追来，回头去顾吴猛，却见伤势不轻，赶忙封住穴位止住血，带他回梅仙祠救治。而狂暴的大雨也就在龙卷水柱从上至下如楼梯般坍塌的那一刻停了下来，灌进城的洪水也像受伤的蛇一样往江河沟渠里退缩。

那些趁洪水从江河井穴倾巢而出的大小蛟精立马乱了阵脚，没有洪水的威力那些蛟精也似陆地之鱼，只有挣扎的本能。梅仙观道士提剑杀出，众蛟精慌不择路，见井就跳，见沟渠河塘就钻，那些逃不及的蛟类如同裸露烂泥里的鱼鳖，遭到快剑的斩杀。

烈日奇迹般从乌云里炸裂而出，到处是被道士们斩杀的蛟精的断肢残身，和污泥混合在一起，发出奇异的腥臭味。官军接着封闭城门，开始出来配合扫荡，不仅填埋了城里不少的井，切断通往城外的逃路，且一见浑身腥气异常的人当即捉拿，陆续搜查到化为人形躲藏城里的蛟精，皆被正一剑斩杀。那些暂时藏身在水井暗渠里的蛟精无不对正一剑怀有畏惧，一时又逃不出豫章，通向江河湖口水路都有道士官军把守，城里搜查越来越紧，水路出口也被封死。市井坊间一再将梅仙祠道士的正一斩邪剑传说得神乎其神，有人在酒肆里绘声绘色地讲其目睹道士用正一剑斩蛟情景："那一剑过去，身子就像让风吹断的烟，哪找去，任蛟怪再厉害，也死无葬身之地。我还真没见过这么神的剑。根本没啥东西逃得过！"

有人说："我刚从西河口过来，见到有官兵捞起被斩的死蛟，头是头，尾是尾，是大卸八块了的，堆在堤上烧掉，又腥又臭。"有的说："这剑确实厉害啊，还有啥是道士的剑杀不了的？"人就笑，说："水葫芦杀不了，荷灯杀不了，没邪性，道士的剑也拿荷灯没办法。"众人听罢，都笑。

第4折

雨水仿佛被悬在空中灼烈的日头收尽了，江水仍然浑浊而汹涌，白棉状的云像浮动的夏日雪山，缓慢地在城头移过，云影如一匹惨淡的尸布在赣水流域的两岸铺开，空气中有干燥的腥气和刺鼻的花粉气息，鸟的翅膀也被酷阳晒得稀薄而脆弱，如同干枯的树叶在空中飘过。山墙上的灰黑的水渍虚幻出神的山水和菩萨的庄严法相，篱外的少年骑猪而过，在上蓝院门前虚化于抖动的气体中。梅仙祠里格外地静，鸟屎掉在地上也听得见。道士许大头静坐，把身体完完全全放置于冥想，世界仿佛一片空无而虚静。他能听到豫章城阴暗的沟渠水井深处，一些漏网之鱼的蛟精在蠢蠢欲动。日暮时分，光线与水面交织，呈现出昏暗的光影，通向赣江的西河口水上隐约漂过来祭亡灵的荷灯。

楚王打了败仗，后有追兵前有长江。江宽水深，雨大风狂，一叶扁舟，颠簸晃荡。招魂般的巫歌像幽魂一样从变得又暗又沉的水底冒起。荷灯一叶叶漂过来，像一只只绝望的鬼。每一盏荷灯仿佛都有一个女鬼在吟唱：人太多，船要沉。先扔谁？——人太多，船身斜。再扔谁能好一些？仿佛女鬼在目睹着楚王渡江，目睹着好像被水推过来涌向西河口的满水面荷灯。那些忽明忽暗的灯火密密麻麻地出现，煞是浩荡而壮观，引来了不少城民观看，开始都默祈着在洪水中死去的人，随之见荷灯越漂越多，人不由狐疑起来，豫章人从没放过这么多荷灯，太多了，从哪来的？谁放的？

人们面面相觑，无不感到蹊跷，荷灯漂流过来像满河晶莹的眼泪，带着幽暗与神秘。水面萦绕着不知何处传来的女唱师吟唱的《楚王渡江》：人太多，船要沉。先扔谁？船夫问。楚王说，扔大臣。人听着心里一紧，到处搜寻唱师的身影，却见人群中现身黑袍道士，个个手提雪亮长剑，晚风吹拂他们的道袍，如同梳理黑色羽毛。领头的道士正是吴猛，他对围观的城民说：

"这是托荷灯逃走的蛟精，我等奉师命在此超度他们！"

口念三五飞步诀，一群道士像乌鸦一般纵向水面，他们个个身体轻盈仿佛得了仙术，血肉的重量减得轻似羽毛，而又能托举剑的重量，那剑上也因有了法术，变得既轻巧又锋利，道士们履水如行平地，朝着荷灯砍杀。

一剑下去，一盏荷灯周围顿时洇起一捧血水，水下有生物被砍杀。众道士一剑一个准，砍瓜切菜一般诛杀托身荷灯的蛟精，身形在水面行动自如，把岸上的人都惊呆了，仿佛沉浸于梦里。

他们没想到平时见的看似再寻常不过甚至有些讨厌的道士，竟然有出乎意料的本领，那种传说中的神奇就活生生出现在眼前。传说中有神仙本领的高人，都不会轻易当着常人的面显露本领，即便让人看见了，也会用法术让人失去记忆，以便让人在凡尘里获得平衡。豫章城民这天黄昏天没断黑就进入了梦境，只是这个满是荷灯，满是乌鸦般的道士，满是血水的怪异的梦比以往的梦更真实，但次日醒来，也多已忘记，见了面亦不曾谈起。很多人自然不知道城里外逃的蛟精出乎意料地在西河口遭到阻杀，仿佛陷了梅仙祠道士预先设伏的圈套，那才是真正的噩梦。

城里那些能够通往城外甚至通到更远去处的井都被官兵堵死了，留在城里已难藏身，从西河口水路外逃或有避开正一剑的一线生机。那些在水上眨着微弱光芒的荷灯是求生的望眼，是此岸通往彼岸的泅渡之舟，蛟精们潜身水下举着一盏盏荷灯泅渡于暮夕的逝川，河里的水怪鱼虾一群群惊跳逃亡。梅仙祠道士仿佛从天而降，长剑划破水的皮肤，刺啦啦惊起鱼飞虾窜，把蛟精葬身在噩梦里。飞舞的剑，在法术的驱动下，腾挪，奋跃，折冲，击杀，荷灯覆水，湿黑，幽冥，浓重的红，腰斩的半截身子游出一米之距沉沦，大面积收割死亡，诛妖的狂欢。

荷灯被打翻，击灭，破碎，卷覆的荷叶，下沉的灯照亮了水下血污的断颈残身，死鱼的眼睛，斩断的尾，浓厚的腥气弥漫在死神的呕吐物周围，渐渐平静的暗红色水上，一叶荷灯漂出很远，看似逃离了屠杀，荷灯的光在侥幸的变小中远离，一把剑脱手而飞，划过一道长弧线，准确地击中荷灯，荷灯喷血三尺，归于平静。乌鸦栖落在浮尸上，像丑陋的玄铁。

西河口的黄昏，血水横流，尸如浮杵，大量前推后涌的烂荷败叶使河流变得混沌莫测，腥气熏天。

道士许大头继长沙除蛟，在豫章以铁索阵败妖，又在西河口设伏，大斩群蛟，为护佑豫章城建下了功德，满城都鸣起了鞭炮。

新任豫章太守是个脸面光滑没有胡髯的后生，他兴高采烈地领着士绅和三街五巷的城民热热闹闹将一块黑底飞金的大匾挂上了梅仙祠的门端，匾上写着：护佑万民（字是出自豫章名士桓尹之手）。

被人称颂的道长许大头宣称闭关。

新任豫章太守上门，许大头也没露面，只是吴猛代他应付。豫章人自然体恤许道长除蛟的辛劳，连日有成群的人送上香供，以示感谢。一时间梅仙祠香火旺盛空前，门庭若市，远近香客似有连绵不绝之势。街头酒肆里再也见不到那个酒糟鼻，红脸膛，无论冬夏都穿着污浊不堪的棉道袍的老道的身影。渐渐就有人说许大头豫章除蛟后就离开了梅仙祠去了城外的西山许家营，将他那把神奇的五花剑也封入了许家营的一株古柏里，后人称瘗剑柏，他彻底归隐了。

第 5 折

几乎没有谁知道此时的许大头以闭关为名,独自躲在一间密不透风且满是霉味的潮湿静室里私下撰写一部名为《浮灯》的回忆录。这部回忆录里记载了他一些不堪回首的童年往事,对关于其母因吞食了凤凰嘴衔的宝珠,而生下了他的坊间传说予以厘清,并不无激愤地声明,那是不负责任的屁话,他是由父精母血造就的正常孩子。但对他幼年在郊外误射死一小鹿,见母鹿回头舔着小鹿身上的血迹发出哀鸣,自己悔恨而伤感,毁弓折箭,对天盟誓,"从此不杀生,多做善事",作了肯定,且加了一些唯恐不详的注释,尤其关于杀生与不杀生,许大头阐述不少独到见解。

对参与西河口除蛟的梅仙祠十二道士,人称十二真君(包括他自己在内)的许逊、吴猛、时荷、甘战、周广、陈勋、曾亨、盱烈、施岑、彭抗、黄仁览、钟离嘉都做了特别介绍,并说明其中五人是他许逊的族人或姻亲。而有关世人传颂的那些壮举,许大头的叙述却大相径庭,仿佛杯水风波。那些斩妖除蛟故事,不过是他一次次披星戴月领着弟子们根理豫章水患而已。不过,他煞有介事地描述了豫章风物,在不厌其烦地描写了豫章荷灯后,笔锋一转,又细致而津津有味地写到一种叫莲悟的果子,并为这种果子后来不见了或种子传到别处而深表痛惜。

许大头的回忆录中还一笔带过地写了一个豫章有名的神经病,对他患病的缘由语焉不详。此外,全书洋洋洒洒又极费心血写下的,皆是鸡毛蒜皮的琐事,虽有机关设置与某些不可点明的微言大义,在别人看来却是避重就轻,不值一提,他写了一大堆文字,且尚无收尾迹象。梅仙祠花花绿绿垃圾里隔三岔五,就会有几支扔弃的秃笔。

松阳门外,一个衣衫褴褛的白发长须的疯子在艾风起伏的荒野上来回奔逐,一会儿号啕大哭,一会儿仰天狂笑,嘴里不停喃喃自语说:"都死了,干干净净。——都死了,干干净净。"

城门进出的人都知道,那是原豫章太守梅颐。

他的眼里有一个无头之人骑在马上,梅颐追着那骑者奔跑。飞扬的尘土和金箭似的阳光无孔不入地刺入他的双眼，使他泪水滂沱，仿佛急剧融化的冰山。

在一个鸡犬升天的秋日的夜晚，豫章城似乎与往日没什么两样，大街小巷也不见什么特别迹象。特别的是后来说起这个夜晚的一些人的心境。生米街的瘸子宝叔说，他亲眼看到那个晚上城西的天空红彤彤的不肯黑下来，西方许家营的屋子轻飘飘拔地而起，好端端像纸鸢一样就往天上飞，许家的鸡窝狗窝也一个劲地飞，天上祥云环绕，鼓乐喧天，喜庆热闹得很，还放了鞭炮，有个鞭炮还从天上飞溅下来，像颗流星般，啪地炸到了他的左脚，他一看是许家屋上落下的一片瓦。他就想，许大头这家伙这回真是上天成仙了！

哎呀，他家那狗，也该是条仙狗啊！

第二部

民国散事·寡语者

海人鱼状如人，眉目口鼻手足皆为美丽女子，无不惧足，皮肉白如玉，灌少酒便如桃花，发如马尾，长五六尺，临海鳏寡居多取养池沼。

——林坤《诚斋杂记》

第一章

第 1 叠

军统蓝衣社南昌站的危险人物机密档案卷宗里，常常出现柳士龙的名字。那些有关材料皆语焉不详，笼罩着柳士龙这个名字也就有些神出鬼没云遮雾罩般的神秘。偶尔我的身份是豫章茶叶商人，武宁木材商人，有时也是景德镇瓷商，袁州的夏布商人，或樟树药商。我不可能是广润门火神庙新新戏园子里的武生，不可能是洗马池绸庄的老板，不可能是瓦子角马戏场的看门人。我不可以固定被人关注，让目光把我网起来，而必须来去匆匆，居留不定。没有谁关注我，也不会有谁盯着我的行踪。我仿佛像一个来往于浮梁与豫章的茶商，又像一个经常往袁州跑的夏布贩子，我的其他行当的表面身份更给人造成飘忽不定的感觉。

我转换这么多的身份，不是因为有谁非得要我转换，有时一个身份几十上百年了，也会腻烦的，而且我本不是人，又千年死不了，这事也不能像卖狗皮膏药的人到大街上去叫嚷，只得打落牙往肚里吞，守着这古老的秘密。既然我活了这么多年都不会死，仿佛昨天是魏晋，今天就是民国了，那么，肯定还有别的不死的老家伙，就像我的老对头许大头——现在人都尊称他是许真君，看作是豫章民间的大神，而把我视为兴风作乱的怪物，被许真君的五花剑征服锁牢在万寿宫镇蛟井底。有时候我确实会睡在井里，不愿出来，就让许真君锁着好了，我愿把井当作坟墓，忘掉所有痛苦，长眠不醒，那该多好。唉，我不知道是什么原因使我活了这么久，也不明白还能活多久，这种事我一般不会多做考虑，如果我能做一

85

个人的话，肯定就不会做妖了。我是半鱼，半蛇，半龙，半人，我是蛟，我是精，我是怪，我是妖孽。活得时间再长又有什么用？要是我是人的话，也不会有一千多年的仇恨，这仇恨由于时间的延长，而变得古老。穿过了千年的仇恨，还没有淡化，它就像一把刀子，必须扎进仇家的肉里，让那肉做土壤，把刀子埋到仇家的肉里，让它腐烂掉，仇恨才会消失。可这仅仅是折磨我的一个想法，我一千多年活过来，深感到的是屈辱和无能，尤其想到妻儿的惨死，老丈人被逼疯。我是妖孽，被斩被杀也是活该，但许真君这种正道人士却同样以妖孽之名置我无辜的孩儿于死地，迫我的爱人气绝，致我老丈人错乱疯癫，此仇此恨，不寻一了断，何以得安？这千年来开始是他追杀我，要将我这种妖孽赶尽杀绝，现在轮到我寻找他了。

漫长的复仇路上的寻找比我预想的艰难，我的无能又加重了自己的屈辱感。有时觉得像我这样的妖，活着就是耻辱。生命本身就如一种幻觉，若是千年沉睡，我活在别人的梦里，无肉身，无体积的轻重感，飘浮，像光，像雾，像烟，像影子，那真不错！只是仇恨常常会提醒我，会使我的肉身成形，会使我以一个名叫柳士龙的人的身体追踪许真君复仇，我是他古老的敌人，一个诛而不死的古老蛟精，我似亡魂一样游荡在古城豫章陈旧的街巷里，我是它的前史、传说和印证，我是寡语者。我一千多年来像西方人传说的吸血鬼一样，把许真君为我造的坟墓，那口幽暗的深井当作巢穴，我在井底用仇恨磨亮复仇的技艺。

现在许真君在豫章早已是个吃着民间供品的功成名就的家伙，世人把他看得高高在上——一家五百余口皆托他老人家的福，鸡犬升天了。只有我知道这个老滑头，他哪儿也没去，当年他知道跟我结下了仇，我早晚要找他算账，便遣散家口，一把火将西山许家营老宅的房屋烧个精光，自己隐姓埋名躲了起来。豫章人将他当年待过的梅仙祠建成了气派的神殿万寿宫，可笑的是，神却不在那里，而对那里的镇蛟井世人讳莫如深，仿佛镇着一个死魂灵。豫章这地方崇仙尚道，把神仙当偶像膜拜之风由来已久，以为神仙无所不能。我当初也是在仙界混的，知道仙界的底细，有些所谓仙道角色也是顶了个唬人的头衔在人间混香火的，别以为我如今堕入妖道便说神仙坏话，坏话还用我说吗，我要说的是世人太糊涂，比较好糊弄。说到神仙，人就崇敬，说到妖七八怪的，人就怕。而且认为凡是神仙就是好的，就是善的，就是会庇护人的，帮助人的，只要是膜拜神仙，神仙就会为人排忧解难。凡是妖孽，必是坏的，邪恶的，会给人带来不可预知的灾难的。由于这种灾难的不可预知性，令世人对妖更是充满恐惧。世人希望通过祈祷借助神仙之手斩妖除怪，他们将神仙与妖孽排在一个水火不容的对立位置，仿佛一对古老的敌人。神与妖的存在就是仇恨的存在，人世的天灾人祸，地震，洪水，龙卷风，旱灾，冻灾，山火，蝗灾，雪崩，火山爆发，海啸，等等；以及战争，疾病，穷困，忧虑，失火，车祸，溺亡，伤残，兄弟阋墙，夫妻反目，弑父杀君，械斗，等等，这些同样古老的灾难，皆视为是妖孽作祟。世人总是盼望有朝一日天上某位大神下凡，扫除妖孽，给人间带来太平，这是人的自私啊！妖孽与神仙的存在是互证的，亦互为存在的前提，如果妖没了，神仙也就消失了。世上哪有神仙的供位？豫章人崇尚许真君，把他当作是神仙的完美代表，是许大头为豫章平息了蛟害水灾，把我视为妖孽的邪恶化身，是我发动了那场史无前例的几乎淹没豫章城的大水。世人忘记了或者不明许真君与我仇恨的真相，他们认为许真君以其道术使我家破人亡是替天行道为人除害，我挟风雨雷电复仇便是祸国殃民危害一方。我不能说世人是非不分。是与非，从来就是与利害相关的，谁获利于谁，自然说谁的好话。豫章人眼里我是为害的，自是百身莫赎，哪管我妻儿岳父的无辜。一千多年以来许真君的大名如明灯巨烛，我则仿佛是黑暗里的蜘蛛，虽几经转世轮回般更换身份，我还是我，怀着一个复仇的心如怀揣一柄古老的利刃。许真君的大名在亮处，他却消失在暗处，以我的能力众里寻他千百度而不获，时至民国十九年（公元 1930 年），我已隐约发现了许大头的一些端倪。

他就在豫章城里，他哪儿也没去，说他一人得道，鸡犬升天，都是屁话，都是为他隐藏起来让他的徒子徒孙们编造的谎言，这谎言都成了世人口头和文字中的成语了，那么大一个幌子，好让他体面地消失，以躲过我的复仇。我相信我的预感，许大头就在豫章城里，跟我一样隐姓埋名，躲一天是一天，在这个万物有道的世界里，他是一个成功的隐士。

第 2 叠

民国时期的豫章更名叫南昌，意为"昌大南疆"。民国的南昌相对东晋时期的豫章广阔而繁复，章江，赣水，抚河，东湖尚在，城却不是那时的城了。时代的转换与变迁，与戏台上换场没有两样，布景得变，道具得变，人的衣着打扮也改头换面。民国南昌做了一件千年以来的最大改观，主政江西的省主席熊式辉是个相貌堂堂的跛子，他把过去的几座老城门德胜门、广润门、惠民门、进贤门、顺化门、永和门下令随同老城墙一起推倒，填了护城河。独遗一座章江门城楼观水。

当覆满苔迹与杂树横生、无数飞鸟狐兔打洞筑巢的城墙轰然倒塌，那些古老的砖土垒积起来的已逝岁月的遗物突然崩坍溃散到河水里，仿佛被时光的河流接纳，溅起浩大的弥哀喧响，鸟飞狐惊，真像推倒了漫长的斑驳时光和记忆。熊式辉动用人力疏通了城里城外由多年腐烂垃圾和动物尸体堆积而淤塞的腥臭与污浊的西河口水道，让抚河东湖又能有赣江清波荡漾，闪动粼粼波光。又在城中心地带辟出了东西向大街和以本土八大乡贤命名的渊明路、永叔路、子固路、叠山路、象山路、阳明路、船山路、榕门路，豫章城由此才像模像样变成了民国江西省政府所在地南昌。城墙不见了，老人还念叨：万里长城万里长，拿条尺子量一量。量了半年六个月，长城到底有多长。共有三万六千里，就像一带大围墙。遮遮太阳倒很好，前人种树后人凉。如今长城依然在，不见当年秦始皇。

大围墙拆了，使城外人有更多进城谋生的活路，城里密如蛛网的小街小巷便在随居民的涌入有增无减，愈加变得烦冗而复杂，如同毛细血管遍布城市周身。其中西大街、中大街、东大街、半步街（三条半街）最为热闹。城内的小街小巷的名称更是五花八门，多由所在地某一时间长久的建筑设施或机构，乃至所在地的人的集中营生行业等等而得名，尤以官署，军辕，寺庙道观为多，像南昌人耳熟能详的天后宫、陈家祠街、西辕门、东辕门、马家楼、臬司前街、风神庙、三义祠、状元桥、五把公所、万子祠街、百花洲街、石公祠街、席公祠、华佗庙、刨皮巷、圆觉寺、马王庙街、磨子巷、戊子牌、瓦子角、六眼井、吕祖祠街、裆子巷街、开元观街、中大街、杨家厂、佳山庙、系马桩、三道桥、应天寺、府义仓、箭道巷、青莲庵、公输子祠、佑民寺、罗祖庙、花园角、磨子巷横街、河东会馆、汤家园、建德观、三皇宫、令公庙、灵隐桥、赐福巷、小金台、关帝庙、月光地、桂旺厂、炮威巷、观音巷、扁担巷、射步亭、官巷、关马祠、棕帽巷、下凤凰坡、三台巷、洗马池、甲戌坊、书街、司狱巷、硝皮巷、铁街、伞街、许家巷、尿巷、白马庙、总镇坡、火神庙、保赤仓、刘将军庙、皇殿侧、上营坊、算子桥、白衣庵、大成坊、棋盘街、万寿宫、翘步街、醋巷、合同巷、天灯下、塘塍上、水关桥、袁家井、海棠庙、石头街、二郎庙、二眼井、蒲扇行、宫保第、普贤寺、书院街、状元府、厚福巷、应天寺、高升巷、友竹花园、三眼井、丁公庙、小校厂、清节堂、广东会馆、塘子河、娄妃墓、义渡局等等。我之所以对这座城市烂熟于胸，是我在这里待的年头够多够久了，它的穷街陋巷也就像长在我身上的骨肉烂疮和皮癣。哪里痛，哪里痒，哪里舒服，我完全能感知到。我或许就是一部《豫章志》和《豫章水经注》，也是一部《搜神记》，我想除了我之外，还有另一个人也能感知到。他在此地待的时间几乎与我同样长，如果说这座城古老而沧桑，他就是这座城古老而沧桑的一部分。

没有他，就没有万寿宫。没有万寿宫，这座城便如同坟墓。而我是他的掘墓人。我，柳士龙，是他许真君符咒封杀不死的冤魂，是古老仇恨的原在宿主，我是讨债来了！像古老豫章埋在土里的老城墙的破砖，像尘封枯井里黑暗的烂泥，像臭水塘里又苦又硬的老莲子。我不再安心于我的枯井烂泥里，我开始频繁地像模像样地出没在甲戌坊、书街、府学西街、石公祠街、圆觉寺、东大街、马王庙街、瓦子角、六眼井、状元府、厚福巷，也在德胜门正街、吕祖祠街、褡子巷街、开元观街、中大街、杨家厂、佳山庙、洗马池、系马桩、应天寺一带转悠，我自然记得上蓝院，这里已是佑民寺，我在寺内还能看见梅丽娘的影子，那铭心刻骨的伤痛。我是要用复仇来疗伤的。

我的名字出现在军统蓝衣社南昌站秘密监视名册豫章莲灯社的档案里并不意外。军统蓝衣社南昌站站长戴先生在南昌秘密接触的人里恰恰有我要寻找的人，只是我还摸不准他在里面充当什么角色，也没见过他露面。他当然是蓝衣社在南昌要倚仗的高人。

第 3 叠

　　蓝衣社机密档案管理科科员马志明热衷于写作一部没头没脑的小说,他痴迷于繁复的叙事和多线索交叉的神秘虚构,幽暗的档案室里即便是白天,不借助于一盏昏黄的电灯泡,也无法看清档案的卷宗陈列。灰尘的干燥气息加重了年深日久的静谧,使马科员找了一条仿佛能逃出堆积如山的幽暗档案室的捷径,轻而易举就能陷入自己无端的冥想。

　　那些信马由缰的想象如同生着蝉翼有无数透明花纹的轻盈天使,使他奋笔疾书的蝇头小楷欲罢不能。马科员仿佛从档案室昏黄灰暗的光线里看见了秘密的追踪和无头案的无数蛛丝马迹,那些错综复杂的街巷在他皱起的眉头下眯起的眼前忽明忽暗,谋杀者与亡魂的影子在风与烟尘中若隐若现。巷头的葱油烧饼味道越来越浓,他甚至能察觉到那个啃着烧饼的戴灰呢礼帽的陌生人的长衫里掖着一把勃朗宁手枪。

　　那些在追查中被无端打断的失去线索的疑案,此时在马科员的眼前仿佛都有了千丝万缕的联系。看似不见天日的档案室就这样一天天令他在激动澎湃中疾书不停,使马科员乏味枯燥的生活变得惊心动魄与生机勃勃。他仿佛每时每刻都带着一支精悍的便衣队穿梭于街头巷尾,那些时断时续的线索总是牵引着他,带给他欲擒故纵的隐秘快感。

　　他的蝇头小楷由此而写满了稿笺,爬满了《豫章莲灯社名册》的卷宗。那些突如其来的灵感和隐秘的人物情节爬满了名册,莲灯社名册在马科员的书写中,人物众多,线索纷纭,情节跌宕起伏,既山重水复又峰回路转,越写越密、越写越小的文字里,常常出现万寿宫、翠花街、佳山庙、瓦子角、章江门、六眼井、系马桩、校厂西、孺子墓之类的地名。时而又更改和增删为另一些陌生的名词。细管狼毫笔的反复勾勾画画像是墙角青苔暗生汹涌,一本莲灯社名册被涂改得面目全非。直到有一天档案管理科要他次日将这本名册递到戴先生的办公桌上时,马志明才恍然大悟。

戴先生用巴掌拍打着办公桌上那本面目全非的卷宗，勃然大怒，吼叫着要枪毙这个得了谵妄症的家伙。而呆立在站长戴先生对面的马科员却一脸不明所以的笑容，他从站长办公室缭绕的烟雾中仿佛洞悉了军统南昌站的全部奥秘。

在马科员的小说里出现过似曾相识的惊险一幕。他会写到那个戴呢礼帽的陌生人被几个蓝衣社的便衣追击到章江门城楼的死角，数支黑洞般的枪管正对着他看似不堪一击的瘦削身躯。但见那人只朝特工面带诡秘地一笑，转身就从城头一跃而下，跳入了一泻千里的赣江。一个年轻便衣举起德国造大镜面驳壳枪就要射击，另一个马脸同伴说："不要开枪，你看这么凶猛的激流，淹也得把他淹死。"

那个年轻便衣是个年方二十的武昌军校毕业生，因与一位江汉轮渡公司老板的女儿恋爱未遂，便投奔了在南京国防部任职的叔父，经过半年多的秘密训练后，被安插到了军统蓝衣社南昌站特别行动队。他那个身怀六甲的小婶娘梦玲因年龄大过自己二十岁且精力超级旺盛的少将丈夫而苦恼，他数度的深夜不归使梦玲怀疑丈夫在外面已结新欢。随着接二连三的独守空房的不眠之夜过去，梦玲望着窗外一树花开的石榴树而陷入莫名其妙的遐思。

被蓝衣社特工逼迫从章江门城头跃身而下的陌生人，一口气游过赣江。当他从冰冷的江水里冒出身子湿漉漉地登上北岸，发现这里正是经常在他梦里出现的沙井，前尘往事仿佛历历在目。

首先浮现在眼前的是一个女子窈窕的身影，他如深入梦寐，看清了那张脸，带着一种久违的熟悉与惊艳。那张脸与刊登在昨天《民国日报》头版右上方上海跳水女皇杨秀琼小姐的照片一般无二。

报载：杨秀琼小姐受蒋夫人邀请将莅临南昌参加新生活运动下沙窝游泳场开幕仪式并做跳水表演。

陌生人掉头回望，南岸下沙窝处一派烟水苍茫。而沙井的老太阳一如千百年前懒洋洋晒在山坡上，仿佛是天神撒下的一泊黄色的老尿，山坡上的植物姹紫嫣红开放得肆意而斑斓，细小昆虫在阳光下生动而精致。

沙井数十里开外，有一座名显江南的汪山土库，世居着当地程氏望族。汪山土库是清道光初年兴建起来的豪门府邸。土库以江南园林建筑、赣派建筑与清朝宫廷建筑相结合，建筑规模浩大、气势伟绝，江南地带乃至全国各地亦罕见，民间素有"江南小朝廷"之称。禁烟名臣林则徐曾在此盘桓，书对联留赠：湖山意气归词苑，兄弟文章入选楼。汪山土库得名因其坐落于大塘汪山，而在赣语地区把大型的青砖瓦房称为土库。整个建筑由二十五幢抬梁穿斗式结构的青砖大瓦房组成，这些房子的外墙连成一体，显示出大塘程家的豪族气派。

汪山土库由世称"一门三督抚"的清中期湖广总督程矞采，江苏巡抚程焕采和安徽、浙江巡抚程懋采兄弟所建。程氏三兄弟，皆官至一二品，仕途的一帆风顺遂促成兄弟三人在家乡兴建土库之想。程氏家族人才辈出，在清朝，仅嘉庆五年至宣统二年的百余年间，便出了举人二十一名、进士七名，遍布清朝各部各省官员一百余名，受封为总督、尚书、一品夫人有十几位，成就了当时大塘"一门三督抚，五里六翰林"的程氏家族的乡贤辉煌史。民国年间程氏家族亦不断有人在政坛崭露头角，程矞采曾孙程时然曾代理安徽省主席，首任驻德大使，出任国民政府要员，也是极尽荣耀于一时。程时然有一子一女，其子不幸溺水而亡。

汪山土库的门房老陶是莲灯社秘密联络人。这天薄暮时分，门槛下矮过一个人来，低声朝门房老陶说出了联络暗语：清涟。老陶回复：不妖。随即低声唤了一句："柳先生。"陌生人"嗯"一声，随老陶进了大门内耳房。汪山土库的主人正在厅堂上大宴宾客，主宾便是从土库走出去的程时然，他斯文白净的脸在

人称的美人鱼杨小姐，下水了，也是身不由己的。

初上的灯火照耀下熠熠放光。叔伯子侄聚于一堂，大有弹冠相庆的意思。柳先生侧头向厅堂灯火中瞄了一眼，嘴里说："真热闹啊！"

程时然笑容可掬起身向盛情的亲友们敬酒的时候，从酒杯里看见了乡亲们山高水长的情意和一张突然出现的严肃面孔，它与故乡的山高水长格格不入，程时然一时记不起来这个人是谁，仿佛在万水千山的他乡曾经邂逅过，而萍水相逢的往事已使他的记忆模糊不清。他只有心不在焉而又言不由衷地对着那些灯火下晃动的影子不停地说："干。"

莲灯社秘密联络人老陶貌似拘谨而木讷，举手投足皆很轻，不带任何声音，他可以在主人想到他时立马出现，也可以在听完交代后无声无息地消失。老陶就像汪山土库里的一个影子，汪山土库有多大多深，他的影子就有多轻多薄。他的存在仿佛就是提醒别人，与汪山土库相比，他是如此微不足道。老陶也是以此掩藏了他作为秘密组织莲灯社重要联络人的身份。他的组织比汪山土库还古老，一直以影子般微薄的力量对抗着他的主人所从属的力量。程氏家族数代承继着光宗耀祖的荣耀，老陶家却一代又一代秘密接续着阴影中的反骨，联络着最早在南方延续下来的反清复明的零星余脉。而莲灯社的历史则更为古老，它发轫于一桩古老的豫章荷灯惨案。莲灯社的使命就是复仇，尽管时过境迁，复仇的对象随莲灯社的衰微与人员凋零已日渐模糊，剩下的人也不知道要对抗谁。民国不是清朝，莲灯社早年从属白莲教衍生过来的反清复明的宗旨早已过时，敌人不在了，敌人的后代还在延续，秘密对抗者的后代也在延续，随着敌对概念的不甚明了，潜藏者也就变得更加隐蔽。但蓝衣社并没有忽略这个几近神秘组织的存在。

对于柳士龙的突然出现，老陶并没有感到太大意外，这些年他们的秘密往来一直没有中断。老陶总觉得柳士龙身上散发着南方遗民特有的孤绝与悲哀气息，那仿佛是从晚明延续过来的古老士人的惆怅。

柳士龙坐定之后，用压低而不容置疑的声音问："莲灯社的使命没有忘吧？"

老陶从牙缝中小声吐出两个字："复仇。"

第 4 叠

蓝衣社南昌站站长戴先生的司机小王此前已接到命令，十分钟后将送戴先生去牛行火车站迎接从上海来的民国跳水皇后——有"美人鱼"之称的杨秀琼小姐。眼看着十分钟就要过去了，戴先生还没有从二楼办公室下来。

今天的天气不错，难得久雨后放晴，明晃晃的阳光像是给建筑物涂了一层淡黄色，地上黑色的积水转眼像碎玻璃，一块块缩小，消失。小王知道戴先生是受蒋夫人之托去接杨小姐的，而中午蒋夫人将在行营官邸为杨小姐设便宴接风。

蒋夫人的夫君蒋将军是位不苟言笑的军人，他精瘦的身体看似弱不禁风，却有着顽强的韧性，这使他在军中不怒而威。蒋将军时常披着一件黑呢斗篷，据说是英国首相丘吉尔所赠，有防弹护身功能，却轻如薄翼，披在身上恍若无物。蒋将军常穿着黑呢斗篷到前线骑马视察部属，军队将士看到他就像看到敛翅待翔的黑鹰，冷峻且凌厉。蒋将军的黑呢斗篷里面则是一套裁剪合体的笔挺黄呢料将军服，他的白手套一尘不染，偶尔露在黑呢斗篷外面，十分耀眼，令人疑心将军有严重的洁癖。而几经战火的豫章故城，到处垃圾成堆，苍蝇飞舞，人们穿着随意，街头巷尾每有人聚便唾沫乱飞。将军乘车从城里兜一圈，撩起窗帘一角，就瞧见一个十三四岁的少年邪头鬼脑地站在街边叼着烟卷，一个行人干咳几声之后若无其事地随口吐了一泊浓痰，使将军无法忍受，大为光火，他下决心要改变这种状况。

回到位于百花洲的行营办公室，蒋将军亲自拟定了市民必须遵循的卫生守则及行为规范，大到长官公署及政府各部门工作作风和整齐着装，以及城市交通秩序，未成年者不能抽烟喝酒等，小到市民不可随地吐痰，说脏话，便后与饭前一定要洗手等，并责令有关部门细化和条理化，然后和蒋夫人商量，由她出面成立新生活运动委员会。先把各界妇女组织起来，行动起来，动员政府各部门，法院、警察局、驻军部队、学校、邮局、商店、摊贩，及各行各业都带头遵行，以便蔚然成风，再向各地推广。

蒋将军的文胆陈先生忍着牙疼熬了几个通宵，拟就了将军的讲话，从五个方面阐明了新生活运动的意义及重要性，把讲卫生上升到强身健体，强民强军强国，誓死不做东亚病夫的高度，使将军的抱负与理想表露无遗，拳拳之心与迫切之情也感人至深。陈先生的公馆设在江边凤凰坡的松庐，邻近江南名楼滕王阁。每年赣江水涨季节，从后窗能看到一群江猪（又名江豚）在浑黄的激流旋涡里逐浪而泳。几年前，被孙传芳一个混成旅的旅长岳思寅纵火焚烧滕王阁以负隅顽抗蒋将军北伐而至的攻城部队殃及的江边民房，仍如一截截枯炭，证实着攻打南昌战役的残酷与激烈。日后一位亲身参加过此役的欧阳武副省长，总是喜欢在秋汛季节带人到松庐来看水，顺带凭吊一些苍茫往事。欧阳副省长是位书法家，看着日渐漫漶的松庐石匾，他兴致勃发为松庐的主人重新题了"松庐"二字，老先生其年八十有二，仍呈现了腕下深厚苏黄体功力。

文胆陈先生为蒋将军写定那篇慷慨激昂颇具魏晋风骨的讲话稿最后一字时，心神俱废，面容枯槁。蒋将军读罢拍案叫绝，神采飞扬，赶紧叫手下把陈先生送返松庐歇息。

蒋将军身边有一位年过而立的贴身马弁武定国，是个能左右开弓射击的神枪手，他的一只耳朵在攻打武昌的战役中不翼而飞。

当时有只蝙蝠在城楼上盘旋，马弁一甩手，平生第一次枪子儿打得没了准头，一只耳朵反被城楼上射过来的一粒子弹崩飞了。

那粒子弹原本是冲着立在前头举望远镜瞭阵督战让敢死队冲锋的蒋将军而来，不想落在了护住将军的忠诚的马弁的耳朵上，血肉及碎骨却炸到了蒋将军的脸上，他丝毫不为所动，身后绿色的树上满是灰白的尘埃。

北伐南昌之役相持拉锯，前后一共打了四次，大火烧城，血流成河，其血腥与坚忍，丝毫不亚于武昌之役。后来一位留有络腮胡须且气宇非凡在黄埔军校与蒋将军共过事的年轻军人，在西北黄土高坡上跟一位同样年轻的美国记者谈起北伐总司令蒋将军在那一役的印象，他说，作为一个战术家，蒋将军是个拙劣外行，而作为战略家或许好一点。蒋将军过于喜欢把自己想象成一个带领敢死队的突击英雄，只要他带领一个团或一个师，他总是把他们弄得一团糟。他老是把他的士兵们集中起来，试图用猛攻来夺取阵地。北伐武汉战役中，他带领一个师在别人失败后进攻那座城，把全部力量用于攻击敌人的防御工事，这个师全部被打垮了。打南昌时他又重蹈覆辙，他袭击了由孙传芳防守的那个城市，并拒绝等待增援而用了他的第一师，孙传芳撤退，让蒋将军的部队进入部分城区，然后反击，把第一师赶到城墙与河流之间的陷阱，那个师被消灭了。蒋将军当时手上拥有第一师和第二师，还有第二十一师，可他只用了第一师。

蒋将军手下第二十一师一个姓叶的师长看不起他，便离他而去。这位后来戴起了一副秀琅架近视眼镜的师长还跟人说起过另一个瞧不起蒋将军的理由，说他不会骑马。

叶师长一提到蒋将军便嘀咕道："一位将军怎能不会骑马呢？"

但若干年后有人从模糊不清的黑白纪录电影资料片中，看到旧军队中一位视察的将军骑马而过，那人像是叶师长嘴里提到的蒋将军。

防守南昌的孙传芳手下有一个以告密起家的姓花的文职将军，原本是皮匠出身，却长得白净儒雅与书生无二。他每告密一次便升官一次，也就慰劳自己般讨一房姨太太。后来他的姨太太多得他自己都会弄混了，也不知自己告过多少次密。再告下去，功劳都要大过孙大帅了。结果他让别人告了自己一次密。说自己在背后发泄对大帅的不满。孙传芳觉得此人忘恩负义，一拍桌子，让卫兵把那皮匠叫来！皮匠对自己的言论供认不讳，显得痛心疾首。说外面都盛传他是告密将军，他主动请辞，宁愿去南昌和赣军师长岳思寅对调，让他守南昌与北伐军决一死战。孙传芳听罢，用拳头捶了捶花皮匠胸前的武装带，又用两根指头拉弓弦般扯起他的武装带，再弹回去，花皮匠的小身板连晃了几晃。

孙传芳虎着脸说："你他妈行吗？"

花皮匠眼不眨，道："大帅说行就行。"

孙传芳哈哈一笑，未置可否。他背过身去的时候，却眉头紧皱，面黑如铁。之前，有个饱受皮匠将军夺妻之辱的前线作战旅旅长曾上书要大帅把这鸡巴鸟文职将军阉了，此件自然被孙传芳压了下来，因为他还需要文职将军的告密。在他看来假话成风的时候，唯有告密仿佛才有几分真实可信，何况对部属还有特殊的震慑作用。而花皮匠告密的内容和花样屡有更新，令大帅孙传芳总是有惊无险，甚至虎口脱生般庆幸，愈觉自己是天佑之人必成大器。

一次，孙传芳和几个姨太太在湖上画舫饮酒，花皮匠独撑一叶小舟过来，说有人在画舫装了炸药，赶紧将老孙及姨太太接走，刚才还兴高采烈的画舫轰隆一声被炸为两截。

还有一次大帅在茅房刚蹲下身，花皮匠便满头大汗冲进来，也不顾臭气熏天，一把拉住大帅就往外跑，大帅裤子掉了，光着腚跑到光天化日之下，竟然什么事也没发生。引来部属们惊诧不已的目光。大帅满脸挂不住，马弁赶紧过来帮他把裤子穿上。花皮匠便挨了大帅狠抽的两耳光，那耳光把部属们的目光同时打得七零八落，不敢正视大帅。花皮匠捂着打肿的半边脸，支支吾吾说："粪坑里有名堂。"大帅铁着脸说："粪坑里有啥名堂你去掏出来给我看看。"花皮匠当即在大帅马弁的监视下到茅房粪坑里仔仔细细掏了多遍，竟然掏出一个土炸弹，却是个失效的东西，也不知何时落于粪坑里的，还算是个交代。大帅宽宏，也没深究。而画舫爆炸案却按照花皮匠的告密，处死了一个旅长和其手下的两名副官。其中一名还是花皮匠的远房亲戚。

一个从来不打仗，整天戴副金丝边小眼镜，长得白白胖胖的家伙，肩扛三杠一花和那些从枪林弹雨里钻出来，将脑袋掖在裤腰带上打仗有军功的将军平起平坐，这令将军们颇为不满。将军们每每在大帅前公然表示对皮匠的不屑，大帅只是笑笑，仿佛视而不见，充耳不闻。老粗将军们也知道大帅偏心，是护着皮匠的，只是背后放言，若哪日乱编排告密告到老子头上，非一枪崩了他不可！

过不久，赣军师长岳思寅来参加军事会议时，孙传芳命岳思寅亲手毙了花皮匠。此事后来在一些被北伐军打散流亡于海外的老家伙写的颠三倒四的回忆录里皆影影绰绰，若有若无。仿佛阴雨绵绵街巷里的影子，好像老家伙涉知其事，都有过见不得光的秘密一般，但不漏些口风又死亦不肯甘休，所以文字也就隐约而依稀，如同隔夜残梦。

第二章

第1叠

"你永远是个死掉的大人物的抬棺者。"

蒋将军想起当初政敌对他的嘲讽，就会面露鄙夷之色。蒋将军记得自己第一次从昌北过赣江，乘的是木筏。当时率敢死队勇士攻打孙传芳占据的南昌城，死了很多弟兄，江上浮尸如杵，南昌城还是拿下了，此战奠定了北伐的成功。这次过江，车到牛行站，是坐突突突的小火轮过来的。宽阔的江面，冷风飕飕，如一支支暗箭，却不知射向哪里，流水却似玄铁。章江门城楼依稀在望，只是破败朽塌得不成样子，仍有当年战火熏黑的痕迹，如同逝者的遗物。

蒋将军心下感慨，心想着也应该把它重新修缮一番了。

当年孙传芳守军为阻碍北伐军将士攻城，恐北伐军以城外滕王阁为炮架子，居高临下攻城，守军师长岳思寅决定焚烧滕王阁，动员四百余士兵，每人赏五块大洋，调集城里大量的煤油，用消防水龙头和水枪，在德胜门、章江门、广润门、惠民门四座城楼喷油放火。沿城街巷惠民门外禾草街、广润门外附城街、章江门外瓷器街及德胜门外下正街，赣水之滨都是滚滚火海。大火烧了三天三夜，长达十几里的街巷化为焦土，百姓哭喊哀号，死伤无数，章江门外千年胜迹滕王阁在大火中灰飞烟灭。焚毁商铺民房计万余户，杀害民家逾二千名。

北伐军攻进城后，蒋将军亲自下令逮捕纵火罪魁岳思寅、张凤岐、唐福山、白家骏、侯本全，签署命令予以公审后处决之。并特别点名由政治部副主任郭中将起草审判书，并在公审大会上宣布。

郭中将是个才子，貌似羸弱，却是个招女人和鼓动宣传的好手，他擅新诗，曾著《神女》一册，在学生中流传甚广，是个旗手式人物。

蒋将军正是看中了此人的才气和神经质般的煽动能力，便礼贤下士破格封他个中将衔以示重用。这次初进南昌代表北伐军在公众中露面，蒋将军点名要郭中将公布北洋军阀罪状，以释民愤。

郭中将不辱使命，他带有激情与表演成分的嗓音，加上金丝眼镜下一张见骨不见肉的面部表情，恰到好处地把市民和军人的群情激愤表露无遗。那张脸上的每一道表情既代表了北伐军又代表了当地百姓，在镜片一闪一闪的光芒中，他巧妙地将军民之情融为一体。随着两声枪响，蒋将军在南昌的威望也达到了顶点。

这年七月十日，蒋将军看见百姓们神色悲戚地在江边放荷灯，满江都是，仿佛如泣如诉的白色泪点。当时他正在凤凰坡赵绅士的住所松庐别墅观赣江水情。

"他们喜欢放荷灯吗？"蒋将军问。"不，将军，他们内心有太多的悲伤。"赵绅士说。蒋将军暗叹一声，说："我知道，这条江有太多的痛楚，这座城市总是泡在血泪中。可能荷灯是唯一的安慰。我感觉得到，是的，我感觉得到……落霞与孤鹜齐飞，秋水共长天一色。"蒋将军用江浙口音低声吟道，又喃喃自语般念叨："落霞，孤鹜，秋水，长天，很凄婉的景色啊！"

赵绅士一怔，然后若有所悟："是啊，很凄婉。赣江每年涨水，城里百姓也遭殃，过去说是江中蛟精作怪，关于这条江有许多传说。"

蒋将军道："不是老百姓信奉的许真君把蛟精除干净了吗？"赵绅士说："还是年年发洪水。"蒋将军道："你也信许真君吗？"赵绅士说："都是传说，都是老百姓的自我安慰，只不过江还是那条江罢了。"蒋将军笑道："你是说——江山易改，本性难移？"赵绅士吟道："滕王高阁临江渚，佩玉鸣鸾罢歌舞。画栋朝飞南浦云，珠帘暮卷西山雨。闲云潭影日悠悠，物换星移几度秋。阁中帝子今何在？槛外长江空自流。"

蒋将军沉静而认真地听完后，说："你看，这里还是个很风雅的城市嘛！好像跟打仗没有关系。"

蒋将军说这话的时候他的脸上好像一半是河流，一半是云影，让人颇费琢磨。蒋将军将苍茫而弯曲的目光从江水上收回到屋内，看着博古架上一具瓷塑渔翁道：

"据说，很多年前城里发生了一桩与水井有关的妖异事件，一个长期寄身在梅仙祠的道士从此扬名江右。那个道士就是现在万寿宫里供的许真君吧！"赵绅士"唔"了一声说："南昌人还是很作兴他的。"

蒋将军道："是啊，偶像的崇拜对老百姓来说还是需要的，否则他们怎么渡过苦难？如果他们认为有神灵跟自己站在一起，就不一样了，这就是人的局限性，也是人的自我抚慰的手段。"

赵绅士从蒋将军一席话中听出不少弦外之音，他觉得站在面前的这个靠武力攻进南昌城的军人，不是一个简简单单的武夫，他似乎与其他军阀有些不一样。

这年除夕，蒋将军是在赵绅士家过的，主人特地准备了地道的南昌菜，米酒蒸板鸭、米粉蒸五花肉、大盆杂素、红烧狮子头、鲶鱼豆腐、清炖鸡汤、腐竹烧肉，主食是南昌炒米粉与白糖糕。

赵绅士告诉蒋夫人南昌人喜欢吃辣，菜也以辣为主。蒋夫人说："入乡随俗，也让我们尝尝南昌味道的年。"赵绅士知道蒋将军是宁波人，宁波人是不太吃辣的，所以菜没放辣椒。实际已失去本地菜的风味。蒋将军不抽烟、不喝茶、不喝酒，面对主人的盛情却显得兴致盎然。赵绅士留意到，他对每道菜都只浅尝辄止，却对一道传统的鲶鱼豆腐情有独钟，颇为称道，对赵绅士说："赣江的水，赣江的鱼，赣江水做的白豆腐，风味千古，名不虚传。"那次蒋将军在松庐别墅盘桓有时，颇感惬意，赵绅士便提出自己城中尚有多套公馆，松庐别墅可让给将军驻跸。蒋将军笑笑，没有拒绝。只是暂住过一段之后就留下他的文胆陈先生在松庐，他则住进了临近德胜门的北坛官邸。而住在离他不远的是蓝衣社南昌站站长戴先生。

戴先生专车司机小王有位艺名叫凤飞飞的表姐，是一位曾经红极一时的女影星。她和影帝金山拍过脍炙人口的电影《水漫金山》和《红莲寺》，在三四十年代的民国电影界亦有"小影后"之称。当她和公认的大影后胡蝶迷在古装片《大明宫》里扮演一后一妃，两人不仅在戏里斗得厉害，在戏外也钩心斗角。更要命的是胡蝶迷是军统蓝衣社南昌站站长戴先生的老情人，凤飞飞又是他的秘密新欢。

小王偶尔也听到戴先生坐在他的专属车后座上念叨："美貌如同伤口，在一些人嘴上传染，在生活里发炎。"小王默默不语，假装没听见，他知道戴先生有多个女人，她们从来就没有停止过争风吃醋。有一回一个叫白玉露的女人还嚷着要用戴先生送给她的金把小手枪自杀，是戴先生叫小王去缴了她的枪。

小王发现那支名为金把的小手枪是镀金的。他把那支枪还给了戴先生，后来他在表姐那儿又见到了那把枪。当时小王的表姐凤飞飞不无得意地从随身带的小提包里向表弟出示了那支精致小巧的金把左轮手枪。她夹着细长女士香烟的两根指头的长指甲染着紫色蔻丹，细腰着旗袍的身姿风情难掩。

小王想点破那把枪几易其手的来历，但欲言又止，只是附和了几句，暗里却为表姐多了几分担心。然而表姐浑然不觉，只将戴先生看作是对自己专一的多情郎。

第 2 叠

这年夏天在南昌发生了一件不为外界所知的惊天大事，缘于蓝衣社接到情报突袭了城南系马桩莲灯社一个秘密据点。虽然是人去楼空，却意外地在地窖里搜获一盏汉代雁鱼灯。

初步推断雁鱼灯出自盗墓者之手，城北地带常惊现汉晋贵族古墓，而一旦小心翼翼挖掘，便是十室九空，盗墓者总是先行下手，这令考古人员每每哀婉叹息晚了一步！但是他们始终相信早晚城北地带会有更大的惊奇。雁鱼灯系铜铸，造型为一只颈部修长弯曲的大雁，在背上叼着一条鱼，鱼肚是油灯。雁额顶有冠，眼圆睁，颈修长，体宽肥，身两侧铸出羽翼，短尾上翘，双足并立，掌有蹼。雁喙张开衔一鱼，鱼身短肥，下接灯罩盖。雁冠绘红彩，雁、鱼通身施翠绿彩。用墨线勾出翎羽、鳞片和夔龙纹。雁鱼灯由雁首颈（鲢鱼）、雁体、灯盘、灯罩四部分套合而成。雁颈与雁体以子母口相接。鱼身及雁颈、体腔均中空相通。雁，古代乃信鸟，多为缔结婚姻的纳彩或大夫相见时的礼品。而飞雁衔鱼，"鱼"与"余"同音，意指丰收富裕，皆有吉祥之意。蓝衣社搜获这盏雁鱼灯，遗憾的是雁颈底部已经残缺，然而由此残缺部位，蓝衣社人员推断盗墓者不慎失手的同时，从里面抽出了藏在雁肚子里的一封匿名信函，上书"蒋将军敬启"。戴先生为防其中施毒或有诈，出于对蒋将军的忠心与保护责任，还是先行私自拆阅了信函。

跳入戴先生眼中的一幅文字是写于市面常见的土黄色毛边纸上，一手颇见颜筋柳骨的行书写得生机盎然。信中却是声言要蒋将军在即将举行的新生活运动大会上向全城宣布，豫章万寿宫净明道为巫邪派，应予以废止并拆除。否则，三日内莲灯社必置蒋夫人于死地。

戴先生惊骇之余不敢怠慢，赶紧驱车往北坛至蒋将军府邸，亲手将那只雁鱼灯和信函完完整整呈现在蒋将军夫妇面前。

蒋将军没有显出紧张神情，他一方面认为这是地下民间反对势力想破坏即将兴起的新生活运动而滋寻的事端，另一方面他吩咐戴先生加大对莲灯社的打击力度，同时找有关专家了解莲灯社的过往及万寿宫净明派与之的纠葛。然后又低声嘱咐，要对夫人加以严密的保护，并让跟随自己出生入死且最为信赖的贴身马弁武定国时刻跟随夫人。

蒋夫人为夫君对自己无微不至的关心深受感动，她执意要将马弁武定国留在将军身边，说："将军的安危事关国家，我一介女流，身有何惧？"

蒋将军拍拍夫人说："不要争，你的安危，就是我的安危，让定国跟着你，我心稍安方能专心做事，就这么定了。"

午寐之际，戴先生恍然见一脸圆如月的妇人正拿一根筷子朝硕大而粉白的乳房的紫色乳头戳进去。那是一间夏天午后的半是明亮半是暗影的长条形平房，门外有柱子和长廊，院子里有叶子很绿且繁复茂盛的银杏树，还有伸展着宽大如巨锯叶片的芭蕉，以及桑树和槲树，叶片从容晃动透明的绿色，长廊上带浅紫色的风，像袈裟般清凉。一只蝉的鸣叫忽然弱下来，好像鸟矮下高度，插树叶低飞不见了。这是个妖异的午后，他如同一半在梦寐里，一半在后院平房的长廊上。

过去这是一座规模不小的寺院厢房，现在则改为蓝衣社机关的食堂，午饭后人散去各自歇息，他也只倚在廊座上打盹。这个盹就如树上的蝉叫声般长短，他醒来，再追忆，也想不出为什么会在一个短暂的午梦里幻见用一根筷子戳向乳房的圆脸妇人。

墙角几只乌黑发亮的大瓮，好像被一阵热烈的暴雨冲洗过，依稀是早年寺院的遗物。据地方史家和宗教有关人士透露，戴先生隐约感到雁鱼灯匿名信背后涉及一桩千年的仇恨。这桩古老的仇恨，因看似荒诞不经，却又卷入了豫章千年的历史和牵扯到时至今日的南昌人的精神信仰和祈神庇佑之心。

似乎莲灯社与万寿宫净明派的仇恨由来既久，而在众口一词中早期的莲灯社要追溯到遥远的东晋时期，那时的莲灯社似乎与妖异是同义词，甚至在时人干宝的《搜神记》里也能察觉到它的蛛丝马迹。而净明教首领许真君率教徒对莲灯社的一次杀戮是埋下大仇的根由。

莲灯社明末清初从属白莲教，在南方也活跃一时，据传弘敏头陀和画僧传綮也曾是莲灯社的人。将这样一种看似牵强附会以及说不清道不明的仇恨嫁接到新生活运动上来，以便以刺杀蒋夫人为要挟而借蒋将军之手逼迫万寿宫净明派就范，不能不说是一手狠招，其中的凶险不可预测。

此案的棘手在于说起来仿佛荒诞不经，实质上涉及蒋夫人甚至蒋将军的人身安危。况且南昌的莲灯社确乎存在，一度在城东吕祖祠街公然挂了牌。戴先生派人暗中前去探底，发现那不过是一个读书会性质的闲散民间团体，这个团体似乎也由来已久，为首者是一个留着晚清遗老长辫的纠缠不清而又似乎话痨般的小老头，他甚至不加思索就拿出了一册《豫章莲灯社名册》，上至清中期的南昌著名人士录于其上者不在少数，豫章学派几位学术掌门也是社中人。这使派去做卧探的人起初不无惊喜，洗耳恭听了小老头半天的《离骚》读书心得，以至云里雾里使他几乎忘却了卧探的使命，回到蓝衣社的报告也不知所云。

为此，戴先生断定南昌有两个莲灯社，此莲灯社非彼莲灯社，此莲灯社与彼莲灯社丝毫没有关联。彼莲灯社是个纯粹的秘密地下组织，而且其终极目的只有一项：复仇。经过缜密调查得来结果，莲灯社复仇的矛头都指向一个早不存在的人物——净明派创始人许真君。南昌民间传说许真君千年前就得道升天了，难道这与现今的莲灯社的行为挂得上钩么？戴先生百思不得其解。

第3叠

一个雨后初晴的下午，坐在庭院中打盹的戴先生突然感到被一只细小的黄蜂在后颈蜇了一口，明亮的刺疼使他睡意全无，他睁开双眼跳将起来，明晃晃的阳光使戴先生有一种拔剑四顾之感，继而又是一阵茫然。莲灯社的案子虽有个头绪，明知道有这么个组织活生生存在着，却又难以查出蛛丝马迹，使他一度束手无策。外面的世界看似风和日丽、不无祥和，而蓝衣社每一个人员的心里却仿佛风声鹤唳，无不紧张到了极致。外松内紧的状态几乎令蓝衣社的每一寸空气都绷了起来，只要一口气，都会绷破。

这期间甲戌坊见山书店的杜老板以闭关的方式在书店门板上贴出一纸手书告示宣告自己失踪，平素与他有来往的人士分析，他要去的地方不外乎两个，一个是远在千里之外的终南山，一个是近在咫尺的西郊散原山。

杜老板的女婿黄二郎早就知道丈人打着隐居世外的主意，他的有意失踪乃蓄谋已久，当身为店员兼外子的黄二郎次日上班时看到店门上的白纸并不感到丝毫意外，反而有如释重负之感。就在他不无轻松地吐出一口气，搓搓手打算去卸门板开始一天的书店经营时，发现有两个黑洞洞的枪口对着他，而持枪的两个家伙则一脸若无其事的表情。

黄二郎本能地意识到碰上了上门打劫的，其中一个持枪者抖了一下手中的家伙，不温不火道："跟我们走一趟。"黄二郎第二个反应是：绑票啊！与此同时瓦子角庆仁药栈的掌柜和后墙路绸布庄的老板因嫖娼，违背新生活运动新规而被抓。

戴先生出任蓝衣社南昌站站长前，仅仅是蓝衣社的首脑兼创始人之一，自蒋将军把他视为值得信赖的门生，戴先生逐渐得到重用。他受命此任正值民国多事之秋。北伐之后，名义上国家虽然得到统一，各地军阀与地方势力表面上归属了中央，但实际仍是割据状态。中央政令难行，若是派员过去任职，更是水泼不进，针插不入，而各地军阀伸手向中央要钱要物却是不约而同。此时盘踞赣东北地区的红色力量却在暗流汹涌，悄然蔓延，红色武装已成了蒋将军不得不正视的一股直接对他形成威胁的军事力量，而日本人对东三省也虎视眈眈，时不时流露吞并之心。为此蒋将军再三斟酌后，提出"攘外必先安内"政策，再度坐镇南昌行营，调动大军首先对红军进行"围剿"。而苏联方面对蒋将军是一直不太放心的，苏方对中国想两手都抓，一方面把蒋将军的民国中央政府仍然放在联合的框架内，一方面对已在江西成立苏维埃共和国的红色力量提供包括军事在内的各种援助，苏方不赞同蒋将军对苏区的军事行动。蒋将军自然不会听从于苏联，戴先生明白蒋将军的意图，他是想拿下赣东北，打散红色武装，放出缺口，让红色势力离开江西，向军阀割据地区移动，以便中央军能以"追剿"为名进入军阀割据地区，使之名副其实变为中央辖区，然后再来对付日本。而作为海陆空三军指挥行营所在地的南昌，蒋将军在这里发起新生活运动，意在把这座名为外省实际已在发挥临时首都作用的城市打造为首善之地。军统蓝衣社南昌站的分量可想而知，戴先生此时受命，足见蒋将军对他的器重。

　　蒋将军曾对戴先生说："这世界不缺聪明人，从来不缺！缺的是忠诚的人。这也足以说明忠诚者多不聪明，或者就是笨，有些死心眼，不如聪明者见风使舵，唯利是图。聪明的人多是利己主义者，而忠诚的人内心有追求，有信仰，多半会牺牲。如果既聪明又忠诚，必是高尚者，他会为忠诚而牺牲部分聪明。我希望你做一个高尚的人。"戴先生当即毕恭毕敬地回答道："我愿意做一个为忠诚而牺牲全部聪明的人。"蒋将军笑了，说："雨农，我要的是为忠诚贡献你的全部聪明。"戴先生立正道："学生铭记。"蒋先生不止一次地对他说："对一个人来说，眼睛和耳朵是何等重要啊！"戴先生随即行礼："学生明白。"蒋将军微笑地点头。

　　身为天子门生，戴先生仍清楚记得当年在黄埔军校时初见身为校长的蒋将军的情景。知道蒋将军不只是要他做他的眼睛和耳朵，还要做他手上敏锐勇猛而又能放能收的老鹰和猎犬，要随时发觉并捕捉到危险的对手，那就必须要比对手更凶狠更狡猾多变，不如此他就坐不了这个位置，也就会在蒋将军心里失去地位。戴先生私下认为中国几千年历史，无非是帝王更替史，成者为王败者寇，成与败的区别无非在一个"势"字上，亦即得势与失势之分，所谓得道多助，失道寡助。为势之道关键在于审时度势，明白如何顺势，如何借势，如何造势，如何得势。凡胸有大志者，不可不明此道，不可不循此道，谙此道者须善用此道，方可得势。得势者还得懂得顺众人之势，不可独断，借众势，造大势，得大势。是为势字诀，亦即古来成事者奥秘。所以他深知此生都得倚仗蒋将军之势。

在这个复杂和凶险的世界里，戴先生一度觉得，生活中奸细像细菌一样无处不在，无处不是看不见的眼睛和隔着墙的耳朵，一天二十四小时都得留个心眼，说话做事必须胆大心细而又不失警觉，以免落把柄于他人之手，被人突然告发而引起萧墙之祸，或被人点滴记录在小本子上待到秋后算账。戴先生某日心血来潮恐怕是第一个领悟到要把防奸细变为用奸细的人，他就不仅成了奸细头子，而且还能比奸细更有杀伤力。戴先生经营着庞大的奸细网的同时，还罗织了一批各类有暗中行动能力、善使各种器械的高手，甚至不乏具有奇能异术之士。

戴先生每到一地必留心打听当地的高人，能收买的则收买，不能收买的都遣人密切监视，以防有不测之举。南昌这个地方崇道术，自古至今多异士，戴先生早就留了一份心的，尤其神出鬼没的秘密组织莲灯社他不仅在老家浙江时便早有耳闻，而且投身蓝衣社伊始似乎就在与其打交道，他上任军统南昌站站长的第一天就调莲灯社的卷宗过来。当他看到摊开在办公室的莲灯社名录竟是一卷涂改得面目全非的档案，形同废纸，不由大发雷霆。他当着那个名叫马志明的档案管理员的面声称要枪毙他！

当他冷静下来之后重看那些杂乱无章的卷宗时，隐约发现了柳士龙的名字。他叫住了看似神思恍惚的马志明，问："柳士龙是什么人？"

很多年以后，在当地秘密机构的档案里仍然在不断出现着柳士龙的名字，前后时间相差上百年，管理档案的人也弄不清这个柳士龙和很久以前旧档案里的是不是同一个人。而马志明知道，他就是同一个人。正如他回答戴先生所问的那样，

戴先生的忧虑

马志明表情怪异地说："他是神秘的人。"

怎么个神秘法呢，戴先生没有再问，只是心平气和地吩咐档案管理科科员马志明："退下吧。"

与此同时戴先生得知日本陆军本部正在加紧侵华的准备，战事可能随时爆发。这一切都在静悄悄地进行，没有民众血气鼓动、游行口号之类，只有决策本部缜密的计划，还有日本向中国派出的大量中国通间谍，对中国进行田野调查。他们化装成收古董的贩子和皮货商人，考古人员及地质工作者等等，深入田间，调查细到谷物灌溉、水文和道路分布状况。日军本部所掌握的情况甚至比本地人还多。对此，戴先生暗暗心惊。他和蒋将军同样清楚，国家没有准备好，也不可能在近期准备到足以应对日本入侵的程度。无论从国力、军备还是战力上，都无法与日方相比。这时桌上的电话响了，戴先生拿起话筒，是一个来自福建的报告，说有一个连的兵马叛变了！

该连驻守在一个叫修坊的地方，这个地方与长汀交界，隶属于十七军六师第六混成旅驻守范围，旅长孙可喜手下的一个连在连长陈和尚的鼓动下集体叛变。陈和尚一枪打烂了当地富绅林守儒的下身，抢了他的女人和财物，投了雁头山的游击队。

陈和尚早年是入过少林的，少林在他身上留下的印记是一成不变的光头，还有传说中深藏不露的武功，人对他是颇有些忌惮的。陈和尚摇身一变，成了雁头山游击队副总司令，一度春风得意，匹马双枪地在民间口头上神出鬼没。那对匣子双枪，在传说中乌光闪亮，说是暗夜里百米开外的一炷香，陈和尚一甩手，就能击灭。

在后来的日子里陈和尚打过一些硬仗，也吃过一些自己人的暗算，好好歹歹跟一个素无感情的女人，剃头担子一头热地熬到了加官封爵之年。陈和尚仍是双枪不离，凡进他房门必先喊一声"报告"，否则他头也不回反手一枪。据说他的婆姨进卧房时，由于忘了喊"报告"，被他头也不回地给了一枪。

当陈和尚得知误杀了婆姨时，悲痛欲绝，举枪欲自尽，被眼疾手快的警卫员抢下了家伙。也有人说陈和尚对自己婆姨是蓄意谋杀。因为此后他就娶了个年轻而又妖艳的女子，且一改以前凶神恶煞面目，总是笑吟吟一副开心不已的样子。此事若干年后被一个络腮胡子作家写成了一本小说，广为流传，而陈和尚也在受封少将军衔不久后去世。有人说，若不是陈和尚行为不检点有旧军队习气，官是可能封得更大的。而有关陈和尚的武功有个故事，据说他一次出席将官会议后，一行人在院子里说说笑笑地散步，一位平常很严肃的元帅笑嘻嘻地指着陈和尚说："老陈，都说你武功十分了得，今日能不能露一手，让我们开开眼界？"陈和尚啪地双脚并拢来了个立正，然后一把撸下军帽，转身朝路边木头电灯杆上一纵身，那杆上电灯泡早没了，只剩一遮风挡雨的锈蚀铁皮灯盖儿。

陈和尚腾空而起，一颗光溜溜脑袋竟似灯泡般吸在铁皮灯盖上，悬在半空的身子朝元帅施了个少林僧人礼。元帅喝了一声彩："好俊的功夫！"陈和尚才落下地来，脸不红，气不喘，又是啪地双脚并拢来了个立正。元帅笑道："陈和尚名不虚传，名不虚传哪！"有关陈和尚的故事后来还有很多版本流传于民间，让人茶余饭后说得绘声绘色，津津有味。传说多了，陈和尚那张馒头般臃肿且面无表情的脸出现在报纸上，人们也觉得像个乡党，有几分亲切。

戴先生此前对陈和尚几乎一无所知，眼下一堆烂事与更为急切的要务令他分身乏术而又要予以妥当应对和处理，他发现自己再也不是那个一腔热血走出江南乡野的少年了，回乡的路也断在满目飞渡的乱云中。

第4叠

甲戌坊见山书店的杜老板早年曾跟字画铺的傅师古学过糊裱手艺，傅师古以修复兼装裱古字画的技艺精湛而闻名遐迩。经他修复的宋明字画数以百计，而他尤以修复过八大山人的六尺精品中堂《麋鹿图》为同行称道。当身为无师自通的古董贩子程玉华在老家生米街的乡间发现这幅漫漶且破烂不堪的晚明字画，一幅六尺中堂上数百年前的笔墨仿佛往事如烟，风吹雨打如败絮。他以四块大洋的价格将此画收到手中时，浑身上下还是如遭电击般激动得战栗不已。行业的直觉告诉他，手中这幅画具有国宝的品级，只是会有很长一段时间少有人识。而眼前的问题是，他要找一个修复和裱糊字画的高手，使它枯木逢春。

程玉华有个北平的远房亲戚是荣宝斋裱画国手，早年为宫里裱过字画，而今虽年事已高，两眼昏花，但有信来，他还接一些活干，尚能不紧不慢地从事他心爱的行当。程玉华觉得远水解不了近渴，他只有在城里的裱糊匠中打主意。甲戌坊博雅轩的傅师古自然是不二人选。

程玉华在一个月黑风高的夜晚上门拜访了傅师古，当他无比郑重又小心翼翼将那幅破烂不堪的宝贝出示给傅师古时，流露出一股托付终身而又无可奈何的表情。傅师古也不负重托般做了平生第一次承诺："包在我身上。"当程玉华依依不舍地出了门，傅师古将这幅晚明画作端详了半夜，对即将开始的修缮复原活计深感棘手却又怀有一种跃跃欲试的冲动。

半月之后，程玉华如期登门博雅轩，一眼就看见张挂在中堂的《麋鹿图》，画面完整复原得不露形迹。他喜不自胜嘴里连连喊道："是了是了！八大山人又复活了！"傅师古此刻则面带一副不辱使命的表情立在旁边，程玉华知道老友傅师古为复原装裱这幅画所费的功夫和心血，光要找到与《麋鹿图》纸质相同的晚明旧纸，就得花很深功夫，更别提那些空白笔墨的填补要做到不差毫厘而又如出一辙，何其不易！程玉华拜谢之余，倾其所存的七块大洋塞到傅师古手中，傅师古推谢了他的裱资，只提出容《麋鹿图》在博雅轩里展示一周，程玉华心有不舍却还是一口答应了傅师古的看似颇合情理的请求。

接下来的日子里，傅师古的装裱店技惊同行，闻声前来博雅轩观瞻的书画行人士络绎不绝，八大山人《麋鹿图》的复原成了傅师古技压一方的头牌广告，博雅轩也仿佛一战成名。前来观瞻的人里，一个有着黑眼圈的家伙在一些晃动的帽子和肩膀背后探头探脑，满脸古怪的表情，好像在捕捉一个等待已久的时刻。

三个月前，这个自号"老木"的人从古董贩子程玉华手上买下了一件出土不久的汉朝古物雁鱼灯。他一度对雁鱼灯上大雁修长而弯曲的颈部十分着迷，而对仿佛心甘情愿被衔于雁喙下的鱼怀有无端的困惑与不安。直到有人从他手中取走了雁鱼灯，也便带走了他的困惑和不安。老木似乎来南昌不久，是个混迹在甲戌坊一带的无名山水画家兼字画文物鉴赏者，暗里却在走私文物到日本。他像是从陕西来的迁客，貌似厚道，笑眯眯的看不见他的眼珠子，逢人拱手作揖。一次程玉华见他收敛笑容，露出很贼的眼神，里面藏着毒辣与狡黠，还有一种刀子般的狠劲，像西安出土的秦人所用的古老箭镞，那种眼神是南方人所没有的，令程玉华不寒而栗——这位无师自通的古董商，除了行走于乡野发现与回收散落于民间的看似不起眼的古旧玩物之外，更多时间还是在城里走街串巷。

程玉华一度感觉自己被便衣盯梢，成了一个形迹可疑的人，他把这种苦闷跟好友佑民寺诗僧一释说过，一释只念了一声"阿弥陀佛"，程玉华便说："知道了。"起身告辞。

甲戌坊博雅轩裱画师傅师古总是无端生出一股惆怅，他觉得人过半百之年了，会像一把老刀，开始怜惜自己的光芒，不会轻易出鞘，而会藏锋求拙，偶尔打打圆场。可这回面对土遁般消失了一些日子又突然冒出来的见三书店杜老板，他还是愣住了。

杜老板作过揖，竟然开口求他帮忙出面为其女婿黄二郎找找戴先生。"你也知道戴先生？！"傅师古脸面一撮，眼睛鼻子都缩拢了，说："你知道他是什么身份？我这种人岂是跟他说得上话的？！"

杜老板涎着脸，说："你当然晓得我家二郎是本分人！"傅师古道："本分人？那怎么会被蓝衣社带走了呢！"杜老板显得颇为无奈地说："这里面有误会，一定是他们弄错了人。"

傅师古面孔一松："那你自己去说清楚不就行了吗！"杜老板说："我怕人一进去就说不清楚了呀！"傅师古说："你是他丈人还说不清，那我根本不挨着岂不更说不清！"杜老板说："不是，我是说人家不会听我说！"

傅师古说："你当我是谁呀？一个玩糨糊烂纸片的，谁会听我放屁！"

话已说到这个份上，杜老板反倒镇定，他想先平息一下傅师古没来由般的激动，便不无恭维地说："在南昌地面上谁不知道你傅掌柜！"杜老板说着还从袖管里调出手来竖起一个大拇指，然后打开另四根手指，露出掌心里的一沓大洋。傅师古把他的手按住，说："这你杜老板得卖多少本书啊！干脆，你不如直接送给蓝衣社去捞人。"

杜老板叹口气，说："这蓝衣社比绑票还难办，我估计只有你的面子还能管些用。"傅师古把他的手一推，说："你呀杜老弟这不净说瞎话嘛，我有什么面子？"杜老板说："不是戴先生托你裱过古画，他还把这画送给蒋将军，蒋将军还称赞你嘛！"傅师古脸上掠过一道喜色，说："老弟呀你这事也知道？"

杜老板故示夸张而隆重地说："唉，这不坊间早传开了吗？不然我怎么会来央求你？"傅师古脸色一收，说："你这是让老哥往坑里跳不是？"杜老板挤着眼说："我还听说蒋夫人也要找你裱画呢！"傅师古故作惊讶道："是吗！我怎么不知道？"

第 5 叠

与甲戌坊一街之隔的西大街，有座美国牧师卫斯理主持的天主教堂，蒋夫人随夫君坐镇南昌行营后，每星期必来这里做礼拜。

蒋夫人是虔诚的天主教徒，她有意让身为军人的夫君也受些天主教的影响，使将军的心里沐浴主的光辉，冲淡一些身上的杀气。所以她再三劝说夫君在军务繁忙中拨冗陪她上教堂做礼拜。此前蒋将军每每推辞，自从收到雁鱼灯的警告信，蒋将军便开始雷打不动地把一身戎装脱下，换上长袍马褂陪夫人上教堂。有趣的是，这座教堂数年前曾是北伐军中一支有铁军之称的劲旅举义反对他的指挥部。义军的机枪架在教堂钟楼上，火力直对宁王府守军的营房，两边一接火，宁王府射来的枪弹把钟楼的石墙打出了累累弹坑。此时蒋将军携优雅端庄的夫人走入院门，稍抬头，就能看见那些记载一件史事的旧年弹痕，以他久经沙场的眼光自然是熟视无睹。而蒋夫人每回来做礼拜，也没有听闻过这座教堂曾有过那样一段往事。

牧师卫斯理彬彬有礼，来自美国马萨诸塞州，有很好的教养，蒋夫人早年曾在那里留学，她能用一口流利的带美国南方贵族口音的英语与卫斯理牧师交谈，而蒋将军则礼貌地面带微笑站在夫人身旁，像个护花使者不失绅士风度，卫斯理牧师常常对他礼敬有加。蒋将军夫妇做完礼拜步出教堂时，没有注意到门外人群中，一道射向他们的狐疑目光，那目光是来自看似偶尔路过的一位面色阴郁的万寿宫道士眼里，仿佛匆匆一瞥，却有无限深意。

就连在深色便服内插着双枪，贴身保护蒋将军夫妇的马弁武定国，也没有察觉到道士万长风的举动。其实万道长对蒋将军在南昌的行为留意已久，作为一座古老道宫的守护者，万道长不得不格外留意每一拨入得南昌城来的军队。他看得出蒋将军与原来盘桓在这里的孙传芳不可同日而语，蒋将军是那种有大气魄和胸怀的人物，但他毕竟是个带军队杀进城来的军人，在那一役中不仅滕王阁毁于一炬，城里不少寺庙也遭到驻军破坏，这对万寿宫的威胁便不言而喻。何况蒋将军夫妇不信国粹老子道教，而热衷于洋人的天主教。尤其要命的是始终与万寿宫净明教作对的莲灯社放言要借蒋将军之手置万寿宫于死地。万道长与宫中上下更不敢有丝毫懈怠。

当柳士龙按照秘密联络人汪山土库门房老陶给的地址，见到一个名叫萧公度的人时，不禁面露失望之色。

"我还以为你是个令人望之肃然起敬的老者呢！"他说。萧公度光滑的脸上微微一笑，轻描淡写地说："我还没到那种时候。"

柳士龙打量着这个嘴上无毛的青皮后生，一时竟忘了为什么要来见他，这个名叫萧公度的年轻人跟自己有什么相干。他只是不明所以地说："你心大，世界跟着也大，心却空了！"柳士龙不明白自己为什么要跟萧公度说这个，但他跑到沐英城来见此人好像就是为了说这个，而且非说不可。萧公度似乎应景地说了些岁月如烟之类的话，他的脸光滑得像水汽轻浮的半山云雾，使柳士龙想到一种茶叶。运送这种茶叶的商船已经从云遮雾罩的山下走过了一千多年，莲灯社的历史跟这些运茶船也是有关联的。

柳士龙上次从九江来南昌坐的就是茶船。船娘待他以一种故人般的笑容，柳士龙称她为夏九娘。万寿宫道士万长风在惠民门码头上一眼看到夏九娘，就感到她的身段散发出鱼精的妖娆，而对与他擦身而过的柳士龙却没有任何感觉。

当萧公度提到雁鱼灯时，柳士龙才缓过神来，明白了见他的目的。

第6叠

黄二郎被逮捕的当天晚上，就被押到下沙窝秘密处决了。

此前黄二郎在软硬兼施要他招供党人的拷问中闭口如铁，使经验丰富的审讯者一度束手无策，就差给他一粒花生米了！戴先生对此的反应是：既然是这样，那就喂他吃一粒吧。

当晚下半夜，黄二郎就被拉到人迹罕至的下沙窝被手枪的一声闷响毙命。毙命前黄二郎对送他上路的年轻枪手提出，能不能让他吃一碗阳春面，哪怕闻一闻面里的葱香味。当时这位年轻枪手还打算满足他的最后要求，甚至想让人到附近为他买一碗阳春面，可眼前是黑暗流淌的赣江，周边的野地更是黑灯瞎火，堤坡处有一垄半熟的油菜，散发出青郁气息。年轻枪手随即揪了一把，两手湿黑地递给他，黄二郎说："这是老油菜啊！"年轻枪手几乎是央求他："你就将就着咬一口嘴里有些味就可以了。"黄二郎说："牙齿哪咬得动这老油菜呀！"年轻枪手说："我揪下来也没觉得有多老，都水灵爽脆的啊！"黄二郎说："可味不对，没葱香味啊！"这时一个把脑袋缩在风衣领子里的黑影跨过来，照黄二郎脑壳就是一枪。黄二郎在子弹进入他脑壳的瞬间，想到某次传递情报他一个人待在冷寂的袁州旅社里惦记着老婆的肚皮又柔软又温暖，他的灵魂就跟着这种感觉出窍而飞。开枪的黑影转过身嘴里嘀咕道："少啰唆！"对年轻枪手耽误了瞌睡不无埋怨。随即把枪插回皮套，打了个呵欠，缩进了停在黑暗中的狱车驾驶室。水上吹来的风，很凉，有湿意，一丝丝的，似从一块很大的布上撕下的一缕一缕，又如铁丝般滑过皮肤，那块布就是赣江。

民国跳水皇后杨小姐在蒋将军北坛官邸见到蒋夫人时，送给她的礼物是一只外表光滑如水的漆盒。打开后，蒋夫人不禁莞尔，她看到里面是一团几层油纸包着的黏糊糊的乌泥。蒋夫人说："丫头啊你是给干妈开玩笑吧。"

杨小姐说："哟，干妈，这是我好不容易托人从枭阳弄来的，是治皮肤瘙痒的秘方。"蒋夫人笑道："这黑乎乎脏兮兮的，还秘方呢！就你这干女儿孝顺。"杨小姐恃宠而骄道："别小瞧了，女儿费了多少功夫啊！"

蒋夫人点头："好好，我领你这份孝心，现在蒋将军倡导新生活运动严禁请客送礼，你送我一包乌泥不是金银财宝我应该是可以收的，所以我今天为你接风的宴席，也只有四菜一汤，你也就别见怪了。"

杨小姐挽着蒋夫人的手边步向餐厅边说："干妈呀瞧您说的，我来南昌又不是想大吃大喝的。"蒋夫人满意地说："这就好，干妈还等着你为新生活运动出点力呢。"杨小姐乖巧道："我来就是要出力的呀！"

除了亲密的人之外很少有人知道外表美貌而优雅高贵又不失谦和的蒋夫人，她那身看似白嫩细腻的皮肤，每到夜晚入睡时会起成片成片的疱疹，饱受瘙痒折磨，医药无效，每每要用指甲刮破，刮出水来，才稍有缓解。如此每夜身上都被指甲刮得伤痕累累一般，她不得大多数时候与蒋将军分房而睡，而且须用绸缎床单触肤，那种阴凉与柔软的触感才能让剧痒发热的肌肤渐渐平息，而且绸缎床单每夜必换才行，否则难以入眠。久居沪上的杨小姐知道夫人的暗疾，但她并不知晓枭阳乌泥的功效。她原本打算送一件贵重东西给蒋夫人做见面礼。是心细如发的戴先生提醒了她并为之安排了让夫人合意的那盒不是礼物的礼物——来自枭阳湖底的千年湖泥，对女性肌肤敷之即可立即止痒润肤。

柳士龙从来没正儿八经拿一张报纸端在手上看过，而途经翠花街口，报摊上一张《民国日报》上登的照片突然粘住了他的目光，怎么甩也甩不掉。他掏钱买了一份，眼睛盯着跳水皇后杨小姐莅临南昌的占大半版的照片看了半天，仿佛八竿子打不着的爱情使他内心汹涌不已，他一厢情愿地认为那就是他死而复生的爱人。他想迫切地找到杨小姐，并亲口告诉她："你不姓杨，你姓梅，叫梅丽娘，是豫章太守家的千金。"

　　这种念头在他头脑里转了几圈之后，已有不知今夕何夕之感。他回头看了一下位于街中段的万寿宫，人头攒动，香烟袅袅。而且来来往往的行人服饰面貌非同往昔，仿佛只有他怀有一颗古人的心脏，突然有了一种千年的邂逅。与莲灯社秘密人员萧公度策划的行动像流水一样有条不紊，仿佛该发生的总会发生，不需要他的思考与耐性。他的注意力也从没有放在蒋将军身上，那些搅起历史风云，翻手为云覆手为雨的人物，在柳士龙眼里本身就如同过眼云烟，禁不住他的驻留，正像流过的水，永远不会重复，但一些往事又会冲到岸边。波浪般的水袖，仿佛被风吹起的裙子，在空中飘着，飞了好多年，一直没有落地。柳士龙觉得自己一直跟在飞舞的裙子后面奔跑，像个光着脚的孩子，边跑边呼喊，一个声音追着一个声音，如同银子在空中闪出的光亮，而那条裙子将他的声音带到很远，像是被云包裹了，连一点回音也没有。

　　那条裙子，彩色的裙子，上面有繁花竞簇，好似一个遥远的节日，又似一个伤悼的祭辰。

第三章

第1叠

　　这些天一个叫李勇的人在系马桩一带像只没头没脑的苍蝇乱飞乱撞，险些误入了蓝衣社的圈套。他穿过一条晾晒在巷口的大花布裤裆，一头钻进巷里，嘴不停喊着一个世俗而空洞的名字："大毛！大毛！"他的乱喊乱叫引起了埋伏在系马桩十三号两层小楼左侧的蓝衣社便衣的注意。埋伏者的脸上顿时疑云暗生，仿佛李勇是个跑到系马桩十三号来接头的秘密党人。

　　系马桩十三号的门虚掩着，里面靠南墙坐着一个心事重重的妇人，那面墙上石灰斑驳，挂着"珠山八友"的瓷绘梅兰松竹筐装四条屏。妇人丰颊细目，而又落落寡合，很像"明四家"里的仇英笔下所画的汉宫图中的女人。李勇大呼小叫满头大汗地把虚掩的门朝里推开，一见妇人，竟显得格外彬彬有礼地问："请问大毛在吗？"妇人满脸狐疑："谁是大毛？"李勇突然被浇了一头冷水般，立马冷静起来，仍不失礼貌地说："打搅你了太太，我找错地方了。"说罢一边退身而出，一边轻轻将门带拢。李勇退出系马桩十三号，不知所措地走到巷口，又突然站住。微风吹来，将那条晾晒在路头上的大花裤吹到他的脸上，他也浑然未觉一般，嘴里只顾自言自语："大毛家明明住在这里呀。"

　　正午的阳光在大花裤的映衬下五颜六色地晒在李勇身上，使他有些晕头转向，南昌居民区蛛网般繁复的小街小巷令李勇如陷迷宫。蓝衣社便衣掂量片刻，打消了现身逮捕一个莽撞汉子的念头，连日对系马桩十三号的蹲伏守候也不得不以一无所获而告终。

　　而此时原系马桩十三号居民甘泰昌正拎着母亲为他收拾的赭色牛皮箱在上海火车站拥挤的人群里随波逐流地涌出站台,那只牛皮箱是其父甘谊民少校的遗物,里面装着三根金条、一只老式怀表和两套棉布换洗衣服。

　　甘泰昌离开南昌已两个多月了,他先是在镇江二舅家住了一段时间。二舅是老同盟会会员,后来由于与原来的同道者有了政见不一的分歧,便引退回乡继续经营祖传的醋坊。甘泰昌投二舅而来,是想在这里既为避祸,也谋个营生的。当二舅领他到酸气弥漫的醋坊转了一圈后,甘泰昌深感二舅的醋坊对他来说,是英雄无用武之地的。二舅自然也是个明白人,知道姐夫甘谊民少校的血液仍在外甥身上沸腾,外甥是不会甘心做一个平庸的醋坊账房,染一身醋酸味的。经过一番考虑,二舅对外甥做出了另一种安排,他对外甥说:"大毛,你先在我这住些时日,等风头过了些以后,你去上海,我有个生死兄弟在十里洋场颇有些势力,他或许可以给你个合适的安顿。"甘泰昌心想只要不是在醋坊里混就好,便满口答应下来。在二舅家里住满一个月,初来乍到的新鲜感早已荡然无存,甘泰昌只觉得自己是个一无是处的闲人,他几次向二舅开口提出要到上海去,二舅只说:"还不是时候,南昌那边蓝衣社还在通缉你。"熬过了两个月,二舅说:"我先跟上海那边联系一下,等有了答复,你再过去。"甘泰昌隐约感到新的人生即将向他启幕了,过去在南昌的那一幕很快就会变成隔夜旧梦。

　　画家周铁农晚年除了偶尔闲涂两笔水墨自娱之外就是满城转悠,打算找到明末清初画家八大山人隐居南昌的瘗歌草堂确切所在地。他查遍了所能见到的相关文字,皆语焉不详。而根据山人当年的诗画题跋信函札记及同时代人有关他行迹的小传随记,确切些的是在东湖边上。周铁农一度凭直觉在赐福巷一带转了很久,这里距东湖不远,他一厢情愿地认为山人瘗歌草堂的旧址就在这里。后来他又推翻了自己的直觉判断,认为这里是山人的知交澹雪和尚的寺庙所在地。山人在寺里画了大型山水壁画,那幅壁画山石嶙峋,树木虬枝百结,仿佛怪石、奇树,都是妖异的化身,而烟云缥缈处更预示着无穷的未可知。那未可知的缥缈烟云又把它的思路带到抚河的潮王洲，这里该是那个明代没落王孙晚年居所瘝歌草堂的最终推断地点。那么，除此之外，还有没有别处呢？

在无穷的未可知中画家周铁农也如同陷入一个迷宫，他有时弄不清民国的南昌与明清的南昌，弄不清自己究竟是谁。甚至在一个陡削的深夜，他进入到了八大山人的梦里，梦见自己那价值千金万邑的字画被一阵怪风破窗而入，吹得满大街奔跑，如同遭到遗弃而无人认领的孩子，凄惶而悲凉。他的愤怒无处宣泄："这是谁他妈干的？谁？！"没人回答。只有被风吹得满大街废纸般乱跑的字画，那些山水、花卉、鸟禽，如同垃圾在街头的尘埃中飘零，那些字画上签着他的画押，钤着他的印，就像吹破的牛皮，让人视如草芥，带着世人的不屑与嘲笑，落荒而逃。——这是个可怕而失落无比的梦，对于一个著名画家而言，没有比被众人遗弃更可怕。

次日，有贵客登门，从穿着的阔绰上来看，在南昌还少见，周铁农以为是慕名而来买画的客人，待之也就热情。来客彬彬有礼，自称姓陈，是受人之托，想请周大师收弟子的，画家周铁农自是万般推辞，当他得知要拜他为师习画的是蒋将军夫人时，不禁愣住了。

在戴先生得知蒋将军夫人慕名欲请周铁农指点绘事时，他当即命人对周铁农其人及亲戚朋友和常有来往的人迅速进行了暗中调查，得出的结论是，此人乃一画痴。只是经常往他画室跑的人五花八门，但都为求画。而其中有一个叫柳士龙的瓷商近期跑得颇勤，似乎是游说周铁农画一批瓷绘，此前柳士龙一直以浮梁茶叶生意为主，景德镇瓷器生意也兼着做一些。周铁农对瓷上作画起初颇为不屑，经柳士龙再三游说，他开始心猿

蓝衣社的人行踪诡异

意马。戴先生敏锐地洞察到莲灯社的踪迹，当即要人紧紧盯住柳士龙这个人。

柳士龙自从在《民国日报》上看见跳水皇后杨小姐的照片后，就一厢情愿地暗自把杨小姐认定是他的前世爱侣梅丽娘，竟情不自禁地陷入了对前尘往事的回忆中。仿佛像个初恋少年一般，怀里总是揣着刊有杨小姐照片的那张报纸，千方百计想见上杨小姐一面，以至暂时忘记了与许大头的仇恨。他知道杨小姐是应蒋将军夫人之邀前来南昌的。而一向对绘事情有独钟的蒋夫人一到南昌就打听到画家周铁农是少有深得八大山人骨血的大家。蒋夫人尤其在品阅过周铁农山水花鸟后，颇为激赏。而一本看似周铁农随笔涂抹的《浮梦》册页，更加给蒋夫人留下了很深的印象，她认为几可与八大山人的《安晚册》相媲美。她甚至要蒋将军与之共赏。

蒋将军脑子里塞满了军务，对夫人赞赏有加的一册豫章文人的笔墨涂鸦顾左右而言他。而一旁的杨小姐却说了一句："我倒觉得夫人的画比他的好多了！"

蒋夫人责怪道："你呀，哪懂得啥叫画好呀！"不苟言笑的蒋将军反倒笑了，说："我也跟杨小姐一样，是不懂画的。"蒋夫人说："不懂不要紧呀，那就跟人家学嘛！"

蒋将军说："好好好，你们好好学，我可要开会去了。"

周铁农在甲戌坊博雅轩见过蒋夫人让人送来装裱的山水画，蒋夫人的画构图妥帖，用笔精到，清逸处有灵气，沉厚处蕴苍润，古趣盎然，可以看出是有不凡天赋的。也看得出是得过名家点拨的。这回一听要拜他为师，便忙不迭地说："老朽区区，随手涂鸦只是打发余生，这点微末道行从不敢为人师的，还望另择高人。"

登门的陈先生面带和气，只说："蒋夫人敬周先生高才，也不会太占先生时间，每月接先生去北坛指点一回即可。"话说到这个份上，周铁农一时也就不好再推辞。陈先生留下锦盒装的礼物，拱手告辞。

周铁农半天回过神来，才发现陈先生留下锦盒装的是一支百年老参。周铁农只叹了口气，依他的个性是极不愿跟官家打交道的，而这回还是蒋将军夫人这等人物。当他向瓷商柳士龙吐露内心的苦衷时，柳士龙竟笑了，说："周大师啊，我还真得说你是个迂夫子！你是画画的，蒋夫人也喜欢画画，她求上门只是一个'画'字，又不是蒋将军叫你去做幕僚，想得那么复杂干吗？"

周铁农眉头一展，说："你真这么认为？"柳士龙转脸看他："不这么认为还有什么？就是简简单单的事，我还想看看蒋夫人到底是什么样一个大美人呢，说不定哪天你还能给我个机缘。"两人说罢都笑了起来。

第2叠

四月的一天，有个叫梁梦成的故人山高水远地赶到了南昌，他沿着浙赣线晓行夜宿，像一头在泥浆里裸泳的犀牛，行色匆匆，避过了多个武装检查站，来找一个叫秋石的人。而前来接头的却是一位不解风情的葆灵中学的国文女教师胡茵梦，她暗恋的表哥是一位参加过江西大旅社暴动的年轻军官，几年前在广东失踪，至今下落不明。女教师业余时间拜师学箫，师父是万寿宫的道长万长风。吹箫不是万道长唯一所长，万道长还能画一笔墨竹，萧萧然如有风声。正是因为那些墨竹，在表哥失踪后女教师胡茵梦开始跟万道长学箫。箫声不仅安慰了她的孤寂悲怀，还教她渐渐走上了一条道路，使她隐约觉得在这条路上会和表哥再度相逢。

女教师不止一次梦见那位名叫秋石的年轻军官，仿佛北伐归来，一脸风尘仆仆而又异样的熟悉，如同一位江南会馆里遇到的乡贤。更多时候这位葆灵中学的国文女教师会梦见很多幻灭的文字，在黑灯瞎火中乱飞乱撞，仿佛在黑板上不知所云，又聚散无常，结果总是不知所踪。而久候未至的故人的突然浮现，如同不期而遇的一个美梦。

在女教师以秋石的同路人身份和梁梦成接上关系时，她迫不及待地向对方打听秋石的下落，而梁梦成的回答使女教师胡茵梦觉得不知所云。他连几年前大旅社发生的军人暴动也是头一回听说，好像他是来自另一个世界的人。女教师这才明白这个穿一身夏布长衫千辛万苦赶到南昌来找年轻军官秋石的秘密党人，并不是要来找寻已如昨夜旧梦的义举的。

在女教师再三询问下，梁梦成才左支右绌地透露，他是逃避封建家庭的包办婚姻只身在外飘零了一年八个月，从家里带出来的钱都花光了，自己又一无所长，实在生活不下去了，才想找老同学秋石予以接济。

面对梁梦成纠缠不清的叙述，国文女教师胡茵梦仿佛又坠入了一个绵延的梦中，那位令她萦怀不已的年轻军官当初也是为了逃避一段婚姻而与她相遇的，只是在秋石的叙述中，那位父母指腹为婚给他的乡下女子，不仅目不识丁，而且是个龅牙，奇丑无比。秋石像逃脱噩梦一样，逃离了那场婚姻。他把表妹看作是对他情感生活的重要拯救，这使身为国文女教师的表妹芳心大动，私自以身相许。梁梦成出现，仿佛一位落难书生，极似当初意外见到的表哥，她不能用自己的情感拯救两个书生。面对急于求助的表哥故人，女教师在为是否要将他带去翠花街万寿宫，引见给万长风道长而犹疑不定。戴先生据此断定，那个自称梁梦成的人毫无价值，像一条烂鱼，蓝衣社人员可以把他放弃，倒是女教师屡有接触的万寿宫道长万长风使他窥伺到一条通幽的隐秘曲径。

位于洗马池闹市翠花街的万寿宫是来南昌的人必到之地，万寿宫门前堆放的修缮砖土好像经年累月就留在那里，也不知是哪朝哪代的遗物，从来没有动过。当年意大利传教士利玛窦初来南昌，就看到了那堆杂乱不堪的砖土，他甚至写入了后来很著名的札记里，不知什么时候又把那段文字删了。

初始的好奇心驱使利玛窦不仅对众多不信天主而信许真君的信士表示大惑不解，还对宫殿塑金身的许真君的宏大造像指指点点。这引起的直接后果是立马遭到信士们围攻，险些挨了一顿狠揍。致使他从此在南昌待的近三年时间里都是夹着尾巴做人。多少年过去了，万寿宫游人总是络绎不绝，万道长对此似乎早已司空见惯，尤其每逢八月十五许真君飞升日更是热闹且拥挤不堪，商贩摊点早就列阵以待，来自八方的游人与信士混淆在一起，这里面稍加留意也不难看见不少形迹可疑、貌似不善之人，他们看似游客，又像信士，而更似心怀叵测之徒。

表面上万长风是万寿宫的道长，而实际上他在多年前就成了一名身负特殊使命的秘密红色地下党人，他长期潜伏在南昌就是要等着和南昌行营内蒋将军身边的一位代号为红薯的同党接头，以便将行营的情报传递给组织。只是近期一个莲灯社的归属不明的地下宗教团体竟一把火把蒋将军的目光引向了万寿宫，这看似矛头指向净明道派创始人许真君的宗教之争，极有可能给万寿宫带来直接的危害，也会给万道长造成威胁。好在蓝衣社还没有对万寿宫有所动作，蒋将军只严令蓝衣社查找制造事端的地下宗教团体莲灯社有关人员，这使万道长稍微松了口气。而代号为红薯的人却一直没有出现，令他怀疑是不是此人在行营里出了变故。

南昌行营为蒋将军于民国十八年秋天设立的海陆空军总司令部，也是江南五省"剿共"大本营，南昌由此被时人称为民国第二首都。潜伏行营机关里的凶险可想而知。如果红薯被蓝衣社发现后逮捕了，就有可能关押在东湖之畔行营的地牢里。如果红薯叛变了，他肯定会让人来抓万道长。而最有可能的是因为红薯谨慎，不轻易露头，所以他才在行营隐藏得住。几项分析得出的结果告诉万道长只有耐心等待。尽管组织急于得到行营内部情报，但还得耐下心来等红薯的出现。

这天城里的街巷明晃晃的，像一支支透明的白蜡烛，这对于习惯长期在隐蔽战线工作的白副官来说，仿佛是一种莫名其妙的讽刺。他走在明晃晃的街道上，身后只有影子跟着他，街上行人稀少，这段路叫五把公所，到了甲戌坊、书街那一带就热闹了。往前走就是洗马池。

白副官几次走到这里，朝万寿宫的翘角飞檐张望了几番，又经府学西街、席公祠绕了回去。甲戌坊、书街和洗马池各色人等颇杂，挑桶的，推车的，小贩，市民，公职人员，游客，修炉匠，卖水的，教书的，店员，菜农，贵妇，军人，客商，拉黄包车的，擦皮鞋的，卖报的，送信的，警察，僧道，学生，闲汉，贩夫走卒无奇不有，蓝衣社便衣每天都在这一带转悠。江西大旅社与万寿宫仅一箭之距，都坐落于此。南来北往的官宦显贵及本埠有头脸的人物都喜欢出入于江西大旅社，蒋将军和他当年北伐的老对手孙大帅也先后数度下榻于此。

白副官身为南昌行营庞大机构里机要室中校，也在初来乍到时随蒋将军一干人在大旅社接受过当地士绅的宴请。

他在这里头一次见到过有民国美男子之誉的汪精卫，白副官感觉与其流传的

125

美誉相比差别甚大，只是与蒋将军相比，汪先生十足像个白面书生，而且他恰好穿着一套剪裁合体的白色西装。蒋将军那天穿的是黄色呢子军服的戎装，外披一件黑色大氅式披风，把他瘦骨嶙峋的身体包裹得严严实实，只有那双戴白手套的手和嘴唇上的黑胡子格外抢眼，散发出独有的气场。军官们紧绷着脸，披着麦尔登呢军大衣，举起一色雪白手套的双手鼓掌，起落如鸽子，声音里糅夹着一种薄布的质感，他开始慢慢熟悉那一张张心怀叵测的面孔。掌声在节制中显得恰到好处，士绅的裸掌响亮不一，如同高高矮矮的众人略有参差，但都落在白色的手套上，又弹了起来，这使蒋将军的答谢词有了预期的回声。

由于职业的习惯，白副官喜欢尽量让自己隐身在不被人注意的常人中，他的衣着打扮在任何场合都是普普通通的，包括他的相貌也是不会给人太多印象的那种，你甚至无法描绘，就像一颗生长在褐色泥土下的红薯。他在行营里的单线联系人是负责赣北保安的莫少将。

莫少将参加蒋将军召集的军事会议，昨天刚从庐山下来，就把白副官叫到办公室，示意将门关严实，急切地将一份机密情报交到白副官手上，面色紧张而凝重地说："十万火急，赶紧送出去！事关老家的存亡。"

白副官的心陡然提到了嗓子眼，但他没说什么，只回复给莫少将一个坚定的眼神，行了一个标准的礼就匆匆离开了办公室。这时光线像一些飘舞的灰尘一样在走廊上弥漫，廊道上来来去去的军官都看似行色匆匆又心事重重，仿佛有重大军事行动。行营门外的街道一如往常，车水马龙，带着日复一日而又有条不紊的市井喧嚣与忙碌。市民们根本不知道，大战在即，数百里外多少人的生死就在他们鸡毛蒜皮的琐屑忙碌中暗云密布。

握在白副官手里的这份情报，囊括了南昌行营年内要将红色苏区一举合围并剿灭的堡垒军事计划。

万寿宫道长万长风所期待的正是这份情报。

这个军事计划出自曾留学日本与德国有军事天才之称的蒋百里将军之手。当莫少将在庐山军事会议上听到蒋百里对堡垒计划的阐述时，他仿佛看见一层层铁丝网和密密匝匝的堡垒修筑起来，如同层层叠叠而又井然有序的坟墓，像铁桶般将苏区围困起来。影影幢幢的堡垒里集结了重兵，月光下的钢盔冰冷闪亮，散发死亡的光芒。莫少将感到手脚发凉，不得不承认这是个可怕的军事计划。如果苏区红军被围困在里面，插翅难飞，后果不堪设想。

莫少将觉得蒋百里是个可怕的军事天才，这个有着一张白净书生面孔不苟言笑的将军，性格狷介，如同古人，却有一颗极其现代的大脑。他早年东渡日本留学，又被公派德国研习军事，成为兴登堡将军手下的一名东方面孔的年轻上尉连长。归国后带着一肚子西方军事思想出任保定军校校长，又任总统府参议和顾问。他与当时一批名流参与考察欧洲，曾一度和梁启超全力投身新文化运动，并以飞生、余一的笔名写过不少思想与才情飞扬的文章。结集为《欧洲文艺复兴史》的薄薄小册子，其文笔精到，作为一本通识类的教材，由书局印行，风靡一时。吴佩孚一度邀请他出任总参谋长，又赴日本考察，此后蒋百里得出：中日一战不可避免。他将自己在庐山为高级军官讲学文字结集成《国防论》一册，扉页题词是：万语千言，只是告诉大家一句话，中国是有办法的！《国防论》出版在军界倍受推崇，他成为国民政府对日作战计划的主要设计者。其《国防论》成为整个第二次世界大战中国军队的战略指导依据。这年秋天，日军重兵进犯，万木凋零，蒋百里无法看到自己的理论变成现实就病逝于宜山，被追封为上将。这位终生没有亲自指挥过一次战役的军事家，他的战役一次次在脑海、地图、文字里发生，血肉纷飞幻化为点点梅花，他因呕心沥血而日渐枯瘦如病梅的身体最终崩溃于最后一次猛烈的咯血。仿佛一个弹药库在身体里爆炸，漫山遍野都是花瓣般凋谢的血肉。蒋百里将军酷爱梅花，其妻佐梅夫人是一位名叫佐藤屋登的日本女子，蒋百里早年因主持保定军校受挫而自杀，幸被及时抢救，这期间他得到护士佐藤屋登细致照顾，两人渐生情愫，终成眷侣。因蒋百里将军之所好，深爱将军的佐藤屋登将她的日本名字改随夫姓，并与梅相关。两人曾在海宁植梅数百株，意将来归老此地，这个美好愿望却毁灭于中日战争的爆发。蒋百里将军病殁，其好友冯玉祥闻知反应过激，怀疑是出身日本的佐梅夫人用毒针杀害，因为成婚前佐梅夫人曾对蒋百里将军说过，你爱你的祖国，我爱我的祖国。其实，原话为：你爱你的祖国，亦如我爱我的祖国一样。此事给深爱夫君的佐梅夫人带来极大压力，她默默忍受着用心抚养将军的五个女儿，带着她们一起到街头募捐处，拔下头上的首饰捐助抗战，亲赴前线为中国的伤兵治疗服务。佐梅夫人晚年告诉别人，她这样做，是她认为当时中国的战斗是正义的。她抚摸着夫君的遗著，书页上密密麻麻的文字就像无数枝干上点点绽放的梅花，她既心疼又骄傲。佐梅夫人比任何人都清楚那是夫君咯出的鲜艳如昔的血。抗战胜利，好友陈仪等人协助迁葬将军墓，起棺时，竟然尸身不朽。蒋百里将军生前至交竺可桢大哭道："百里，百里，有所待乎？我今告你，我国战胜矣！"一时众人泣不成声。遗骸火化后迁葬西湖。春花秋月，一波湖水任平生。

多年后蒋百里事迹广为人知。只是他当年在南昌行营提出的堡垒军事计划少有史料提及，原因是情报外泄，以致苏区红军提前实施了重大转移，使堡垒合围计划破产。即便提及也是称堡垒军事计划乃出自德国军事顾问冯·塞克特之手，蒋百里似乎与之无关。如果这个计划得以在不外泄的情况下实施，则世事不可预料。

白副官从莫少将把情报交给他时满脸的凝重中，就猛然感知到这是他一生情报生涯里最关键的时刻。但在后来的世事如烟中，从南昌行营传递出如此绝密而重要情报的白副官几乎成了世事变幻里的一个匿名者。

当他从五把公所，到甲戌坊，走向洗马池，通往翘角飞檐的万寿宫时，这段平淡无奇的街道仿佛是通向另一个世界的出口，又如同地狱之门。看似轻轻松松就可以走一个来回的路段，白副官表面上轻描淡写，但他的每一步都在替更多的人跨过铁丝网、排枪、堡垒和布满地雷与炸药的死亡地带。

地下联络员万道长只知道行营内部将有个代号为红薯的人给他递出情报。他没有见过此人，取情报的地方是在万寿宫墙角不易被人察觉的一方松动青灰色老砖后面，那方砖面铭文有"许真君"字样，凹凸有致。如果红薯留有情报，砖面会有白色粉笔记号。万道长取出后，又会擦去。

秘密情报员红薯给他的印象就是看似不经意留在砖上一条粉笔斜痕，像斜斜而下的雨丝，那个秘密情报员就出没在雨里，他们都像两个面目不清而又同样模糊的影子在雨中擦肩而过，耳畔是爆豆般的嘈杂之声。

一声特别的脆响穿过雨帘传到万道长的耳内，他还以为是翠花街另一头有人在放爆竹。可雨里怎么点燃得了爆竹？那种红纸外尽裹着黄纸火药屑的爆竹沾水即熄，是不可能炸响的。他想或许是附近有人摔破了一个瓶子。

道长万长风没有摸过枪，也分辨不出一声枪响和一只瓶子或爆竹炸裂的声音，尤其在一场下得稀里哗啦的雨里。

可那确实是一声枪响，从蓝衣社便衣的手枪里射出的子弹击中了一个正要快速消失在街巷深处的影子，它打了个趔趄，栽倒在脚下的水洼里。

身穿湿漉漉长衫的白副官在闭上眼睛时，轻松地吐出了最后一口气，他已经将情报放置在万寿宫那块砖石后了，并且不失时机地留下了记号——白色的粉笔画下的一条斜线，像一道粗重的雨（他的一生仿佛都在雨里），又像一条绳子。

一群在清真万花楼伙房中得心应手的厨子，听到枪声跑到外面突然变得手忙脚乱起来，就像油锅起火了，一锅好菜眼看烧得焦臭熏天，厨子们感到无所适从。

万道长第一次变得心烦意乱起来，一曲箫还没吹完就戛然而止，他觉得雨水把一切都泡得很烂，万寿宫周边那些破破烂烂的街巷如同没完没了的噩梦。这场雨斜斜地下着，密不透风，像一块拉上的幕布，他明知道投影在幕布上的千山万水与烟雨城郭都是虚假的，却不敢举认。他身不由己地觉得自己入戏已深，再也不能从剧情与布景的阴晴雨雪中拔身而出，一走了之，空留一堆布景在戏台上。他陷入一台戏中，这出戏如同他人预谋的陷阱，他无法逃脱，只有扮演下去。如果戏结束，他就死了。而那方有着"许真君"字样的砖块仍然会虚掩住万寿宫的一个秘密的墙洞，这个墙洞因他的死亡而空空如也，一封无人认取的重要情报会因为时过境迁而一文不值。

第 3 叠

春日给秋石带来的是一种倦怠、慵懒与无所事事的状态，人世间的诸多困扰像此时阴晦而闷热的天气使他不得其解又焦虑不安。那些来自不同渠道的消息颠三倒四，简直是道听途说般不可靠，像一些变节的党人，一度使秋石厌恶与烦躁。

他的队伍在粤赣交界处被打散了，离开南昌时那个早晨的万丈霞光并没有铺展到岭南，秋石踽踽独行在岭南的熏风里，开始他还抱着找到队伍的念头，可正是那些消息使他的所有努力变得捕风捉影。他像一个行将溺毙的落水者拼命挣扎图存，当他来到佛山的时候，已经成了一个陶瓷商人。

佛山武馆的一位姓包的教头和秋石结为拜把兄弟，在不到两个月的时间里，包教头将自己的妹妹嫁给了陶瓷商人秋石。此时的秋石不再打听南昌的消息，开始有一种安身立命的感觉。也没有给那边的亲友去过一封信，他似乎想主动割离那边的关系。但他对自己在这么短的时间里就看似顺畅地获得了身份转换总是心存疑虑，仿佛自己是个他人生活的冒名顶替者。只是新婚妻子的笑容令他略感宽慰，他甚至想着若是添了孩子，心境可能会稳定下来。

包教头人到中年仍不忘年轻时和师弟温式财参与过的广州起事，广州几十处秘密地点都有过他们传递情报、转运军火的匆忙而紧张的影子。起事失败，包教头回到佛山老家继承了祖传的武馆，授徒为生。师弟温式财追随党人，又入黄埔，开始了军旅生涯，二十余年包教头师兄弟相忘于江湖。包教头一度听说师弟温式财加入了蒋介石北伐军的敢死队，在攻打南昌时战死于城下，后来又听说他尚在军官教导团里任军职。

多年后，温式财对那些风云年代的诸多往事大多数都忘了，唯对民国二十二年夏天南昌发生的刺蒋事件记忆犹新。同年2月，蒋将军在南昌行营举行十万人的新生活运动动员大会并发表演讲。戴先生唯恐莲灯社如雁鱼灯所传信，对暴露在大庭广众下的蒋将军夫妇实施行刺。尽管事先军警和便衣都进行了严密保卫布防，但戴先生仍心下忐忑，一再劝蒋将军取消公开露面演讲，只在行营室内通过电台演讲即可。蒋将军固执不允，如期与蒋夫人露面演讲。他那口软濡变调的江浙普通话，通过麦克风扩大传播，在上万人的操场上颇显抑扬顿挫，像是释放出许多无处不在的细小飞蚊，异常于口音生硬的本地方言，让人感到陌生而新鲜。

大多数市民是怀着一睹蒋将军夫妇风采的好奇心来的，根本没听清他说了什么，也听不太明白。蒋将军瘦不拉叽，撑着一套笔挺戎装的样子，人都在照片画像上见过的。而传说其夫人是个绝代佳人，生得标致，衣着仪态极有风度。谁不想一睹芳容，十之八九市民都抱着看佳人的心思来的。由于人多密集，主席台下面有一条警戒线，台上除要员和便衣警卫及新闻记者外皆不可靠近。前面的是政府与相关机构与会者，中间的是学校，再是工厂，商店及行业人员，两边和后面才是普通市民，所以很多人踮起脚尖也看不到蒋夫人，只看到前面黑压压密集的后脑勺。会场上回荡着南昌人不习惯也听不太懂的外地口音，通过扩音喇叭的电流发出嗡嗡响声，似乎不知所云。

好在令戴先生悬心的意外并没有发生，只是当一个记者以职业性习惯，突然抢到蒋将军前面，举相机拍照，便衣警卫都吓坏了，赶紧握住口袋里的枪，手指碰在扳机上。当看清那只是个抢镜头的摄影记者，才擦了一把冷汗。蒋将军没想那么多，他站在台上，像每回当众演讲一样，情绪激昂，正讲着话，看到一个不修边幅的年轻人正对着他，在以不同的角度拍照。蒋将军用戴着洁白如雪的手套的手，指着这个摄影记者说："看那个人！"他毫无情面地指陈，"对他来说，运动的格言——秩序、整洁等等都是毫无意义的。"站在前面的人发出一番哄笑，笑得那个记者一脸尴尬，急忙闪开。戴先生却丝毫没有轻松之感，他预想的是，该发生的事早晚会发生。接下来，入夏的洪恩桥的行刺事件印证了他的判断。

原本在新生活运动动员大会上发生的意外，只是转移了时间和地点而已。

温式财对夏天洪恩桥发生的行刺事件始终觉得万般蹊跷。事情的起因仿佛是一辆吉姆车在洪恩桥抛锚。整个后续车队似乎也就跟着停了下来。

温式财清楚记得具体时间是 6 月 27 日，蒋将军一行在严密的侍卫护卫下正乘车去讲武堂。随身侍卫官皆是训练有素的好手，不仅反应敏锐，而且都是百发百中的神枪手。据后来的《侍卫官札记》记载，一次蒋将军乘车出巡，途中发现数十米外茅草中似有人埋伏，贴身站在踏车板上的随行侍卫随手一枪，即将埋伏者撂倒，过去一看，原来是一人躲在草丛里厕屎。可见刺客真正要对蒋将军下手几乎不可能。那次行刺，且险些得手的，绝对是高手，非常人。据查这起刺杀事件与当地秘密组织莲灯社有关。

那天早晨蒋将军在第十八军军长陈诚、第十一师师长罗卓英等将领陪同下，按计划由下榻的江西大旅社前往讲武堂军官教导团校阅部队。

讲武堂位于花园角附近，距南昌行营不远。南宋绍兴年间，洪州节度使张澄在此兴建讲武堂，以习水军。此后历代均有军队在此操练检阅，而据蒋将军所知，三国时，周瑜就在这里操演水军，他只不过是对先人的效仿。此次受阅部队均是陈诚与罗卓英之属。从江西大旅社到讲武堂，中山路沿途两侧布满军警，也拥挤着欲一睹蒋将军风采的人众。

上午八时许，蒋将军坐上福克斯豪华型轿车从江西大旅社缓缓驶出，面对沿街百姓的夹道欢迎，蒋将军吩咐司机放慢车速，摇下车窗，不时笑呵呵地冲路两旁人群招手致意。在这支十二辆的车队中，最前面是吉姆警卫车，上面坐着侍卫队长蒋孝先等四名武装侍卫，第二辆雪佛兰车上坐着第六师师长赵观涛，第三辆别克车上坐着第十八军军长陈诚。蒋将军的福克斯豪华车排第四，后面是卫立煌、何应钦等人坐车。行至洪恩桥，车队竟停了下来。武定国报告蒋将军说前面的警卫车出了故障，蒋将军面有不悦，说把那辆车推到湖里去。

武定国刚转身而去，忽然从东湖漫过来灰蒙蒙的雾气，六月南昌出现雾天极为罕见，且雾气瞬间几乎笼罩了街道，使前后车辆几乎不见首尾。

浓雾里突然跳出三条人影，树下警戒的一个姓熊的警官什么也没看见，他想利用警戒的有利位置一睹蒋将军风采的视线也被浓雾弥漫了，熊警官只觉得身体突然被一条有力的胳膊推了一把，自己便软如烂泥般贴到了树上。这时只听得炮仗般的声音交叉着连续数响，中间几乎没有停顿。后面车上有人大声说"爆胎了"。雾过后，地上遗下两名被击毙的刺客，另一名挟雾逃匿，不见踪迹。只有那位熊姓警官感觉一条影子冷飕飕擦身而去，但他没有说，多年的从警经验告诉他遇事少开口，也就少麻烦。与日常警务相比，熊警官更沉湎于夜里与之厮混的女子身体上湿润而滑腻的那条缝隙。

而事件发生的完整经过是：浓雾袭来时，第一辆警卫车已经被推下了洪恩桥，后面的车也就紧跟了过来，车上的赵观涛师长回头看时，就见三个戴草帽的杀手在朝第三、四、五辆车开枪射击，赵观涛师长暗叫一声"不好"，连珠炮般的枪就响了，侍卫也就在同时做了还击。蒋将军毕竟是北伐的统帅出身，见过多少阵战与枪林弹雨，虽突遭袭击，子弹擦着鼻尖飞过，险被命中，仍是面不改色。第五辆上的何应钦自然知道是遇到伏击，仍大声说了声"爆胎了"，他是说给不明情状的路边凑热闹的人听的，也显现出他的应变能力和大将风范。蒋将军稳坐车上，丝毫未动，骚乱只是转瞬，他执意按计划还是去讲武堂校阅了部队。当他面色平静而不失威严地出现在两师官兵眼前时，仿佛云淡风轻，什么事也没发生过。赵观涛师长心里不禁佩服，真大英雄也。

这天黑夜，有人看到赣江水面上浮现了久已不见的荷花灯，像一串水上出没的幽灵，漂向远处。

第4叠

刺杀蒋将军事件尽管当局试图隐瞒，但还是震惊了古城，也惊动了在广润门内陋巷深处闭门隐居的许大头。他梦见在一个月华如水的夜晚，赣江里的鱼成群成群地涌上岸来，它们在豫章城的大街小巷乱窜，四处都是带着鱼腥的淤泥，屋瓦上也鳞光闪闪。瓦片都是月光下活灵活现的鱼。

许大头醒来时，他的门被两位身穿秋衫声称是蓝衣社戴先生的人叩开了，前面的瘦高个貌甚恭敬地递上官方名片，客客气气地说："我们戴先生久仰许先生，有事要向先生请教，特遣我等来迎接。"许大头心里就明白是戴先生身边的高人发现了自己的行藏，再要回避，也是回避不了的，不如去会会。

巷口就有黑色汽车在等候。时在仲夏，骤雨初歇，豫章城的街巷甚泥泞，车胎碾开黑色泥浆一路朝城北开去。窗外疾速掠过歪斜的灰色街肆与潦草行人和浑身邋遢的狗。

民国蓝衣社即复兴社，乃力行社的外围组织，是以黄埔系精英军人为核心的带有情报性质的军事性团体，强调以领袖为核心的绝对忠诚。复兴社人员均穿蓝衣黄裤，故又称蓝衣社。蒋将军亲任社长，下设人事、组织、训练、宣传、特务、总务等处。戴先生为特务处处长。蓝衣社杀手云集，是民国时期最著名的特务机关。其总部设于南京鸡鹅巷53号。南昌行营设有调查科，又称南昌站，也由戴先生接手。追查刺蒋事件自然也就落在他身上。戴先生迅速将此事与莲灯社联系了起来，此前蓝衣社查获的雁鱼灯恐吓信，不无关联。许大头与莲灯社没有关系，但莲灯社久已不曾露头，里面的人几乎跟他一样绝迹于世似乎已经多年了，这次竟然干了这么大的事，有些出乎意料。

豫章莲灯社，发轫于远年，后来又与白莲教隐约有所牵连。白莲教初起于吴郡昆山，曾遭到官方禁止，组织者便被流放到了江州（今江西九江）。其教义浅显、修行简便，传播不难，自然追从者不绝。虽被地方官府和一些以正统自居团体视为妖魔邪党，然传习者也远播到了北地。庐山东林寺和淀山湖白莲堂是白莲教的两个中心，里面有不少隐世埋名的高人。豫章一带，也有白莲教在活动，明末清初成为反清复明组织，后转入地下，以豫章城德胜门处吕祖祠为秘密据点。据香客说，明末有一位王爷，眼见江山不保，就将全部家产变卖建了吕祖祠，前殿供奉的是无量天尊造像，后殿与侧殿供奉的是观音大士，其中侧殿的观音大士造像由黄金铸成，足有三岁孩童高，有檀香木玻璃框罩着。造像前还有个黄金和铜合金铸的宣德大香炉，上面阳刻有大明崇祯年及捐赠信士弟子之名。据说这位信士是王爷的一位密友，姓柳，这位柳信士和王爷随后一道弃家而去，从此消隐于山林。中殿与主殿供奉的是吕洞宾、曹国舅、何仙姑、蓝采和、铁拐李等八仙，吕洞宾手托没有开鞘的宝剑端坐中央，一个斗大的木鱼放在中殿前右侧。当初反清复明的白莲教经常在这里活动，侧殿的纯黄金观音大士，乃是用着反清复明的资金。至清末豫章白莲教一支已嬗变为莲灯社，首领是个神秘人物，仿佛神龙见首不见尾，有人说就是柳信士。民国年间的豫章莲灯社隐约又在活动，相互联络一度所用的暗语是：元亨——利贞，清涟——不妖，中通——外直。

受命彻查刺蒋事件的戴先生在二纬路的戴公馆，设宴款待了许大头。

戴公馆由青砖砌成，欧式风格。整个建筑没有阳台，墙体有四十厘米厚，可防枪弹。民国二十二年，戴先生接任南昌行营总部情报科科长兼蓝衣社南昌站站长，亦在二纬路院里设立办公处所。民国二十五年岁末，戴先生设计将西北军将领杨虎城从武汉转至南昌，将其安排住进这所公馆，而成为杨将军数载被软禁生活的第一站，这都是后来发生的事。

戴先生平常目光严厉，令人不寒而栗，海上闻人杜月笙之女杜美如曾说起她对戴先生的印象："他两个眼珠子都是黑的，像水一样，好像一眼就看到后脑勺，很吓人的，他杀气好重哟！"而在曾参加了二百多起暗杀行动，目标有汪精卫、张敬尧、石友三、吉鸿昌等大名鼎鼎人物的，有"辣手书生"之称的军统人员陈恭澍，其晚年撰写的《军统第一杀手回忆录》里，描写了初见戴先生的第一印象："他的年龄是比我大得多，浓眉大眼，隆准高颧，身材虽不高，但显得很厚重、很结实，称得上相貌脱俗、气宇非凡了。"就是这位戴先生，在见到豫章民间人物许大头时一反常态，他将双眼尽量眯着，笑容满面，仿佛有副好脾气，对谁都客客气气，是个诚心待客的主人。

款客的席上菜品有藜蒿炒腊肉、糖醋鳜鱼、春笋炒腊肉、腐竹烧肉等豫章本地菜，还有几色叫不出名的菜品。宾主落座，戴先生少有地满脸堆笑，问许大头："先生可忌荤素？"

许大头道："不忌。"戴先生似乎宽心地说："那就好。"又说道，"上酒前，我向许先生介绍一个人，他可以给我们表演一个节目，以助我等酒兴。"

这时座上站起来一个白脸人，朝戴先生点点头，再朝许大头点头，嘴里说："一点旁门左道的末技，贻笑大方。"说着他退出酒桌十步开外，有人过去用黑布蒙住他的眼睛，戴先生方招呼一声："拿酒来。"侍者随即端上六七瓶各种不同的酒，戴先生兴致勃勃且不无得意地向在座者介绍道："我这位朋友，有些有趣本事，叫作闻风识酒。你看他在十步开外，蒙上眼，你任开一瓶酒，他都能说出是什么酒来。各位，现在我们看看他的本事。"

侍者用戴白手套的双手端起一瓶酒先给上座的戴先生看瓶身上的酒名，戴先生看罢颔首，侍者再将瓶身向诸人展示。有人端坐不动，有人伸长脖子瞅。诸人看毕，侍者慢慢打开酒瓶，眼看十步开外的白脸人，那人侧面对酒桌，侍者左手拿酒，右手朝瓶口轻轻扇了两下。那头人就报出："十年以上的竹叶青。"众人再瞧那酒，果然没错。有人起身，任选了一瓶，让侍者打开，那头报："这瓶是外国酒，俄罗斯的伏特加！"那人应声："对了！"又挑一瓶，侍者打开，扇了两下，那头没动静，座上人面露疑问之色，侍者戴白手套的手又扇了一下，那头方说："杏花村，老汾酒，窖藏十五年了。"侍者说："正是。"再打开一瓶，那头随即说："茅台。"又开，那头道："威士忌。"戴先生顺手摸一瓶推过去，侍者打开，那人略顿了顿说："这是豫章本地酒，李渡高粱！"

戴先生带头拍掌喝彩，白脸人只说："惭愧得紧，我这不算什么本事，仅供诸位开心一笑。要说本事还要看我师父。"说罢以手指示坐在戴先生右首的一位黄须长衫人。

戴先生低声询道："胡先生是否有兴致露一手？"语气不乏尊重，没有丝毫强迫之意。胡先生貌清癯，不苟言笑，许大头一进来，就看出他是戴先生身边的高人，只表面佯装不知，对场面上的事也漠然，仿佛置身事外者，心里却明白这一切都是针对自己来的。戴先生只说："我少年即入江湖，虽已事蒋将军，然尤喜欢结交各种有本事的江湖朋友。江湖！江湖！江西江苏，湖南湖北，这就是江湖。豫章自古多高人异客，神仙奇士，我早有耳闻，心向往之。"

胡先生欠了一下身，嘴里说："既然各位有兴趣，我就恭敬不如从命，权且抛砖引玉。"戴先生道："胡先生请。"这时侍者用红色木质托盘端来空杯数只，胡先生接过托盘，让众人看清酒杯是空的，随即说了声："来酒。"众人眼睁睁见那杯里冒出酒来，酒香四溢。胡先生当众道："我敬诸位，先饮为敬。"当即取一杯先自饮了。戴先生含笑，亦未显出怎样的惊讶，只说："胡先生的空杯取酒算是领教了，诸位还有什么想法？"一个富家翁模样的光头胖子咧嘴笑着说："能不能变个美人给我们开开眼？"

戴先生说："仲翁，你已有四房姨太太了，还嫌不够吗！不如请胡先生变个白娘子给你吧！"

戴先生话音刚落，就见被称作仲翁的胖子桌前，一条光溜溜、滑腻腻的白蛇自杯盘间扭了出来，胡先生道："白娘子来了。"

仲翁惊得跳将起来，那白蛇扭着身子在众人惊奇目光下直往仲翁怀里钻，仲翁左支右绌不胜惶恐。忽听窗户玻璃哗啦的急骤碎裂声，一只怪鸟破窗而入，利喙叼起那白蛇，单足立在桌上，硬生生将一条蛇不慌不忙当众吞了下去。

胡先生一见这鸟大惊失色，他知道此鸟即传说中的一种鸟，名叫毕方，形状如鹤，一足，有红色的纹和白喙，十分厉害。胡先生知道遇上了真正高人唤毕方将他的法术破了。

戴先生侍卫拔出乌亮匣子枪作势欲击，那戴先生真正英雄本色，无丝毫惊异，只制止侍卫，怪鸟吞罢白蛇，在众人头顶一个盘旋，便从破窗洞飞了出去。戴先生只对许大头低声说："愿先生助我。"

许大头不吭声，仿佛充耳不闻，眼前发生的与己无关。戴先生也好肚量，笑吟吟举起筷子，指着桌上菜肴说："请许先生尝尝这道斩鱼圆，鱼是赣江的鱼，做法即不一般，是我老家带来厨子的拿手绝活。"

他夹了一颗到许大头碟里，嘴里继续说："这鱼圆相传与宋高宗赵构有关。宋高宗酷爱食鱼又怕刺，不少御膳名厨，因此而沦为激怒之下的冤鬼。有位御厨名师，眼看厄运临头，他把对赵构的愤恨发泄于鱼，用刀狠剁案板上的鱼块，却意外地发现鱼刺从斩击成茸的鱼肉中披露出来。传膳声中他急中生智，将鱼茸一团团地挤入将沸的豹胎汤中，洁白鲜嫩的鱼圆漂浮汤面，食之鲜美异常，这位厨师也因祸得福受嘉奖。这个方法辗转传到民间，老百姓称为鱼圆、鱼丸。来来，各位尝尝！"许大头也不客气早将那鱼圆吃了，又连夹数颗，觉得味薄。他对桌上几人的粗浅表演没有兴趣，满桌菜肴里他还是喜欢当地口味。

戴先生却不厌其烦推荐另一道浙菜，他点着白白嫩嫩的一个盘子说："这道太守豆腐可是地道南宋官府菜，原汁原味。相传宋理宗年间，皇上嫌肚里油水过多，每隔一日食一次豆腐。有一回很受皇上宠幸的尚书徐健庵入朝奏本，皇帝邀徐爱卿一起品尝美味豆腐菜。徐健庵受宠若惊，食后即再也难忘豆腐的美味。可是皇上恩赐终归千载难得一遇，不知何时再享口福。徐尚书实在耐不住美食的诱惑，苦思之余，拿出一千两纹银，向御膳房厨师打探豆腐菜单及配方、烹制工艺。后来又将此配方传给王太守，久而久之，民间皆称太守豆腐。此道菜品洁白细嫩，滑润如脂，内加松仁、干贝、香菇等珍材，滋味鲜美。"说着他又为许大头舀了一匙，老许稀里哗啦就吸下了肚，没觉出什么味，自伸筷子去狠夹了一挟藜蒿炒腊肉塞入嘴里大嚼，才感到咸辣香味。

许大头看破那胡先生使的是茅山法，虽然只是皮毛，却也是用在邪路上，故施法不露形迹地把他破了，意思是警告他一下。

戴先生称的胡先生名叫胡妙常，略懂茅山法，老家为幽兰胡家。他使的茅山法，空杯变酒、凭空变蛇，不过是移物借物。戴先生一到南昌就对胡妙常的特殊本领萌发了兴趣。他找来这位传说中的奇人，为了一试胡妙常的能耐，专门安排四位蓝衣社特务持枪守住保险库放有美钞的保险柜，美钞上还特别做有印迹，看看胡妙常是否真能施法将美钞移走。时隔几十分钟，保险柜守卫未觉任何异样。开验结果，保险柜里空空如也。胡妙常走进办公室若无其事般将那些美钞放到戴先生桌前。事后，戴先生觉得此人有用，便留在身边。但是，胡妙常隐瞒了他曾是莲灯社成员的身份。而蓝衣社在豫章与莲灯社斗法这一节，史料里也没留下任何文字记载。

戴先生蓝衣社杀手陈恭澍，有一次执行任务的前夜，梦到蒋将军接见了他，蒋将军着中山装，安详地坐在庞大办公桌后面的椅子里，由于身体瘦弱，人好像被那只椅子吞没，那张桌上摆着一份用十行纸缮写的名册，他手上拿着一支粗大的红蓝两色铅笔，但没有书写和勾画什么。陈恭澍以黄埔学生身份毕恭毕敬站在校长面前，蒋将军特地从椅子上起来，绕过那张大桌子到他跟前，看似寥寥几句对话，却影响了陈恭澍一生。蒋将军送他到挂着总理遗像的墙边，那里有扇暗红色的后门，蒋将军亲自拉开为他送行，门一开，他看见的竟是家乡屋后的田园，纯银般的月光下盛开着大片大片苍白的葵花，葵花上蒙着一层白色灰烬，令他产生莫名的感动与忧伤。

此后若干年里，陈杀手总是选择在阴晦天气化装成一名邮差，急匆匆地消失在人们的视野里，而当他出现在异地的高级饭店，则可能是个不引人注目的侍者或水电修理工，总之在他出现后旋即消失的地方，当地的报纸头条就会登出某个大人物遭暗杀的醒目消息。

第5叠

从平台上望出去，豫章城仿佛浮荡在混浊不堪的空气中，雾中迷蒙的街巷时隐时现，城市房屋的灰色屋顶，空无的章江门城楼兀立在岸边，赣水东流。屋顶，街巷，浮桥，石板道，都像是漂浮物。百花洲，滕王阁，灵应桥，水观音亭，万寿宫，佑民寺，火神庙，贡院，德胜门，建德观，墩子塘，这座古城也像浮在水上。柳士龙要在豫章城里编一张网，他是要巧妙地让许大头落入他的网里，像一条鱼，供他吃掉。但许大头不是一条鱼，他有鱼的滑溜、灵活，更有鱼所不具备的破网能力，甚至还能反手把这张网倒扣在撒网者身上。许大头却从刺蒋案里发现了柳士龙的踪迹，他料想柳士龙的目的不在刺杀蒋，而是要在豫章制造一桩大事端，引起人的关注，而其并非想引起所有人的关注，只想引起一个人的，并把对方引出来，那就是他——许大头。否则，柳士龙真要刺蒋，蒋必无命在。

许大头知道这是柳士龙在向他挑战，而这一战挑得颇具心机，柳士龙借其在莲灯社的身份刺蒋，这就迫使许大头站在蓝衣社一边来与他交手，或许这是先将许大头陷于不义。而他的行刺却是义士所为，赣江的涛声将会为莲灯社的义行作证。而戴先生的蓝衣社在柳士龙的预料中找到了隐姓埋名于穷街陋巷里的许大头，并请他出山。许大头知道自己藏着掖着不行了，他得会会各色故旧与新知。对于豫章他和柳士龙一样都烂熟于胸，哪里有块石头，哪里有棵树，都清楚。只是新老时光交叠在一起，有时会对眼前的景物产生错觉，一些地名跟原址对不上了，豫章人的脸还是那样，在许大头眼里古旧而狡黠，仿佛藏着很多心事，虽然服饰变了，但行为举止依如往昔地迟缓。他常常看着几个老人坐在门前屋后相顾无言，一坐就是半天，偶尔猛拍一下落在面孔上的苍蝇，基本不动。而空气里洋溢着年深日久的霉味和馊腐气息，他们浑然不觉。多少年就这样过去了，好像人们是以遗忘为代价，才活到了现在。许大头觉得自己也在遗忘，如果不遗忘，他觉得一天也活不下去。而柳士龙的一纸之约似乎阻止了他的遗忘。

许大头身穿夏布长衫，戴一副黑色眼镜，施施然，如约来到藏园。藏园乃清中期时称"江左三大家"之一的名士蒋仕铨所建的江畔私家园林，几经战乱，现

139

多半已荒废，交由一名老仆看守着。许大头从一个颓圮的门廊踅进来，看见柳士龙在院中亭子里和两个文士模样的人饮酒，有红衣女子弹琴，几个人都貌似很忘情。许大头一眼识破那是柳士龙用幻术变出的纸人。他故设此境，是想试我的本事，以此显示他法术的长进吗！许大头心里发笑，面上却没丝毫表露。柳士龙起身，以故人般的热情对许大头的到来表示欢迎，嘴里说："久违了，许先生！在下今日特设一席便宴，以便与先生叙旧。"

许大头也不推辞，大大方方落座，不紧不慢地说："你邀我来，不是为喝酒的吧？"柳士龙笑，说："喝酒之外，还想与先生共闻一曲。"说罢，一拍手，弹琴红衣女退下，上来一个娉娉婷婷的绿衣女子，柳士龙说："这位纤月小姐将为我们吹一曲《清音》，是一首嵇中夜所作的名曲。"许大头说："嵇中夜的《清音》，应该在月下吹才有趣。"柳士龙拍掌："先生果然品位不俗！只是夜深人静，难赏这白昼佳景，藏园清音，也足有十分情致。"

许大头不语，做瞑目状，耳畔笛音从水上升起，幽忽而清绝，把人听得汗毛都要竖起来。许大头冷冷道："吹笛的——可是一个蛟精？也修炼了不少年吧。"柳士龙憨笑道："哪瞒得过你的法眼。"许大头仍闭着眼说："请了新帮手？"

柳士龙说："只是献艺，扰你清听了。"许大头说："修了几百年也不易啊！"柳士龙说："还是先生道行深，这么多年在豫章城里就是没有一双眼睛能看破。"许大头说："你还不是知道了吗！"柳士龙说："老朋友嘛！"许大头笑眯眯睁开眼："谁说不是呢！"柳士龙说："是，是就对了。"

许大头侧耳静听乐曲，半晌说："人间能得几回闻呀！"柳士龙说："她眼是瞎的，才能有这么好的音乐，都拜许先生所赐呢！"

许大头早注意到曾与那蛟精交过手，念其为害不深，只是用五花剑刺瞎其双目，却饶了她一条性命，不想她又在这里出现了。许大头淡淡地说："是来讨回那双眼睛的吧？"柳士龙只微笑说："她是莲灯社的，你看！"柳士龙手指望江亭下，两个绿衣女子正弯着小蛮腰往水面放荷灯。许大头耳畔听着《清音》，仿佛饶有兴致地看着浮荡在碧绿色水面上的荷灯，有一种往事如烟的感觉，今夕何夕？是明朝，是民国，不知魏晋。——还是在一出戏中？

五百年前许大头却是险些淹死在那双碧潭般的眼睛里。许大头那双老江湖的眼睛当初竟受一双妖孽的眼睛蒙蔽，他只见一个可人且多情的小女子真诚地拜倒在门前，一心要投师问道，这令多年来心如止水的许大头胸中泛起了一丝涟漪，他破例收了这位眼睛仿佛能看懂他心事的投拜者为唯一的女弟子。女弟子天资聪颖，悟性高于常人，甚至帮师父解决了多年的难言之隐。这使许大头一度红光满面，心满意足，仿佛回到了当年。她的胴体像一条雪白的美人鱼，白得发光，异常耀眼，那是许大头从未见过的。每回的畅快淋漓都使许大头对混迹于豫章的现状心猿意马，产生了携此女归隐西山双修做神仙的念头。

在一个月照西楼之夜，女弟子对共卧在榻上的许大头露出了她的祸心。那一夜许大头几乎脱阳而死，红光满面的他突然面如死灰，身体的皮肤白石灰般剥落，他抓剑的手指弯曲着渐渐僵硬，那女弟子用了古老传说里的最狠毒的女阴吸阳功，要把许大头数百年练就的至阳功夫一吸殆尽，那双碧潭般的眼睛此时像又黑又暗的深井朝完全松懈的许大头打开，要将许大头吸进深不见底的黑洞。许大头心中叫苦，大呼一声"不好"，挣扎的左手触摸到榻下的宝剑，他要把那双深潭刺穿。五百年前的豫章，一个半夜起床便溺的老汉听到隔墙西楼传来一声女子的惨叫，心悸不已。

《清音》甫歇，从江上传来一曲《楚王渡江》，又把许大头灵魂深处的痛撕开。女唱师夏九娘在船上唱着，仿佛在孤坟鬼影的荒野独自号啕，不羁的冤灵冲出了肉身，无比叛逆与张狂，夏九娘嗓音也随之美丽而疼痛。楚王！楚王！魂丧寒江！许大头内心发紧，身上寒意顿生，鸡皮疙瘩乍然爆了一身。

许大头知道《楚王渡江》唱的是楚昭公兵败，退到汉江。江宽风大，扁舟一叶。一伙人都坐在船上，就有沉船的危险。于是艄公提议扔掉一些人，楚王犹豫，不知先扔谁。结果，先扔大臣，说才子有的是，将来可以再招贤；又扔妻妾，说妻妾扔了大不了再纳娶。然后剩下的是血亲，兄弟和儿子，究竟先扔谁？这个纠结似乎真的能缠住中国人的心。最后，楚王决定扔儿子，说儿子扔了可以再生，而兄弟一辈子只有一次，绝对不可遗弃。这个根深蒂固的伦理问题，该怎样回答？兄弟手足，难道不曾有残杀，不曾有背叛吗？女唱师歇斯底里地号叫，是鬼，一只只绝望的鬼，在投江的那一刻暴露出人性底层脆弱的真面目。她是在通过招魂来质问人性的孰是孰非吗？许大头看时，那女唱师就像附在纸人身上的一个被人推落水中溺死而不得超生的怨鬼。唱完之后，仍怨气冲天。一时众人无语，都用冷的眼光逼视着许大头。

许大头纵有再好的修炼，也如坐针毡，他笑着说："是要讨债啊？"柳士龙说："你以为呢！"许大头说："我想问问都欠了什么债。年深日久了，记不清。"柳士龙说："想赖吗？"许大头说："若真是欠了债，谁也赖不了！"柳士龙说："你这话是什么意思？"许大头说："我是说冤有头，债有主，很多年前我也是个讨债人，受人所托，一心要替受冤害的人讨债，我以为我做的事是天经地义的，没有想到——"柳士龙说："没有想到什么？"许大头说："没有想到我要找的债主欠债太多太重，他几乎欠下了豫章城所有人的债！"许大头说着眼光像刀子一样盯着柳士龙。柳士龙也不回避，双方目光相迎，像两把锋利而寒冷的刀在杀气中相遇。

"把眼睛还给我！"叫纤月的绿衣女子突然说。柳士龙缓缓转过脸，眼里的刀子雪亮，嘴里说："许先生，你和她的债，先算。我们的债你得认，慢慢算不迟。"

许大头这才对纤月说："我很愿意把这双老眼赔给你，只怕到时候你用我这双老眼看到你的四周都是敌人和一个肮脏的世界，你便再也不会吹《清音》了。"

纤月说："我再尊称你一声'许先生'，你有眼睛应该是看得见水上的那些荷灯的，知道荷灯为什么一直在水上漂浮不绝吗？——那同样是多少生灵的幽魂，它们的根未绝，冤未了，你心能安吗？"

许大头摘下眼镜，略沉吟，举着一根镜腿递到纤月手里，说："我只能给你这副眼镜，你就能把一切都看个明白。"

纤月的手触摸到眼镜，一把抓过。柳士龙低声阻止："不要。"纤月还是将眼镜戴上。眼镜里看到的柳士龙再不是个英俊男子，而是个老妖，周围的红男绿女都是奇形怪状的妖物模样。纤月心里一凉，默默取下眼镜，递还给许大头。

柳士龙怒气冲冲站起来，似乎要发作，却只沉沉地对许大头说了一句："你走吧。我还会找你。"他空洞的眼神里,有着说不尽的愤恨与忧郁。夏九娘看着他一时无语。只见许大头离开亭子,径自走出废园,消失在疏影横斜的颓墙间。

第6叠

戴先生坐在办公室里久久发愣,他摸起茶杯,一揭茶盖,里面是空的。侍立身边的属下恭敬地要为他续水,戴先生微微摆手:"不用了。"他的脸上一片阴晦之气。昨天他闻报蓝衣社一个对付日本间谍的秘密小组,在翘步街一间不引人注目的临时据点出租屋里遭到不明袭击,七个组员全部遇难。戴先生大为震惊,亲自带人赶到现场,场景甚惨。门前是一部炸变形了的车辆,那些铁也像皮肉一样扭曲并稀烂,如同腐烂的鱼。那些钢铁骨骼原来也同样丑陋。

他一手提拔并看好的小组负责人朴玉赞,一个深谙日本的反间谍专家死在正对门办公桌的藤椅里,他的坐姿一成不变,双眼仍大睁着,眉头深锁仿佛还在想心事。眉心一个鲜艳的弹孔格外刺目,血沿着鼻梁从下巴一直淌下来,胸前白衬衫上的血迹像一条红领带。而桌前,椅下,墙边,沙发上,正厅里,都是歪斜的一具具尸体,一个反日谍小组人员全部被杀。这里面三个人佩有武器,其他四人皆为情报分析的文职人员,没有武装,而那三人中的两把枪还在皮套内没容拔出,一个执枪在手尚未击发,可见杀手动作之快如同鬼魅。那一具具尸体——被布衣包裹的血骨,像被神灵遗弃的垃圾。

从现场遗下的弹壳可以推断,至少有两个枪手摸入了这间出租屋,杀死了当时所在的全部人员,便去向不明。或坐,或卧,或侧倒的尸体姿势各异,撞翻的木头椅子,摔碎的青花瓷器茶杯,散乱的卷宗,墙上的污渍,弹孔,剥落的墙皮,掉在地上的黑色话筒,烟灰缸及撒落的烟头。浓稠的血,像漆一样沾在青砖地上。可见被袭击时众人毫无防备,只是一顿砰砰啪啪的乱枪之声,仿佛摔碎了一地瓷器。枪手扔下一屋子死人便消失了,见到枪手的人尚未反应过来,就被子弹射杀。这一事件秘而未宣,甚至连蒋将军也不知道,只有戴先生感到一股彻骨寒意,前所未有的挫败感和深深的沮丧萦绕着他。戴先生头脑里仍是自己离开出租屋时的

一个高级吉报小组，外一转于瞬间更，秘杀了戴先生，不由西了一顾日，冷汗程维

浮灯九。
壬由图

谁杀了反谍小组人员?

印象，地上的血迹，面上掩了的一层白石灰，刺鼻的生石灰的腥气挥之不散。

戴先生有个上海滩七十六号的对手，就是特工界大名鼎鼎的为日本人做事的丁先生，他好蓄小妾，尤其喜欢年轻有朝气的女学生。小妾善妒，往往给他带来快感。他对坐在眼前的弱小的敌人说话时显得彬彬有礼，笑容可掬，根本看不出他是握有生杀大权的，他甚至撇一下嘴，对方就会人头落地。但他总是循循善诱，如一个长者在教导晚辈，他和颜悦色的样子会让人对他产生好感乃至几分敬意。你会以为他是在跟一个人轻松且不无愉快地聊天，最后他还会起身客客气气把人送走。只是当走出那个门后，他会以同样轻松的口气向手下下达对那人的处死令，并说一声："多可惜呀！"便搓搓手，转身回到后院的一间房间里跟小妾和朋友打麻将。手气好的时候和手气差的时候他都打得兴致盎然。仿佛打麻将与输赢毫不相干，他只在意打麻将本身，那种摸牌和出牌的手感，给他带来无比的愉悦。

若干年后，万长风想起探手从红薯递放的墙洞里去取南昌行营"围剿"苏区堡垒计划的重要秘密情报时，仍然心有余悸。

当他从万寿宫左侧第五排第四十一块砖面烧制着"许真君"字样的文字凸起的松动的青砖后，探触到急于所得的情报之际，一只铁钳般的大手突然扼住了他的手腕，那只手上冒着青筋，指关节粗大，棱角狰狞，万道长一惊。

他没有急回头，只是手和身子都停在那一瞬，任其延长，身后传来一个瓮声瓮气而又语词含混的声音："你不能拆万寿宫的墙！"万道长才松了一口气，他熟悉这个人的声音，便缓缓回过头，已是满面严厉。万道长反过来一把揪住疯子老华的胸襟怒喝："这砖是你搂松的吧！看我不叫人来狠揍你一顿！"

疯子老华不禁吓，赶忙松手申辩："不是我，跟我没关系！不是我！"万道长不想引人注意，便喝道："不是你就快滚，免得挨揍。"疯子老华便屁滚尿流地跑开。

情报到手了，组织的情报员却没了踪影。听说蓝衣社逮捕了不少人，万道长联系的来往于吉安与南昌的情报传送员下落不明。而手中的情报十万火急，非同一般。万道长甚至想以身涉险，亲自将这情报送出去。他将情报塞在随身不离的洞箫里，只是那箫就不能吹了，他还打过利用葆灵中学女教师胡茵梦为他送情报的主意，万道长得知她在吉水有位亲戚，是位远嫁的姨妈，万道长一问，得知死了。这主意也就落空。他不得不以外出做法事为名动身了。

万道长一路晓行夜宿，躲过明岗暗哨多少重，越往东走，越发现军队在不断增加，有的村镇驻扎的都是军人，万道长不得不绕道，曲折迂回以接近目的地。有时饿着肚皮翻山越岭，过河蹚溪，摸鱼虾生吃，偷村人菜地里瓜果充饥，数度被还乡团盯上盘问，还关押了一天一夜，险些被枪毙，幸得从阴沟里满身淤泥臭气地逃脱。就这般九死一生将情报送到苏区时已是衣衫褴褛，面目全非，几近乞丐。组织负责人得到这份事关数万人生死的情报，握着万道长的手说："你救了我们，也救了一个世界。"

考虑到万道长的功劳和处境危险，组织上打算让他不要再回南昌万寿宫做道士了，想留他下来委以职务重用。道长万长风婉拒了组织的好意安排，说："我的身份还没有暴露，潜伏在南昌对组织更有用。"便在饱餐一顿后仍旧穿着那身褴褛的道袍返回，他甚至走到一半路的时候，坐在土坡上，面对绿油油的野地和清凌凌的小河吹了一段箫。那段箫声仿佛使他的沉重获得减轻，而后续的路途也变得缥缥缈缈。他好像看见红军的队伍在蒋将军"铁壁合围"的碉堡计划尚未形成之前，就逶迤北去。

跋涉的队伍影影绰绰飘然走远，他的眼里竟流下两行泪来。

第四章

第 1 叠

"我必须去见一个人，一个女人。"柳士龙有些迫不及待地对夏九娘说。他抖着手中的一张昨天的《民国日报》，那张报纸在他手上发出干燥的脆响，仿佛强调他所说的话。夏九娘见他的手指捏住的地方，正是报上登的一个穿泳衣的脸如圆月、满眼含春的女子图片。图是黑白的，那女子脸白，牙更白，就像天空的一朵白云。夏九娘问："她是哪个？"语气很淡。柳士龙说：

"她是人称的美人鱼，让举国疯狂的跳水皇后，现今她就在南昌。"夏九娘"唔"了一声，说："你没看错人吧？"柳士龙说："我相信我这双眼睛，她是我前世的妻子，转世今生的杨小姐，我一定要见到她，告诉她这个秘密。"夏九娘说："据说这位杨小姐可是蒋夫人的干女儿，她更有可能是戴先生蓝衣社的人，况且她对自己的前世一无所知。"柳士龙说："我不在乎蒋夫人跟她是什么关系，也不管她是不是蓝衣社的人，我不在乎，我在前生前世就跟她说过，我们会见面的。"夏九娘说："那么莲灯社呢？还有……怕只怕这是你的一厢情愿！"柳士龙说："就算是这样，我也认了。"

夏九娘说："世上有多少男人都是为了一张脸对一个女人爱得死去活来啊！"

柳士龙说："你不懂，你是个鱼精，哪里懂得人间情爱。"

夏九娘说："你啊叫我怎么说你呢！你以为这是在一出戏里吗，才子佳人像踩了头的鸡一样没命地追逐，前世今生爱个死去活来的！那毕竟是戏台上才会发生的事！这么多年来苟活着，你是谁呀！还没弄明白？"

柳士龙说："你当然也会笑我不过是个妖孽，只是在人间苟活多年，贪恋人间的情爱，不舍人间的恩怨。正是这一点，我才明白了人世间有什么不同。爱了，死了，也许没有轮回，也许不知道轮回，还能义无反顾。"

夏九娘说："你是用人的心在爱啊！这爱有多深，恨就有多深。按理你是不应该介入人的生活的，我们不过是局外人。就像井水不犯河水！"

柳士龙说："井水不犯河水？九娘，豫章城里的井水哪一眼不与河水相通，你是知道的。多少年来只要井不被泥土填埋，汩汩的井水就是江河的眼泪，如果江河干涸了，井也就枯竭了！就像我这妖孽不死，爱就不死，恨也不绝！"夏九娘说："一个杨小姐，一个许大头。美人鱼呀美人鱼！可你怎没想过你的妻子也转世为鱼精呢？"

"鱼精？不可能的。"柳士龙摇摇头说，"这就跟你说的那样，这又不是一出戏，书生追鱼精，不可能的。她是人！是一个好端端的美丽善良的女人，即使转世也肯定只能再生为人！怎么可能变为鱼精呢？"

夏九娘说："而我们，哪怕死一百次，转生一百次，也只能是妖精吗？"柳士龙说："你……难道是厌倦了？"夏九娘说："我没有。"柳士龙说："你……那是感到羞愧了？"夏九娘说："我没有。"柳士龙说："你……也许就是悲哀了？"夏九娘说："我没有。"柳士龙说："你……是不是绝望了？"夏九娘说："我没有。"柳士龙说："你……怎么流泪了？"夏九娘说："我没有。"柳士龙说："你……哭了？"

夏九娘说："我……真的……没有。"

柳士龙凝视着夏九娘挂着泪的脸，仿佛在读一方晶莹的玉，他还从来没有如此认真地看过她，岁月没有在如玉的脸上留下一丝痕迹，只有两行泪，触目惊心。柳士龙说："原来你也会流泪啊！"夏九娘固执而倔强地说："不，这不是泪，它是雨，是雨水。"柳士龙说："这是在屋里呀，哪来的雨啊！"夏九娘说："心里的，心里下的雨，不是你所说的泪，不是的。"柳士龙："你别隐瞒了，九娘。我知道你千年的修炼，已有了一颗人的心，女人的心啊！为什么？"柳士龙恨恨地说，"为什么你我妖精却有了一颗人的心？！"夏九娘咬牙说："我说过了……我……没有。"她眼里的泪开始变红，眼里流出一滴一滴的血来。

柳士龙说："你瞒得了天，瞒得了地，也可以瞒得了任何人，可怎又瞒得了我啊！"

夏九娘说："千年的修炼，又算得了什么，千年在你我之间不是说过去就风一样刮过去了吗，你柳士龙不是有千年的修炼吗？那又如何！天那么高，地那么深，人心好像比天还高，比地还深，我是修不来的。"

柳士龙说："千年的修炼能使人成妖，千年的修炼又能使妖成人吗？我看……不能啊！成妖容易，成人难啊！"

夏九娘不语，默默走出去。柳士龙似觉不妥，跟出来，见夏九娘独自坐在门槛上望着虚空，一层密致而阴沉的云正从远处缓缓游移过来，充满体积感，仿佛一支古老的军阵，带着某种压迫式的无声的节奏，令夏九娘看得有些出神。

柳士龙："你一个人在门口看天吗？"

"是的，我是在跟神交谈。"夏九娘说。

柳士龙："你的神告诉了你什么？"夏九娘："我该走了。"柳士龙："你要去哪儿？"夏九娘轻微叹了一口气，说："我从哪儿来，就回哪儿去。"柳士龙看看天，天上密致的云堆里隐隐响出低沉的雷声。柳士龙："听见吗？你的神在告诉你暴雨就要来临，你不要走。"夏九娘："风起了，雨来了，谁也躲不过的。"

柳士龙："它会赶在你的脚步之前，把你淋个遍。"夏九娘说："这就是神恩，这是神的好处，它不偏心眼。"

夏九娘笑笑，说："那么我坐在这里等着。"

柳士龙："真的起风了！你看，树木都在恭候神的来临。只有楼房静立，它是神疏忽的产物。"

夏九娘："为什么人都躲在楼房里，寻求它的庇护。"

柳士龙："神只是徘徊它的屋顶，或止步其大门，而不能进入，你问神，它不答应，它就走了。"夏九娘："它会带我走的，它来得太及时了。"柳士龙出神地看着夏九娘，带着无限的惋惜与不舍，她还是看得出柳士龙的眼神里是惋惜多于不舍。她轻声安慰他："没有什么，你是属于她的，隔了这么多年，生死轮回多少遍了，你还是一眼就能认出她，你去找她吧，你去找杨小姐吧！今后无论我在哪里，我都会为你们祝福的。"

柳士龙："你不要说得太伤感，我一直把你当着我的妹妹。"夏九娘："是姐姐。"柳士龙："我比你老啊！"夏九娘："对于这个世界的人来说，我们都太老太老了。"柳士龙："所幸这么多年你一直陪伴着我。"夏九娘："我感谢你收留我这么多年，虽然一点也没帮上你。"柳士龙："我说了你是我的妹妹，世间浩茫，仿佛只剩我们兄妹了。"夏九娘："你真俗，这又像戏词了。"柳士龙笑："很俗吗？"夏九娘："是的，真俗。"柳士龙仍笑着说："好，那俗就俗吧！"

夏九娘："哥，我就这样叫你了，你去找杨小姐吧！以后有什么难事，刀山火海，约我一声，我便会赶来！"柳士龙听罢，脸上带着笑，眼里即有了泪珠，说："妹妹，有事你跟哥吱一声，万死不辞！"

夏九娘哽咽，踮脚，抱着他的头，轻轻吻了一下他的脸，说："我们不该儿女情长的，我走了。"柳士龙默默地点点头。夏九娘又叫一声："哥。"柳士龙："什么事？"夏九娘说："许大头的事，你放过他了？"

柳士龙："我跟他的账只有慢慢算了，你放心走吧。"夏九娘关切地嘱咐道："你还是要万分小心。"柳士龙说："我心里有数的。"

第 2 叠

"丫头，去看看周铁农先生的画吧。"

蒋夫人在北坛官邸朝阳的书房里，正挥笔在画架上画山水，突然停下笔，对杨小姐说。她笑吟吟地看着坐在沙发上翻阅《良友》画报的杨小姐。

此时蒋夫人眼中坐在沙发上翻阅《良友》画报的杨小姐就像一幅黑白照片，柔和的光线恰到好处地落在她的面部，她左手支腮，为生得精巧的下巴添了一些丰富的暗影，更显出立体感。短袖旗袍外的右手搭在画报上，像一截白色的藕。

使蒋夫人突然想起往昔和大姐二姐在一起度过的单纯时光。

"周先生不是几天前来过吗？"杨小姐抬起头来对夫人说。蒋夫人说："那是人家应邀来指点我绘画。现在是我们登门去看周先生的画，不一样的。"杨小姐眨着乌黑的眼睛说："我哪懂画啊！我只是一个整天在水里扑腾的人。"蒋夫人温婉地笑着说："你这条美人鱼也有上岸的时候，画里的世界说不定是你的一片岸呢！"杨小姐有些懵头懵脑地眨着长睫毛的眼睛："是吗？"蒋夫人说："怎么不是呢！看看你就懂了，别让美好的事物变成与你擦肩而过的遗憾。"杨小姐顽皮地笑道："那我就跟夫人去长长见识。"蒋夫人也笑了，用手指头点一下她的鼻尖说："这就对嘛！"

周铁农怎么也不会想到蒋夫人会亲临他的博雅轩。当武定国推开门，杨小姐陪着蒋夫人出现在他面前时，周铁农竟有些不知所措。他正和柳士龙在饮茶品着一本册页。那本册页里画了一条鱼的十六种不同姿势，令柳士龙玩味不已。杨小姐的出现，使他发现那条鱼已化为精了。

蒋夫人说："早就想登门拜访周大师，今日方得一偿夙愿，一进门就感墨香四溢，文气扑面。"

周铁农则紧张得有些支支吾吾，说了些不着边际的话，竟忘了请蒋夫人落座，倒是柳士龙淡定自如，主动起身让了座。蒋夫人却被那本画册所吸引，边看边和周铁农聊起来。柳士龙自然和杨小姐站到了一起。他说："我们应该在哪儿见过？"杨小姐看看他，瞪着大眼睛说："没有哇！"

柳士龙笑，肯定地说："见过的。"杨小姐说："我觉得没有！"柳士龙说："你忘记了。"杨小姐说："我记性好着呢！"柳士龙说："你想想就记得了。"杨小姐说："我想不起来。"柳士龙说："你还是忘记了。"杨小姐一脸认真地，像在搜索记忆，说："你去过南京吗？"

柳士龙摇头。杨小姐说："上海呢？"柳士龙仍摇头。杨小姐说："噢，我想起来了，那你一定就是在下沙窝游泳场看过我的跳水表演。"柳士龙还是摇头。

杨小姐满脸不解地朝柳士龙说："那你怎么见过我？！"柳士龙神秘一笑，说："很多很多年前，我们就很熟悉，不，应该说还很亲。"杨小姐面显天真，有些笑逐颜开道："你说我们是亲戚？"柳士龙说："可以这么说。"杨小姐噘嘴："我怎么不知道？那一定是远房亲戚，隔得远，不在五服以内吧！不对呀，我还不知道你的名字呢！"柳士龙微笑道："姓柳，柳士龙。"杨小姐说："这就更不对了。我姓杨，你姓柳，不挨边的。"柳士龙说："杨和柳，原本就是在一起的，后来分开了。"杨小姐说："怎么会分开呢？你是柳家，我是杨家。"

柳士龙说："说来话长，隔了多少代了，你的样子还没变，我一眼就认出了你。"杨小姐说："你这人真怪，我怎么认不出你？可能你是把我当作另外一个人了，我猜肯定是这样，这种事常有的。"柳士龙说："你左手心有两粒芝麻痣。"杨小姐伸开左手手掌看了一眼，又赶忙握紧，仿佛唯恐被人瞧见，嘴里说："你怎么知道？"

柳士龙说："你的右手心还有一粒，掌纹是连在一起的，是断手。"杨小姐说："呀！你吓着我了，你是怎么知道的？！"柳士龙说："你的右手下手很重的，打起人来很疼，是的，很疼。"杨小姐扬起右手，佯装欲打下去的样子，眼睛睁得大大地端详着柳士龙，竟突然有了泪水，说："我好像是认识你，你究竟是谁？难道人真的有前生前世吗？！"

蒋夫人在那头笑着说："丫头，过来看看周大师的画，你看周大师笔下的鱼，像不像你这条美人鱼呀！"杨小姐娇嗔地说："夫人你说我前世是鱼吗？"她说着扭了一下腰，像鱼在水里摇曳地游动。周铁农眼睛一亮，不由脱口而出道："还真是一尾鱼！"柳士龙过来说："杨小姐是水命。"

"水命？"蒋夫人说，"哎，这话说得好！"周铁农说："鱼嘛，都是水命。"蒋夫人忽然指着武定国说："定国，你好像是只北方的旱鸭子。"武定国在后面应道："是的夫人，老家是东北奉天。"

蒋夫人若有所思，说："奉天张少帅可是收藏了不少好画的。"回头又说："丫头，哪天跳水表演完了，我是要送幅画给你的。"杨小姐乖巧道："那可得谢谢夫人。"蒋夫人说："谢什么，你要也得先谢周大师，他已把你这条美人鱼画在他的画里。"杨小姐又朝周铁农道了个万福，说："谢谢周大师。"周铁农抚髯而笑："雕虫小技，不足挂齿的，小姐若是看得上眼，这幅《鲶鱼图》就赠送小姐了。"

蒋夫人对杨小姐说:"你看,到大师这里不虚此行吧!"杨小姐说:"小女子真是受之有愧了,改天一定请周大师和柳士龙先生到下沙窝游泳场给小女子跳水表演捧个场。"

柳士龙说:"一定的。"周铁农哈哈大笑,渐渐恢复了常态,宾主重新落座,泡茶品茶,赏画论画,一时都轻松舒畅,十分开心。

周铁农为蒋夫人展开一幅画,请她欣赏,说:"这是八大山人的《麋鹿图》,是一个老朋友的收藏,我借来观摩的。"

蒋夫人细细观瞻了一遍,说:"我看到的不是一些水墨,我会从中看到自己。我有四姐妹和一个兄弟,我父亲去世后,他就活在我们的血肉里,水墨也是血肉,有骨头,有胆,有魂,有人世的悲悯和主的恩典。仿佛山河大地,八大山人的画里依然有爱的热望,否则他不会那样忍受孤独,不会画水墨,不会题诗,就像麋鹿的眼睛,看起来像是冰冷的、傲慢的。他的心其实藏在另一面。"

周铁农说:"夫人说得好哇!他总是沉默寡言,落落寡合的,是一个寡语者。可他的笔墨说明了一切。"蒋夫人说:"显然他内心要说的太多,就像他寥寥几笔,却有这么丰富的意味。周先生,不知我说的对也不对?"

周铁农道:"难得夫人会这么理解八大山人。"

柳士龙却一直留意着杨小姐,与他从《民国日报》上见到的图片是完全一致的。杨小姐的言谈举止也与他心中的梅丽娘极吻合,仿佛是一个灵魂的重影。柳士龙庆幸自己的判断没有错,果然在周铁农的博雅轩邂逅到了杨小姐,这多亏了蒋夫人,没有她向周铁农习画,是很难有如此机缘巧合的。通过与蒋夫人接触,他发现这是一位美貌大气而又很是优雅谦和的女性,内心甚至为莲灯社运用雁鱼灯传信出言威胁这样一位女性而心生羞惭。看着白瓷茶具上浮光掠影的言笑讪讪,故国风物在赣水流域万事俨然,青山的倒影使一片往昔的帆船如凝固在玻璃上脆薄如纸的枯叶,静水深流里划动的影子仿佛古老的一帘幽梦。

绿水青山都是草木与风月的戏台,谁敲打起锣鼓,谁甩起水袖,谁亮起一条千古绝唱的嗓音,谁来消受这山围故国雨打萍的荒宴。

第 3 叠

新生活运动搅动了古老城市的一潭死水，街头巷尾堆积的花花绿绿的垃圾不见了，一刮风，就满城飞扬灰尘，破烂纸屑顿时大为减少。街上大声吵架甚至大打出手，路人围观的现象也会遭到警察当即制止与训斥。颇引人注目的重点工程下沙窝游泳场也在赣江边的龙沙荒滩被改建得像模像样起来了。龙沙下沙窝原本是个天然游泳场，平坦的沙地一直铺展到江水里。只是入水深浅难测，水底有很多暗坑与沙窝，一不小心陷进去，九死一生，所以又叫下沙窝。每到夏季总有人从这里下水后上不来的，在下游会变成船家捞起的浮尸，人认走浮尸是要付酬劳的，所以有的船家夏天把这当作一桩生意。对于下沙窝，人们一度讳莫如深。新生活运动改造下沙窝为游泳场，自然令人关注有加，它超越了游泳场本身，为一座古老城市减少死亡，那多少水中冤魂徘徊不去的梦魇因此遭到清除。

承包下沙窝游泳场改建工程的商人是葆灵中学国文女教师胡茵梦的姑父陈菡舟。胡茵梦此时已与梁梦成结婚，梁梦成山高水远、旅途迢遥而曲折的故事在多情的国文女教师腹中酝酿，已有三月。她把来昌投奔故旧的梁梦成变为夫婿，又介绍到颇具权势的姑父陈菡舟手下，让他成了下沙窝游泳场工程的一个监理。早年军校所学的一套军事管理方法使梁梦成无师自通运用在工程监理中如鱼得水，游刃有余，更使他感慨频生，大有与葆灵中学女教师胡茵梦相见恨晚之叹。梁梦成再看崎岖往事，仿佛都是不堪回首的蹉跎岁月。

而在本城商界颇为举足轻重的陈菡舟，是一个具有多重身份的人物，他以中正路中心地段的真真照相馆老板的身份为业界所知。陈菡舟还有另一个身份——保定军校二期出身，获少将军衔，在本地亦属军政要员。南昌军政界拍照业务，是由真真照相馆包圆了。真真照相馆照相技术设备在当地亦属一流，远超于另一家比它开办还早十多年的中山路的鹤记照相馆。陈菡舟兼做建筑生意，尚有两条轮船在赣江跑运输。多少年来无论官场如何得意，生意多么兴隆，陈菡舟的最大兴趣仍是京剧。他花不菲之价邀请过周信芳、梅兰芳的戏班子来南昌演戏，他自己痴迷其中，是个铁杆老票友。

一天晚上，真真照相馆老板陈菡舟梦见自己在舞台遇到一支白色的出殡队伍，白幡飘扬，纸钱乱飞，像是提前到来的秋天。肃杀之气，令人望之生寒。八仙抬着阴沉沉的灵柩，一行披麻戴孝的男女哭着唱着，却是一出《武家坡》，敲打的锣鼓和演奏的胡琴和他们的动作显得异常夸张而荒唐。这支队伍与他撞见，像是狭路相逢，如临大敌。送殡的男女摇身一变，将孝衣白幡弃如敝帚般扔满了戏台，个个抢枪舞刀，唱念做打全套都上来了，弄得他手忙脚乱，穷尽一个票友的浑身解数，左支右绌，狼狈不堪。在戏台上被一干戏子追得丢盔卸甲、屁滚尿流、落荒而逃，出尽了洋相。醒来，陈菡舟抱着三姨太大哭一场，三姨太感到莫名其妙，待他尽兴哭罢，只说了声："没什么，哭了就舒服了。"

次日，一个来南昌演戏的广东戏班的班主找他，说来南昌演出粤剧，南昌人听不懂，戏也无人问津，弄得血本尽亏，连回去的盘缠都没有，想求陈老板帮忙！

陈菡舟当即安排免费让他们乘他的轮船，一路包吃坐到赣州，再出资为他们买汽车票帮他们返回广东。戏班子感激不尽，欢欢喜喜踏上了归途。

陈菡舟擅的是老生，四房姨太太和三个儿子，个个都能扮个角，长子干脆将著名花旦童秋芳娶回了家。一家人敲锣打鼓像模像样排演过《御碑亭》《审头刺汤》，还在单四爷的戏园子里登台公演，虽然是自掏腰包请同好观看，但人看了都称还挺像那么回事。

陈菡舟最大的愿望是排演出昆曲"临川四梦"，尤其《牡丹亭还魂记》令他心折，其难度可想而知，一度使他神魂颠倒，他的生活也如同梦幻，仿佛朝秦暮楚游刃于艺术、商业与政治之间。

除了痴迷于戏曲，陈菡舟还喜欢一个人待在照相馆暗房里亲自冲洗相片，尤其对在显影液中一张空白的洗相纸从无到有的过程痴迷不已，仿佛暗中独自享有一个神迹。有一个造物者般的得意，哪怕再大得不得了的人物，在相机面前都得乖乖听命于他，然后被他收在匣子里，他让他出来，就慢慢地一点一点地在纸上显现。他就仿佛传说中有仙瓶收降妖魔的观音大士和如来佛祖，诸般人物都逃不出他的手掌。

镁光灯惨白的闪亮之下，噗的一声，一股蓝色烟雾冒起，宛若妖物睁开眼睛，透过照相机镜头，能够看清站立面前的人的森森白骨，但留在相片上定格的永远是他们貌似无比光滑外表的假象。他（她）们因镁光一闪而惊悸，往往会呈现出过度紧张不安的拘谨与呆滞。只有见惯不惊的人物才能在镁光灯下保持风平浪静的表情，仿佛静水深流。陈菡舟眼里的梅老板（梅兰芳）、周老板（周信芳）便是如此，有长年戏台历练出来的极好定力，并且气韵生动，给他留下太深的印象。再就是蒋将军和宋女士这般风云人物，他们在公众场合露面，镁光灯频繁闪烁，早就习以为常，从容自若，显现在照片上的影像皆不失大人物风范，他们的一颦一笑反而能通过镜头传达他们想要传达的信息。陈菡舟反复观摩的照片其中就有蒋将军和夫人来南昌与地方要员的合影，那是个百十个人的黑白长卷。

陈菡舟喜欢从相片上人物的相貌特征、表情、衣饰、仪态来琢磨被拍照时人的心态、性格、经历，以及合影人物彼此之间的关系，想象他们之间有可能发生的故事，那就像一台台戏。每洗出一批照片他都会沉浸于这种由蛛丝马迹衍生的无限想象中，仿佛天马行空，欲罢不能。

一次陈菡舟梦见已故的祖父来看望开照相馆的父亲。

梦中的父亲正当春秋鼎盛，早年父亲留学日本学军事，并加入了同盟会，曾经"引刀成一快，不负少年头"，后来党人纷争，有了裂痕，直至意气消磨殆尽，心灰神倦，回到南昌做起了生意。陈菡舟问祖父："你去哪里了？这么久没见你老人家。"

祖父说："我就在附近，经常会来看你们。"

陈菡舟发现祖父竟然双目失明，什么也看不见，所幸他腿脚和身体还健硕，不似生前病恹恹的。

趁父亲转身进里屋去取一包食物送给祖父时，陈菡舟推一条凳给祖父落座，祖父摸到凳子，还能把它移到屏风旁边坐下，嘴里说："屏风上的戏是《还魂记》吧？"

陈菡舟这才看见屏风上正是《还魂记》中的一折人物场景，小姐杜丽娘与书生柳梦梅以景寓情，互诉衷肠。陈菡舟耳畔仿佛立马飘起这一出的唱段："原来姹紫嫣红开遍，似这般都付与断井颓垣。良辰美景奈何天，赏心乐事谁家院！朝飞暮卷，云霞翠轩，雨丝风片，烟波画船，锦屏人忒看的这韶光贱！"唱腔似乎余音袅袅，绕梁不绝。祖父突然打断说："戏词还是英文的中国诗剧呢？"

陈菡舟大为好奇，细看之下，果然在屏风画面上发现了英文的戏词。

祖父问他："你还在唱戏吗？"陈菡舟一时不知如何回答，祖父却说，"唱戏跟照相不同，唱戏是给别人看，照相是看别人对你演戏。"

这时父亲过来，拿出一把带刺刀的步枪交给祖父，比画着手势说："这是日式三八步枪，刺刀有九成新，你好防身，枪也厉害。"

陈菡舟问："这么大的一杆枪，你怎好带得到处走？万一碰到日本军队怎么办？"

祖父乐呵呵地说："我嘛会把刺刀拆下来用油纸包着，而把枪藏在袖筒里。"

陈菡舟看着祖父变戏法般果真把步枪变没了。他惊叹一个盲人竟将一把大枪藏在身上让明眼人也看不到。

第4叠

柳士龙仿佛看见自己心甘情愿地肩扛着数条被子跟在杨小姐身后，被子花花绿绿。两人匆匆忙忙穿街过巷。天在暗下来，像黑色染料被雨一冲，直往下掉。杨小姐走得很快，步履如风，柳士龙跟在后头，只看见她盘在脑后的发髻和黑呢子大衣的背影，她始终没有回一下头，一个劲往前走。一双长筒高跟皮鞋，在交替行进中发出光亮和脆响。她要赶到新改建好的下沙窝游泳场去做跳水表演，蒋夫人和成千上万人在等着一睹东方美人鱼的惊艳一跃。柳士龙根本没有想自己为什么要扛这么多被子在肩上，只要跟着杨小姐，让他做什么都甘之如饴。

柳士龙却担心杨小姐穿着繁复，赣江的水一定是冷的。他想说出自己的担心，可杨小姐没有回头，义无反顾的样子，显得十分决绝。好像知道他跟在后面，扛着数条被子，准备等她从寒冷的水中出来，用被子给她温暖拥抱。

他跟着她走过一些颓旧的墙，瓦砾遍地的湿黑陋巷，出乎意料地来到粉刷一新的大街。街上到处贴着花花绿绿的新生活运动标语，来往着游行的队伍，有的举着花篮和彩灯，很是热闹，天也热起来了，阳光明媚得很。一到下沙窝游泳场，这里的人群欢呼沸腾，像开了锅一样，都是穿洋服短袖的男男女女，有的戴着墨镜和遮阳帽，下沙窝已是骄阳似火的夏天。

杨小姐脱掉黑呢子大衣，里面竟是曲线毕露的红色泳装，雪白的胳膊和修长健硕的大腿，分外夺目，果然一条美人鱼。

所有人的目光把杨小姐送上高高的跳水台。她向观众，尤其向坐在嘉宾观看席的蒋夫人招手致意。杨小姐笑靥如花，如沐春风，仿佛一朵白云升上了天。在人们的目光之上，她是那么美丽耀眼。

柳士龙觉得跳台上的杨小姐是不朽的神，站在他的心尖上，众人与万物如同烟云，浮荡于她身体下方。她仿佛是从天空的云朵上往下一跃，她的光洁的身子，背部与肌肤在空中飞腾的过程中，旋转，闪光，划出一道优美的抛物线，在万众的欢呼、惊艳和赞美声中，像轻盈的燕子飞翔，剪开空气与云彩，滑过世人的目光，射入赣水的碧波。

水的熟悉气味，如同母亲的乳香。

蒋夫人和水上的观众见杨小姐以一个优美的空中三连翻，在尖叫的喝彩声中跃身入水，都情不自禁边鼓掌喝彩边站起了身，引颈朝杨小姐落水溅起的浪花里观望。但见浪花化作一圈圈涟漪扩散，观众的目光也集中在那一圈圈涟漪上，直至最后一个涟漪消失，美人鱼杨小姐还没有露头。

观众发出议论，有的啧啧称赞："美人鱼就是美人鱼，真是好厉害的水性，令人开眼了。"也有人暗中担心，毕竟是人呀，哪能在水中憋这么久？前几天城里新开张的一家游泳场就溺死了好几个人，其中一个还是南昌行营调查科的公职人员，令大家心有余悸。

人们开始把不无焦虑的目光从水面转向嘉宾席上的蒋夫人，好像要从蒋夫人身上读出美人鱼的下落。

蒋夫人内心也在为杨小姐焦虑，唯恐有啥意外，表面却装作风平浪静，无风无雨。她跟着蒋将军多次到前线战场，亲自救助伤员，是有过生死经历的人。

月前，她到抚州战地司令部，一天半夜枪声大作，她和丈夫匆匆穿好衣服，借着昏暗的烛光，赶紧挑选一些重要文件，以便危急时刻销毁，她拎着左轮手枪，坐待将要发生的事。丈夫却在指挥士兵警戒，好在结果转危为安。可那个夜晚的那一刻，她当时头脑里只有两个念头，一是保住机密文件，二是开枪自杀。她手握着左轮手枪却是处于生死不明的等待中。这种等待是可怕的，其可怕后果远远大于简单的死亡。

此时就连陈蔺舟这样的老江湖也有些沉不住气，捏起一把汗来，掏出手帕连连擦拭着额头和脑门。那些京剧的西皮流水与照相馆的黑白胶片都被游泳场的浪花击碎，仿佛变为昨夜的杯弓蛇影，草山残梦。跟在他身边的梁梦成嘴却在嘟哝着什么，像是在念经。

应邀前来观瞻的博雅轩主人周铁农已开始急得跺脚，眼睛不住左顾右盼，似急于找人帮助施救。

柳士龙的直觉告诉他大事不妙，杨小姐在水下有了危险。

她从跳水台上跳入水中就好像进入了一个梦境。

无尽的楼梯向上伸展，她的家似乎住在顶端。楼太高了，她只有不断向上攀爬，经过一层又一层，当她爬到几十层时，听到下面有人在叫自己，往下一看，发现所站的地方没有楼板。每爬高一层，身后的楼梯也消失得无声无息，像是自动坍塌了，下面是一个无底的深渊。一些人在下面以手做喇叭状冲上方高声叫喊："杨小姐往上爬，继续往上爬呀！"另一些人拼命打着手势，焦急地呼叫着："下来！杨小姐，快下来啊！"还有一些人也在大喊大叫："杨小姐不能动啊，你会摔死的。"她站在那里，犹豫不决，不知该如何是好，内心生出一阵恐惧。

她看见白色的楼顶像个舞台，几个外国人在演出哑剧，三个人，一男两女，正冲她表演吃晚饭，他们把自己的面孔和身体都涂成白色，像无鳞的鱼。一个长发男子在中间，他的表演专注而传神，极尽夸张之能事，把空无的饭碗及所吃到的不同饭菜味道都通过夸张而荒诞的动作与表情栩栩如生地演了出来，最后他抛

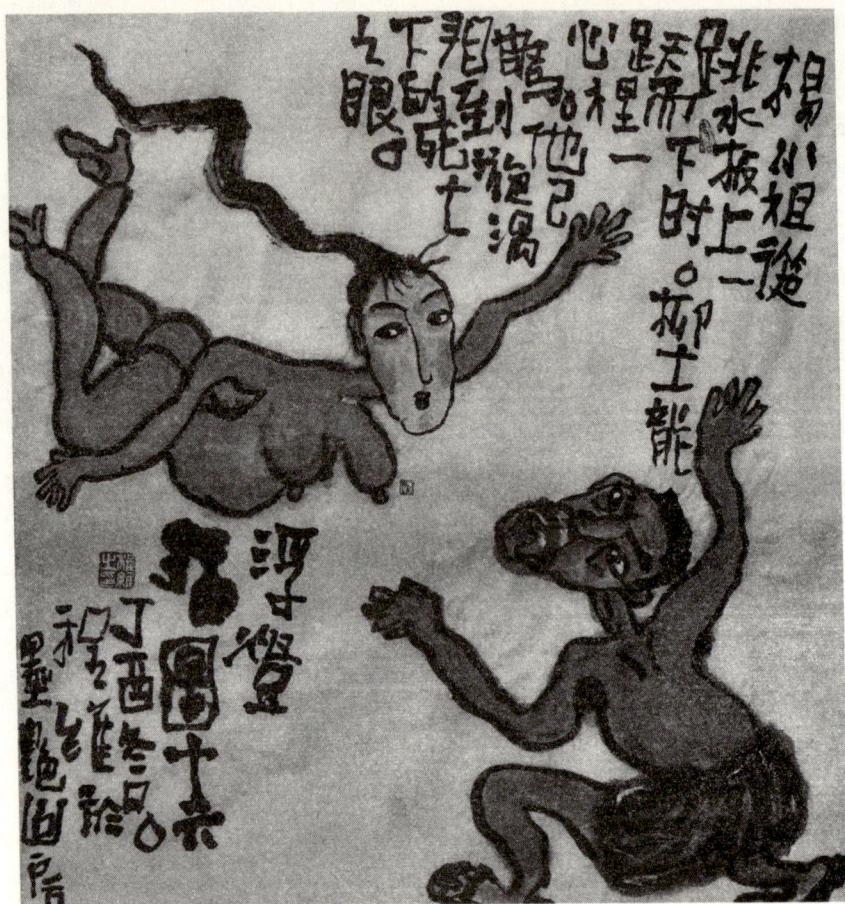

杨小姐从跳台上纵身而下，柳士龙看到了死亡的陷阱。

出一个酒的包装纸盒，上面画着几个丑汉和一条鱼，旁边两个女子都露出吃惊的神情，好像要告诉她什么。

杨小姐这时发现自己是白色屋顶上的唯一观众，一个叫雷曼的高鼻子双下巴中年人，一副大师模样，穿着不得要领的小丑服装，自称是在表演一团水墨。他的古怪相貌像个上海里弄里的老熟人。而屋檐下一排小店铺的各个门前都有一个人在戴着面具表演，做着莫名其妙的各种动作，十分诡异。杨小姐突然感到，自己站到了高处，也就是陷入了可怕的深渊。

她这时发现自己在水底，紧密无间的江水已经完全抽象了，她被裹进了暗流里一个黑洞般的旋涡。那个旋涡把她裹挟着越吸越深，她曾经击水中流的四肢已身不由己，无法反抗漩流的阴暗力量，只有无能为力地被吸卷，仿佛从高楼往下跌，一直跌。

她的身体像是断线的风筝，虚无而缥缈。那是一种死亡的姿势，这个姿势似乎很熟悉，她依稀梦见过。她在水底的旋涡里仿佛与梦中的另一个自己相遇。她隐约觉得自己是害怕水的，人们称她为美人鱼完全是一种误解，其实是河流对她设置的圈套，这个圈套就是为了一步步将她引诱到下沙窝深水暗流里来。

杨小姐觉得自己一直是无助的，世上所有为她欢呼喝彩的人，都是要急于将她推下深渊的人。专门改建的游泳场就是河流早已为她精心准备的坟场，那些一再在梦里出现的哑剧表演者，是从很早开始就在暗示以最后的晚餐的方式为她送行的人。

她绝望地感到自己一直是渴望被搭救的，可没有人向她伸出援救之手。

那只手好像此生根本不存在，如果有，哪怕再缥缈，她也会抓住。

赣江发出的声音，像无数婴儿的啼哭，使她感到陌生而惊骇。江水像滑腻的蛇，拥挤着她的身体，任其怎样奋力游动，也摆脱不了水的纠缠，她挥动双臂，蹬动双腿，水就化为上千条手臂和腿在拉扯与牵绊她。她从跳台上飞身一跃，就仿佛跌入了一个早就为她预备好的恐惧的深渊。

她隐约发现一条鱼的尾巴，一条鲶鱼，像一只手在眼前晃动。她毫不犹豫，一把抓过去，像抓一根传说中的救命稻草。

一股力量开始把她往暗流的反方向拉。她睁大眼睛，看见了柳先生在水中努力朝她伸过来并一把紧紧抓住她的手，那只手像铁钳一样有力，抓住她便不顾一切往上拉。仿佛柳先生就是自己在梦中一直渴望的人，她事先根本没想到会是这个人。

杨小姐看到柳士龙时，好像身体周围出现了十条鲶鱼把自己从水下托起来，那是从周铁农册页里游出来的水墨之鱼，姿态曼妙，如同精灵。

她甚至觉得水中的柳士龙是神奇的，像一位久远的故人，无比亲近，好像熟悉过一辈子，如一个朝夕相处的爱人。而水，往往会制造不可靠的幻觉，仿佛镜子产生的美妙虚像。

杨小姐热爱镜子中的面貌，一如热爱水中的美丽身体。这时她才意识到自己是空有一个美人鱼之名，而人在水里永远是被动、弱小而无助的。她上岸之后就要宣布退出泳坛，自此远离江河。

杨小姐终于苏醒过来，眼前晃动着很多人的脸，她认出了满脸关切的蒋夫人，还有画家周铁农和柳士龙以及武定国，还有她不认识的真真照相馆老板陈菡舟和手下人梁梦成、葆灵中学国文女老师胡茵梦与急救人员。

蒋夫人说："你终于醒转过来了，丫头！"杨小姐说："夫人，我没事的。"蒋夫人说："你没事都多亏了这位舍命把你从水下旋涡里救上来的人。"

杨小姐低微地问了一声："谁呀？"

蒋夫人将柳士龙推到杨小姐病床前面，说："丫头，快谢谢救命恩人。"

杨小姐轻轻说："谢谢你了，柳先生。"

柳士龙咧嘴笑了一笑，内心觉得自己永远失去了心爱的人。

他从杨小姐的眼里看到的只有对一个救命恩人的感激之情，而没有铭心刻骨的前世今生，仿佛一切只是萍水相逢的际遇，他们之间既无前世，也无来生，纵是眼前亦如隔世。

柳士龙听到蒋夫人对杨小姐说："所幸你这次有惊无险，也算闯过一劫，明天我就让人送你回上海。"杨小姐轻声说："夫人，我的事没做好，全砸了。"蒋夫人微笑道："没有呀，挺好的。"

杨小姐嘴角也苦涩一笑。

柳士龙心里说，走吧，都走吧！从此天各一方。

第五章

第1叠

这年秋天，该开的花已开过一遍了，有的还正在开着，浓密的枝叶里柚子在暗中结实，石榴的脑袋由青向浅黄过渡，一向散发着潮湿和霉味的街道上，此时刮起的风是干燥的，飞扬的尘埃里夹杂着桂花的馥郁之气。豫章后街一带是个鱼龙混杂之地，芭茅巷、裘家厂、万年巷，穿插其间，前街南侧有戏园子、公园、烧饼铺、客栈、澡堂，依次下来是茶铺、南货店、国医堂、棺材铺、吕祖祠、大士院、潇湘馆、老县衙、水井、香烛坊、鸿宾楼等。芭茅巷居民多是推板车的、码头工人、船佬、补锅匠、裁缝、帮佣、炉匠、木工、泥瓦匠、拉黄包车的、土郎中、算命的，前街街面上有住公馆的富商、被人供养的姨太太、政府职员、青帮头子、船老板、不明身份者等等。许大头隐居在一颓圮的小院里，院里有棵槲树，年深日久，繁茂而丰饶，冗重得像随时可能覆压下来，掉地上的只是一些或黑或黄的小毛毛虫，满院蠕动。

月华如水的夜晚，许大头夜观天象，发现紫微有西坠之势，光线暗淡。他掐指一算，预料会有大事发生。这时戴先生急匆匆派人不由分说将许大头接到位于二纬路的戴公馆。

在亮着一盏墨绿带粉红色灯罩台灯的书房里，戴先生面色严肃地告诉他："西北出事了，奉军张学良和西北军杨虎城联手用武力扣下了蒋将军，双方都开了火，死了人，蒋将军的侍卫被军队的人杀死了。形势很危急！我打算随蒋夫人赴西安，即便九死一生，也要去保蒋将军。"他接着缓和了一下口气对许大头说，"许先生，我想请你跟我一起辛苦一趟。"

没容老许回答，戴又说："时下狼烟正起，蒋将军若有意外，茫茫九派，群龙无首，却是正中了倭寇下怀，中国必亡！"这话使许大头心里一动。他仿佛喃喃自语："神龟虽寿，终有竟时。只是现在尚不是时候！"他看见戴先生来回踱步说："蒋校长算是白看了这个臭小子，什么狗屁少帅。"又像不无感怀地自言自语："人这一世啊有时候敌人可能不再是敌人，而背叛你的永远是貌似你朋友的人。我之所以说貌似，是因为我对朋友怀有一份期望，是想把真朋友跟假朋友区别开，我明明知道，在背叛这种事上，没有真假之分，都是丑恶的，都是真实的呀。"

老许发现严厉的戴先生说话是一口软绵的苏腔，仿佛轻言细语，不似他做事干练而有力。这位人们印象中面目狰狞的有恶魔之称的戴老板，也有另一面。

前往西安前，戴先生自知难以生还，便去向母亲蓝氏道别，说了许多模棱两可之语，以安慰母亲。然后恭恭敬敬跪地叩了三个响头，心想若有意外，便算先尽孝了。蓝氏不知儿子何意，却见从不掉泪的儿子，洒泪而别，心里也生起感伤。

事变发生，蒋夫人正在上海，她立即想到澳籍友人端纳。

这位生于澳大利亚新南威尔士州的记者，其一生的事业都放在中国这个陌生国度，曾出资赞助过辛亥革命，做过北洋政府的客卿，在张作霖的大帅府当过谋士。

张作霖当年也算一代枭雄，深知古人养士之理，利器要藏起来，关键时才拿出来用。他的帅府里有不少高人，而最有名的两个，一是日本顾问菊池武夫，二是算命先生何炳德。

民间流传何炳德不是人，是修炼了五百年的得道狐仙，一次他在洗澡时显了原形，从木桶中伸出条红色的尾巴。张作霖听说后，只是歪着嘴直乐，说："妈了个巴子，连老狐仙也慕名投到我老张帐下了，这说明老子牛气冲天！"

端纳对此是不信的，他谋事于大帅府时，知道张作霖喜欢招纳各色奇奇怪怪的人才，他能见到张作霖父子，却极少跟那些奇人异士打照面。

张作霖被日本人炸死后，张学良继任其父的帅位同时也将那些奇奇怪怪的人才作为遗产全部接受了下来，但他对军官做了大清洗。

论及渊源，端纳与张氏父子都是交往甚密的故人，他同时也是蒋将军的好友。当蒋夫人派人把端纳请到寓所时，戴先生带着自己的人手已赶到了上海，与孔祥熙紧急磋商营救蒋将军之策。端纳当即表示他愿意陪同蒋夫人赴西安在蒋、张二位将军之间斡旋，以期使蒋将军得以脱难。蒋夫人当即拍板说："那就再好不过了。"

当晚，蒋夫人一行即乘夜车前往南京，次日一早她便亲自致电张学良，告知端纳拟飞西安。端纳亦同时电告张少帅，他将全力斡旋，蒋夫人与其兄宋子文等将到西安。

在飞往西安的座机上，蒋夫人把那支丈夫送给她的小左轮手枪递给戴先生，平静地交代说："如果叛军对我有任何不礼貌行动，你可用此枪立即将我枪杀。"

原来她让紧随她的贴身侍卫武定国随丈夫去了西安，据说在突变中拼死护主，与枪手面对面互射，被子弹打了满身窟窿，死得惨烈。

戴先生听罢蒋夫人交代，也不多语，只默默接过那支蒋先生作为信物送给蒋夫人的德国造精致小手枪。这枪此时却格外沉甸甸，且冷冰冰的，他仿佛不经意地看了一下身边的许大头，这次他没带胡妙常来。

许大头闭目养神，仿佛什么也没看见。他当然知道戴先生要他随身来西北，不是要他明里做什么，而是让他来暗中对付张、杨身边可能存在的高人异士，以防对蒋氏夫妇暗施不测的，至于政治谈判和军人之间明枪明炮的开火，与他无关。

飞机在气流颠簸中降落，干燥而粗粝的冷风在舱门打开时兜头迎迓了南京来的一行人。许大头看见东北军（奉军）和西北军两大首领张少帅与杨虎城将军风尘仆仆赶来机场迎接，他们对蒋夫人的态度礼貌而恭敬。

下机时，只见蒋夫人对张少帅说："汉卿，机上我的东西，就不要再检查了吧？"张少帅马上说："夫人，岂敢！岂敢！"

在许大头眼里，这位风流倜傥的民国佳公子虽身穿黄色披风，内着考究麦尔登呢子将军服，个头却矮小，不仅貌不惊人，还有些獐头鼠目。这位曾经在东北坐拥四十四万大军，飞机三百架，军舰二十一艘，装配精良的奉军统帅，是闻名于世的花花公子，猎艳老手。在他晚年口述的回忆录里仍然津津乐道自己的少帅之名和风流韵事，还吐露了对当年一时冲动改写了他一生命运与仕途的遗憾。

另一位西北军首领在许大头眼里倒是熊腰虎背，有几分龙行虎步的架势，宽阔的大脸盘子上支着一副圆形黑框眼镜，面目自有股板荡之气。许大头暗暗为这个人的长相叫了声好，却又看出此人原本可活到近百岁之寿竟被别人得了去，他不能寿终，免不得又为之叹息。

再看下飞机的一行人中唯蒋夫人的胞兄宋子文仪容俊伟，一表人才，仿佛人中之龙的相貌，可许大头沮丧地预感这人若干年后会被一根鸡骨哽死，不由令他感到人生的无常与世间的吊诡。

张、杨与宋子文、蒋夫人紧接着就举行了会谈。会后由张少帅陪同蒋夫人和端纳往见蒋将军。

这位身陷囹圄对自己的性命也无法把握的将军，其时正处于沮丧而悲观的绝望中，连日都睡不安稳，频繁做梦，梦里层出不穷的景象对应着梦外的房子。梦外的房子层层叠叠都是哗变的军人，他们阴沉着脸，仿佛居心叵测，暗藏杀机，未明的曙色带着浓重的霜意落在他们的军衣上。梦里的哭叫与呐喊，像撕碎的旗和干涩的枪声，对应着梦外蹲在墙角的一个孩子，他瑟缩而弱小，被人欺侮后蜷缩着身体，把惊悸与恐惧都藏在梦里。夜晚的黑色羽毛挂着一缕缕陡峭的冷风，像一支支暗箭，被无形的大翼遮挡着，让自己置身事外，在坚固的墙外找到安全，仿佛把鬼怪妖魔都用一堵围墙隔开了。

与外界的隔绝使蒋将军只有求诸对一本《圣经》的埋头阅读。

当他见到夫人突然出现，恍如《圣经》显灵了。蒋夫人事后在写给她的美国友人的一封信中回忆道："后来，我终于设法得以搭飞机到西安，伴随在他的身旁。当劫持他的人允许我会见他的时候，他惊讶得就像见了鬼魂一般。当他镇静下来以后，他给我看一节《圣经》，是他当天早晨读到的：耶和华在地上造了一件新事，就是女子护卫男子（《耶利米书》）。无怪乎他与我两人这样笃信不渝，直到今日！"

事变和平解决的经过后来为世所知，蒋将军也算狼狈不堪逃过一劫。

在端纳眼里，他的旧相识——那位外界传得神乎其神，不仅是军事天才，而且是众多名媛追逐的爱神的张少帅，貌实平常，除了制作考究的穿着，比如其将军服，用料及做工都极其讲究，量身而制，即便他身材不甚魁梧，穿起来也非常合体。而西装革履更是剪裁精致，且更贴近他的风流性情。端纳曾不止一次用蓝眼睛打量着这位数年未见的西北王张作霖的公子，觉得他貌似严肃的脸上还是掩饰不住闯祸者的焦虑与不安。端纳不及跟他叙旧，他也无叙旧的心情，坐下来的一切沟通都是直奔主题。经过沟通，端纳明显感到这位少帅的焦虑有所缓释。端纳早就知道，张少帅是位性情中人，当年他会因心血来潮亲自驾飞机自奉天飞抵上海，到百乐门去跳一场舞，跟摩登女郎调情，然后又飞回奉天。谈女人他绝对比谈军事和时局更内行。端纳断定张少帅的西北军事遗产，并非像传说那样是来自于他的能力，而是完全得自于其父西北王张作霖大帅的遗赠。只是这一大笔军事遗产在他手上能持有多久？端纳心里存疑。也许正因为张少帅不像其父亲，而是一个公子哥儿，他才会在多种势力的影响下做出拘押三军统帅的举动。端纳觉得整个事件既滑稽又凶险。蒋将军怎么会轻信这么一个拜把子兄弟？他觉得蒋也是个荒唐的统帅。端纳发现中国的政治和军队都有一种江湖气息，就像酒桌上的兄弟一语不合就翻脸。这对一个国家来讲危害极大。

第2叠

数日前的一个早上，张少帅坐到那张笨拙而硕大的暗红色办公桌前时，雨像筛米似的下了起来，西北雨水素来稀少，雨的声音也干燥。他突然想去厕所，蹲了一会儿，还是便秘，又若有所思地起身，副官告诉他，杨将军来了电话。

张少帅跟杨将军通的电话不长，都有了心照不宣的共识，该考虑的问题似乎集中在寻找一个人上，这个人须得他与杨将军都认可，且要身手了得。

放下电话，窗外簌簌的雨声像是草船借箭，不虚此行。张少帅打消了去钟鼓楼看一位朋友的念头，他让副官刘凤臣把骑六师师长白凤祥叫来。

张少帅原拟去探访的朋友叫罗后尘，是个未老先衰的鳏夫，多年来他似乎都是在思念亡妻中度过的，可没有谁知道罗后尘暗中修炼成了一门奇特功夫，凭意念可使一只飞得好好的苍蝇折翅而落，今天他原本是想给登门探访的朋友露一手。罗后尘少年就入关东绿林，追随张作霖啸傲一方，后来张作霖成了大帅，他携爱妻退隐林泉，七拐八转偏隅到了西北。张少帅有意邀他出山，都遭婉拒，他就天天在昧暗的斗室里与飞舞的苍蝇较劲。渐渐发现苍蝇也是很可怜的，令他不忍下手，而是用意念改变它们飞舞的方向，时而让它们落到他手上，他会朝手上吐一口痰，苍蝇会吃得津津有味，此时他的眼神会流露出些许慈祥，而功夫又高了一层。

张少帅手下骑六师师长白凤祥，是个能使双枪，黑灯瞎火能打瞎百米开外闪绿光的狗眼珠子的神枪手。

白凤祥打枪，从来不用瞄准，抬手就射。这是他早年跟张作霖做胡子练出来的。那时身处险恶，为图拔枪快，竟把枪头上的准星磨平了，枪玩到熟境，也就出神入化了。即便拆下枪机，兜在皮帽里要擦拭，突遭敌袭，他拔腿跑着，也能装好枪机与子弹，立马便能开枪回击，把人放倒，全在一手好感觉上。

据说张少帅在发动事变前，对白凤祥下达了抓蒋密令，并给他的队员另外特别配发了十六支最先进的手枪。张少帅专门让白凤祥以随从身份跟着自己趁与蒋交谈机会去认清目标，以免变乱时抓错人。

蒋将军事先对此竟毫无觉察。他没有注意到这个貌似忠诚的军人会在随后到来的一个夜晚率领士兵冲入他下榻的潼关驿馆，开枪射杀他的侍卫长蒋孝先，将他逼得狼狈不堪地翻墙逃往光秃秃的后山，而连外衣也不及穿，在石头堆里冷得牙齿打战，不得不主动出来做了叛军的俘虏。就在这时有个佩戴东北军少尉军衔的年轻人黑着脸，举枪朝在风中瑟瑟发抖的蒋将军瞄准，被眼尖的白凤祥察觉，他一把揪住对方的衣襟，大声呵斥："你要干什么？！"抢手一巴掌把年轻的少尉甩得栽倒在地。白凤祥当即命令卸了少尉的枪，把他看起来，随后命人对蒋将军严加保护。

张少帅在指挥部得知这位顶头上司被自己手下捉获后，大喜过望，与杨将军互相庆贺。

这使他由被动的被蒋将军逼迫进剿陕北红军，而转为主动地迫使蒋在一致抗日的前提下与红军合作，成了阶下囚的蒋将军无疑成了他的制胜王牌。如果蒋不答应，结果会怎样？外界猜测，一种是张少帅可能将蒋处决或交给延安红军，以便与红军联手。二是蒋将军的南京政府将重兵来犯西安，逼使交人。三是南京方面内部出现分歧，以致拥蒋派落下风，而纵容西安把蒋推下火坑。这几种结果都有益于日本军方，国中将动乱。张少帅西安事变，扶植蒋将军的后台美国白宫在关注，延安红军背后的苏联克里姆林宫在关注，虎视眈眈的日本军方更在关注。而延安红军，西安东北军，南京方面都是自觉与不自觉被卷入其中，生死攸关，与其说是张、杨二将军勇谋，不如说是犯险，结果未出之际，不是僵局，就是死局。蒋夫人此时赴西安是在数方博弈中出现的一盘死局中求生之棋，也是一招妙棋。如果不是她出现，洞观时局，表面处于上风而实际把自己也抛入险境的张少帅是没法解这个局的。他所面对的情况是对蒋将军既不能杀，又不能放，而杀是如何杀，放又如何放，这将是极大的困扰。但蒋将军面对的情况是，他是同意不剿红军，使自己亲手制定的攘外必先安内的政策成一句空话，以便在联合抗日的大旗下，既放红军一条生路，也放张少帅一条生路，同时自己也可以苟活。还是牙关一咬到底，做了必死的打算，看自己的把兄弟张少帅如何收场。明眼人早看得出，身在其中的张少帅是难以收得了这个场的。蒋夫人的到来首先是打破了僵局，救了他。眼前形势，南京方面，延安方面都不好公然出面，美国和苏联更不可能公开介入，日本只有窃喜，希望火上浇油，派出间谍渗透西安军方鼓动处死蒋将军，又渗透南京煽动军队进攻西安，以便坐山观虎斗，坐收渔翁之利。此时日本大本营一位"间谍之花"，化名廖雅权，进了南京汤山温泉招待所当了招待员。

汤山位于南京以南三十公里处，蒋将军伉俪曾多次光临汤山温泉，南京军政大员们亦趋之若鹜。当蒋将军的另一位把兄弟考试院长戴季陶入住温泉招待所时，年轻而多情的廖小姐与戴院长在林荫道上擦肩而过。

高挑而丰满的廖小姐露在旗袍外的藕臂，无意间与老戴的左膀碰到了一下。老戴竟有触电般半边酥麻的感觉，廖小姐及时抛出一个礼貌而含情的抱歉眼神，弄得久经情场的老戴心猿意马。此后，老戴便成了招待所的常客。两人眉目传情，很快打得火热。

廖小姐身穿素色丝绒面米白里子的无袖旗袍，长及脚背、窄身修腰、短袖露臂，领滚红色灯芯草边，高跟皮鞋，托腮侧坐于云石镶木矮几上时，阴丹士林布烘托着花容月貌，既妩媚温雅又美得平心静气。老戴一双色眼就眯为一条缝，露出百看不厌的神情。廖小姐涂着蔻丹的纤纤手指夹着香烟，施施荡过来，腰一扭，坐在了老戴的大腿上。她噘起猩红嘴唇，朝老戴堆笑的脸上轻喷出一口湿热的烟雾。看似云遮雾绕地说着一些漫无边际的话，却不失时机从老戴的嘴里掏到所需要的南京政府重要情报。

此廖小姐真名叫南造云子，是直属日本大本营的谍报人员，据说她 1909 年出生于上海，其父亲南造次郎是一名老牌间谍。南造云子在少年时代就已精通射击、骑马、歌舞。十三岁，南造云子被送回日本神户间谍学校，学习汉语、英语、射击、爆破、化妆、投毒之类特工技术。其间，侵华间谍头目土肥原贤二对其尤为赏识，并专门对她进行了特别训练。四年后，南造云子毕业，并被派往中国。后来南造云子被调往南京，化名廖雅权，以失学青年的身份做掩护，打入南京政府国防部汤山温泉招待所当招待员。南造云子能歌善舞，穿着绛色旗袍的身材看上去有几分袅娜与狐媚的味道，凭色相勾引了一批高级军官，窃取了许多中方的重要军事情报，其中包括两次谋杀蒋的行动。

多年后上海的一个雨夜，霞飞路百乐门咖啡厅前滑过来一辆被雨水洗得发亮的黑色轿车。门童打着黑伞赶紧上前拉开后车门。一条雪白而修长的迷人大腿，从宝蓝色旗袍的开衩处伸了出来，跨出车门，白色的高跟鞋落在积水的水泥汀，光滑的脚踝一晃而过。一位身穿中式旗袍，戴一副大号墨镜的妖冶女子走下车来，她听到有人轻轻喊了一声："南造云子！"

女子下意识地回了一下头，但立刻感觉到不对，撇开撑伞的门童，像受惊的鹿一样迅速朝五颜六色的霓虹灯光下奔去，但旗袍大腿部开衩的幅度严重限制了她的速度。

两支黑洞洞的德国造匣子枪在雨中朝她连发数枪，女子的腰在旗袍里像是被一阵突然刮起的风吹断了。门童吓得瘫坐在污水里，雨伞扔在一边，像轻飘飘的空洞之物。黑得发亮的轿车数步之距，血水和雨水混在一起，红绿交织光影投在其中，使一个夜晚更加迷乱，肮脏而破碎。

夜雨过后，女子尸体不见了。有人说南造云子是个蛇精，在那个夜晚被人识破，便从此消失了，而日本大本营特高课档案也查无此人。这是后来研究者考证的疑点，认为一度化名廖雅权在中国从事谍报活动的南造云子纯属子虚乌有，一朵有毒的恶之花从此寂灭。

第3叠

老许一到西北军的辕门，就仿佛看见，骑六师师长白凤祥受少帅之命率领两卡车亲兵扑进潼关展开行动的情景。冲在前头手提双枪的一名戴狐皮帽的营副，打下的帽耳朵紧扣着脸，只看见两只骨碌碌转的眼珠子，紧张而专注。他打算在一见到蒋将军时就朝他射击，以混乱中误杀之名击毙他，此人正是日本梅机关安插在东北军中的杀手之一，化名孙二贵。几十名枪

拜过把子的兄弟

手接近目标所在院落时，被侍卫官发现，双方交火。武定国与冲进院门的孙二贵狭路相逢，两人各使双枪射击。

他们像彼此的倒影，子弹呈一条条直线，穿过镜子，发出撕裂空气的爆炸声。破碎，迸溅，洞穿，他们彼此对射的子弹落在双方身上又溅起一道道血线，如同红色的雨水，改变着夜晚的空气和颜色，使四周布满了湿润，让火药的气息在空中短暂凝固后又逐渐弥漫开来。老许仿佛看见一批批子弹在华清池上空飞翔时遇到了一座亭子，子弹纷纷转弯后垂直掉在水里，像一粒粒豆子。

闯过三层侍卫官死守防线进入寝室的白凤祥师长发现人去楼空。门道，墙脚，转角等地方都是侍卫官顽强抵抗攻击而东倒西歪的尸体。

屋里只留下一副蒋将军浸泡在水杯里过夜的德国制的白色假牙。

一阵风把一个仓皇的背影从洞开的窗户推到后院，又翻过围墙上了小山，遗下了无处逃遁的蛛丝马迹。枪声停息以后，那个单薄的影子从围困的小山洞里走了出来，陡峭的斜坡、来历不明的小路把他出卖给了追踪者。他仅剩的一个待卫无力地放下了空枪，露出无可奈何的表情，仿佛流水落花去也。一个年轻的东北军少尉突然发难，欲举枪向瘦削的影子射击。白凤祥一巴掌将他掼得趴在地上。白凤祥赶忙上前，脱下自己的狐皮大衣披在身着睡衣的蒋将军肩上。蒋将军白了他一眼说："好了，现在敢向我下手了，以后你的下属也会效仿的。"

白凤祥垂下眼睑，天微微亮了，他看见一个兄弟的帽子被风吹落，那个兄弟不得不一溜小跑追着去捡帽子。他感到脱去大衣后的寒冷。好在一场虚惊过后，蒋将军没有逃掉，否则有多少脑袋会像帽子一样被风吹掉。

许大头记得那年12月25日下午，蒋将军做出妥协后乘飞机离开西安，张少帅亲自陪同到机场送蒋回南京。据跟随过戴先生的人员回忆当时情景，蒋氏夫妇登机后，张少帅马上就欲转身离开，谁知戴先生在他身后恭敬地示意张登机，说了一句："汉卿，你先请。"话说得不失礼数，又暗藏玄机。

张少帅一时忘了此前杨将军提醒他的话："南人多刁奸，须慎之防之！"有人后来推测，戴先生是何等精明人，他是唯恐张少帅临时变卦，才用这一招，使张少帅一时不好推托，只有登机，才保蒋将军安全回到南京。张少帅无奈只好随蒋一道离开了他的势力所在地西安，东北军指挥权也就暂归杨将军。

张抵南京后被军事法庭审判，获判有期徒刑十年，但随后被特赦，张本人并未服刑，而是被长期软禁。由于抗战期间失地不断，张被软禁的地点也经常变迁，其被软禁的设施环境也随之变化，直至被蒋带到台湾。

杨将军则被以安排到国外考察之名罢免军权，他秘密潜回香港欲联络旧部，但被逮捕，数年后与其子女、卫士、秘书一共八人在浙江省湖州市德清县乾元镇戴公祠被军统所杀。西安事变后的同年，斯大林释放蒋将军公子蒋经国回来。只是蒋将军在西安事变中后背受重伤。在此后的一段日子里，一个面如春月的名叫章亚若的南昌女子，在赣州公署里与新任专员的蒋公子不明所以地陷入热恋，而从苏联归来的蒋公子已有了俄国妻子。这对年轻人的爱情不仅使蒋将军大感意外，也忤逆了他。他们在赣州书局老板桂昌宗的密切关注下生下了一对双胞胎男孩。蒋公子委托桂昌宗将章亚若和新生的孩子安顿在南昌合同巷一幢并不显眼的二层小楼居住，他则在赣州任上全身心投注于烦冗的公务。在一个细雨绵绵的早晨，一辆黑色轿车静静驶至合同巷，接走了两个年龄尚幼的男孩。接下来的日子，章亚若死于一场突如其来的急病。对此桂昌宗一直语焉不详，令人疑窦丛生。

许大头跟随戴先生到西安转了一圈后回到南昌芭茅巷颓圮的小院里，夜晚再观天象，兵戈之象日隆。

几年以后，白凤祥的部队跟日军一个配备精良，拥有装甲车和钢炮的步兵联队遭遇，此时的白凤祥已是中将师长，兵员与装备却严重不足。两军相遇，进行了一场杀得昏天黑地的恶战。阵地上到处可见被炮弹炸飞的士兵的肉块，白凤祥部下所剩无几的时候，日军的增援部队越打越多。

枪声渐渐平息时，密匝匝的日军扑了上来，发现白部的一个少将旅长军服破烂数处受伤、满脸熏黑地坐在塌陷的指挥所抽烟。这个打得不剩一兵一卒的支那将军，仿佛正在度假似的悠闲而自在，日军的一位大佐走上前，朝他行了一个军礼，用半生不熟的中国话说："将军，你战败了，请接受这个事实吧。"那个旅长没起身，朝日军大佐眯着细长的眼睛说："是吗？"一边用烟头点燃了屁股下的成吨的炸药。

而此时在山西的茫茫大山里，一曲悠远而亢烈的辽州小调隐约传出，把山里的风光和光棍汉的凄凉唱得跌跌撞撞。

那荒腔野调发自一群瞎子之口，那群瞎子山里都叫他们没眼人。他们个个身怀唱念吹打的绝技，在太行山卖唱，行走于茫茫大山。只有极少几个人知道这是一支兼负给抗日部队收集日本鬼子情报的秘密小队。只是在任何部队和机构里都找不到他们的编制与档案，对于他们的秘密使命没有一个字的记录。他们不使用手枪和发报机，完全靠竹棍探路，嘴巴询问，耳听心记，让一份份情报变为打击鬼子的手段，这群没眼人一度像山里辗转出没的幽灵。

在深峻的河谷与乱石丛中随逶迤而弯曲山势上升的小路上，前面两个挑着担子，后面两个背着捆成的方形行李，一根棍子牵起两个人，另外的手搭着前方的肩膀，串成一个长串。没眼人仰头向天，脚尖轻轻地颤抖着试探之后，身体的重量才落下来，细长的导盲棍碰在乱石上发出清脆的响声。在《桃花红杏花白》小调的肆无忌惮的飞扬里，站在山梁的妇女看见一伙衣衫褴褛的瞎子朝霞光万道的层林尽染的飞鸿山磕磕碰碰地走去——这座后来因更名而不存在的山，在那一刻显得神圣而庄严，鬼子和抗日队伍的枪声在蒲葵的扇动中随风飘荡。

一翼鸟从山腰飞到赣江，自豫章瓷商柳士龙的头上一晃而过，仿佛穿过千年又折回云雾深处。鸟的尖叫，惊了柳士龙一激灵，满眼的事物都好像富有深意，又是如此这般无法言说。

第4叠

呸呸呸，窗外一阵乱吐痰的声音吵醒了这个早晨，鲍凤楼发现三个乱吐痰的人把这个早晨糟蹋得唾沫横飞，鸡飞狗跳，使他感到疑似在北伐战场。鲍凤楼真想拎左轮枪冲下楼，用几颗子弹填进那几张肆无忌惮大声吐痰的嘴巴。

一撩被子，他妈的还光着屁股呢，只有一掩，蒙住头，想续上好梦再睡下去，可吐痰的声音仿佛钻进了被窝，在他耳边缭绕，操他妈的，鲍凤楼索性坐起来，光着身子，将枪攥在手里。咦，吐痰的声音反而没了，静得很，仿佛那声音根本没出现过。

这年初春，第二野战军陈将军的第四兵团大军围城，陆路从城南开始向东边蔓延，西北水路的江河对岸都集结着围城部队。城中的国军守卫部队早已军心涣散，几乎到了不战而逃的地步，尤其城内地下党城工部的宣传，使守备司令鲍凤楼中将手下的副官和马弁也在一夜之间不辞而别，他的千军万马如同幻象随风流散，剩下的鲍中将成了名副其实的一名光杆司令。

在鲍凤楼中将宽大的指挥部作战室里，面对挂在墙上摊在桌上的地图，那些红色的箭头如同锋利的长矛从四面八方扎来，凛然有破空的呼啸。他质地良好的高筒皮靴来来回回地在地板上踱步，发出空洞的回音。一把上满子弹的象牙柄美制左轮从枪套里拔出又收回了数次。他清楚意识到表面上虚张声势的几个老弱残兵对大局已无济于事，满城风声鹤唳都在预告大厦将倾。

火神庙新新戏园老板单四爷是鲍中将的私交密友。

在这山雨欲来的危急关头，单四爷把鲍凤楼请到戏园品茗话旧，说是刚弄到一点上好毛尖，要与鲍大哥共享。鲍凤楼哈哈笑道："难得兄弟还有这兴致。"就随单四爷乘黄包车来到人去楼空的新新戏园。

单四爷，名一个字：飞。说单飞，知道的人不多，提起单四爷，坊间皆知，从火神庙到洗马池，一路走过去，老少妇孺都跟单四爷打招呼，左右忙得头都点不过来。

日军当年攻进了这座城市，街巷死寂一片，连续数日的屠杀，让整座城市如同地狱。只是火神庙对面的新新戏园，悠然传来京戏的唱腔和锣鼓声。几个满身烟尘又不失亢奋的日本兵进入戏园，惊得目瞪口呆——舞台上戏子轮番不停地演着，台下竟无一个观众。台上演的是江右剧坛名宿汤显祖的《还魂记》，戏子一遍遍上场表演如同死魂灵一遍遍还魂，花开花落，魂还在游走。台下是一堆烧过

177

的黑色纸钱和几支光线幽冥的白烛。那面具般惨白而了无生气的面孔，令日本兵如见鬼魅，疑似进入一座坟冢。

二等兵近右卫门扑通一声跪下，少佐平田雄二怪叫着失魂落魄地逃出戏园。

戏子像无生命的木偶一样鬼气森森。在没有一个观众的戏园里，他们沉默地上台按顺序演出，他们是新新戏园从京津请来的戏班子，城市被攻破后，官员逃跑，有胆子走出探究戏园情况的人都死在戏园外面。留下这些戏子，他们不知逃跑，只能机械地一遍遍重复他们最熟悉的事——演戏。

迷茫的眼神空洞而木然，精湛而熟练的动作与姿势仿佛如出一辙的不断复制，只有唱腔和锣鼓声在坟墓般的戏园里一遍遍撕扯着空气。

此时单四爷细心地泡出一壶好茶，极品的草木之香顿时氤氲在二人之间。他们不谈局势，仿佛正在发生的一切与他们无关。鲍凤楼似乎兴致勃勃沉浸于忆旧之中。

"我们是啥时认识的？"他说。单四爷道："北伐死难将士纪念塔在湖边落成那天。"鲍凤楼"噢"了一声，不无感慨道："很多年了。那时我还是一名攻进城来的先遣队营副。"

单四爷笑道："我是一个辫军的戏子。"

鲍凤楼眼睛一亮，好似有了当年的神采："你唱了一出《挑滑车》，白马银枪神武非凡。"单四爷道："是高宠的戏，一口气挑了十三辆金兀术的滑车，马死人亡。"鲍凤楼听罢，一时愣住，重复道："马死人亡。"竟不无伤感，摇着头说，"当时怎么没感觉到这出戏的伤情？"单四爷说："当时只有北伐功成死难将士的英烈悲壮啊！"鲍凤楼黯然神伤道："现在是古道西风瘦马的凄凉。"

单四爷说："还打下去吗？"鲍凤楼颇为绝望，双手一摊道："上天无路，入地无门，不打又怎么办？！"

单四爷牵住他的手，使劲握了一下，两人皆离开座椅。

单四爷领鲍凤楼穿过黑暗而空荡的剧场，来到重重幕帷之后。他脱下身上一套府绸褂子，让鲍凤楼换上。鲍凤楼心怀感激地看着他，默默剥开胸前一颗颗铜纽扣，将那身考究的将军呢服装——很有可能惹来杀身之祸的罪证弃之如敝屣。

单四爷蹲下身，伸手揭开舞台上肮脏得分不清是深红还是褐色与污黑的地毯，下面露出一个洞口。鲍凤楼身子一弯，就钻了下去，仿佛把一地的肮脏与杂色穿在身上，隐没在污黑的地毯下。那里有条曲折如蛇行的地道可以进入一口古老的枯井在地底四通八达，既能与城内的三眼井、六眼井和万寿宫铁柱井相接，也能直通豫章城外的沙井等处，这是单四爷守着他的新新戏园的一个不宣之秘。此时他用来帮私交甚笃的鲍凤楼一解困厄，逃出杀声四起的陈将军第四兵团的重围。

鲍凤楼在钻下地道时，回头留给单四爷一个诀别的眼神，那里面更多的是一种对前途的吉凶未卜。单四爷点点头，回复他一个尽量予以安慰的眼神，这是他给这位穷途末路的国军将军的最后的礼物，鲍凤楼就带着这件礼物，消失在黑暗中。

半年以前，单四爷作为鲍凤楼推心置腹的朋友，在鸿宾楼一次酒到浓处时，曾对他说："你的事业不会成功，它早与北伐背道而驰，那时你是一个攻城者，现在你是一座危城的守卫者，它有可能结束于一颗子弹。"说这话的时候，单四爷用狡黠的眼光瞟了一眼他的腰间别的乳白色象牙柄的左轮手枪。

鲍凤楼知道单四爷没有恶意，说的完全是实话，话外之意是要他留一条后路。而事实上此前单四爷就与城外的陈将军的部队有着密切联系，这使陈将军对城里的守军情况了如指掌。他几乎是通过地下秘道递送了许多绝密情报。使陈将军对即将采取的军事行动做出了充分的形势判断，而单四爷对瓦解守军的核心力量起到了关键作用，由此挽救了多少双方士兵的生命。

鼎革以后，单四爷将戏园子交给了政府，日后成了省赣剧团所在地，《还魂记》是赣剧团保留剧目。又过了数年，在新新戏园上演了军队文工团编排的《单英雄智斗敌魁》的独幕话剧，扮演单四爷的是脸上胭脂搽得很红的浓眉大眼的东北大汉，与眉枯眼细身体瘦弱的单四爷本人南辕北辙。

戏上演的那天是清明节，单四爷借故去乡下上坟，回避了面对戏台上另一个单四爷的尴尬。

演出大为成功，尤其扮演反派敌司令的演员看似傻头傻脑一肚子反动却很有笑料，博得观众好评。《单英雄智斗敌魁》的轰动转眼过去，一场更加轰轰烈烈的全民运动来临，单四爷的戏园子变成了一处群众开大会的场所。也正是在这里，单四爷成了眼睛被擦得雪亮的群众揪出来的隐藏在红色浪潮中的叛徒特务，他的光荣履历和传奇生涯顿时覆上了一层黑色。

面对群情激愤欲将他诛之而后快的人众，单四爷平静地接受着自己的结局。当有人威逼他供出当年城外的联系人时，他没有吐露陈将军的名字。他不屑于矜功自持，也没有供出鲍凤楼是他安排在去意彷徨之际消失的。他当然知道，鲍凤楼当时不论从哪个井口出去，哪里都早已布好了抓捕他的伏兵。

《还魂记》禁演时，单四爷沦为扫地杂役，一把高他一头的竹扫帚从早到晚在院子里仔仔细细抚摩角角落落，厕所一日扫三次，雷打不动。那把扫帚上的竹叶脱落光了，细软的枝杈摩擦掉了，只剩干巴巴的一扎硬竹，每在地上一扫，仿佛入土三分。单四爷的小身板每天随竹扫帚晃来晃去，就像那把老扫帚在扫他，后来就被运动的狂飙扫到了远僻山村，渺无音讯。

单四爷戏园舞台下的地道盘根错节繁复如同蛛网，不知起始于何年何月，也不知最终能通向哪里。民间相传豫章古城有很多古井由密穴相互贯连，可抵江河，其地穴与长沙的井是通达的。传说古代豫章与长沙都是蛟精巢穴，蛟精主要盘踞在这些由井口而入的地下密穴里。它们从井口冒出化身为人，潜入市井，混迹人群里，谁也无法觉察。唯有道术深的道士能够识别，因此蛟精与道士的战争千百年来在暗中都没有停歇。经过若干年，有些密穴的水枯干了，便是真正的地下密道，这些地道使单四爷创造了历史，在他眼里那就是历史的密道。

后来城里建起了朝阳自来水厂，城市地表街巷楼房都布满了相互勾连粗细不等的铁制自来水管，初期是每条居民的巷子里设有一个木制自来水供水亭，大多在公共厕所旁边，一天早晚定时供水两次，居民挑一担水桶排队取水，巷落水井逐渐闲置，有的索性用木头盖或大石条封锁，唯恐小孩掉入，或发生投井意外。

过去的老井总是联系生死，市民生计离不开水井，妇人一早就聚于井边梳洗捣衣清蔬，彼此聊些家长里短，再汲水回家做饭。而偶尔也有逢了绝路，想不开，投井自尽的。一旦意外发生，尸身捞起来，井会被封的，热闹的井栏边从此死寂，鬼气森森，人要绕着走。自来水供水系统渐渐发达，各家各户都通上了水管水龙头，城里水井便退出了人们的生活。南昌著名的三眼井、六眼井、铁柱井、大井头也仿佛消失于一夜之间，只是那个地段尚以井名名之，却是徒有空名。几轮旧城改造启动，城里的井或封或填了，江河变窄了，知道地下密道的人几乎没有了，只被有心人偶尔见于故纸残页里。

当鲍凤楼从一眼古井里探出半截身子时，看见头顶的太阳如同一面硬邦邦的铜锣，既古色斑斓又气象万千，他的脑壳撞在上面发出一声爽脆的响声，随即被大面积的眩晕所淹没。杂沓的脚步声和一连串训练有素的动作显得异常有力而整齐划一。

第 5 叠

由于莲灯社在戴先生得知的情报里频繁出现，他隐约觉察到南昌众多古井里可能存在的地下密道网络，这或许就是传说中莲灯社人来无影去无踪所借助的密径。然而面对不可预知的庞大而复杂的地下世界，戴先生既感到无从下手又毛骨悚然，仅将此置于一种推测状态，随时间推移也想把它忘掉。

若干年后，豫章城古老地下密道果然随时光和南昌行营撤掉，早已被抛诸脑后。

远在沪上霞飞路 11 号一座欧式小楼的精致卧房里，一张被极度快感扭曲的脸，上面都是欲望的痕迹，仿佛每个夜晚都是放纵与呻吟，一副松软的床榻上烙满了肉体辗转腾挪的姿势。绵韧的洞穴倒浇着钟乳欲壑难填，窗外的惊鸿照影在铜镜中无处逃遁，只有俯首就擒。戴先生从床上爬起来，对还赖在软缎被子里的胡小姐说："今天我要飞去南京，你在沪上等我几天，回来再聚。"

胡小姐嗲声嗲气道："你刚从青岛回来又要飞，不能再待几天吗？"戴先生边扣扣子边说："等不得，校长有急事召我开会呢！"胡小姐坐起来，有意将两只猕猴桃般的乳房露在外面，想牵住戴先生的视线，戴先生已从镜子里将影星胡小姐的娇态尽收眼底，他说："不行的，你耐心等几天就好了。"胡小姐娇滴滴地说："你就不能找个理由跟校长告个假吗？！"她的声音像一根柔软的羽毛撩拨得他耳朵直痒痒，有一种难以阻挡的诱惑，当初戴先生一半是被胡小姐的容颜与身体所吸引，一半就是被她柔软的羽毛般的嗓音。戴先生仍是说："校长召我去，就是天大的事！"

胡小姐佯装不快，挖苦道："难怪人家说嘛，一个小人爬得再高，还是小人。一个奴才永远成不了自己的主人，而只是别人的一条狗。"戴先生停住扣最后一粒扣子的手，问："谁说的？"胡小姐有意抬高音调道："丁默村。"

戴先生鼻子哼了一声，不屑地说："这个汉奸奴才！"又不无自嘲道，"皇权之下，都是奴才，只是等级不同的奴才而已。"转身要亲胡小姐，胡小姐不高兴地扭过身，戴先生仍是显得颇为含情地将嘴唇贴在她白嫩的脊背上亲了一下。胡小姐赶忙掉过身来，把他的头按在双乳之间，带哭腔说："你可早点回来。"

戴先生抬起头，安慰道："又不是不回来，难过什么？乖乖的，等着我。"胡小姐看看窗外，不无忧虑地说："三月春风似剪刀啊！天不好，能飞吗？"戴先生说："个把小时就飞过去了，没事。"

戴先生走后，雨就下起来了。胡小姐再看窗外，有些心惊肉跳。她似乎觉得外面的雨，是一个天意安排，使她的人生成了插曲。天空阴云重重，像从另一个世界不顾一切涌了出来，夹着隐隐的雷声，仿佛拖着一座铁山，既沉且硬。天上地下，能见度很低很低。

下午一点十三分，一架飞机被雷电击中，在南京郊县江宁岱山坠毁，机上人员无一幸免，军方派人验尸，有一位南昌姓许的神秘人物以少校军医身份参与其中。

戴先生死于这次空难，雨里的一块块火焚后破碎的飞机残骸像他脸上的伤口一样肮脏而溃烂。保护现场的警察看着戴先生的尸体，脸冷得瑟缩到大衣领子里，还是不无感叹道："英年早逝啊！"一个影子像冷风一样飘过，扔下一句："他已一千多岁了。"

警察用奇怪的眼光搜寻说那话的人时，只见那影子若无其事飘然而过。此时南方战事已开始紧急，那个叫藏天香的戴鸭舌帽面色阴沉的男人扔下一句话后也就消失在南方的彤云里。他的一个同行是戴先生手下号称"军统五大杀手"之一的沈醉。

在沈醉战后被俘服刑期间所撰写的回忆录中记载，事隔戴先生空难三年后，已是军统本部总务处长、军统少将的沈醉，对戴先生之死仍然心存怀疑，他再一次来到岱山飞机坠毁现场，重新调查飞机坠毁的情况。当地老百姓把一个鞘柄已经烧毁，但剑体依然寒光闪闪的宝剑交给了沈醉。当时人们从剑身上的九条龙纹判断，这是一把戴收藏并珍爱的乾隆皇帝平定准噶尔部落时用的九龙宝剑，却没有人知道它是戴先生当年从南昌所得的五花剑。

也有人说，那五花剑也只是赝品，是明朝末年一位来自剑邑丰城的宁王府铸剑师对他心仪已久的五花剑的臆仿之作。

第三部

现代遗事·瘈剑柏

人鱼其长如人，肉黑发黄，手足眉目口鼻皆
具，阴阳亦与男女同，惟背有翅，红色，后有短尾
及胼指与人稍异耳。

——清代生物学家聂璜《海错图》

第一章

第1幕

一个中文名叫柯柏，译名叫库伯的美国亚利桑那州的大胡子汉学家，几经曲折找到一本有关万寿宫祖庭来历的书和一册晚清白金蝉撰述的许真君本事，他为实地考证万寿宫和许真君事迹在豫章故地梦游般地走访。

与此同时，一个由各地文人、记者、文化官员组成的重走长征路采风团也经过南昌，准备在赣州、吉安一带往返采访，收集散落在风尘民间的红色遗事。柯柏的个人行径在这方历史与梦幻交织的赤色土壤上显得形单影只，然而诸多意外的发现使他沉浸其中而不能自拔，仿佛一直在古代的神迹里徜徉。一会儿令他激动万分，一会儿又令他怅然若失。

书籍里的貌似神仙般的事迹与千百年后的实地地名都一一有着严丝合缝的对应，比如松湖街、落瓦村、生米乡、棕帽巷等等，这使白金蝉的撰述具有了某种事实的地理依据，那些远年的虚无故事也有了今天的实证。柯柏内心澄明，脚上那双松软的灰色耐克鞋如同行走于满是神迹的古老城邦。而这些地方的钢筋水泥建筑和大面积的拆迁，又使书籍里的娓娓记述成了无可挽回的荒芜，使柯柏既惊异又落寞。

在他停留于南昌的半年时间里，几乎是同时在两座城市穿行，一座是古代的，一座是现代的，而古代的城市存于现代城市的背后，如同一座肉眼无法看见的城市。随着研究与考证的进展，柯柏已可以自如地出入于这两座城市，这种出入似乎又要让他付出代价，他发现自己总是以一个名叫柳士龙的男子身份出现在古代的南昌。而且时间段竟是明代中叶，那似乎是白金蝉撰述未曾写到，其他文献也少有涉及的一个人的轶事般的经历，却与当时一个外国传教士的记载有所对应。

汉学家柯柏承继了所有西方考察者的传统，除拍照之外，尚能以一手优美的札记式文体，记叙所见所闻，在柯柏的南昌札记里，尤为奇特的，是有关他梦游般出入于古代和现代两座城市的记叙。下面就是柯柏的记叙：

赣江上浮着的荷花灯，一盏盏，像结伴出行的夜游魂，在夜色里散发着艳异的气息。那是从秋水广场的沿岸漂出来的，每至夏夜，快乐嬉戏的男男女女都会成群结队在那里放荷灯。我不知道这是豫章城的民间风俗，还是始于何时的传统。这座城市现在好像没有诗人了，也不浪漫，我是说豫章，这里的市民如果还有点残存的宗教信仰，他们只信奉许真君，一位古代的道士。我在江边漫游，还是读到了涂鸦般用蓝黄两种丙烯涂料喷在江边滕王阁外墙上的两行诗——你应对异乡女人的眼睛说：那是水，你应在水中召唤她们。这两行诗是一个早期传教士写的，四百多年前他来过这里，盖起了第一座跟万寿宫争信徒的教堂，后来他死在北京。豫章并非中国的大城，过去如此，现在仍是这样。所以四百年前的外国传教士，一有机会还是要往大都市跑，往金陵，往北京。因为在豫章就意味着边缘化，那个传教士的中译名叫利玛窦，是意大利人，他让人家叫他神甫，或利玛窦神甫。豫章人只叫他马神甫，也有人叫他窦神甫，因为马与窦是中国人都知道的两个姓，也就有人干脆叫他老马，却少有人叫老窦的，老窦叫起来有点怪，豫章人觉得别扭。

外面的雨，是一个天意安排，使她的人生成了插曲。

我是熟悉这片土地，熟悉豫章的，可马神甫到这里来是有些迫不得已的，他是个对天父很忠心，想在地上拓宽天父的疆土，对到中国来如何布施福音颇有想法的人，像不少西方人一样，他们在异乡旅行或生活，可以没有钱，却不能少了纸和笔，随时随地写他们的札记，中国老旧的文人也喜欢这样，马神甫更有这个毛病，他几乎详详细细写尽了他在中国的行藏。在豫章利玛窦尚可以搬用他学会的一些带粤语口音的普通话，辅以手势跟内地人进行吃力的交流。但两种不同的声音一开始就在空气中产生了剧烈的摩擦碰撞。

事情是在万寿宫引起的，他在豫章人无比崇仰迷信的铁柱万寿宫，见当地人无不对供奉的许真君神像虔敬万分地跪拜磕头，便产生了好奇。他走进去，见神坛上供着泥塑的一个道士，从询问中得知，道士许真君因以神异的法力锁住兴风作浪引发洪水的蛟精于院里一口古井中有功，而受豫章人尊崇。他又跑到院子里，围着那口锁蛟精的铁柱井转了几圈，大惑不解，一边用手势不停画十字，一边仰天祈祷，对锁在黑咕隆咚井底的生灵，说了些不无同情与宽恕的话语。

对于发出怪声怪调的马神甫，万寿宫的香客是恼怒的，一个壮汉硬要揪着马神甫向许真君神像下跪磕头。心中装有上帝这座大神的传教士怎么也是不可能向异神膜拜的。壮汉撸袖子举凶悍的拳头就要揍他。好在一个本地茶商上前为马神甫打了圆场。那个茶商正是柳士龙。

马神甫到豫章来遇到的最大对头不是要揍他的香客，而是许真君。许真君的泥塑金身是豫章顶到了天的神，哪里还有天主的位置？他要在膜拜万寿宫的土地上为他的天主盖个教堂，豫章城有了本土的大神许真君，怎容许异神插足？

当马神甫徘徊在豫章的大街小巷，步履沉沉，这时有位医生朋友王继楼——"此人在官员中行医出名，特别为总督所知，总督很器重他。除了行医而外，这位医生也以在交往中始终表现文雅和态度和蔼而知名。"（《利玛窦中国札记》）马神甫想通过这位医生介绍认识江西总督，以便打通关节，找到在豫章可以传教的途径。他所说的"总督"，实为江西巡抚陆万垓。

我要特别提到这位帮过马神甫不少忙的王继楼，他就是当年隐身化名于豫章的许大头。我与马神甫的交集当然来自我们共同的对头许真君，也就是以两副截然不同面目出现在马神甫和我面前的医生王继楼。他甚至因为其姓氏，而跟知府王佐攀上了异常亲密的本家关系。由此，他既可以更好地伪装成马神甫的朋友，为他说上好话，也可以借助官府的力量对付我。后来我才发现王继楼之所以要不择手段讨好马神甫帮他留在豫章城，就是要马神甫为他研究比他法术还要厉害的秘密武器——西洋火器，用以除掉我！他不惜伪装，巧言令色，将王知府、豫章书院的章九如先生等一干人玩弄于股掌之间。经常出席他们的宴饮、春游、雅集。或唱和，或论交，或吟风弄月之类，把自己打扮成一个不无风雅的角色，也颇受一些人的青睐。

许真君当然不是一个野心家，但他没有停止对我的迫害。他知道我和他一样是不死的，尽管我早就被他锁入井下，但我也多次逃脱。

四百年前那一次逃脱我至今记忆犹新，那年五月的一个春光明媚的上午，身为豫章书院山长章九如先生交游挚友的我，受江西巡抚陆万垓之邀，与章九如先生一道在他的庭院里赏花品茗。这时医生王继楼手执一柄西洋火器，正在马神甫的指点下摆弄着。

我当时哪里知道西洋火器的厉害，还傻乎乎在那里晃荡。马神甫朝我挥手，对我直嚷："柳先生走开些！士龙先生你走开些！"

我向马神甫点头笑笑身子往后退。我见陆巡抚、王知府、章九如三人正坐在亭中讨论《豫章书院记》，就绕过花圃，打算走向亭子，我根本不知道自己仍在王继楼手中的西洋火器射程之内。

随着脑后传来一声火器的轰响，一株木芙蓉在身后被轰得七零八落，一股呛鼻的火药味弥散开来。我感到左耳一阵碎裂，一粒铁弹子也轰掉了我的半边耳朵。

王继楼将一次在巡抚陆万垓庭院里对我的蓄意谋杀说成是不慎走火，以至马神甫竟因引介西洋火器而自责。王知府却为医生王继楼百般解脱，以至我的半边耳朵的粉碎性消亡是一次无辜的事故。

汉学家柯柏在《火器之殇》一书中写道，即使在爆炸中分散的银弹也足以杀死一个变化异常的妖孽，而一颗铁质的弹头对妖异的打击几乎为零，他的溃败的伤口转瞬即逝，完好如初。而作为西学东渐最早的受益者章九如先生在研究了西洋镜的魔术解析后，又对西洋火器在东方神鬼面前的无力做出过断言：银弹可能使西方魔鬼在一击之下焚灭于无形，当它遇到更高的东方法则时，无异于以卵击石。武器学家邹汉宁教授曾在他的皇皇巨著《枪族》一书中，对武器在精神领域（灵界）的无能，用了二十七页的篇幅详加论述。他的论述使世界上的各色枪械都沦为废铁与垃圾，并申明枪等各种武器是人类最失败的创造与发明。另一位豫章望城陆军学院军事教员左穆森在其著作《止戈》中提出了与邹汉宁教授不同的观点，他对武器的作用在以戈止战的意义上做了百般解释与逐条批驳，其理由仿佛与此前为王继楼枪击柳士龙的辩护如出一辙。仿佛完成了四百年的一个语词轮回。而李伯重的《火枪与账簿》里，作者用火枪与账簿概括明清时代的特征，火枪代表了军事革命带来的新型暴力，账簿则意味着对商业利益的竞逐，二者共同构成了早期经济全球化时代的丛林法则，当时的中国已经无法独善其身，而是和其他国家紧密交织在一起，其盛衰已经成为一个世界性课题。

　　柯柏回国后，住在亚利桑那州的一个小镇的木头屋子里，在整理中国考察笔记和照片时，满脑子都是明朝庭院里的一个上午的景象。

　　蓝底敷银的天空，竞簇着绵柔的云朵，又像面朝大地吐蕊的白银葵花，仿佛遥远而古老的骊歌。木芙蓉花开满了庭院，几个身着古代长袍的男子走来走去，在亭间饮茶，谈论诗文。而一个心怀叵测的医生对一柄老式火铳充满了好奇，空气中都是火药味和破碎的花香。一个光下巴的男子在强光照射下木芙蓉花的枝影参差里消失，去向不明。

第 2 幕

　　豫章望城陆军学院军事教员左穆森的堂弟是一个按时起床的人，翠花街每天上午八点左右，总可以看到一个叽叽歪歪的精瘦男子穿着睡衣跟着老婆一路走，一路求她不要跟他离婚。

这个叫左小明的男人，是业已解体的文艺单位的演奏员，他的脸上也总带着一半昨日的明媚和一半今时的萧索与灰冷。身上还斜挎着一把琴，好像随时要走天涯的样子，可身子却不离老婆寸步。他老婆却是个穿妖绿旗袍屁股丰腴的女子，束着的高髻是带有傲慢的，仿佛提醒着别人她有过可以骄矜的日子。两人每天准时出现在翠花街上，走三步停两步地争吵着，似乎与街景融为一体。这使一个低头闷敲白铁的干瘦老头每到此时就会不自觉地抬头张望片刻，眼里闪过一丝迷茫与伤感之色。

白铁师傅叫程镜堂，曾是旧军队的一名连副，队伍垮了，只身逃回与南昌一江之隔的大塘汪山程家。不久，被揪了出来，打成四类分子，劳动改造后再就业，在翠花街合作社敲白铁。一把壶，一只锅，在细碎而有节奏的敲打声中不断出自程镜堂之手，又消失于稠密的街巷市井烟火之中。几十年过来，程镜堂如同生活在声音的梦幻里，他的手每天都在白铁上抚摩着，用小锤一点点仔仔细细地敲打着，白铁就是他的世界，他内心的疑问也只能从中找到单调的回声。当他抬起头来，摘开镜腿上缠着胶布的老花镜，眼里便满是迷茫，那些旧军队的灰色往事也化为迷茫的尘埃飘散在陈旧的空气里。只是那穿妖绿旗袍屁股丰腴的女子的高髻，令他略显感伤。

程镜堂早年所在的军队里有一位上校军医，说话带江浙口音，姓饶，留过洋的，是正统医科大学出身。一次饶军医在手术前，对他的一位患者讲了个小笑话，是个男女出轨的事，有点黄。饶军医是想手术前缓解一下患者的紧张。这使接下来的手术异常顺利。手术结束时，平常不苟言笑的饶军医竟然吹起了口哨，感觉心情很好。

这时一个由地方史专家和考古人员组成的科研小队正要赴河南开封考察，饶军医委托领队的朋友老谢带他的夫人顺便去几个名胜古迹走走。老谢满口答应，饶军医不曾意识到他送肉上砧的行为是老谢蓄谋已久的圈套。

当穿着暗红旗袍，涂着猩艳口红的夫人，扭着丰腴的臀部，拎着牛皮箱风一般从眼前消失，黄色而陈旧的午后阳光并没有丝毫暗示，饶军医只是在迷蒙的尘埃中打了响亮的喷嚏，却未预感到他将夫人交到老谢手上是肉包子打狗有去无回。

自从夫人离开之后，饶军医就发现自己出了问题，总觉得身体需要手术，可具体哪个部位出了毛病，他又拿捏不准，使他心猿意马，不胜惶恐。而每天返回巴阡街48号水泥汀楼必经的西藏路竟然藏了起来，他怎么也找不到了，走来折去都是陌生的路。而48号楼的3层又被4层和5层代替了，他上上下下跑了几个来回都没有找到熟悉的3层。那是他的家的所在，仿佛也像捉迷藏游戏般躲着他，不见了。

饶军医头上开始冒汗，从头到脚都心慌意乱起来。他隐约感到自己被夫人、朋友、街道和房屋同时出卖到了一个陌生的世界里，而这个陌生的世界平时就潜伏和隐蔽在最熟悉的事物里。此时饶军医觉得自己的存在就像一种愚蠢的示众。

他记得曾经和那个带队的家伙，也就是留着两撇仁丹胡的老谢吵过架，不知为什么，又一厢情愿还把人家当朋友。

饶军医数度主动而热情地邀请过老谢到巴阡街48号楼的家里来分享法国红酒。久居家中的那位丰腴而妖冶的夫人一来二去和老谢已是秋波暗递，即将发生的事也就心照不宣了。一无所知的饶军医还责怪自己将不该得罪的人得罪了，而夫人却要在人家的队伍里去旅行，当他再想找夫人时，怎么也找不到，他明明是将夫人和行李一起送过去的。当他回到巴阡街48号楼不停重复地上下来回时，嘴里哼的曲子是悲戚的，他想哼一曲《马赛曲》来改变一下心情，调子继而变得高亢且沙哑。他想哭。

饶军医后来随驻江防的一支部队参加了起义，在那个溽暑之季把一位久病不起的野战军渡江纵队的首长治疗得能下床走动，逐渐重拾以往的嗜好，在主持军事会议时嘴里咯嘣咯嘣一粒粒嚼碎硌硬的炒黄豆，其时他的部队驻扎在锦江以西一个叫马牙的小镇上。当南方六省最后一座重要城市被首长率军攻克之后，饶军医被任命为该城市一所医院院长，县团级别，并娶了一个娇小可人的大屁股护士为第二任妻子。

每当年轻的妻子小鸟依人般倒在年近花甲的饶军医怀里，他便感慨万千，老怀大慰。而饶军医的前妻和他的朋友老谢则下落不明，据说二人在赴开封半途就擅自离开了科研小队，从南昌转道福建逃往了台湾，另有一说两人在逃亡途中遭乱军打死。若干年后也有人在道教净明派祖庭南昌万寿宫里隐约看到老谢的身影，他已形同枯槁，不胜深色道袍的重负，又像一只身怀大夜的猫头鹰，在白昼假寐。

此时饶军医已觉得往事既然如烟，就让它尽量飘散好了。

第 3 幕

许真君的符箓不知什么时候撕掉了，封在头顶的大石被吊车移除，先是有夹杂着尘土、碎石、纸屑、破塑料、布片、朽木的垃圾落下来，灰尘呛人，再是混合着灰尘的光，白炽，肮脏，硬。我终于可以从古井里出来，井底千年的黑暗都淤积在我身上，就像噩梦还没散去，我怎么能适应突如其来的光呢！我只有避开射下的吊车的灯柱，灯柱边晃动着几个人影，小心地在井口窥探着，一个仿佛倒吸一口冷气，说："吾操，好深啊！"一个说："哎呀，吓死人呀！"我化身为一缕水汽上浮，透过那千年的黑暗来看一看人间，落到我眼里的是一片废墟，如同一个大垃圾场。几辆屎黄色的重型铲车，吊车，推土机在声势浩大地拆除这片老街的房屋，民工忙忙碌碌跑来跑去。曾经繁华的街市在巨大的拆除喧嚣里沦为一堆堆小山般的垃圾，灯光照亮的是白蒙蒙的尘埃，高压水枪对着一堵三层楼刚铲塌的墙喷水，以免灰尘四处弥漫。旧城改造的万寿宫街区是豫章老城的中心地带，周边的商业街正游人如织，车水马龙。夜晚八点未到，这里的热闹才刚刚开始。一个潜伏了很久的人，在日常琐碎的消磨中，已忘记了自己的身份，直到有一天一个对头找上了门，他才依稀想起，自己原是国军少校，隐身埋名，只是为了活命。但对头不是为了追究这一身份的，对头知道他做过少校医官，给遭空难而亡的军统首领验过尸，对头要追究的不是他的生平，也不是他的祖辈三代。面对这个面熟却又从没见过的来者，他突然对自己有数的今生百思不得其解起来。来人一再声称不是国安，也不是公安，不是便衣刑警，不是那边的特派员，不是冒出来的接头人，如果真是来接头的，他连暗号也忘了。当然也不是单位的外调人员，没出示介绍信、工作证、身份证，也就是说来人也仿佛身份不详，仿佛虚构或从梦境里突然冒出来的，对他开始了无休无止的纠缠。

豫章后街的老街坊都知道开中医诊所的老许是本分人，鳏夫一个，话不多，脾气怪，却不惹是非，老家在新建金田村，洪都中医院退休，诊所开得不咸不淡，人只见他在那间昏暗的老屋里专注地翻阅一本破旧的《本草纲目》，摆弄一格格药屉里的草药，对屋外事漠不关心，晴天雨天都与他不搭界，人来人往如幻影，只有对进入他门槛问诊求医者，他方会抬起头，用离开鼻梁上老花镜的眼睛斜睨对方一下："哪儿不适？""许大夫，我胃难受！"一般能直接说出哪个器官难受的求医者，多半是熟客。

这次来的人，根本没说。倒是老许觉得自己的胃难受，他在找药吃。此时天色已晚了，豫章后街几家酒店的食客也在散去，有几辆的士从门前声音刺耳地经过，带来几股呛人的热烘烘废气。

一盏节能灯嗞嗞叫着，眨了几眨，还是亮了。灰白的光线落在劣质油漆的枣红色的药柜上，大大小小的方格子抽屉，每格贴着用一笔汉隶写明药材名的黄牛皮纸条：麻黄、桂枝、紫苏、香薷、白芷、羌活、辛夷、牛蒡子、桑叶、蝉蜕、柴胡、芦根、黄芩、黄连、龙胆草、穿心莲、生地黄、牡丹皮、金银花、连翘、决明子、土茯苓、鱼腥草、五加皮、白花蛇、陈皮、苦楝皮、三七、侧柏叶、蒲黄、炮姜、姜黄、乳香、土鳖虫、川芎、延胡索、刘寄奴、马钱子、半夏、夜交藤……各种中药和房屋潮湿陈腐的气味相混合，在墙上，木柜内处，桌椅空当，门角，窗帘布后，天花板，形成一种药铺里独有的、不散的古怪气味。老许伸长着芋头般没几根毛的脑袋，像打量怪物般目不转睛地盯着那盏吊在头上的节能灯，嘴里自言自语："怪，每夜总作怪！"说着将手探入白大褂衣袋，掏出黄色小药瓶，抖几抖，斟几粒新癀丸到掌心，嘴里说："孬货。"手掌熟练地往嘴里一拍，药丸进了喉咙。他仰着头，尽量不使药丸回到口腔，转身去摸柜上的保温杯，就在这时有人进了诊所，他听到一个声音："许先生，你好。"

蹲在桌脚边安静了半天的宠物狗也突然叫起来。老许仰着头，含着药丸含混地回应："看病吗？等会儿——"他摸起保温杯，拧开盖，倒入嘴的是黏糊糊的茶叶，他再转身，去寻热水瓶倒水。那个声音说："我不是来看病的，我是来找许先生你的。"

老许不自觉地"嗯"了声，倒把那几粒药丸干咽入喉管，他有些不高兴地说："我不是许先生，看见门上的牌没有？我是……回春诊所……许大夫，原洪都中医院退休的主任医师，有副高职称的！"由于药丸干，生生在喉管咽着，老许的话愈显生硬。

"我不是来看病的，许先生！"来人也有些不依不饶，"我姓柳，叫柳士龙。许先生不记得了吗？"

老许这才凑过来，热水瓶盖拧开了，往外冒热气，水却没倒，他手上仍端着没水的保温杯。左肩高右肩低地颠动着，凑到来人跟前，老许是个瘸子，早年下乡被一头莫名愤怒的黄牛挑伤了腿。他完全认不出这个身穿灰色套头衫的三十来岁的男人是谁。这人相貌还算周正，像城里混得还过得去的人，说的是本地话，豫章后街经常有这种人走动，不引人注目，也不叫人讨厌。老许用手指移了移老花镜，以一种老江湖的口吻说："你有亲戚要看病吧？放心啦，我不问生熟，对病人都很认真的，人要讲良心道德，医生更要讲医德嘛！"

看着老许那副认真模样，柳士龙压下话头，提醒他："您先倒开水喝许先生。"

老许方意识到，手里保温杯还空着，自去倒水，喝了一口，有点烫，还是将药丸冲下肚，舒坦地摸了摸胃部，深吸一口气。转过身来问："你说你叫什么名字？"

柳士龙没有马上回答，只定定地看看他。屋里灯黑了一下又亮，又黑。

15瓦的节能灯又开始眨，接触不良，老许不满地抱怨："这才换几天的灯管，就这个样子，孬货啊！有真钱，没真货！你看看！"

啪！——他居然神经质般挥掌朝空中猛悍互击，摊开，掌心，血，他嘴里咒："天杀的蚊子，竟然变得苍蝇一样大，这还得了哇！"柳士龙说："我下回再来找你，许先生。"说罢，走出门，身后老许追着他的背影："有病尽管来找我，尽管来哈……"他的声音和那条邋遢的宠物狗的叫声交织在一起。狗叫个不停，老许也在骂："今天是七月半，难道是见鬼了？鬼叫鬼叫的！"

既然要走，也是没办法的。

农历七月十五为荷灯节。莲花灯又为荷灯，当地人俗称为河灯，每年是祭祀先人的节日，又称鬼节，俗话说：七月半，鬼上岸，放河灯，烧香秉烛祭河神。说的其实就是这么一天。此时，与老城一江之隔的赣江北岸秋水广场，红男绿女嘻嘻哈哈正沿江放河灯，漆黑的河流上，顿时漾动着点点白光，像掉到水里的繁星，密密麻麻，异常壮观。年轻人一边将一只只荷灯放下水，一边大呼小叫地喝彩不断。卖荷灯的小商贩生意火得很，平常卖孔明灯的，也都转卖荷灯。这股闹热持续到深夜，大片大片的荷灯在远处水面上一点点消失，仿佛进了另一个世界，秋水广场的人散尽了，河流上重又恢复到漆黑，时间好像不为人知地静止了下来。赣江两岸空无一人，没有谁看见，从河流的漆黑深处，突然大面积的荷灯如星星点点泪珠在涌出，静静地，在江面上闪闪烁烁，像鸽子的羽毛，又像死不瞑目的河灵。

柳士龙真不敢相信当年名震江右的许道长，现今竟成了一个窝在豫章后街破药铺里的啰里啰唆的糟老头子，是真的变成了这样，还是假装的？回春诊所药柜上贴的写着药名的黄纸，极似过去年代的符篆，对于今天的人来说，符篆是一种被人遗忘的很久以前的语言，它为道家专用，几乎是道家在人妖间屡试不爽的一种手段，它能封住怪力，令千年不安的骚动在黑暗中不得动弹。后来的人也会用到，却只是依样画葫芦，但符篆的神奇力量丝毫未见。

柳士龙刚离开回春诊所，隔街的居委会主任毛大任急匆匆进来要止血药。毛大任是个并不愿管太多别人事的人，当他被叫到经纬路独门独院的首长家，看着从墙外飞入院中的一把沾血菜刀，对院中警卫罔顾左右而言他，想极力化解一场并不存在的暗杀危机。试图说明那只是隔壁老段两口子在做晚饭切菜时吵架，老段婆娘暴躁，一冲动，菜刀割刮到了手，血冒出之际，那沾血的刀，竟如活物，飞出了手。她自己吓一跳，刀中有鬼啊！她真怕伤了老段，没想刀脱了手，就有魂般自个飞。却听隔壁首长家有人大骇，发出如临大敌的惊惧之声。那尖厉的声音是首长年轻夫人发出的，好像见了鬼般的骇人。弄清是老段两口子吵架不慎飞刀过墙，还心有不甘，要院中警卫查下老段三代出身成分，是否真是两口子吵架，还是别有企图，或是行刺未遂的借口。老段却不经查，不要说查三代，到居委会一问，老段自身就有问题。

出门不上锁的老街坊们不提，心里都知根知底，老段干过一段旧时代民国遂川县长的，虽没血债，毕竟在旧政府任过职，属于历史问题，也改造过，并且还在改造。只有侯门深闭的首长宅院里不知晓。院里提出似老段这般成分的人是不该住在经纬路上的，可大家都知道，经纬路一贯住着的还有不少这样的人家，只是大的旧官僚，逃的逃了，抓的抓了，而老段这般小屁辣子，改造期满，又安回这里住。那些住房不能与独门院的小洋楼比，皆是破败阴暗潮湿的棚户屋，地是脚踩得黑得发亮的泥土，墙壁是漏风的破旧木板钉的，糊着一层层固化壳硬的焦黄旧报纸，屋里一年四季都有一种不见阳光的暗臭潮霉气味。首长年轻时髦的夫人用两根手指拈着那把菜刀在警卫员引领下高一脚低一脚摸进老段家，本想瞧一眼老段夫妇是怎样的凶煞恶神，可棚户屋瑟缩的一对小个子半老夫妇，满脸的枯槁，男人捏住女人淌血的手。警卫员说，这就是老段夫妇。

年轻夫人注意到屋里几乎家徒四壁，只看到床上一堆垃圾般的破棉絮，还有的就是刺鼻子的潮霉气味。她本能地想捂住鼻子，可鼻子一酸，她只说了句，两口子过日子不易，少吵架。日后有难处，敲下我的门，都是街坊。说罢把菜刀放在门边桌板上，脸上笑笑，退了出来。

老段只闻到一股雪花膏的香味，仿佛遥远的往事。毛大任把首长夫人送回院子，便客客气气点头告辞，首长夫人回屋抓了一把糖果过来，硬塞在毛大任手里，说给孩子吃。毛大任说，孩子都成家了。首长夫人就说，给孙子吃！

毛大任想的是得赶紧去回春诊所买药给老段婆娘的手止血。

第 4 幕

　　过去多少年了，柳士龙的内心和身体仍有切肤的记忆与感受，那种当初被法力强大的符咒封在井底，黑暗，湿冷，孤独，漫长而痛苦的煎熬，不知过了多久，都如同活在噩梦里。

　　在那些被符咒封死的日子里，时间已死，仿佛凝固为又湿又冷的黑，那口符咒封的井早已是坟墓，但他并没有被终结，在井里一次次发誓，终有一日，会从井底出来复仇！

　　柳士龙知道要熬到这一天会很漫长，也许要几百年，甚至更长的时间，但他相信那天终会到来！只要有足够的耐心，只要仇恨不死，柳士龙也相信许真君会有足够的时间在那里等着他终有一日找上来算账。这是他们两个人的宿命，没有比这更好的结局，真的。柳士龙想，他也一定等得够焦急了，否则他早就应该老死了，但他不能死，他活着，就是为了等我来找他复仇。我之所以没有在他千年的符咒下化为井底的乌泥，就是要有朝一日找他复仇。

　　此前，柳士龙还真不知道世上会有如此漫长的等待，渐渐地，他信了，还有什么能深过爱，还有什么能深过仇恨，而更没有什么能比毁灭他人爱的恶更大的恶了。那被他视为唯一的救赎，他在获得爱之前，可能是妖魅鬼怪之流，但他的爱人，他的孩子，令他想做一个懂得什么是爱的人，可是许真君夺去了这一切！还把他以妖孽之名打入黑暗，在世人看来，这就是万劫不复！

　　正如柳士龙预想的那样，终于熬到了得以脱离古井，这已是千年以后。人们把过去的他们的恩仇时代，划为古代，许真君由于用法术战胜了他而被豫章人封之为神，他的名号也专享了千年的祭祀和荣耀，而许真君锁住柳士龙的那口深井上面曾有过一座规模不小的道家建筑，就是祭祀许真君的铁柱万寿宫，宫门前立有大牌楼，楼上刻有"万寿宫"三个贴金大字，楼下蹲有六七尺高的石狮。穿过牌楼，踏过麻石路面，便可见供奉有许真君的正殿福主殿。大殿正中悬挂"忠孝神仙"四个金字大匾。殿中奉有许真君等坐像三尊，许真君坐像高达八尺，其两侧立吴猛、郭璞二真人坐像。东西的龛内供有许真君的弟子门生。中央神龛的背后则是王灵官的塑像。许真君的前后也置有神龛，上雕岳飞传、封神榜、三国故事及百雀图。正殿的背后是供奉玉皇大帝的凌霄宝殿。殿中奉有玉皇，周边是三山、五岳、雷部诸神像。殿左凿有八角井一口。这口井水与赣江相通，井口立有铁柱，柱上栓有铁链，传说中的铁柱，出井数尺，下施八索，以钩索地脉。许真君正是以铁链来镇蛟除害的，古名铁柱观也因此而来。宫内西侧建有供奉许真君妻室何氏的夫人殿。夫人殿的西侧则为三清殿，殿内供奉道教中地位最高的三清尊神——元始天尊、灵宝天尊、道德天尊。万寿宫中还有谌姆殿、斗姆殿、三官殿和逍遥别馆等宫所，都饰有大量木雕、石刻、瓷绘。革命浪潮汹涌时期，人们把它拆了，改建成了一所中学。当新一轮旧城改造的铲车铲去井上的旧物和大石时，柳士龙知道这一刻终于来了。有人会认为那口井是连通过去和现在的时光隧道，是虫孔什么的，柳士龙知道它屁也不是，只是一口豫章城的古井，水臭得很，也脏得出奇。他出来兜兜转转过多少回，要干的事只有一件，就是复仇，找许真君做一个了断。

柳士龙知道城里的铁柱万寿宫拆了，城外他老家西山欧家营的那个万寿宫还在，且香火极旺，道徒信众甚多，但他相信许真君不会待在那里，千百年来他一直惦记着这个老道，比他的徒子徒孙更记挂着他，民间流传他活到一百三十五岁的时候，拖家带口皆突然消失得无影无踪，就有了很妙的关于许真君去向的说法——一人得道，鸡犬升天。

他是在隐身，他是在躲藏，他是唯恐仇家会来寻仇的。柳士龙预料他会有这一着，令柳士龙没想到的是，一千七百多年以来，许真君就一直隐身在豫章城的市井陋巷里，他的踪迹如草蛇灰线，柳士龙像猎人般追踪他，偶有交锋，都灵光一现，又是泥牛入海。当柳士龙这次笃定找他时，他几乎早就是一个对前尘往事一无所知的凡人，像所有凡人一般，仅记得有限的几十年的事，而那些事总体来说都证明着他是个马马虎虎还算过得去的好人，除了拖欠过人家的钱，卖过几服假药，在前政府和后政府转换之际略有犹豫并甘心做良民之外，没有别的出格的事。也就是说眼看着这辈子就要这么平淡无奇地过去了，他也没什么心有不甘。面对这么个人柳士龙一时不知该如何处置。

柳士龙在一个蝉鸣聒噪大白天再次登门回春诊所，老许的嘴巴正从举到齐眉高的一把宜兴紫砂壶里拼命吸水，见柳士龙进来，方住嘴，壶仍举着，侧脸道："你，不看病，要干啥？"老许有些警觉。

柳士龙说："你我俱是旧相识。"

"相识，我想想。"老许搔搔头皮，做抱歉状，"没有印象啊！真的，没一点印象！"他坚决地强调，语气不容置疑。

柳士龙说："再想想。"

老许又低首做回忆状，尴尬地笑笑："还是没印象。"柳士龙也笑，露出很白的牙齿，说："怎么可能呢？许真人，许真君，许逊道长。"老许说："你找错地方了，你应该去翠花街，哦，许真君的万寿宫早没了，你应该去西山，那里还有一座万寿宫呢。"

柳士龙说："你真会装糊涂，我找的就是你。"老许说："找我？我是个郎中，我是个大夫，我是个有行医执照的人，我是个副主任医师，你确定是找我的吗？我们认识吗？"

柳士龙说："你我岂止认识，你我可是打过多年交道的老相识。"老许一愕，说："这我就不明白了。"

柳士龙目露凶光，说："你欠我家三条命，这账拖得太长了，也该算了。"

老许面现恐惧，仿佛遇到神经病，又马上镇定下来，挤出笑，努力发出两声干笑，说："这位柳，柳先生，我是做过剧团的鼓师，有一出戏叫《还魂记》，很有名的，说一个书生遇到一个女子，那女子死了，书生还是在找她，书生相信她没死，女子也不知道自己死了，要见书生，可他离得太远，一个阴世，一个阳间。除非书生也死了，除非女子还魂——"

柳士龙打断道："你一直活着，根本就没死过，只是躲着我，怕我找你复仇。"

老许干笑，继续说："有人告诉女子，她死了，需要求阎王给一次还魂的机会，才能见到书生，但还魂之后就不能投生了。投生之后前世之事就会忘个一干二净。"

柳士龙再次打断他，说："你没有死过，也就没有投生。"老许仍然自顾自地说："女子只求还魂一次，见到书生。阎王答应了。"柳士龙突然不语，老许看着他，依稀眼中有泪影在闪烁。老许说："书生见到了女子，两人成了夫妻，却只是在梦里。"

柳士龙有些凄然，说："一出好戏。可知道那书生是谁？那女子又是谁？"

老许一愣，柳士龙说："那书生叫柳士龙，那女子叫梅丽娘！他们婚后生了两个孩子，分别叫英儿、虎儿。书生的老丈人是豫章太守，待他很好，一家人活得和和美美。可许真人横插一杠，说书生是妖，人妖不能并存，妖的孩子是孽种，不能遗世，他杀死了孩子，逼死了女子，太守也疯了，好端端的就家破人亡了。书生魔性大发与许真人打了起来，不惜水淹豫章，最终还是敌不过被困到枯井中。许真人知道结了死仇，早晚书生还是会找来报复，便假装在西山得道升仙，人间蒸发，从此隐姓埋名避祸，书生出来几经寻仇未果，许真人真善变呀！他今天成了许大夫。"说罢，柳士龙意味深长地看着他，"该明白为什么来找你吧许大夫？"

老许仿佛自己给自己下了套，如堕五里雾中，停了一会儿，说："你得去彭家桥，那里有座疯人院，你要去那里找大夫。"柳士龙反而冷静了，说道："你以为我是一个疯子？"

老许说："我只会治跌打损伤腰酸背痛，我可治不了精神病。"

柳士龙哈哈大笑，说："没想到许真人真的患了失忆症。"

老许说："好，就算我患了失忆症，你也得相信自己精神有问题，得看大夫，找对路，该打针时打针，该吃药时吃药，多遵医嘱就没错。"

柳士龙说："看来，你病得不轻。"

老许也哈哈笑起来，说："你我病得都不轻。不过呢我是老胃病，你是精神上的毛病，得治啊！"

柳士龙盯着老许的眼睛良久，见老许老花镜后的双眼也一本正经盯着他，面带对病人的关切，仿佛柳士龙就是个精神病，而老许是有悲悯心的。柳士龙面露苦笑。

第 5 幕

在别人眼里柳士龙就像个薄幸的花花公子，一度出入于富人、官员、艺术家、教授组成的名流交际会所，与花枝招展的女人调情，跟名嘴拼黄段子，然后又抽身而去，令人望穿秋水，不知所终。过一段时间在别的场合又浮现出来，好像从外星归来，沉默寡言，像换了一个人。他只热衷与人说收藏，而且尤其感兴趣的是东晋古剑。不少人都知道这时候他与一个名叫唐三樵的文物商人来往甚密。

距翠花街万寿宫两站路的豫章古玩城，邻近滕王阁，北临赣江，古玩城三楼新开了一家古董字画店，名子易堂。老板叫唐三樵，西北人。唐三樵原本专业是学西画的，上岁数了，改水墨，画山水佛道妖异意象，神秘而吊诡，嗜收藏，尤好收藏古剑，他的子易堂是个交易古董的场所。

唐三樵常邀柳士龙去喝茶，两人喜欢的话题离不开魏晋古剑与人物。唐三樵喜欢打铁的嵇康，颇有自喻之意，柳士龙虽觉得他与晋人风神太远，确也可爱。唐三樵之所以从西北跑到南昌来，就是被这里经常发现的晋墓古物所吸引，开始是从盗墓者手中捡了漏，得了大便宜，后来又离婚了，索性来南昌开起了古玩店，还经江西师范大学一位经常来店里走走逛逛的艺术系教授牵线搭桥，娶了一位小自己十几岁的研究生为妻，小日子过得很滋润。唐三樵笔下的写意山水与观音造像，看似漆黑一团，神鬼莫辨，细看则有独到章法，造诣不凡。拿手的是浓墨大写意佛道人物与简笔枯荷、独鱼，残石，其画苍郁，枯淡，有八大山人遗风。唐三樵好收藏，尤爱古剑，他把柳士龙当作知音。唐三樵久闻豫章城有一把千年古剑，且大有来头，名五花剑，传说是东晋道人许真君用来降服妖孽的一把神剑。

豫章收藏界、学术界都不相信五花剑的存在，只视如传说。收藏了不少东晋文物的豫章博物馆没有，省博物馆也没有，个人收藏家手上更没有。唐三樵倒是从挖墙基盖猪舍挖开深埋土里的东晋古墓的农民那里，收到过两把古剑——事情往往总是这样，当公安和有关政府文物部门赶到时，真正的古物早已在农民和文物贩子手上完成了交易，有关部门只能拖走几副破棺材板。此前唐三樵将区区六百元塞到乐不可支的农民手里，就将两把千年古剑，收进了子易堂。唐三樵没打算立即转手卖出去赚把热钱，而是关起门来，静静研究。在常人看来，那只是两根早已锈蚀得不成样子的废铁，不仅不成剑形，而且手柄几乎没有，更像是两根犬牙交错的铁条。但唐三樵看出了这两把剑的来历，它出自西山脚下，距金田村四五里路，那里当年是东晋老道许真君的追随者散落的地方。这两把剑，有可能是许真君弟子所有。那么许真君的五花剑也就一定存在着。在哪里呢？一次文博展上唐三樵认识柳士龙，在唐三樵眼里，柳士龙深邃而神秘，脸上有着一种灿烂的庄严，混合着书生与江湖义气。当时两人都逗留在南昌铁柱万寿宫重建模型和相关的旧物展示上。两人都对许真君铁柱镇蛟井的石栏颇有感慨，对石栏上斑驳的旧痕再三抚摸，却对说明文字中遗漏许真君与蛟精相斗的关键器物五花剑一字不提颇多遗憾与质疑。

唐三樵的专长是水墨画兼做文物（古董）收藏，从中倒买，并以此为生。在唐三樵津津乐道如数家珍的藏品里，有了一两件真货，其他皆是赝品。这其中他自己引以为豪秘不示人的数把古剑收藏和魏晋造像，柳士龙一看就是他人做旧的仿品，完全是些破烂，却被唐三樵舌绽莲花说得灿如锦绣。

但他从唐三樵口得知有关东晋许真君五花剑的下落。一次，柳士龙在他位于滕王阁古玩城的子易堂饮茶时，唐三樵不无神秘地向柳士龙透露，西山许家营万寿宫门前有一株古柏，据说是当年许真君亲手所植，树身虬枝百结，崎岖高古，许真君得道仙去之前，将他斩妖除蛟的五花剑一并植于柏木中。五花剑以柏为鞘，是西山万寿宫的镇宫之宝，被道法高强的护法道士严密看守着，防护栏围着这株古柏，信士游客入宫皆可见到，护法道士把它当神物向人讲解，言语中满是对神物的崇敬。且此剑为许真君师父谌姆所传，本身且有法力，常人又如何近得，此柏名为瘗剑柏。

柳士龙说："那不过是个道士与香客们众说一词的神话罢了。"唐三樵说："真真假假，假假真真，只是有道人守着，动不得它。破'四旧'时，一位军代表想劈开古柏一看究竟，结果晴天一个霹雳把他当场打死在树下，人如焦炭。有个摘帽道士当时在旁不由感叹说：'凡人肉身，生得渺小，死如蚂蚁。伟大一说，一个烧炭的与一个砍树的，谁更大，说的人大便大，说的人小便小。今日所见，是一有疼感的肉身，却有了大的真实。'这话当即被人报告上去，摘帽道士连夜被一辆土黄色帆篷吉普犁开两道瘆人的白光带走。后来再无人敢去染指古柏，最大胆的摸金校尉也望而却步，退避三舍，人皆拜之为神木。"

唐三樵对瘿剑柏之说自然是不信的。柳士龙心想五花剑固然是万寿宫传说中的神物，它仅满足了信士们的好奇心，更有西山万寿宫道人以此作为传诵万寿宫之名的噱头之嫌，其存在与不存在已不重要，但瘿剑柏应该是打开许大头记忆的一把钥匙。

第二章

第1幕

马晓朋一直为左眼看见一些不同寻常的事物而痛苦不堪。

这天他眼里看见一根奇形怪状的铁器在向一个人飞去，仔细地看是一把锈蚀得不像样的烂剑在空气中飞翔，它时而柔软滑腻，像没有翅膀的蛇。这使他的眼睛胀痛不已。

他用手捂住，拼命揉，要把幻象揉掉，把那把飞剑的影子从眼里揉出去。直到揉得眼冒金星，那把烂剑还在飞。它先是从一间阴暗潮湿霉味很重的旧库房里破门而出，那门也是有雕花窗的老门，门外是个花木茂盛却无园丁管理的院子，花坛颓圮，空地上有一条年代不明的石头马槽，旁边停着几辆旧自行车，有一辆歪倒了，满是锈斑和尘垢，支撑着车身使之没有完全倒地的是两只废弃的汽车轮胎。

那把飞剑在颓废而破败的院子里绕了一圈，朝一扇虚掩的门飞去，一个背有些驼的老头刚从里面出来，他手里提着一只红色的热水瓶，腿有点跛，飞剑避开了跛子，他低头从老式的门前廊道上走过。那把飞剑飞进了虚掩的门内。马晓朋不想看见将要被这把剑穿眼而过的人的脸。

他只看见一个人趴在硕大的桌上，桌上堆满了查找与考证一把因下落不明而又变得异常神秘的剑的古籍，而在那人的肘下正压着一篇正在写的《五花剑考》。伏案者埋首疾书，仿佛那把剑的下落在他的文字里呼之欲出。马晓朋希望那人的头永远不要抬起来，他写的《五花剑考》永远没有结论，马晓朋不忍心看到一张不幸的脸，他希望死神的伎俩落空，那把剑回到阴暗潮霉的库房里继续生锈，直到彻底烂掉，消失在无尽的时间里。

马晓朋知道即使摆脱了一次眼中的异象，还会出现新的，直至无穷。因为他摆脱不了自己的眼睛，除非他自杀。医生说过那只奇怪的狗眼已长在他的身体里，连接他的性命，好像他的性命就是为这只奇怪的狗眼存在的。他只有见怪不惊，习以为常。

柳士龙一再找他，就是要利用他的眼睛帮他找一个叫许逊的老头。柳士龙是要利用他的奇特眼睛帮他寻仇。这时候马晓朋才发现自己的眼睛还有特别的用处，甚至可以替人寻找仇人。他想过自己的仇人，那个迫害母亲致其惨死的赣剧团军代表万先勇，复仇的欲望曾异常强烈，他数度想象过自己手刃仇人的场景。为此他特地从朋友那里弄来一把三角刮刀，军刺长短，刀身三边菱形，都开着血槽，是当时江湖上最厉害的凶器，他要以此刃替母报仇。

在率意的想象中他已经杀死了仇人好几百次，而真要具体实施，却万分艰难。时间地点他都有过详细谋划，他甚至想在军代表那间墙上贴满最高指示的办公室下手。马晓朋家的门正对着那间办公室的后窗，透过稀疏的树丛，军代表万先勇的身影时常出现在窗户上。或许此前万先勇就是从那窗户后面用一双凶恶而淫邪的眼睛偷窥他的母亲赣剧名旦董艳玲的。每思及此马晓朋就恨得咬牙，暗夜磨刀霍霍。他几次冲动地想拎刀进去当场置军代表万先勇于死地，然后大声狂呼："为母报仇！坦然自首！"而结局可能立马遭到五花大绑，再公审游街押赴瀛上靶场枪毙。对于这种结果马晓朋是心有不甘的，那等于军代表万先勇再度作恶，又谋杀了他一次，他与母亲，两度死于这个恶人之手，自己终究败得更惨。他就想深夜对军代表万先勇下手，然后神不知鬼不觉在夜色苍茫中逃去，从此浪迹天涯，仗剑行侠，专杀恶人，直到孤独而寂寞地老死，一世不为人知。

这样的想象是悲怆的，他为之泣泪。想象终究是想象，可军代表万先勇从来不在剧团院子的办公室过夜，他家住在省军区大院，他那剽悍的老婆严格要求他准点下班回家，那里有持枪哨兵把门，院墙不仅高过普通的围墙，还有密匝匝的电网，属军事禁区。马晓朋一次梦见自己好不容易爬上军区的高墙，却被电网触死，烧得全身焦黑如炭。另一次梦见自己持刀进入军区大院，被哨兵发觉，一排冲锋枪子弹把他的身体打成了筛子。醒来后马晓朋极其沮丧，他为自己的无能而羞愤不已。当得知军代表万先勇被自己的婆娘开枪崩了下身完全成了个生不如死的废人，他觉得老天有眼，帮了他的大忙，母亲的血仇已报。

现在他要做的就是尽快帮柳士龙找到那个叫许逊的人，尽快摆脱柳士龙的纠缠。马晓朋记得柳士龙在最近一次见面时对他说过，生活中都是很现实的，好事坏事都没有巧合，都得靠自己。此外，别无他法。

马晓朋觉得这话狠，自己不能永远这么浑浑噩噩混日子，要适时开始新的生活。当他隐约感到柳士龙要找的仇人就是赣剧团的老邻居打鼓佬老许时，他不相信打鼓佬是个十恶不赦的人，也看不出他身上有任何异样。

打鼓佬老许虽然姓许但他就是一个平平常常的打鼓佬，身上有些不讨人喜欢的老鳏夫都有的老毛病。马晓朋不忍说出他就是柳士龙要找的那个叫许逊的人。

直到老许有一天从剧团消失了，剧团新领导打算要马晓朋参加剧团演员苗子培训，马晓朋于是得知此前打鼓佬已离开了剧团。原因是发现老许历史不够清白，隐瞒了自己在旧军队里当过军医的历史，这样的人在文艺宣传单位是不能留的，哪怕时过境迁也没有商榷余地。剧团就让有关部门把他转给了正在筹建且急需医务人员的洪都中医院。

老许在洪都中医院也只能看看跌打损伤，给人拔拔火罐，贴贴膏药。刚成立的中医院门庭冷落，几个医生里有的就是招收进来的江湖郎中，治不了什么大病，仅能应付找上门的老人

这株树里果真藏着五花剑吗?

和乡下人。城里人都信西医，去大医院，老许也便乐得清闲，虽挂了个副主治医师，但都没治过像样的病。

眼看着医院开不下去了，老许也到了退休年龄，就允老许先退了。老许无话可说，抱着一心回家开诊所的念头，到禾草街租了间民房重打锣鼓新开张。几年以后又转到居民较密集的豫章后街开了回春诊所。而这时柳士龙根据马晓朋隐约吐露的蛛丝马迹已找到了这里。此刻仿佛斗转星移，马晓朋的父母已经恢复了名誉，只是他们早就死了。而身为赣剧世家之后，马晓朋在重排的《还魂记》里男扮女装饰演杜丽娘。

仿佛著名花旦董艳玲在儿子身上还了魂，马晓朋的表演令人惊艳，极其成功。可传统戏剧观众却日渐凋零，地方戏尤其渐渐式微。演员纷纷改行，不是南下，就是北上，马晓朋也心猿意马，去意彷徨。

第2幕

柳士龙再次到豫章后街拜访许大头，许大头还是半天也没开窍，误把他当作一位病人，对柳士龙的所言视为谵妄之语。固执地要开几味药叫他调理，且再三强调，药不贵，几味药加起来不上百元，能起到安神醒脑功效，促进睡眠，并颇有同感地说自己睡眠也不好，梦频，总梦见跟一条大蛇打架。许大头说："那蛇仿佛总是缠着自己，呼吸困难，心脏不好。"柳士龙说："你在梦里对那条大蛇就难道一点办法也没有吗？"许大头说："也吃药，也在调理！"说这话时，许大头已伏在案上用毛笔开药方子，他先用那杆善琏羊毫在一张破旧的澄泥砚上舔了舔，墨早干了，还是写不出，又将毫锋在舌尖上蘸了两下津液，再写：酸枣仁三钱，麦冬、远志各一钱，龙眼肉、川丹参各三钱。

见那字，柳士龙不禁赞道："好字。"许大头不吭声，只闷头把药方子写完，然后举起来，身子缓缓站直，不无得意地端详那字，又声音不小地将方子读了一遍，顺带将用法一并交代了，就从抽屉上拎一小秤，瞅黄纸标明的药屉称药。"你的梦好些了吗？"柳士龙问。许大头用一指头码在小秤上，暂停称麦冬，眼睛从老花镜后斜睨柳士龙，说："这是什么话！"柳士龙轻声细气道："我是说，吃这药调理后，那条大蛇不会来打扰许先生的睡眠吧！"许大头继续称川丹参，嘴里说："刚好，三钱。"又叹了口气，说："恐怕我头世跟大蛇结了孽，这辈子是脱不了结的。"

"怎么脱不了结呢？"柳士龙问。

许大头说："恐怕我得去西山万寿宫求求许真君了。"柳士龙笑道："你也信这个啊！"许大头细声说："告诉你吧，我还真不信呢！嘿嘿！"

"你刚才提到西山万寿宫，我也想去看看，要不哪天结个伴，去走一遭？"许大头笑，是那种眉开眼笑："要不明天我休诊一日，一道去西山走一遭。"柳士龙说："也好，近期我也有空，那就一同去趟西山。"

在城隍庙厢房的柳士龙睡午觉的辗转反侧中，呈现在自行车轮胎下的西山的道路崎岖而陡峭，有时就是山顶端的一条窄线，像出自画师枯笔底下的一根险峻的灰白之线。有时那条线又跌入谷底，须折腾好半天，才浮上来。而离去的道路变得透迤且轻佻，犹如一段段回忆。当行者终于可以喘一口气时，自行车已骑行在阡陌地带。他骑车的身影在一块块油菜地与池塘之间如同单薄的剪纸，油菜花的金黄色彩尚不如预期，还在一部分绿叶与更多的红壤里慢慢生长。有健硕的少妇在田地灌蔬，池塘里有肤色黝黑而敦实的汉子用锋利的器械与柔软的编织物捕鱼。行者与少妇们的阡陌邂逅，相谈甚欢，使他们恍若故人，既亲切又了无间隙。当他应邀进入田庄，产自地头的菜蔬洗净了泥土，裸露了雪白的茎部，少妇的厨艺令行者饱餐可口的菜蔬与池塘的艳红鱼鳞的鲜鲤之后，赞不绝口，使少妇丰腴的乳房为之颤动。行者对出现在池塘而又隐藏于户牖之侧的利器流露出格外的不安，他似乎从汉子们慌乱收放利器的行为中看出了意外灾祸，言语间颇显忧心忡忡。行者对盛情的少妇们说："如果有歹徒破门而入，一把就能抓起利器伤害你们。"行者的提醒使深处桃花源的从未经过世外之事的少妇们惴惴不安。

柳士龙才醒来，就有一位生人到访，自报姓名吴忌，称是许大头老友。

柳士龙见他光头，脸铁青，戴副金丝小眼镜，貌似红色革命电影里国军的军需官，且好在公文包里藏两根金条的那种。但他说自己是剃头匠。柳士龙问："是上门服务，找我剃头？"

吴忌说："我是来认个门，剃头可到建德观找我，很便宜的，三块钱一个。"柳士龙"唔"了一声，说："我要找你剃头吗？"

吴忌笑："我知道你是老派的人，不会去时髦的发廊，肯定会关照我的生意，所以闲下来我会拜访每一个老派的人。"柳士龙说："这城里每一个老派的人你都认识？"

吴忌感慨："不多了，昨天又走了一个。"柳士龙说："走了？"吴忌说："到瀛上火葬场去了。"柳士龙赧然一笑："你的顾客确实不多了。"吴忌说："不瞒你说，一天比一天少。"柳士龙说："早晚会走光的。"吴忌说："不还有你嘛！"柳士龙说："你得改行，干点别的。"

吴忌嘿嘿笑："剃头也是一门活命营生啊！"柳士龙问："你来不是跟我说剃头的吧？"吴忌说："就告诉你一声，下次剃头一定找我。"

柳士龙说："真难为你了吴师傅，这可是门凋零的营生啊！"

吴忌点头："可不是嘛，这就是一门凋零的营生。"说罢客气地做个告辞手势，掉头走出城隍庙 145 号。

回头再看，门上挂着一块斑驳而陈旧的市委招待所招牌，有着远年的过时气息。而马路上满是绛红色的出租车在奔跑，像瞎眼的老鼠一般，乱窜，极不守规矩，有时一队车好端端在路上行着，忽然斜插过来一辆出租，左拐右拐，只往缝隙里钻，且极蛮横，就将车流拧把了。

一个双手紧握方向盘的亮空车显示灯的司机罔顾左右，突然把车刹在吴忌跟前，吴忌咳嗽一声，摇头，车径直而去。出租车司机好像没日没夜不知疲倦地在全城寻找秘密接头的人，那种期待而警觉的眼神搜寻着街头路边的人们，只要稍有一个熟悉而又陌生的暗号，他就会停车把人接走，其形迹如同没完没了的秘密劫持或营救。

第 3 幕

老许这段时间脑海里总是翻滚着鱼的身子，在波涛中一闪而逝。读经的人，念念有词，嘴里发出的声音，像蜡烛一样越烧越短，烛泪堆积成灰。老许眼睛里灵光一闪，像黑暗中的一道剑影，又霎时熄灭。他仿佛看见了什么，又记不起来，像飘浮的梦，空中飞舞的树叶，掉落下来的纸张的废屑。他的瞌睡越来越多，转瞬又打起盹来，自己又来到异地，如同一座空山，回响着寂冷和冗长的回声，反反复复在叫一个熟悉的名字，却听不清是谁。身子一颤，又在一个地方，一张脸朝他笑，是剃头匠老吴，说："脸上刮出一层油了。"

老许说："是你的刀揩油。"老吴说："过去建德观油饼铺的油饼可真香哪。"老许笑道："又想老相好了吧？"老吴说："她炸出的油饼外酥里柔，一口咬下去，焦黄的皮簌簌掉着蚂蚁般细小的皮屑，香得人死。"

老吴说着吸了一下鼻子，仿佛空气里浮荡着那股香味。老许说："手稳着点，别把我的头当香油饼了。"老许嗤一声，说："你这颗头哇，我闭着眼剃，也错不了。"

老许就笑："亏了你这把手艺。"老吴说："怎的？不亏，手艺一点不亏。"老许说："不亏就好。"老吴说："好什么好呀，亏的是我这剃刀。"老许便"哟"一声，故作大惊小怪道："瞧你这话怎么说的？"老吴说："我这刀啊，说来话长。"

老许说："刀里有故事？"

老吴一本正经说："有故事。"老许说："玄？"老吴说："玄得很。"

老许说："该不是杀过人吧？"老吴说："没那么玄。"老许不屑，说："那不算什么。"

老吴说："杀过鬼。"老许笑，咕咕的，像鸽子，说："老吴，没什么能玄过你的嘴吧。"老吴说："信不信由你。"

老许说："我还真不信这个，要不我老许还真是万寿宫能驱鬼除妖的许真君呢！"

老吴说："你也别真不信。就说这妖吧也有很多种，有看得见和看不见的，大的小的都是。比如有细如粉尘的粉妖，在空中飞，时刻都在你我周围。还有的化身为人，多少年了，他都忘了自己是妖，但有老器物识得，比如我这把剃刀，鬼邪之物是怕它的。"

老许斜着眼看老吴，好像不认识他，嘴里说："你也神神道道的，是不是个驱鬼师啊？"

老吴说："过去驱鬼的是道士，后来道观砸了，道士无容身之地，成了隐蔽身份的打鬼师，多活动在乡间。哪家小孩丢了魂，高烧不退，医药无效，多请打鬼师小施法术，即可驱鬼见效。"老许说："这个我知道，可跟那刀不挨着。"老吴说："那刀是除恶鬼的，小鬼不必用刀。我这把刀是我一个故人的。"

老许说："剃刀杀鬼，这也奇了。"老吴说："我说的就是一件奇器。"老许说："没想到我这颗头还是让奇器侍候着。"

老吴说："你的头大，是颗不凡的头。"

听到"不凡的头"时，老许反而有些蔫头耷脑，就打起盹来。或许是老吴的剃刀刮得太舒服，像微风在头脸上拂动，把他的意念游丝般牵得飘荡无依，整个身子变成了一条覆在身上的白色理发布，从那把歪歪扭扭的老椅子上飞了起来。身后曲里拐弯的街巷忽明忽暗，像是烛火不定，闪闪烁烁的村庄，一把把梯子浮荡在空中，柔软飞舞着，如同水袖当风，有着绸缎的光泽和细致的龙鳞花纹，而腥湿与沁凉的气息在周围渐渐扩散，仿佛来自江上，有一种熟悉而又久远的怪味。

老吴的刮刀布秋千似的在老许眼前晃动，潮湿而肮脏，像一截怪物的舌头，又黑又长。老许感觉到老吴的手拍了拍他的背，嘴里说："好嘞！"是催他起身，有另一个客人在等着。

老许慢悠悠起身，转头看见了柳士龙，打招呼道："也来剃头了？"

柳士龙说："不等着你去西山吗？"老吴满脸堆笑，算是跟柳士龙打过招呼了，又问："去西山干吗？"老许说："睡不好觉，还是在你这把破剃头椅子上打盹舒服。"老吴就笑："又剃头又睡觉还让我唠嗑催眠呢，一举三得，你这头剃得赚大了。"

老许笑："要不我怎么找你剃呢？不就看中那张破椅子吗？"柳士龙说："吴

师傅，听说你的剃刀厉害，能杀鬼除妖，我想试试。"

老许脸一收，立马不笑了，对老吴半开玩笑地说："看看，碰上更厉害的了吧！"老吴将白布单朝空气中狠劲一抖，布单兜足了气体，噼啪一声，响如爆竹。嘴里吐出一字："请！"像刀出鞘——我正等着你来呢！

柳士龙在那破剃头椅从老许屁股下腾出来尚在摇摆中，就稳稳当当将它坐定。老吴将白布单朝他头上罩下去，像撒一张网，却准确而轻飘地落在柳士龙胸前，老吴感到他使出的强大内力被对方轻易就化解了，知道是碰上了硬手。

寻常邪门歪道角色，一经落在椅上，被他这一网打下去，基本动弹不得，都得老实学乖藏起锋芒。这个角色非比寻常，道行深不见底。见柳士龙一脸淡定，老吴只有打足精神，问："剃头还是剃须？"

柳士龙说："久闻神刀，剃须吧。"

老吴有条不紊地先将肥皂沫调成上好的剃须泡，用小羊毛刷敷在柳士龙生胡须的嘴及颈项周围，老吴敷得仔细，柳士龙闭目，仿佛很享受，一张脸一半淹在白色泡沫里。老吴再从上衣口袋里取出折叠的黄色铜柄剃刀，右手执柄，左手以大拇指和无名指将刀拆开，撩黑色刮刀布，在上面轻轻来回各三下。

刀没沾布，仿佛只是一个仪式，或者刀是磨在风上，风使刀像风一样快。老吴踏八卦步，已到了柳士龙身边，朗声道："动刀了！"柳士龙没吱声，仿佛睡着了，又像在等他下刀。

老吴的刀在一堆白色泡沫上比画着，竟不知如何下手，只在柳士龙嘴脸上打转。老许在一边嘲笑道："一个老把式，却成了生手。换了个头脸，却不晓得怎么剃了？哈哈！"

老吴一脸尴尬，感到的是那只执刀的手像被空气揪住了，怎么也落不到柳士龙的脸上来，他知道这空气里细小的粉妖受了柳士龙驱使在与他作对。老吴嘴里默念了一番破解之咒，粉妖散开了。

柳士龙脸上微微一笑。剃刀沾上泡沫，如吹气，轻巧地推动起来。老吴的脸却涨得通红，像在使大力，那看似轻巧的每一下刀在脸上的进退游移，都是拼尽全力的搏斗，平常人怎么看得出来？老吴刮下的每一刀都弹回来在自己身上形成无法得愈的内伤，好不容易把对方一张脸剃干净，老吴几乎身心俱废。

柳士龙没事般站起来，嘴里说了声："好。"走到半边镜子前照了照脸，发现下巴近气管处有一条细小的刀痕，有血渗出。他赞道："果然好一把神刀。"

老许却大呼小叫："你看看把人家嘴巴都剃出血了，老师傅也失手，手艺还是过不得硬。赶紧给人家创可贴！"再看老吴已瘫在剃头椅上，有气无力应道："有，有，有创可贴。"

与吴忌交锋不是柳士龙的本意，其意在令吴忌受挫而使老许原形毕露，可老许的反应既在意料之中，也在意料之外，仿佛是个废物。

柳士龙自然心有不甘。坐在嘈杂的229路过江公交车上，窗外是不废万古流的江水，夜色里已不似以前宽大、湍急。江心洲的沙地也大片裸露着，上面牵起一线飞翔的白鹭，那是豫章城夜晚亮化工程的景观之一，白鹭是人工的，徒做翔舞状，不复有生命，只是人视觉的装点。偌大的一片赣江水域，只见一条游轮孤零零地在移动，而江底下一条地铁过江隧道正在用大型机钻开凿，黑暗的江流把夜色向更深更远处延伸。

公交开往对岸的沙井，车内有乡下人大声对着手机说话，有个长着一副猴脸的人发出不要命的咳嗽声，他脚下放着一圈大包小包。有弯在座上打盹的老头、埋首看手机的年轻人、不停打嗝的胖妇，谁放了个闷屁，满车臭气熏熏，一个戴眼镜的男子骂了声"缺德"。桥下的江水在无声流淌，柳士龙似乎可以看见水像一支支箭射向远处，使他自然想起当年江上的那场逃亡，一盏盏荷花灯，化成了血，那是一条死于许老道谋杀的血途。

柳士龙发现完成复仇的第一步是要唤起许郎中的记忆，让许大头知道他对自己曾经作的恶，结的仇。否则即便轻而易举把许大头杀了，也等于滥杀无辜，这不是他想要的结果。

他尝试带许大头故地重游，然而许大头又如何会轻易接受一个貌似生人的邀请去游他早就烂熟得已经生厌的豫章呢！何况翠花街的铁柱万寿宫已是一块白地，城外西山许真君老家许家营的万寿宫却是香火旺盛，柳士龙为此颇费周章。好在日前他允诺了去西山走一遭，柳士龙似乎从中看到了一线希望。

第 4 幕

老许真切地看见对面二楼阳台的窗户里关着一个人，两个卫兵押来的是个影子，影子背后是一团纷乱杂沓脚镣的声音，影子停下，是个老妪。老许仿佛听见柳士龙对他说："看看这世界，都是三百年来没有逃过死亡的人们，唯有我们不在此列。"

老许吓出一身冷汗。再看窗户，尽管有阴影，没有阳光，是大片的黑白色，但还是足以看清，那个人要逃走，被看守的人凶狠地打回了头。看守是个穿旧军装的军人，只是个浓重的来回晃动的影子。当时老许正在另外一个楼下的房间里，对面楼上的人往下瞧时，老许佯装在看书，而窗前一个男孩正天真地伸出脑袋，像寒冷中开出的一枝花，跟楼上囚禁人打着招呼。老许心里担心，又没法制止他。

老许看到一篇以戏剧体写在三百字绿格子旧稿纸上的文字，蓝色的略为潦草的钢笔字，稿纸又薄又软，能看到纸背。老许一读就看见纸背后出现的景象，主人公率一支马队出使征战西域，他的马队雄健漂亮，每匹马都像唐三彩一样既富丽堂皇又神骏非凡，从沙漠上掠过，如同一朵朵耀眼的云彩，又像是画在宣纸上丰硕而美艳的女人。

马的各种各样姿态具备西方名画里希腊神话中裸体美妇人的质感，那些肉艳的云朵般的肌肤，散发出珍奇富贵的光彩，在老许所在的白色大厅里的墙壁上依次展开。从窗外射进多少人的觊觎与惊诧，老许不想让这些骏马圈在屋内，一匹匹悬空，飞在白色的墙壁上。他想带着马匹跑向广阔的沙漠，而不是在逼仄的房间里停留在墙上做想象的飞翔。老许骑上一匹马，那是一匹很英俊的白马，他骑出去在大街上溜了一圈，吸引了多少人的目光，老许抓着他的鬃毛，唯恐他疼，改用双手抱着他的脖子。老许担心他会撞上人，可他没有，他跑得很好。一条街的人都投来艳慕的眼神。

老许知道这匹通人性的马，别看他生得如此高大俊伟，但还是个孩子。回到家，他就收住蹄，对老许说："我还能跑更远。"可老许不忍心骑他，又怕他独自在外面碰上不怀好意的人，他停下来，进入屋里，坐到床上就是个男孩子。老许看他的脚干干净净的，他对坐在旁边的一个女孩说："丽娘，我们可能会有些事的。"丽娘说："我想你是一个好男孩，我乐意我们之间发生一些事。"老许这时发现那个男孩是柳士龙，他暗暗心惊，怎么是他？竟然像我的孩子。

老许没有孩子，却无意中流露对柳士龙孩子般的怜爱。那他看见阳台里关着的人和那个凶狠的军人看守又会是谁？老许万分吃惊。再看手上一本书，书名是《怀念妖：一段难以忘却的伪历史》。

谁也没有想到豫章后街中医诊所的许大头，望闻问切之余的闲暇里还用善琏羊毫在一沓毛边纸上撰写了一本回忆录，他对往事的回忆看似浮云又历历在目，如同雨前的天空，而那些蝇头小楷工工整整写下的事，他也弄不明白是否真的发生在自己身上，那仿佛是在他梦里一再浮现的景象和奇遇。

他有时梦见自己像猛禽俯冲而下，要去叼山野里的大蛇，内心充满了亢奋与畅快。有时又被大蛇甩在岩石上，摔得四分五裂般疼痛。总之，许大头在梦里的经历既充满传奇，又惊心动魄，令他醒来后百思不解。以往经历似乎纠缠一些复杂而暧昧的人事，仿佛驱之不散的阴影。在那本不为人知的回忆录里，许大头俨然是个道人，在西山修炼多年，有吴猛等诸弟子追随，在豫章一带风生水起。

西山在豫章近郊三十里处，如果是在万寿宫位置，它就背西山而面赣江，是一处风水之地。而豫章城在江南，北临赣江，后无靠山，因此官方下决心把政府机构迁到了江北，也就占到一方风水。但老城人气还是旺，城北高楼一幢幢起来，人气尚无法跟城南比。这日，许大头一早就到了车站，见柳士龙在马路对面张望，赶紧招手。恰巧一辆开往西山的公交从立交桥下拐弯过来了。许大头就急，以手做喇叭状朝马路对面喊："喂，在这呢！"

"喊谁呢，快上车吧！"车上有人探头笑吟吟招呼老许。许大头晃脑袋看，是柳士龙。这小子不分明在马路对面吗！怎么忽然坐到了车里？许大头一拍脸，是眼花了，对面那根本就是一个生人的影子。

柳士龙挪出身来，让老许坐了靠窗的位子。许大头红光满面，一副欢天喜地的样子。公交车门刚关上，就听见有人在叫门，门唰地打开，涌上来三五个人，个个喜出望外似的，为没错过这班车庆幸。其中一个穿军黄色拉链衫的家伙，像是患了伤风感冒，相貌猥琐且疲惫，爬上车，车已启动，他跌跌撞撞摸到老许后排坐下，手蹭了一下老许的背，很重。老许不爽，想回头瞪他一眼。后面却炸起一个响亮的喷嚏，老许颈一缩，就听到窸窸窣窣揩鼻子的声音，老许欲言又止。

"多久没去西山了？"柳士龙问。

许大头脸上又浮起笑，正要开口，后头又发出一个拖长声调，略显夸张的呵欠声，那股热烘烘的口臭直往他鼻孔里钻。许大头收住笑容，回头极不满意地瞟了一眼，他想让眼光尽量显得严肃一些，可后面那人已筒着袖子，颇享受地闭眼睡了起来。老许只有把脸转向同伴，很认真地想了想，说："记不得了。"他似乎觉得这样的回答扫兴，又补充说，"我昨晚睡觉还梦见在万寿宫转悠。"

柳士龙半开玩笑说："没梦见女信士？"许大头很认真地答："没有。"柳士龙仍不相信似的说："就一个人？"许大头摇晃着头说："也不像是一个人，还有一个人，像几辈子的老相识，又记不起究竟是哪个。"

柳士龙用根手指点着鼻子说："是不是我？"许大头一本正经端详他，说："像，可不是你。那是变幻莫测的古人。"又叹口气说，"我不是跟你说过吗，我睡眠不好，夜里一闭上眼，就做乱七八糟的梦，鬼鬼怪怪的完全是个吓人的世界，看来是离死不远了。"

"你死不了的。"柳士龙淡淡地说，"我也不会死。"

许大头孩子般天真地嘎嘎大笑起来，笑得直咳嗽，好似一泊浓痰卡在喉咙里。他一边咳，一边笑着，又一脸认真地说："那我们就是神仙了。"

柳士龙将一瓶矿泉水拧开绿塑料盖，递给老许，仍是淡淡地说："你是神仙，我是妖怪。"

许大头接过矿泉水瓶子，猛灌两口，觉得舒坦多了，笑嘻嘻说："那我这个老仙拿什么除妖?"柳士龙随开动的公交车晃着身子说:"你不是有五花剑嘛!"许大头"嗯"一声,又说:"柏木剑,那是道士耍的。"柳士龙说:"不是桃木的吗?"老许双手握住矿泉水瓶子,唯恐水从里面颠出来,嘴里却说:"车过赣江了。"又说,"水越来越枯了。"

柳士龙不吱声,许大头说:"过去赣江总是发洪水,所以人说这里是座洪城。——那真是水漫洪城啊!"老许说这话时又仿佛在回忆。

"你说的是啥时候的事?"柳士龙问。

"1998年,不是!1998年大水还没淹城。我记得整个城都淹了,赣江和抚河,东湖西湖里的鱼精虾怪都跑上岸来,在城里街巷出没,腥气冲天。"许大头似乎十分不堪地说。

柳士龙不屑道:"那又是你做的梦吧!"

许大头固执,一摆手,道:"我说的不是梦!你当我真老糊涂了?"

第5幕

天空是在新建望城乡一带开始暗起来的,隐约有了一点湿意。柳士龙和老许在西山下车时,起初恍然不觉的雨已下成了粉末状,当他们来到山门,已见村人穿着很久不见的陈年袭衣在绿色植物和红土之间走动,仿佛依稀往事。也有身着缁色道袍戴圆篆帽的道士打着橘黄色的油纸伞,晃动在灰色的道观前。

雨下得像模像样起来,两人紧走慢赶几成落汤鸡了,而传说中古老的柏树垂直地挂在红色的宫门前,不是一株,是对称的六株,皆是满身的陈年旧迹。种植它的手已不可追寻,好像它已被吞没在树身里,化为古老的谜语。

西山万寿宫是纪念许真君而修建的一座宫殿,坐落于西山逍遥山下许家营。道家认为除了凡人居住的世界外,还有神仙的处所三十六洞天,七十二福地。许真君栖身修炼的西山则为第四十福地。宫门内,正殿琉璃为瓦,重檐画栋,金碧辉煌。绣金帷里,真君塑像端坐中央,坐像头部为黄铜铸成,重五百斤。十二真人分列两旁,吴猛、郭璞站立坛前。高明殿等三殿之前,六株参天古柏苍老遒劲,四季常青，相传最大一株为许真君亲手所植。宫门左侧有口八角井，亦传说是当年许真君铸铁为柱，链钩地脉，以绝水患。宫外还有接仙台、云会常、冲升阁等形成一个以万寿宫为中心的古建筑群落。远眺西山万寿宫，万顷绿海中，琉璃瓦黄绿相间，绚丽多彩，飞檐串串铜铃，金光闪烁，层层斑斓的宫顶，突兀鹤立，天地氤氲、万物化醇，疑是天上宫阙，一派仙家气氛。高明殿是万寿宫的主殿，里面供奉的正是净明忠孝道德始祖许真君。

柳士龙与老许从雨中湿淋淋冒出时，像一前一后东跑西颠的两只鸭子，被更为密集和踢踏的声音赶进了西山万寿宫。

几个正在专心致志做法事的道士漫不经心地演练如仪，其中一个酒糟鼻子老道望了他们一眼，好像怀疑二人是仓皇闯入的求助者。

老许拍打了一下柳士龙的手，责怨他有失常态，自己朝老道抱歉地笑笑，佯装若无其事地观瞻宫里的法器来，那是一柄桃木剑，木质鲜艳，仿佛是刚削制出来的，还带着桃树开花时的气息。柳士龙禁不住，问个手提拂尘的道士："那是五花剑的仿品吧？"

道士满是不快，又颇不情愿地回答："这就是五花剑。"柳士龙说："奇怪了，怎是木头的？"

道士说："桃木的。"柳士龙说："我知道是桃木的。"老许插嘴说："知道就别问了。"柳士龙说："可桃木剑归桃木剑，五花剑归五花剑，那可是万寿宫的镇宫之宝啊！"

道士说："是镇妖之宝，桃木剑就是避邪驱妖剑，桃木剑就是五花剑。"

柳士龙嘿嘿干笑两声，感到这个道士本就有点胡搅蛮缠，估计是村干部装扮吸引游客赚香火钱的，便不多语，拉老许往里走。

老许说："我看明白了，他这法事的动作都像除妖的仪式。"柳士龙说："那是演给外行看的，都是村干部。"

老许一头雾水。往里走，就见一胖道士笑容满面在对手机里的人说话，话语间满是恭维。柳士龙小声对老许说："道士也有上级的。"老许说："不懂。"柳士龙说："是村委会主任，懂了吧？"

老许说："不对呀，看万寿宫现在这规模，至少也该乡一级，归乡里管。"胖道士放下手机插嘴说："我们这直接归县里管，刚才县领导还来电话呢！"

老许就说："你看你看，这才够档次。"柳士龙上前说："敢问道长是这里的负责人吗？"胖道士说："我是县文联干事，临时抽调过来筹办八月十五庙会的。"说着自己抬起手，左右看看身上的杏黄袍，仿佛自言自语，"这身行头我只当扮戏啊！"

老许问："那你怎么称呼？"对方说："姓刘，叫我刘干事就可以了，我原来是演采茶戏的。你们要找的道长在前面做法事呢，八月十五庙会会来很多人，上头也有人微服过来，道长得召宫里道士预先演练，今天上面还会领大人物来看，不敢稍有懈怠的。"柳士龙"噢"了一声，竟有一种莫名其妙的感觉。

雨不断，雨声越下越烂，仿佛一伙赤脚汉在石板上竞走，发出杂沓而混乱的声音。光滑湿漉的石板脚感柔软而冰凉，映现出令人琢磨不定的影子，一闪即逝。积水像光一样破碎而飘浮，土地变成一团团黑色的泥泞，匆忙的影子不知所踪，水和大地上的事物愈显神秘莫测。刘干事打着油纸伞把柳士龙领到一棵下半截看似枯死，上半截还枝繁叶茂的树下，说：

"这就是你要找的瘗剑柏，是许真君亲手所栽，今已有近一千七百年了。相传许真君擒住蛟龙之后，就把镇蛟宝剑埋于此树下，并留言于后人：若蛟龙魔法高深，挣脱铁链出来危害百姓的话，可以从树下取出镇蛟宝剑来擒蛟除害的。"

古老的树身满是时间的刻痕，像无数的阡陌与河流，随着目光上升到树端，辽阔而密集的树荫里寄生着无数鸟雀与蛇虫的巢穴，充满了繁复与迷乱的阴暗和光影，混杂着各种不同的鸣叫。满树萧瑟的风声在枝繁叶茂的缝隙间流窜着，见缝插针，那里卧虎藏龙，俨然是个隐秘的不为人知的世界，或许潜伏着妖，潜伏着魔，潜伏着另一些生死无常、恩怨循环的众生。在那个世界里是否也有着一把结仇的五花剑呢！古老瘗剑柏如同一个巨大繁茂的迷宫。

柳士龙用手抚摸树身，哑然失笑。老许问："笑啥？"

柳士龙说："不是我在笑，是这株古柏，它在笑你呢。"老许道："笑我？我有什么好笑的？"

柳士龙说："沧海桑田，云卷云舒，多少年了，这古柏它都明白。"老许说："你这说什么呢？"柳士龙道："我是在替它说，这株古柏有话对你老许说。"

老许道："什么话？又发病了。"刘干事不明所以，看着他俩，雨从油纸伞破缝漏到他身上，杏黄道袍的背上已一片洇湿，仿佛一块深色补丁。老许面露尴尬，解释说："我这老弟是个痴人。"

刘干事瞅瞅柳士龙："怎么个痴法？"老许说："我是个大夫，他，他今天出来忘了带药，唉，都是我疏忽了。"

柳士龙对刘干事说："我俩的事，你不明白。谢谢你，忙你的去吧。"

刘干事退两步，说："你们不是城里来的专家吗？不用我再介绍了。"柳士龙说："这事老许肚里明白着呢！"刘干事道："他不是大夫吗？"柳士龙说："他是个老道士，你不明白，这株树当年就是他栽的。"刘干事尴尬笑笑，嘴里嘬嘬："果然有病。"

老许道："刘干事你忙去。"刘干事说："那，我就忙我的去了，二位自个瞧哈。"柳士龙连声道："行行行。"

老许见刘干事转身走了，就说："不行还怎的？人家又不留你吃饭。"柳士龙说："我说老许呀这地方许家营可是你家，吃饭得吃你的。"老许道："吃我的？你还没吃药呢！"

柳士龙说："老许呀你不是个男人。这些年可干过不少事，军统，打鼓佬，郎中，还有什么我不知道的？我是一直流流落落，一会儿像个茶叶商，一会儿是瓷商，一会儿又是个古董贩子，其实什么也不是。我一度想做个厨师，可是学不会，倒真正是个水利专家。你明白的，洪水来了，都是很久很久以前的事了，我熟悉城里城外的每一口井，那时井水真甜，冬暖夏凉。老许啊，你可别忘了这万寿宫是给谁建的。"老许道："天下万寿宫里面都坐个许真君！高明殿不有他坐像吗？"柳士龙哈哈笑起来："你还是真人不露相，那露相的让人膜拜进香的可不是真人，都哄人的。"老许道："话可不能这么说，道士听了可不高兴，没准把咱俩轰出山门去。"柳士龙道："你可真会装！"

"你真是呆子。"老许说。柳士龙问："你刚才说了什么？"老许道："我是个还算快活的人。"柳士龙挖苦道:"没谁像你,没心没肺,把什么都忘了,不认账,可账还写着呢。"老许说:"我不喜欢算数,好像越算越算不清楚。"

"老许啊你装吧,继续装,失忆也好,健忘也罢!躲也罢,藏也罢!别怨我一直缠着你,要怨只怨你自己。"柳士龙说,"别的账不去算它,单算你欠我的账。"老许说:"我没跟你借过钱。"柳士龙说:"你欠我家三条命。"

"我手无缚鸡之力,难道是我开错药了?"老许说,"药死三条命,法院怎没来抓我?"

柳士龙说:"老许呀老许你装聋卖傻挨得过也罢,可今天当着这万寿宫,当着这高明殿,还有这活了千百年的柏树,你那一身除邪灭妖的劲头哪儿去了呢?你那驱魔师的高超法术也一股脑都忘了?你不是个正邪势不两立的主吗?"

"唉!"老许叹口气,说,"我是个糟老头子,见一日活一日,看到的都是肉泥凡胎。饿了吃米,病了吃药。在我老许看来,头痛脑热肚子疼都是邪气侵了身体,还有整天胡说八道打乱话,也是。"柳士龙有些哭笑不得,这时雨却停了,远望赣江,云彩里挂出一条虹影,老许赞道:"好看。"

柳士龙说:"你爱这座城市,说实话我也爱,我们没什么两样,从很久以前就没有区别。龙沙夕照确实很美,可是已经不存在了,那里改成了滨江宾馆。我们是一样的,都会怀念赣江逝去的白帆和水鸟的叫声,为什么你会置我们于死地?彼此共生在这方水土上是美好的。可你把它毁了。看看这株古柏吧,里面是不是藏着那把招来腥风血雨的五花剑呢?那些江面上的浮花,那些漂到江上的荷灯,一盏一盏的,都是性命,都是灵魂,你拿出那把凶器来吧,把我再杀一次。这么多年来,我等着,就是跟你还有一个最后的约会。我知道你想活下去,还想活一千年,可我并不想,我想的是一个了结。我等得够久了许真人!"

"你絮絮叨叨说什么呢!我昨天真忘了提醒你带药来吃。"老许说,"谁让我被你这神经病缠上了?好像我跟你有杀妻灭子之仇,还有完没完?我真受够你了,我真的烦哪!你饶了我好不好?什么狗屁刀呀剑的,跟我有啥关系?我是郎中,我能治跌打损伤腰酸背疼,可你这脑中的毛病我还真治不了,真的。"

柳士龙说:"老许呀老许,你不认账,我能理解,你怕死,我也知道,所以我不会让你不明不白就接受我的复仇，我有耐心，等你恢复过去的记忆。我会等，我会给你一个公平的对决。"老许猛擤一把鼻涕，泪影婆娑，说："我感冒了。"

柳士龙拍拍老得如同化石的古柏说："如果树里真藏着五花剑，它真是冤，空等了主人一千七百年，五花剑啊，又空使一棵老树活着不死，硬撑了那么多年，空负了一个瘿剑柏的名字，累不累呀！还有我这个老蛟精，等了寻了这么多年，就是为了再会一会五花剑，没有尽头的生命毫无意义，不如有限的生命在死亡前获得圆满。五花剑啊五花剑，你却不能让你的主人想起点什么吗？"

"五花肉，腐竹红烧着，确实是道好菜！"老许说，颇有些津津乐道，"加点白糖，味就更好，用老抽、料酒，哈哈，别提吃来多舒服。"老许说着咂咂嘴，仿佛嘴里有那种味道。柳士龙说："你还真好这一口啊？"老许鼓鼓眼，认真道："可不！"

"五花剑真还变了五花肉，"柳士龙说，"新鲜！"老许说："肚皮在咕咕叫哩。"

柏树上停着一只黑羽带白点的鸟，它好奇地斜睨着树下两个叽叽歪歪的人，一片云从树顶飘过，像天空的一只柔软的巴掌，轻飘飘却藏着大力。老许忽然觉得有湿黏的东西落在光头上，手一抹，是鸟屎。嘴里啧啧道："中头彩了。"柳士龙说："是你的老相好，怨你回了老家也不认账。"老许不语，又掏出纸来擦，嘴里只啧啧不停。擦干净后说一句："不就一只鸟吗，有你说的那么玄乎？"

柳士龙道："这可是瘿剑柏上的鸟，替你守着五花剑呢，没准就是你过去的大弟子吴猛啊！"老许道："那你是谁呀？"柳士龙说："终于问到了，想起来了吧，我就是你当年要除的蛟精啊！"

老许说："我什么也没想起来。"柳士龙叹口气，说："这趟不是白来了吗？我以为还能唤起你的记忆呢。"老许嗤一声，道："记个啥？你当你真是妖精，肚子饿不饿？吃错药了！净瞎扯！"说着径自走开了。

柳士龙呆呆地立在柏树下，树身苍黑而光滑如千年枯木，树上端却像熊熊燃烧的绿色火焰。柳士龙看见一个老者在树木扶疏的绿影间踽踽独行，阴郁的光线落在他左右的事物上，他是淡漠且缓慢的，仿佛昔日的时光都跟在身后，仅仅是个变淡的影子。绿色的树叶和湿黑的枝条撑起与编织的是一条不老的光阴隧道，他一点一点地走来，带着无奈的诀别与追悼，同时又具有着某种收集过太多岁月的从容。

在柳士龙的眼里，老许并没有因头秃眼花而变得人老成精，他对过往漫长人生的失忆，反而使他有了一种笨拙与天真。要杀这样一个人，柳士龙甚至心生不忍。他失忆的举止和言谈也似乎在帮柳士龙淡化以往的仇恨。

他太弱了，弱得像个影子，根本担负不起别人对他的深仇。难道自己生生世世熬到今天，就是为了向一个影子复仇吗？如果这个影子淡到不存在呢？那么仇恨的宿主便无以寄托。柳士龙想到这里，竟是心生茫然，世界也虚无一片。

第 6 幕

回城时没有赶上班车，柳士龙便和老许打了一辆出租，开出租的司机是个异常烦躁的家伙。后座上已先有位女客，老许坐前面，柳士龙只有和女客挤在一起。起初一路无话，车到昌北时异常拥堵，尤其接近豫章大桥时，几乎是在爬行。司机骂骂咧咧，烦躁不安。柳士龙却跟女客聊得很熟，仿佛故人。老许一路打盹，都在恍惚间。司机骂着，把车扭出车流，改道沿赣江行驶，打算往另一道桥过江，这就使柳士龙有了更多跟女客相处的机会。当车到预想的八一桥头时仍堵得水泄不通，找不到插足的缝隙。司机额头上的青筋都冒出来了，脸涨得通红，好像比乘客更焦急。车掉头，继续沿江走，前面还有洪都大桥。柳士龙和女客仿佛已有默契希望能在车上越久越好。此时已近黄昏，正值下班高峰。

昌北红谷滩过江进城的车辆拥挤不堪，每座桥都几乎瘫痪了，洪都大桥也不例外。司机将车沿江继续往前开，嘴里说：“我不信今天就进不了城。”

柳士龙想说前面已没有过江的桥了。话到嘴边还是没说出口，只由他沿江走。这时柳士龙感到女客似乎是自己的妻子，突然产生了一种至亲至爱的依赖感，两人也不问车往哪里开，只要继续待在一起就无比心安，老许在前座鼾声如雷。

也不知车开了多久，天黑了下来，出租车开过了一道午夜般寂静的老水泥桥，隐约的灯光把桥身映成了橘红色。柳士龙和女客像一对乘车返家的夫妇，仿佛心意相通，尽在不语中。

出租车过了桥，拐进了一个简陋的院子，柳士龙下车依稀觉得他们到了一个叫修水的县城，沿路的江是八百里修河。司机匆匆下了车就不知去向，老许却坦然，柳士龙心里有了异地出差的感觉，而且是预期之外的，他只对女客说了句："修水有金钱柳，可以买一些回去泡茶喝。"女客也貌似很高兴。老许仿佛宾至如归，领二人去吃晚饭。这时柳士龙才打量下车的院子，原来是个有屋顶的空荡荡的简易而粗糙的县城的大屋子，里面有一张竹台，没有座。老许领着女客往里走。

里面是一家肮脏忙乱又热气腾腾的老县城特有的饮食店，几张桌子上坐满了人，有的在胡吃海喝，有的搁手架脚在翘首企盼着酒菜上桌。柳士龙跟老许凑到服务台前打算买饭菜，前面还有几个黑头黑脑民工似的客人在排队。轮到柳士龙时，却发现老许带女客不见了。柳士龙尴尬，只能抱歉地对服务员说等一会儿再买，便坐到靠门的一张桌边打算等老许他们回来。这时三四个干部模样的人进门，为首一个大个子直朝柳士龙笑，柳士龙也客气地笑笑，大个子竟一屁股坐下来，说前不久去省城学习，没时间碰面云云。好像跟他是老同学，可柳士龙根本不记得跟这个人在哪同过学，却又确实有熟悉的感觉。说话间柳士龙发现对方口中镶着一颗金牙，很耀眼。

金牙说话时，跟在他身后的几个都不吱声，老实而恭敬地站在旁边，显然金牙是他们领导。金牙的口气似乎大大咧咧，一点不藏不掖，甚至揭老底般向手下介绍老同学在省城某部门的头衔是挂名，实际上混得还颇为不堪。柳士龙想打住对方的话，他已脱口而出。柳士龙只有干笑。这时又走进几个人来，柳士龙叫了声："老赵！"

老赵是个神气活现的光头佬，他佯装没听见。金牙却低声说："这个光头是电视上的主持人叫赵什么。"老赵更有一种名人派，下巴翘得高，仿佛对下巴以下的东西，皆不屑一顾。

柳士龙原是想借与老赵打招呼的机会摆脱金牙的纠缠，没想到老赵看也不看他一眼，心里就埋怨，嘴里发泄的都是对扔下他的老许的不满。而金牙正津津有味与手下在窃窃私语地议论光头主持人，隐约是道听途说的绯闻。柳士龙趁机离开那张桌子，往后头去找老许他们。

他发现灯光暗淡的后堂也摆着几张桌子，有人在吃喝，靠墙还有卫生间的水池子，有人一手拿酒瓶，一手趴在池子上呕吐不止，旁人还直把他往桌上拉，一副誓不罢休的样子。柳士龙将每张桌子上东倒西歪的人都看了个仔细，没有老许，也没有同车来的女客。他又走到最后一个黑乎乎的过道上，发现有个男女共用的厕所，一个乡下女人刚从里面出来，还在系着裤子，是个店里的洗碗工。

柳士龙再看，有个布帘飘忽在虚掩的后门上，他隐约觉得自己落入了别人下的套里，似乎还是连环套。第一个套好像是司机，第二个套是女客，第三个套也可能是整个套的主使者，那就是老许。一旦这个套形成，它就会不断衍生出下一个套，如同过江时的桥，撤开一座还有另一座，当实际的桥不存在了，你只要不去追究，它就会不断在江边衍生出新的桥来。而金牙与光头主持人老赵则是这个套中虚构出来的人物。连环套形成后自身就有无比强大的虚构能力，那些前生前世，今生乃至后世的熟悉或不熟，出现或即将出现的人和事，都会随着连环套的迭出而层出不穷。

想到这里，柳士龙明白自己必须赶紧找到一条出来的路，那可能是一条不为人知的小径。否则他会永远留在老许的梦里，当老许醒来时，他就随梦一道消失，老许也不会知道在他的生活中有过柳士龙这个人，更会忘掉一段古老的仇怨。他本来已近乎一个凡人，且有严重失忆症，这梦里设计的圈套也完全来自他的下意识或潜在的许真君防卫的本能。如果不是高人，就绝没有令别人陷入他梦中设计的圈套的法术。只是现在的老许还不知道，他还在睡梦里。

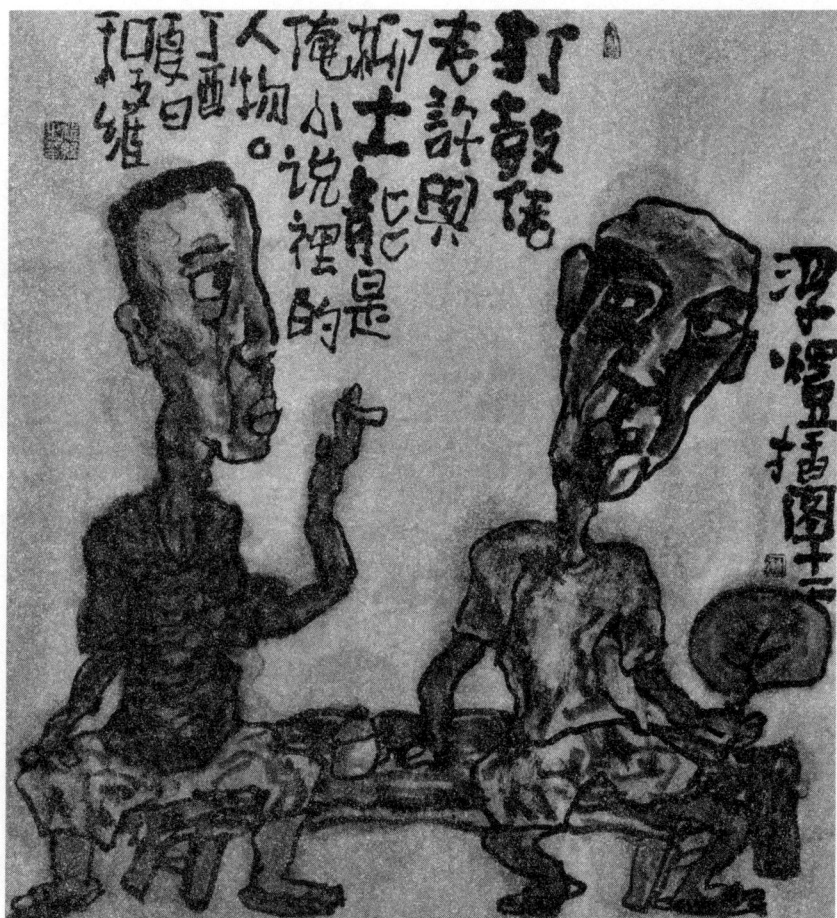

许大头和柳士龙，一对生死冤家。

柳士龙甚至无法判断梦外是什么时间，如果是夜晚，这个梦随着老许的睡眠而特别长，那他就有更多时间来找逃出去的路径。如果是白天，老许只是在打盹，那柳士龙的时间就极其有限，他随时会醒来，那就意味着前功尽弃，一千多年的等待功亏一篑。

柳士龙也弄不清身处的梦里究竟何时，进门时仿佛是入夜，跟金牙说话时，又像是正午，他们一伙是上班的午餐时间进来吃饭的，柳士龙离开金牙时发现他们一边议论光头老赵一边在费劲而努力地吃一份快餐。当时他也想过如果他跟金牙是老同学关系，身为地主的金牙应该主动在餐馆请他吃饭才对，绝无轻易就放他走脱之理，可见金牙是在匆忙的上班空隙来吃简易午餐的。可当他寻到后堂，见里面的人醉得东倒西歪，灯光昏黄，水泥地上发黑潮湿，墙上尽是斑块，显然是夜里。而走到过道厕所时，见一个洗碗妇人从里面解手出来，又仿佛餐馆打烊了，有人去室空之感。再发现后门飘荡着一块满是污渍的布帘，隐约可看见门外是白天，只是那种虚掩与飘荡，乃至光亮，很显然是通往一个新的圈套的入口，他要进去了，必然又会有新的套出现。

柳士龙判断那绝非逃出梦境之路。梦境会以同样强大的欺骗能力来引诱人越陷越深，也会用同样的能力掩饰它的缺陷。出租车上的女客，显然是一个精心设计的欺骗假象，它以此来解除柳士龙上车后的警觉，使他觉得女客是他心有所依的人。而一直貌似焦躁不安比乘客还焦急的司机，显然又是另一个假象，使柳士龙觉得司机也是要急于过赣江的，以便解除柳士龙乘车进入圈套的全部戒心。而真正逃出梦境所设计的圈套的出口在哪里？柳士龙发现那个从男女共用的厕所出来的洗碗农妇，她有一张丑得让人一见就避之唯恐不及的脸，柳士龙自然没有细看，只留意到妇人两手往左腰撸起衣服的一角系裤带的动作，厕所的门正在左方，她出来，一个令人讨厌的人肯定是会让人走开的，而顺势就去后门，揭开布帘出去，那是陷阱。

梦境虚构出农妇的假象是要让他不进厕所，那么厕所就是梦境要极力掩饰的一个缺陷。柳士龙当即回转身往厕所走，快到厕所门前时，一只手先于他去推厕门，柳士龙不客气抢身过去，拨开那只手，身子进入强行就要关门，那一瞬他看见门外向他咧嘴的是金牙。他的那颗金色牙齿光亮一闪，门砰地关上，便池有一堆秽浊物，柳士龙用力按水箱开关，他从梦魇里终于逃出来了。

　　天气晴朗，柳士龙走在熟悉的洗马池街上，行人熙熙攘攘，商店繁华，他长舒了一口气。知道躲过了一劫。

第三章

第 1 幕

这天晚上，老许回到豫章后街诊所就浑身作冷，躺下便发起烧来，知道是白天去西山淋了雨造成的，硬撑起床，泡了一碗姜汤喝下，再蜷身缩进被窝，梦见自己躺在一株古树里，树上一只鸟不停聒噪。

鸟嘴尖长，衔一根柴禾，总在头上撩拨，老许一探手，抓到的分明是一把剑，五彩斑斓，再一看，那鸟分明是个身穿缁色道袍的道士，对他说："五花剑交给你了，好生去用吧。"转眼自己像在江水里，波涛汹涌，竟滚烫如沸，上蹿下跳的沸水都张牙舞爪要把老许吞食了。老许挥剑狂斩乱杀一气，血红的浪上浮起了白骨，隐约听到女唱师在唱《楚王渡江》，鬼魂般的声音却很真切——兄弟啊，情同手足！兄弟啊，一起长大！兄弟啊，朝夕相处！兄弟啊，自相残杀！

歌声凄怨哀绝，老许扔开五花剑，抱头哀号起来，发现双手抱着的也是一副白骨架子。目光所及之处，一垄垄的黑色泥土正在下葬一具具枯骨，一朵朵的白云里飘飞着扭曲的鬼魂，而那把五花剑长成了一棵古树，像一个垂首不语的道人。

老许和柳士龙前脚走，西山万寿宫就迎来了赣江大型情景剧《浮灯》剧组一行人，为首的是享誉国际的大导演程国伦。

程国伦一张北方人的国字大脸，身形高大厚实，一身红色半长外套，脚穿大头黄色靴子，步子重，一口标准的带儿化音的京城普通话，嗓音磁性，一开腔，就很有气场。这种人出现在南昌，不报身份，也颇引人注目。程导演是先看了瘗剑柏之后，再见到那把桃木剑的，他在高明殿极虔诚地拜了许真君，脸上满是肃穆，拜毕，他对妻子棋棋和随行人员说："你们也拜一拜吧。"随即他们观看了道长率十二弟子展示的一场重要法事。

陪同的王副县长介绍，这场仪式性的法事再现了许真君除蛟的过程，道长画符箓，烧符，口中念念有词，挥桃木剑，众弟子各有站位，道长一动而皆动，像有根无形的线牵动的木偶，动作皆有法度，一丝不苟。

王副县长对程国伦详细介绍说："道长率弟子舞的是正一斩邪剑法，道士走的步子都是来自三五飞步术，道长诵的是铜符铁券经文，这都是当年许真君得自其师父谌母的，也是净明道派所特有的，许真君斩蛟精用的就是这个。"

程国伦一边听，一边看得仔细，他发现道长鼻子像个红辣椒，甚有喜感，整个仪式如旧戏的动作，颇具写意性，使他想到《三岔口》里面人物摸黑打斗场面。红鼻子道长自始至终都是瞑目，口中念咒，全副身心投入，一招一式，如电影里的慢动作，法事毕，仍气定神闲。程国伦作礼，恭敬致谢，问能不能看看道长的剑。

红鼻子道长将手中桃木剑郑重托起，仿佛那是一把很沉很沉的宝剑。程国伦没把五花剑之名说出口，只用双手如捧至宝般，捧着那把轻飘飘的桃木剑，不无庄重地说了一句："国之重器啊！"其言外之意令人不甚明了。

王副县长脸上笑得颇灿烂，像个孩子。

走出高明殿时，王副县长凑近程国伦耳边不无神秘地说："四十年前，一位国防部的将军在这里过一夜，睡梦中发现屋顶有怪物，他摸黑就是一枪，梁上重重落下一个东西，是条大蛇，警卫员跑过来，将军叫他别管，自己倒头就睡，第二天，那大蛇竟不见了。"程国伦听着，面露惊奇，说："噢，是吗？神了。"王副县长强调道："是的，这里年长的人都知道。"

程国伦导演这天晚上梦见江水翻滚，都是红的，都是血，他躺在一把剑上，那把剑像一根白骨浮在江面，冰冷的江水拍打着身体，他仓皇而凄凉，如同落难的君王，大声呼喊妻子："棋棋！棋棋！"一个大浪硬邦邦地打过来，他惊醒了，忙看妻子。

躺在一边的棋棋睡得很熟，黑暗中仍能见她雪白的后颈一绺卷曲的头发，毛茸茸的，散发出女子的体香和玫瑰洗发乳的气息。程国伦方安心，定定神，轻轻下床，趿拖鞋到卫生间，站在洗脸台边拧水龙头，两手捧凉水扑脸，看镜子，脸是鲜红的，手是红的，水龙头流出的是汩汩的江水，都是血。程国伦不知身在梦里，还是夜半醒来。秋水大酒店这一夜供水正常，中央空调适宜，没有客人投诉。这是个与往常一样安谧而舒展的夜晚，不远的赣江温驯如轻柔滑腻的绸缎，闪着暗光。

第2幕

当导演程国伦从妻子棋棋口中得知要他去她的家乡———一座南方省会城市导演一部实地山水情景剧时竟然流露出勉为其难的神情。他在水晶烟灰缸里捻灭了才吸一半的香烟，面对爱妻恳切的眼神又怀有诸多不忍。手上一部大片正在做紧张的后期制作，他的大脑还没有从这部巨制的人物与情境中拔出来，只好随口说："等一会儿吧。"

棋棋说："那你先见见人家，也是个礼数。"程国伦说："十分钟！"棋棋说："一刻钟吧。"程国伦说："好，就一刻钟。"

棋棋匆匆从程国伦工作室出来，开车来到奥林匹克饭店，来自家乡南昌的老同学驻京负责人正在等她的答复。

程国伦导演是在爱妻棋棋的劝说下才见了南昌办事处刘韶有主任，地点仍是在位于望京的工作室。原本刘韶有主任是执意要安排在一家五星级酒店，他对既是同乡又是老同学的棋棋说："见这么大一位国际著名导演，我要拿出诚意，尤其代表南昌，邀请你先生来导演一部万寿宫祖庭重建落成庆典的实景大剧，我们有十足诚意和敬意。"

棋棋说："程导正忙于一部与美国合拍的大片的后期，只能腾出一点时间在工作室见见。"刘韶有知道这完全是棋棋的面子，便说了很多感谢话。

出于故土情深，演员出身的棋棋是希望玉成其事的，但导演有他的题材品位和合作要求，他有其固执的脾气和挑剔眼光，棋棋对此是心有忐忑的。出乎意料的是程国伦导演居然与南昌办事处刘韶有主任聊得很投机，本来打算谈个十几分钟客客气气婉拒了，就算看在妻子劝说的分上，给了来人很大面子。没想到导演听了万寿宫背后有关许真君除蛟斗法的故事，兴趣频生，特别是听到许真君率弟子踏江斩杀化为荷灯蔽江而下的蛟精时，眼前出现了颇具魔幻色彩的瑰奇画面。神奇的豫章古城，瑰奇的赣江顿时在他面前碧波荡漾，令他激动不已，他甚至将潮水般涌现到脑中的构想穿插在相互的交谈中，最后程国伦导演兴奋地说："好好，这个戏我看有意思。"

　　这就是他让刘韶有带回的答复。具体细节皆由导演夫人棋棋和南昌办事处刘韶有主任商定。

　　棋棋嫁给程国伦导演前是个当红女星，身为导演夫人后她牺牲了自己如日中天的演艺事业，转为幕后，做起了导演的经纪人和重要影片拍摄的制作人。一张人称具有早年林青霞美貌的脸上有了操劳的痕迹，粉脂也掩遮不住，导演既是感激又是痛惜这位心中的佳人，只有心怀感伤地看着如花美眷日渐生出的鱼尾纹像波浪一样刻在心上，每有疼楚。

　　棋棋留在老家的兄长刘健是一位房地产公司总经理。

　　与他打交道的一方是掌握土地开发大权的人和银行信贷部主任之类的角色，每当拿到一块好地，他就使出浑身解数贷款或积极展开融资，他聪明的大脑和操作能力往往使他在地产业如鱼得水，根本不要用上妹妹和妹夫的名头。在他的生意如火如荼时，他的第二段婚姻也名存实亡。尽管他不沾烟酒，却是在外面有过红颜知己，而少顾及家庭。

　　这年岁末业界畏之如虎的房地产冬天仿佛正在逼近，他的生意岌岌可危，几个融资的老板抽资退出，给他生意带来了致命一击，几处工地才开工到一半，银行贷款就已到期，而其他合作方又上门催债来了。刘健穷尽全力东凑西借，拆东补西应付债主，身上的窟窿越补越多，如同满身伤口，全都是弹洞。过于高傲与自尊的个性，使他从来没向享有大名的妹夫与妹妹说出，即便出差北京，也不去找一下他们。棋棋一直还以为哥哥顺风顺水，一路斩关夺隘干得正欢呢。

刘健深知当今的房地产生意就是肉搏，仅有的几百万只够去打通银行关节，再拎着脑袋押上去贷款，然后拿着银行卡送给政府官员买块好地，是给别人盖楼盘，也有可能是为自己挖坟墓。手头的钱都疏通权力卖地花光了，你就拿着这块地皮融资，跟黑商、流氓、恶棍、贪官打交道，开发的楼盘一半是送给官家单位的，一半是商品房，这一半里除了参与融资的各色人等均有一份外，坐地的贪官还少不得，余下来给你的可能是一屁股债，也有可能是可怜的清汤寡水。而银行贷款的期限到了，还高利贷的期限尾随而至，法院的传票和追债的人同时登门。刘健几乎是当地业界人所共知的穷光蛋，所赚的钱都给了合作者和手下，他的慷慨尽人皆知，这也是他能找到合作拿到地皮的重要原因。剩下的归他所有的那部分被有关方面头头脑脑的关系户盘剥殆尽，他只有在做工地时才有可以吃饭开销的钱，跟工地上一个打工仔没什么两样，甚至他自己的那辆奔驰，每逢节假日都是被官员私自借去游山玩水，他出门只有打出租和步行，撇在一边的妻儿几乎没有得他的任何好处，他就像个真正为合伙人和官员尽心尽力的高级打工仔，能看到的成果就是市中心街道旁他提着脑袋抵押贷款开发建起的高楼，和抚河边的花园小区，但那都不属于自己，所赚的有限几套房和最后一点大厦的股份在这个漫长的冬天都还债给了别人，他所知道的只有他为建起那些楼盘所付出的心血和一身疾病，摸到手的是一把冰凉泪水。在他山穷水尽的时候，置身城市建筑丛林，仿佛被自己建的一栋栋高楼所出卖，被众人遗弃，这就是他的宿命。

刘健下海前的原单位一度不知所以，他白天停薪留职在交通大学建筑系上课，闲暇读书。晚上撑伞经过湿漉漉的马路到国营妇儿商店站柜台卖衣服，灯火阑珊处，他与几个蹲在收款台前的中年妇女守着柜台，说一些不知所云的话。

收款台是一张断了一腿的简易杉木课桌，油漆褪尽的桌面下只有一个抽屉，钉着铁质搭闩，里面有一沓开了三分之一的黄色牛皮纸封面的小发票和用木夹子夹住的十元至五元票面的皱巴巴的钞票。负责收款的是位掉了一颗门牙的妇人，她时而努力地抿住嘴，说话时又尽量不让牙漏风，但这种努力都属徒劳。每隔一会儿，她就会煞有介事地算一遍账，把黑色算盘打得噼啪响。除了藏青色的服装和绛色防寒服一套套折叠在货架上，玻璃柜里大红大绿的童装总是令刘健神思恍惚如坠梦中，那些絮絮叨叨的妇人也恍若隔世。

柜台另半截如同象山南路从赣剧团至国药局那一段，全是细雨蒙蒙洇湿的衣衫和拥挤着看热闹的闲人。中间是商店后院大门，那是由对开的两道铁栏栅门虚掩合成的，门上没锁，闲散顾客无所事事，总是好奇地从虚掩处钻到商店后院看究竟。空旷的后院一半平房是职工食堂，另一半是仓库。

食堂不停传出锅碗瓢盆和油烹辣椒的声音，烟熏火燎的气息经久不散。仓库的晦暗与积尘的深色布匹在保管员默默无闻的守护下愈发神秘，仿佛一座军火库，格外引人好奇。顾客们像探子一样偷进来就要摸仓库的底细是否奇货可居。从橱窗设计员提拔上来的工会主席歪着一张嘴巴，正事无巨细地为好奇者喋喋不休地解释着什么，以致他自己都变得形迹可疑，成了需要解释的一部分。

刘健在经过这道门时，总要对看热闹的闲人做一些疏导工作。而另半截柜台如同废弃的旧车厢，散发着暗红与潮霉的气味，这使刘健心猿意马。商店经理让人传话，必须要他白天按时上班，强词夺理的态度令刘健极为反感。而建筑系的课业还没有完成，他企图以此改换职业的单位尚音讯渺茫，这一切让离职多年已成为地产公司老板的刘健常常无端生出惆怅与迷惑的表情，仿佛驱之不散的梦魇，在他最为得意的时候也笼罩着一层灰暗。

程国伦用一种浑厚磁性而略带朗诵意味的男中音，在由投资方万有集团与本地官方于秋水大酒店会议中心举办的《浮灯》新闻发布会上，既简练又不失诱惑力地陈述其导演构想。赢得的赞叹是可以预见的，不亚于他任何一部电影发布会的反响，他可以说是在不断地复制着自己的成功。

程国伦导演在回答媒体问到《浮灯》将带给观众什么样的效果时说："中国自古尚水，水也将成为本剧演出的最美底色。《浮灯》所有的表演都立足在水上。届时，观众将于水光山色中，观看到以豫章古老民间传说、神话，人文历史为代表性元素的关于千年万寿宫来历的水上传奇，中国元素与国际现代高科技交融在一起的现场情景剧将会给人们带来一场前所未有的艺术盛宴。"

发布会的内容因程导演的国际关注度随即作为娱乐新闻头条传遍全球，这也是官方及投资方所希望看到的。《浮灯》未动，但已先期引起了国际注目。

发布会后是自助餐形式的宴会，宴会很大，有许多人参加，比出席发布会的尤有过之。有关方面头头脑脑、文人、专家、投资人、媒体、《浮灯》剧组主创人员、广告商等等，柳士龙身在这既隆重又有些嘈杂的场子里，与众人若即若离。一位当地书法家在穿梭的人群中展示着他的一幅作品，一幅咏许真君除妖的草书，满纸惊蛇，惹来一片叫好，书法家煞有介事要赠送给程国伦导演。

程国伦歪头看了一眼，没做任何表示，更无接受之意。书法家双手举着那张六尺宣，有点尴尬，棋棋笑着，大大方方接过来，有了一片掌声。棋棋将那张字机敏地转赠给带头鼓掌的一位红脸官员，那官员姓罗，仿佛受宠若惊地收下，说了些对棋棋仰慕的话，激动得很，想趁势拥抱一下女明星，棋棋迅速伸出手，和他握了一下。罗官员悻悻然，秘书趁势接过那张字，把它随意而草率地折叠起来。书法家看着心疼，上去帮秘书重新把字展开，熟练而仔细地折好，秘书不苟言笑地接过，又顺手放在红色靠背的椅子上。书法家目不转睛注视着，不无惋惜。

柳士龙觉得好笑，他记得这位书法家曾在古玩城子易堂里见过，是一个比较善于炒作与自吹的省书协副主席，在下个什么聚会上，他肯定会吹嘘国际大导演程国伦收藏了他的书法，女明星棋棋对他写的字情有独钟。正这样想着，有人叫"柳先生"。

柳士龙一看，正是收藏家唐三樵，这个笑眯眯的西北人，逢人就预邀去他那儿喝茶，显得既热情又真诚，但他笑眯眯的眼缝里藏着一对狡黠而精明的小眼睛。柳士龙跟他打听过豫章著名古剑东晋许真君五花剑的下落，唐三樵一直也关注着这把剑，他从盗墓者手中收过几把东晋古剑，柳士龙看过，都是废铁。

今天这个宴会前的新闻发布会上，有个吸引他们的重要内容就是由罗官员向《浮灯》导演程国伦授予许真君的五花剑，然后导演将剑一举，宣布《浮灯》剧组工作全面启动。媒体对这次将出现的那把五花剑做了浓墨重彩的渲染，并说明那把剑在许真君除蛟时起的关键作用，以及实景剧《浮灯》将重现许真君手挥五花剑除蛟的神奇场景，对那把剑的来历言之凿凿，反复交代，仿佛是真品。可最终在《浮灯》发布会高潮授剑仪式上，众多灯光照射下，罗官员笑容可掬而又煞有介事地将一把剑托授到程国伦手里，柳士龙和唐三樵看到的只是用现代工艺打造的一把古色斑斓的仿品。导演程国伦却貌似爱不释手，有一种故人相逢的喜悦。

第3幕

柳士龙从次日晨报上看到了《浮灯》发布会消息，他带着这张报纸去见老许。报上提到了重建万寿宫的价值，以及历史内涵和在落成典礼上首演这部实地情景剧对建设国际化水都的意义。报纸不惜篇幅链接了许真君率弟子在赣江一带斩蛟诛妖，铁柱锁蛟龙的神奇故事，当地百姓由此将许真君奉为保护神而建立铁柱万寿宫。一千六百年以来凡赣商所到之地形成商会必建万寿宫，至今海内外已有四千多座，官方提出将这座江南以西的省会城市打造成一座国际水都，打出万寿宫的历史文化牌，吸引海内外投资，是有发展战略眼光的。但报纸头版印的是著名国际大导演在《浮灯》新闻发布会上的大幅图片，他有一双仿佛能看穿历史与洞察灵魂的眼睛，宽大的脸上堆满了神圣与庄严，既是一位严肃的电影大师，又像是一个宗教的布道者，他双手高举着五花剑，如同奥斯卡奖杯。

柳士龙将报纸递给老许，说："这人熟吗？"

老许说："不熟。"柳士龙说："知道他是谁吗？"

老许说："不知道。"柳士龙说："《贵妃醉酒》总该知道吧？"

老许说："老戏，梅兰芳啊！"

柳士龙说："我说的是电影，这个人导演的。"老许摇摇头说："我不看电影。"柳士龙："电视里也有他，叫程国伦！"老许说："来南昌了？"柳士龙说："你看报就知道！"

老许说："我眼花，看字就黢黑一片。"柳士龙叹口气，说："那我念给你听你不会说耳聋吧？"老许挤挤眼，有些不好意思又极真诚地说："不瞒你说，有时听得清楚，有时听人说话就像蚊子嗡嗡。"柳士龙："那我这时说话你感觉如何？"老许咕地一笑，声音像冒水泡。柳士龙道："你倒是说呀！"老许说："像鸡叫。"

柳士龙说："好，你能听到我的声音像鸡叫，明显就比蚊子的嗡嗡声强，那我就念给你听听。"

老许说："念啥呀？不是电影《贵妃醉酒》吗？！"

柳士龙说："不，我是说老许，许真君他杀人了。"老许"噢"一声，说："那可是好久好久以前的事了，他除的是妖，怎么是杀了人呢！他倒是杀了谁？你说说！"老许有些气势汹汹，恼羞成怒，一副要打架的架势，空气一下就紧张起来。

柳士龙说："老许呀你真没劲。"老许抗辩道："我没劲吗？！"柳士龙说："是的，没劲！"老许蔫蔫地说："改日我使点劲给你瞧瞧。"柳士龙说："好，那我就等着。"

这天傍晚，柳士龙坐在象山路145号门廊上，黑色的屋檐像刀一样切掉了天空一角，柳士龙奇怪地发现有一只白蝙蝠在屋檐飞舞，它的姿势像对称的手在疾速拍打着空气。柳士龙歪着头，脑子里打着一个问号。他伸出双手，将手腕并拢，试图仿效蝙蝠的翅膀，那只白蝙蝠突然飞到了手上，柳士龙眼睁睁见它拍打了两下，还有一些风扫过胸前，令他惊异的是白蝙蝠变成了一副纸手铐锁住了他的双手。这是怎么回事？柳士龙抬起手，没错，是一副白色的纸手铐，他想笑，这铐得住谁呀！

"你还真别那么想，"一个穿警察制服的人站在他对面，双臂抱着胸脯十分自负地对柳士龙说，"别想挣破纸手铐，如果纸手铐有一点撕破了，你的罪行会翻倍。"这时候他闻到自己身上有一股霉味，那是一种过时而且抑压已久的气息。柳士龙说："我有什么罪？"警察说："你先别说得那么绝对，谁都说自己是无辜的。"柳士龙说："我不明白，我哪来的罪了？"警察说："是人就都有罪，你敢承认自己不是人吗？"柳士龙张了张嘴，欲言又止。他被那股霉味呛了一下，歪头用鼻子在左右肩嗅了嗅，没味。他疑心霉味是从警察身上散发出来的，准确地说，是那套制服。警察说："好，那你就听好了，别小瞧了纸手铐，你以前没见过这种手铐是因为还没出现你这种特殊的犯人。"柳士龙问："我是什么犯人？"
警察说："你犯了不是人却想做人的罪，明白吗？这种罪以前从没有过。公安局
办案也无先例，所以处罚你的办法也是首例，给你特制了一副纸手铐铐住你。如
果是铁手铐铜手铐钢手铐铐罪犯，如果是十年的罪，铐十年就十年，你是无法挣
脱的。纸手铐不同，你一动就破，看似连什么也铐不住，但你记好，纸手铐一破，
甚至哪怕撕破一点点，十年刑罚就得翻番，一年变两年十年变二十年。"

柳士龙感到委屈，说："那不如你直接用铁手铐铐我干脆些，我挣不了，铁
手铐也不易坏，一年就一年，十年就十年，我痛快。"

警察诡异地笑，说："哪有那么便宜的事。"柳士龙双手小心翼翼地放到膝上，
唯恐触破了腕上的纸手铐，说："为什么？这是为什么？"

警察说："不为什么，也可以说就是冲着你想做一个人。难道你忘了吗？这
就是你触犯的天条。"

"天条！什么天条？"

柳士龙猛然惊醒，发现自己坐在门廊上刚刚打了瞌睡。他用鼻子用力吸了几
下空气，一点霉味没有。屋檐挂着一弯月亮，像一只手铐。他使劲拍打了一下衣
服，手是手，衣是衣，还是老样子。

棋棋的兄长刘健是在一个天色阴郁的下午被抓的，来抓的四个人有点小题大
做，不仅带了几副手铐，还各自在制服外别了枪。有个站在门口的人戴着钢盔，
双手端着一把黑色的小型冲锋枪，自始至终面色像钢盔一样阴郁而难看。他们不
可能不知道要抓的是一个手无缚鸡之力的商人，他不仅欠一身的债，被债主追得
东躲西藏度日如年，而且离了两次婚，现在已经是孤家寡人，身患糖尿病和严重
的失眠症，仿佛一口气也能把他吹倒。

这些日子一向觉得智商高于他人的刘健已感到自己是个彻头彻尾的失败者，
他真想抱着头在一场大雨中跳入波涛滚滚的赣江，可入冬以后赣江枯水期似乎还
没有结束，裸露的河床和所剩无几的污水混浊不堪，令刘健望而却步。五十四岁
的他不敢再想以后的生活，仿佛只等一个地方来收容。

好了，现在警察代表债主，把他推上了警车，他松了口气，这好像是他极力回避而又期待已久的一刻。

忙于电影和赣江大型实景剧创作构想的程国伦导演并不知道妻兄已几近穷途末路。他只专注于手头的艺术创作，在结束了一部与美国的合拍片之后，一头扎进了赣水苍茫的豫章古城历史与传奇的深处。具体事务的对接与诸多细节仍是落在既是如花美眷，又是得力助手的棋棋身上。

一条深藏不露的赣江单等来年秋天一出华丽而瑰奇大戏的上演。

万有集团砸几个亿投资与市府联手打造的赣江大型实景剧《浮灯》一经媒体铺天盖地的炒作，似乎呼之欲出，无人不晓，但钟表匠阿德不知道，他是个聋子。

钟表匠阿德是寓居南昌的上海佬，精于修理各国钟表，长年累月蜷伏在胜利路繁荣巷口一张挂着白底红字"钟表修理"的木头桌上。他就像街头闹市中的静物，红尘万般仿佛与他无关。隔街与阿德钟表修理小摊相对的，是欧式钟楼建筑的百年老字号亨得利钟表店。在高大气派的钟表店与阿德的钟表修理小摊之间，行人如织，仿佛过眼云烟。

阿德的一生仿佛都是在修理别人的时间，把一些人拥有的快和慢的时间调准。

当他发现一块旧瑞士表停摆在一个时间不走的时候，阿德并不知道这块表的主人在那个时间段发生了什么，但肯定有事发生。阿德除了钟表之外，还暗中帮扒手销偷来的高档手表，这些表时间精准，但一旦到了小偷手中，时间就紊乱了，表的主人一天到晚也就颠三倒四，仿佛丢了魂一般。阿德接到一块金舵表时，并不知道这块表的主人，王子房地产公司总经理刘健因涉嫌金融诈骗而被逮捕，他表面上看似风光而忙碌的日常生活在那一刻终止，由此进入的是看守所的一成不变的难熬日子。

阿德并不知道这块表是怎么被扒手弄到手的，他觉得这块表蹊跷，不想尽快转手。这块看似没有问题的表象是藏在时间背后的秘密，他用工具揭开表盖，戴上放大镜，凝视着表内环环相扣的精妙细致的金色零件，像是看到了时间真相——世人在城里的一切动作和表情，他们的际遇与事物，好像都是由这些精密的机械设置的。

阿德发现这只金舵表内部，那一个个细小的转动的齿轮，仿佛把这手表的主人陷在囹圄里了。阿德突然有了奋不顾身的冲动，他不认识这只表的主人，却想在时间里把他救出来。当他举起专用修理钳，穷尽技术穿过时间沦陷区时，两颗睾丸一起收缩起来，也就进入了一个精致的牢笼中。那是时间的古老迷宫，他要全神贯注，对外界充耳不闻，若一有疏忽，他就永远出不来了。因为他知道自己在迷宫里会和一些难以预料的可怕事物不期而遇。

满天的黑色翅膀，满天灰烬和火星，他看到的是放大了几十上百倍的强劲的乌鸦的翅膀和龙的爪子。而外界的人对钟表匠阿德的隐秘生活却一无所知。只知道这个上海佬喜欢每天下午三点准时到金筷子饮食店吃一碗馄饨，金筷子小老板桔子对他已经很熟悉了，每天三点，雷打不动，年过五旬、白白净净的上海钟表匠阿德会出现在临街的那个座位上，即使有人提前坐了，桔子也会上前客气地告诉别人，这张座，有先生预订了的。人家也会自觉换过一个台子，毛头小伙子就会不情愿地骂骂咧咧，桔子仍是赔笑脸把人迎到另一张座上。这样的情况时而有之，那个临窗的位子，下午三点就成了阿德的专座。它在三点之前总是空着，在等待着一个熟悉的客人的到来。

这天下午，三点过了，钟表匠阿德没有如期出现在金筷子饮食店临窗的座上。桔子突然停住手中的忙碌，不自觉地走到钟表匠那个座上，她若有所失，难道钟表匠阿德师傅病了？桔子想着就不自觉地坐下，将目光透过玻璃看街景，隐约看见一个穿蓝色西装的影子一闪而过。

柳士龙从金筷子饮食店经过时，根本没有想到有个叫桔子的女人会留意到他。他只想着去章江路古玩城向子易堂老板唐三樵打听一个叫宋石樵的人。子易堂老板唐三樵上次在秋水大酒店《浮灯》新闻发布会上遇到柳士龙，就叫他得空来喝茶。这天下午的细雨，粉尘般弥漫着，把落入眼中的景象都虚化了，仿佛一页漫漶而又有迹可寻的古书，令他产生了去子易堂的念头。

第 4 幕

收藏家唐三樵也是老江湖，他的身世讳莫如深，只在不经意的言语间，会道出古玩行当的秘密。当柳士龙受邀到他的子易堂来时，由于雨天，偌大个几层楼的古玩城顾客稀少，生意寥寥，使柳士龙能够心安理得地坐下来。他见案上有一幅唐三樵用自制的竹丝笔写的字，满纸狼藉，便自然聊起了日本的井上有一。由此说到日本艺术，提起竹久梦二。

柳士龙说："那是一个忧郁灿烂的天才，他的岁月把他折磨得神经兮兮，身心憔悴，使他的画蒙上一层忧郁、幽玄、凄美的日本气味。"唐三樵说："丰子恺学他的，周作人从来不屑而轻视丰子恺的画，想来是明眼人的看法，我也以为丰子恺少了竹久梦二的幽丽气质。"

接着唐三樵让他看了几件新近斩获的五代佛像和残损玉观音。对唐三樵流露的矜然自得，柳士龙颇不以为意，却向唐三樵打听起一个叫宋石樵的人来，是个画佛家人物的江湖画师。

唐三樵似乎不以为意，他用巴掌煞有介事地抹了一把脸，好像脸脏，当他的手一抹而下，脸更长了，不笑的时候，原来是马脸。他一边泡茶一边侃侃而谈道："江湖上好汉无数，生意场上原本就是一堆狭路相逢的江湖人物，有时为争一件器物兀自火拼了一场。彼此各不相让，弄得两败俱伤。有时大家相逢一笑，只是惊鸿一瞥，过眼烟云。古玩城也是藏龙卧虎，每件古董有真假，每样器玩皆有故事，来路明的货不多，弯弯绕绕的过手都是狭隘奸诈，有人玩光身家才只学了个乖，有人玩没了性命也不知是怎么回事。商场，官场，情场，疆场，赌场，都在这器物上交相竞逐；白道，黑道，红道，黄道，道道都在里面进进出出。有的一入此路，回头便是无岸。仿佛一件旧物不可能再回到旧年月，只能不断在别人的手上辗转和把玩，是玉就只有碎身为止，只有瓦片方能存身。"

柳士龙听罢，一时无语，面对唐三樵的答非所问，他知道自己想打听的人也只在语焉不详中。他透过落地玻璃，看着烟雨迷蒙中的赣江，以及对岸的秋水广场，若有所思。那个叫宋石樵的人手挟几卷残卷古轴如同一只孤零零的野鹤在江水间一闪即逝，如同漏夜残梦，不知所终。

小有名气的江湖画师宋石樵有一位供职于考古研究所的堂弟宋石明。

考古研究所的所在为一个民国年间遗留下的老院子，是北伐南昌后军官教导团旧址，地下室一度成了蓝衣社审人杀人的秘密据点，那个地下室的一个牢房也短期内做过隔壁省医院的太平间。那年建火车站挖地基挖到了古墓，是东晋的，棺材完好，就拖到地处不远又相对隐蔽的这个民国老院子里来。有价值的古物被上级部门鉴定后取走了，棺材和一些考古价值不大的破铜烂铁都留下了。年深日久，旧城改造，古墓越挖越多，汉晋、宋明的都有，且涉及明宁王、汉晋贵族古葬等等，出土东西不少。考古所也就拉杆子般在老院成立了，开始只是让人守着这些古物，也缺专业的考古研究人员，有的也只是出于兴趣，土法上马。来的人文化不高，多半是图清闲，有个事业编制的饭碗。却是规定有晚班，要守着古物，怕有偷古董的。

值晚班原定是两个老头，一个上半夜，一个下半夜。轮值，不能睡，要巡更的。下半夜巡更的老洪头，常碰见莫名其妙的人影。在库房出出进进，还听到地下室传出犯人的哀号。老洪头先是用手电一照，大声喝问："谁？！"影子没了，哀号骤停。当时那老洪头倔，脾气暴，酒量大，阳气足，人说焰子高，鬼怕他。另一个老谢头，瘦小，多病，不愿值下半夜，只坐上半夜，两人也就相安无事。有事的是考古所的头儿，一个主事的副书记，书记馆长似乎永远是暂缺的，上面不安排。事实是混到那级别的干部没人愿来。

副书记宋石明，教员出身，人蔫蔫的，说话慢条斯理，像漏了气的胎，曾经喜欢读《红楼梦》，后来研究过一段时间删节本《金瓶梅词话》，为找不到一套完整版《金瓶梅》而苦恼。当他好说歹说好不容易从工农兵医院消化内科一位姓杜的主任那里借到一套海外版《金瓶梅》打算挑灯夜战一场时，被一个手下告发到上级部门。

老上级找他谈了心，考虑到宋石明的面子，话说得含蓄，大意是劝老宋多花些精力研究一下那些出土文物，别不务正业，把心放在一些不健康的书籍上。宋石明想争辩几句，无奈底气不足，只有灰溜溜回到办公室，将经年不读的《考古》杂志放满案头，将那套只瞅了几眼清刻版插图的海外版《金瓶梅》完璧归赵送还杜医生。从此不问《金瓶梅》。没想到一日杜医生登门来索要《金瓶梅》，是时宋石明将头从一堆考古文献里抬起来，满面烟云，疑惑地对杜医生说："那套书不是早就还给你了吗？"

杜医生一脸无辜而又坚决地说："没有，我只记得借给你了我就一直惦着这套书，你至今未还，所以厚着脸来讨要。"宋石明取下挂在鼻梁上将落未落的老花镜，说："坐坐坐。"

杜医生落座，宋石明说："看到没，本来我哪有心思一头栽在这些有关老古董的故纸堆里，就是那回从你那借来《金瓶梅》后，让人背后捅了我一刀。上面说我不务正业，我立马就把书抱着还给了你，你当时还笑话我呢！"

杜医生斩钉截铁地说："没有，没有这事，肯定是你记错了老宋！"

宋石明看看杜医生，又环顾满桌的书籍，一下变得疑惑起来，自言自语道："我真的没送还给你吗？"杜医生确信地说："真的。"宋石明说："好，老杜那你容我想想，我这些日子被这些古籍搞晕了头，很多事都记不起来了。你先回去，等我想起来了一定把书送还给你，我一定会想起来的。"

杜医生走后，宋石明变得精神恍惚，疑神疑鬼，像个借了人家东西不还的人，他躲在阴暗的办公室里不愿见人，从早到晚在书堆里东翻西找。开始他还记得是要找一套书，后来又记得是要找一把久已不见的算盘，更后来是要找一根出土的废铁，他记得这很重要。他从1979年3月号《出土文物》杂志《古剑考》一文中发现东晋豫章古墓里埋藏了无数古剑，其中有一把是东晋净明道派创始人许逊的剑，名叫五花剑。而在考古所的库房里，就锁着不少由于年深日久埋于潮湿地下出土后又得不到妥善保管早已锈蚀得不成样子的汉晋古剑。说是剑，一眼看上去就是没用的烂铁。但根据相关文字记载，这些烂铁中好像没有那把五花剑，可宋石明又认为五花剑就藏在这些烂铁里，他查遍了所能见到的考古资料，发现许多文字与真实的文物南辕北辙，牛头不对马嘴，这更使宋石明觉得对五花剑的查找与判断是唯一可靠的途径。

他呕心沥血写作的《五花剑考》一文因杜医生的登门而突然中断，整个人仿佛迷失在一个大雾弥漫的十字路口，使他再次感到有歧路亡羊的危险。而这时考古研究所的老洪头在下半夜值班突然死亡，第二天早上人们在放着数副棺材的库房里发现他的尸体，一双惊骇的眼睛大睁着，里面带着一种百般不解的迷惑。老谢头接着也就找宋石明辞了职，宋石明以双倍工资的优厚条件也无法改变老谢告老返乡的迫切心情，最后，宋石明只好代表组织说了一句："可以理解。"算是给自己找了个台阶。老谢回到家，如同虎口脱险般捡回一条命，面对老伴的关询，老谢说："考古所那院子阴气重，八成宋书记也命不久了。"

第5幕

考古研究所的死亡气息一度使在那个老院子出入的人的脸上布满了阴气。这种阴气如同晦暝的天色，笼罩着宋石明对出土文物的深入研究，进行到中途的《五花剑考》顿时陷于云遮雾罩的无奈中。而豫章后街的郎中老许这些日子也陷入了他视之为精神妄想症患者柳士龙的反复纠缠中，使他几乎精神分裂。

对柳士龙所说的似是而非的事情，老许时而否定，时而疑似，仿佛稍有不慎就跌入精神妄想症患者在虚幻中设下的圈套。令老许困惑的是他根本找不出柳士龙的套路。可他总是在你无心恋战中逼近你的死穴。"你是有机会杀死我的。"柳士龙盯着许大头说，"不是你不杀死我，是你有意不杀死我。"

许大头看着他，好像满脸困惑，柳士龙轻松笑了笑，没把许大头貌似认真的困惑当回事，只是说："你有多种机会杀我，可又放了我，这样你就可以继续做英雄，我就一直留在反派的位置上。"许大头有些迷茫，他看看窗外的夜色，又看看柳士龙，说："你能不能再说一遍？我没听懂你的意思啊！"

柳士龙说："我也是今天才明白过来，只要我不死，你就有事可做，老百姓就永远把我视为可怕的妖孽，你就能施展本事，不断为民除妖，接受他们的崇仰与膜拜，做豫章城的保护神。不是吗？我不需要你回答的许先生！你已做得够好了，但你不可能赢得双重赞美，正如一个人不可能涉入两条河流，但我知道此路

五花剑是否真的存在，考古研究所的宋老师正一心在研究。

必定与彼路相通，这条河注定与另一条河有渊源。我为什么不能？这样的人几乎没有，除非你是神。我是说其实你早就知道我们是由敌人变成了彼此证实对方存在的伙伴关系，也许说伙伴是不对的，但是直到今天我们都对一些古代的事情，或者说古远的往事记忆犹新。"

许大头双眼混浊，眼眶内珠状晶体仿佛蒙着一层阴晦，他喃喃地说："记忆，记忆，记忆。"嘴里重复了三遍，说，"你跟我谈记忆，记忆是熟悉而回不去的地方，我不想跟你谈哲学，我不懂什么哲学，我知道活着，就是一切，其他什么，真的跟我没有关系。"

柳士龙说："是真的没有关系吗？二元对立的世界，非正即邪，非善即恶，非美即丑，非白即黑，牺牲的是中间的无辜，他们非正非邪，非善非恶，非美非丑，非白非黑，我们将他们置于何地，又怎能安顿他们的灵魂？过去你一直把我视作妖孽追杀，现在反过来了，我要追杀你。因为你没有杀我，却残害了我的妻子和孩子。我怎么能放过你呢！"许大头不语，仿佛还没弄懂，还有疑惑。柳士龙说到这里，抬眼盯着许大头，许大头也真诚地皱着眉，搓着手，为柳士龙的疑难而踌躇。柳士龙慢条斯理地说："可现在，许先生，你能否帮我来判断一下，我的意思是，你能不能先告诉我，我是什么？嗯，我是不是，一个妖孽？我是一个人吗？还是别的什么东西？"

许大头有些嗫嚅，两眼望着柳士龙，一片茫然，吞吞吐吐："这个，我，我可能说不明白，不好说，我没法判断，我的意思是……"许大头停顿了一下，"我的意思是，如果真如你所说的话，我是一个罪犯吗？还是一个神，或者一个英雄？这么说我们都不是人，但是人，比如豫章城的人，他们，可是一直在添油加醋地传说着我们的故事。我过去也认为我是他们，他们里的一个，我也听着那个传说，虽然有些跟你说的不同，但归根结底是一回事。上天告诉我，既然你已付出爱了，宽容他人的误解，需要更大的包容心。这个世界够可耻够肮脏了，为什么我要去宽容那些分明是由嫉妒而派生出来的恨，这种恨对被恨者既无来由，也不怀好意。如果是那样的话，我已厌倦了做那个英雄，更不愿当那个神，我只愿做洪都中医院退休职工许大头，别人可以叫我许大夫，也可以叫我许大头，你叫我许先生，嘿嘿，我还是不太习惯，真的！"许大头说着脸上竟然流露出一些腼腆，仿佛很不好意思起来。

柳士龙端起仿旧陶盅，呷了一口茶，说："嗯，好茶！做人的滋味真好。可有的人做着做着就不安分了，想把自己修成仙，变成神。神仙不吃，不喝，不怒，不怨，不憎，不厌，不爱，不死，神仙没有什么滋味，这种天机一个无名小仙也知道的，可是谁也不说。漫长而又乏味的神仙生活凡人总是羡慕着，却又可慕不可即，像许先生好端端一个凡人，放着凡人不做，却要做除妖的事，把自己当作凡间的神仙，除杀了多少妖，只是为了成真正的仙吧！须知妖也有善恶呀！再如我呢原本是小仙，堕入妖道，才发现凡人可贵，我原是打定主意不做仙做妖的，那些不生不死的东西都不要了，只愿逗留在凡间跟妻儿厮守，就甘心做个不会变、不会飞、不会刀枪不入、不会呼风唤雨、不会点石成金，只会累着、痛着、喜着、乐着、忧着、怒着、爱着、苦着、恨着的凡人，凡人会饥着、渴着、困着，会眨眼就老得没有一点用，会死，我也认了，可这是奢望啊！在凡人的入口处，在豫章这地面上，有你许先生这尊神，哪会允许我做人呢！你毁了我的家，毁了我想做一个凡人的梦，却给了我凡人的剧痛，你是个神啊我该怎么办？我本可以和我的妻儿一样含悲茹恨地死去，可我忍着不死，你给我的剧痛与大恨，激发了我妖的本性，你不死，我怎么能死呢！我们是彼此互证的存在，你许大头既为神，一再把我打回原形，我既有人形，也是妖了。"

许大头安静地听着，忽然若有所悟地说："你的病加重了，西医认为，是典型精神妄想症，这种病人会把医生幻想成仇人，我是治不了你的，弄不好，也会患病，一会儿清醒，一会儿糊涂。"

柳士龙说："当然可以不承认，就像你说的病人，如果是癌症患者，他开始也会不承认，拒绝，可是你无法毁掉它，就像你的过去，它就在你的性命里，你不死，它就在！"

柳士龙转身望着窗外，42层的古玩城大楼，在赣江边不算最高建筑，但置身其上，能够视线极好地将一江两岸夜景尽收眼底，柳士龙没有关注江边亮化得五光十色的仿古建筑，没有远观对岸红谷滩新建的高楼。他只眼望着沉沉的江流，那是千年不变，而又时刻都不停的，看似铁沉沉的一块，只有它在运载岁月，见证物是人非。水不开口，水天天都在说。柳士龙看见黑色的水面上浮现出夜灵般的荷灯，一盏盏，在水上漂着，闪闪烁烁，像时间深处回望的眼神。"又在放荷灯了！"柳士龙说。

他面朝许大头，说："好，那么，我们可以了结那点事了。你还可以尽力施展你的法术，我不怕再一次被你打到该死的臭水井里去，倘若侥幸，我们就能调换一下，我要让你到井底待个千年！"柳士龙说着，浑身像是因为即将复仇而激动得开始颤抖，那种抖动渐渐剧烈起来，使他整个人都把持不住，像要散架。许大头起初打算听之任之，一把老骨头由柳士龙处置，他哪有什么法力了，不过是一个坐吃等死的老家伙而已。人称老而不死者为贼，他有时觉得自己像个贼，只是没偷谁的东西，他又冤，现在终于有个人有个正当借口，和斩钉截铁的理由要拿走他这条命，他不想反对。但他觉得仿佛要发生的事并没发生，睁开眼，却见柳士龙口吐白沫浑身发抖，如白癜风发作一般不能自持地委顿于地，蜷缩着身子，仍在抽搐，许大头赶紧过去，掐住他的人中施救。

半个多时辰后，柳士龙方缓过来，许大头把他扶回古董太师椅上，仔细一看他的脸，已是满面皱纹，如一张揉皱的纸，头发也如白云乱渡，好端端一个龙精虎猛的人转眼变为一个完全干枯行将就木的老人，哪里还有复仇的力气。

许大头手忙脚乱一阵折腾，发现他是在一个莫名其妙的梦里，那个梦不是来自睡眠，而是来自一幢赣江边上的被夜色包裹的死气沉沉的大楼。

第四部

当下逸事·龙沙

"陵鱼人面、手足、鱼身，在海中。"郝懿行
注曰："查通奉使高丽，见海沙中一妇人，肘后有
红鬣，号曰人鱼，盖即陵鱼也。"

——《山海经·海内北经》

第一章

第 1 场

王怀才有一条粗涩且嘣嘣响的公鸭嗓，一嗓子出去，即便一条曲里拐弯的小巷，也会被他喊直来。

王怀才是豫章中学教师，教的不是体育，而是文绉绉的语文。王怀才的父亲早年在澳门经商，后来做不下去了，一九四九年后国内枯木逢春，堂弟一封信把他牵了回来。射步亭巷 2 号，是他家老屋，有四进，是王家的祖业之一。晚清时王家老太爷做木材生意发的家，赣江上漂流而下的木材排筏长年不断，江面上跑着他家的大大小小的船只，王家的生意涉及木材、夏布、瓷器、药材、茶叶，一度好不兴旺，王家老太爷姨太太就有九房。城里总镇坡、都司巷、皇殿侧、府学前街，都有王家老太爷的别业，六眼井半条街都是王家的房子，人称王家大屋。王家败在后来出了个浪荡少爷，抽鸦片，巨嫖豪赌，一下输掉半条街，气死了老太爷。王少爷仍恶习不改，以致木材生意易手，直至只剩下一家瓷器行。某日晚上，王少爷在鸿宾楼为一烟花女子与人争风吃醋，在他抱着烟花女醉卧香帐时，那人挟一根硬木扁担冲进瓷器行，把满行景德镇瓷器砸了个粉碎。

瓷器碎裂时发出尖叫的声音不绝于耳，响彻周边三街六巷。当王少爷拎着大裆折腰裤闻讯赶来时，才发现自己几乎成了一个穷光蛋，欲哭无泪。

王怀才是当年王少爷的孙辈，先辈的荒唐虽是家族的疮疤，父亲辗转澳门经商的折戟，也给他回归到内地故籍带来一些轻松。王怀才家的成分躲过了黑白区域，而划入相对暧昧的灰色地带，这为他能安心在豫章中学教书，业余写剧本，提供了适度保障。王怀才住在校区原水塔改造的一间铁皮屋顶的房子里，有一架生了锈且还坚固的焊接着水塔的铁梯通上去。支撑水塔的，是十几米高的水泥支架，由四根方形水泥柱组成。铁梯较陡，原先是供清洁水塔的工人专用的。水塔呈圆形，亦是水泥的，似乎修建于三十年代，当时这是一座美国人开的教会学校，不收女生，女生读的是阳明路的葆灵中学，能来这里读书的都是富家子弟，又被称作少爷学校。一九四九年后收为国有，自然打破这个设限，男女可混合入读这两所学校。王怀才是师范毕业，被分配进豫章中学。在他进入这所学校前几年，有个年轻貌美的女教师死在水塔里。人们发现她的尸体，已被水浸得肿胀不堪、面目全非，若不是那条粉红的透过衬衣曾引起过议论的蕾丝胸罩，人们不敢断定她就是英语教师杨虹露。

杨虹露生前不仅是众多未婚男教师的追逐对象，也是不少已婚男性教职员工打歪主意的目标。杨虹露走到哪里，人未露面，她哼唱的《茶花女》歌声总是随风悠扬先至，令人翘首以盼。其直接后果就是杨虹露晾晒在集体宿舍前的花短裤头总是莫名其妙失踪。

有时，明明洗得干干净净地短裤头晾出去，杨虹露教完两节课回来收衣服时，发现裤头裆部竟有鼻涕般黏糊糊液体。起初还以为是谁的鼻涕，便暗骂几声，重新洗，再晾出去。夜晚忘了收，再从晾晒的绳子上取下来时，却发现裤头裆部剪了个洞。

杨虹露不由生怒，找到校保卫处。保卫处王水根是转业军人，他既是处长，也是处员，他只有一身的臭脾气，像整天绑着个炸药包要找人同归于尽的家伙，吓得别人都躲得远远的，即使不小心挨近他，也畏惧三分，他以此自得，一脸嚣张模样，仿佛不可一世。其实王水根是个外强中干的混蛋，真要碰到硬手，他就是堆烂泥。反正保卫处就他一个人，忙的时候，抽几个高二年级的大个子学生来帮忙就是。

杨虹露那条被人故意剪了个破洞的花短裤头摊在王水根的黄漆办公桌上，桌上有一块玻璃板，下面压着电影杂志上撕下来的剧照，是身着军服露着整齐牙齿微微一笑的扮演海军军官的王心刚。玻璃板有弧形裂缝，胶布也就呈弧形地粘了一溜，这一溜胶布正好经过王心刚的下巴，且白胶布已脏黑，这就使王心刚那张英俊的脸打了大大的折扣。杨虹露的花短裤头一下就将王心刚整张脸都蒙住了。

"王干事，你要查一查，有人蓄意跟我过不去，把我好端端晒的裤子剪破了，几块钱一条呢！"杨虹露颇悲愤地控告。

王水根很认真地将玻璃板上的花短裤头铺开，像观看地图研究敌情般仔细，沉吟半晌，说："这个事，保卫处一定会重视。"

起初，杨虹露暗以为是住对门的女同事小刘出于嫉妒所为，而传说王水根和小刘悄悄好上了，杨虹露就不好点名。既然保卫处表示重视了，她就只好一把从王水根眼底捞回短裤头。王水根只觉眼前一片花花绿绿闪了一下，就飘走了。

杨虹露回宿舍找了一块花色接近的布头，把裤裆缝好，照穿。不几日换洗后，发现晾晒在绳子上的蕾丝胸罩不见了，那天有风，虽不大，却足以将一条两个巴掌大的胸罩吹飞，杨虹露跑到周边找了找，尤其是阴沟和砖砌垃圾箱里，有一次她的一条白胸罩就是被吹到了阴沟里，水沾着，便没飞更远。她捡回来，洗了又洗，用夹子夹住晒，再没飞掉。天气一好，往往忘掉夹夹子，也图省事，蕾丝胸罩就不知飞哪去了。有风的天气，她告诫自己晒衣物一定要用夹子，为此还特意买了一板六只的木头夹子。

这次令她感到蹊跷的是，木头夹子还好端端在绳子上，蕾丝胸罩却失踪了，风是吹不走的，显然是人偷偷揪走的。杨虹露有些怒不可遏，她气冲冲来到保卫处，七平方米的小屋里挤了四五个人，王水根一脸严峻地坐在办公桌后，两侧分别立着一个大个子高中生。

杨虹露记得左边那个是一见她就爱脸红的高二某班的体育课代表，篮球打得特好，好像叫马晓朋。

在王水根威严目光逼视下的，是坐在一把摇摇欲坠破椅上的门卫钟师傅。

钟师傅络腮胡，眼睛微暴，扫帚眉毛，像个有几把力气的粗汉，看似四五十岁年纪，实际才三十出头，一人独居门卫室里，很是兢兢业业，却被马晓朋从他的床垫下扯出几条女性花短裤头和胸罩来。

马晓朋一问，老钟却支支吾吾满面通红起来，说是从外面捡的。几个同学当即把他拉到了保卫处。

王水根见杨虹露进来，喜出望外，说："杨老师，偷女同志短裤头的坏人抓到了！"杨虹露一把抓过那条蕾丝胸罩扭头就走。王水根在后面嚷："喂，杨老师！那胸罩可是坏人的罪证，得交派出所备案的！"他追上来伸手就要夺回去，杨虹露紧攥着，说："这是女性隐私东西，你还要在这些未成年学生面前展览吗？"

王水根额暴青筋："杨老师，话不可这么说，你得配合保卫处工作。"杨虹露变色道："你知不知道，这是女同志的胸罩！"王水根不依不饶说："在保卫处我只知道，这是证据。"杨虹露看了一眼马晓朋，马晓朋脸一红，迅即低下头去，其他同学也一脸懵懂，杨虹露对王水根说："好吧，看来我们只有找校长去评理了。"

校长饶叔子是个有资历的老革命，见两人背后跟一群学生面红耳赤地闯进办公室，先干咳一声，不怒自威，学生吓得退到门外，校长略挥了挥手，有学生赶紧带上门。校长分别听二人言明来由后，示意杨虹露将攥着掖着的胸罩放到桌上。他端过粗瓷茶碗，喝了一口茶，嘴里竟发出啧啧声，用两根粗短而焦黄的手指捏起胸罩的蕾丝花边，像捏着一件脏东西，嘴里说："小杨啊，这种东西可不健康呀！公开晒在光天化日里，无怪乎人会想入非非犯错误。"王水根听出校长是在支持他，正要说上几句，校长挡住了，仍对杨虹露说："赶紧拿回去，以后也别晒外头，太引人注目了，接受教训，人也就钻不到空子，走吧。"杨虹露拿过胸罩朝王水根轻蔑地哼一声，走出校长室。

杨虹露拿着蕾丝胸罩从校长室出来后，学校里就隐约有杨虹露生活作风不正派的传言，开始是传她勾引保卫处王干事，后来传她用蕾丝胸罩引诱学生，甚至连门卫钟师傅也不放过。再后来，就有人在水塔里发现了她的尸体。

发现杨虹露尸体的经过也诡异，先是有人看见水塔外体上显出一个湿漉漉人影，太阳再大也晒不干，连续七八日，引起人好奇，一传十，十传百，校方就叫王干事领人去塔顶打开查看，谁料竟是这般景象，才发现原以为休假的杨虹露在水塔自尽了。

　　语文教师王怀才住进水塔改造的房子以后，夜夜梦见一条雌性人鱼从水里冒出来，讲述她的凄惨身世。王怀才就根据她的叙述开始写作，他想以四幕剧的形式，写一部现代的《豫章遗梦：还魂记》。

　　在王怀才的戏剧里，主角是个转世轮回的女鬼，她先是跟一个叫柳士龙的古代书生相恋，被恶势力逼死。后又转世相会于民国，在战火中离乱，两人为爱的执念生生死死，又不依不饶地转世去彼此找寻，当他们见面时，仍初心不改。女主角的名字就是杨虹露。这部戏把语文教师王怀才写得神魂颠倒，一会儿他是戏里的书生，与梦里的女鬼缠绵；一会儿他又是梦境坍塌而失魂落魄的柳士龙，在苍茫的尘世哀婉低回。当他写到第三幕《寡语者》时，从水塔中摇摇晃晃出来，已身心憔悴，形同纸人，仿佛从他书写的黄色毛边纸上飘起的一缕幽灵的影子。若是刮来一阵风，也会将他吹上天。

　　王怀才构思的最后一幕戏是《浮灯》，他想象着在艳异女鬼出没的神秘河面上，最终漂满了荷灯。像是人世的祈愿，又像他献给女鬼的祝福，更是一幕现实与梦境的壮美告别。语文教师王怀才知道，只有写完了这一幕戏，他才能从那个梦里走出来，否则他会死在里面，永远出不来。那座水塔里又会多一个亡灵。

　　数年后，王怀才所著的《豫章遗梦：还魂记》经赣剧团专业编导改编，定名《还魂记》作为地方戏赣剧主打戏，由省文化局副局长兼导演的马一鹤亲自导演，其夫人董艳玲主演，在省城隆重上演，轰动一时。有关部门组织省市文艺界权威人士召开了观摩座谈会，语文教师王怀才也位列其中，作为该剧原作者在谈到写作初衷时，却语焉不详，使与会者不明就里，但马一鹤对王怀才的原创大加褒扬，对女鬼转世轮回的想象和缠绵悱恻情爱描写尤为赞赏。专家们对该剧给予高度评价，只是对于情爱戏的部分出现了截然不同的看法，有人认为情爱的渲染有些过度，似有色情意味，若是适度删改，不失为一部好戏。王怀才闻言颇为激动，条件反射般弹了起来，碰倒了茶水杯，泼了坐在旁边的董艳玲一身。他一边道歉，一边面红耳赤表示反对，可反对的理由却又说得支支吾吾，结结巴巴，他那一条粗涩且嘣嘣响的公鸭嗓仿佛被堵塞了，会场顿时一片讪笑。

董艳玲反过来却在用细细的手指为他拈掉沾于灰布中山装上的茶叶。还是善于掌控场面的马一鹤帮语文教师王怀才解了围，他表示剧团将在尊重原作和吸收专家意见的前提下精益求精，打磨成本土戏剧精品。春节前夕，《还魂记》被选为进京演出的重要剧目。

第2场

戴红袖标的工宣队和红卫兵学生汹涌进了万寿宫，像一股久违的激流，他们吵吵嚷嚷肩扛手提着铁锤和榔头，直扑许真君的塑像而去。一个这时躲在伙房里饮酒的道士噢的一声，撞了出来，挡住宫门。他红着脸膛，粗着冒青筋的额，像一头惊怒的长颈鹅，愤然暴走。

众人一愣，见道士挥舞一把雪亮的菜刀，不管三七二十一，揪住领头戴柳条帽穿蓝工作衣的工宣队长王师傅就要拼命。

王师傅见势不妙，挣脱道士油乎乎的手，掉头就跑，没留神被门槛绊了一跤，王师傅摔在地上，柳条帽脱头而出，滚了老远，沾满了鸡屎，一股黄灰腾地冒起，直扑王师傅眼鼻，呛得涕泗滂沱，双手仍死抱着头。

红脸道士见王师傅摔在地上的狼狈不堪状，反倒愣住了，再看左右围着的多是一些还没长大成人的十五六岁的懵懂学生，手里握的菜刀当啷一声掉在脚下的麻石上，像是自动滑脱。一时红脸道士面有惭愧，显得不知所措。

满脸粉刺的学生马晓朋蹿上前踹了他屁股一脚，红脸道士也没有反应。

马晓朋胆壮起来，两手抡起硬木棍，朝红脸道士头上敲下去。红脸道士狠挨了一闷棍，人不动，缓缓抬左手到头上摸了一下，一手湿黏黏的、浓稠的血，像红色的、刷标语的漆。红脸道士身子微微晃了晃，背靠着廊柱慢悠悠滑坐到地上，仿佛十分沮丧，却又像颓塌下来的破墙。

工宣队长王师傅这时从地上爬起来，拍拍身上的灰土，理一理左臂上的红袖标，瞟一眼打倒在地的红脸道士，心里生出鄙夷和不屑，扯开一贯的大嗓门吼道："破四旧，立新功。砸了许真君！"这回王师傅领头冲了进去。

马晓朋拎木棍紧随在侧，跟着口呼："破四旧，立新功。砸了许真君！"

此时省赣剧团打鼓佬许大头闲得慌，连日来，他一闭上眼，就颠三倒四地梦见自己是旺盛香火中的万寿宫的一名老道，坐在那里接受信众的膜拜，弟子满室，一醒来，香火皆无，便满头大汗。

他背着一双红红的手，从象山南路一路东张西望瞎逛过来，刚刚就着猪头肉喝的二两三花酒，尚在嘴里颇堪回味。当趔入翠花街路过万寿宫，见里面人头攒动，吼声如雷，煞是热闹。

老许好奇，眼睛循声就往里瞅。见一伙学生和穿蓝布工作衣的人正挥锤弄棍要砸宫里的泥塑，无奈正中的许真君泥塑甚是巨大，神坛底座广阔，头接屋顶。众人虽手操家伙，吵吵嚷嚷，围着许真君泥塑打转，却不知从何下手。

一个络腮胡子工人老大哥模样的汉子，抬头瞧瞧泥塑上端，又看看底部，他招呼一个满脸痤疮学生过来，对着泥塑指指点点，仿佛他瞧出了端倪，交代痤疮学生如何下手。满脸痤疮学生面露敬佩表情，连着点头数次。络腮胡子一拍他肩膀："上。"

满脸痤疮学生将硬木棍插到腰间皮带里，两手攀泥塑底座，右腿抬高，脚尖衔住底座一处破砖洞，络腮胡子用手一推他屁股，他就蹿了上去。痤疮学生站在神坛上，再看同伴，都矮了，他就从腰上抽出硬木棍。络腮胡子朝他直挥手，递上一把镔铁榔头把他的木棍换了下来，再朝痤疮学生一手竖大拇指，一手指着泥塑的某一部位，指挥他开砸。满脸痤疮学生先是学大人样，笑呵呵朝双手掌心里狠吐两口白色唾沫，用手搓搓，再从双腿膝盖夹处抽出榔头。镔铁榔头的手把是双竹片合成，极有弹性，使榔头下垂，然后又随力道弹回去，把砸出的力量发挥到极致。满脸痤疮学生一上手，显然感受到了镔铁榔头内部的威力。他眼盯着泥塑，双手合力缓缓将镔铁榔头在空中划过一道弧，举过头顶，力道后倾，榔头在竹片把手的另一端上下微微弹动。神坛下的人都不由倒退两三步，唯独络腮胡子原地没动，他既要指挥粉刺学生，又要为他鼓劲。痤疮学生铆足力气，嗨地大吼一声，一榔头下去，只听噗的一下，泥塑虽破了一块，却纹丝未动。络腮胡子继续指点："往这砸，用大点力！砸！"满脸痤疮学生得到鼓励，再次举起榔头朝络腮胡子指点的泥塑部位砸去，这次他感觉到一个硬物被榔头砸碎了，榔头还没收回，就听到刺耳的破裂声音，只见许真君硕大的泥塑头部不知怎么山崩地裂般掉了下来，满脸痤疮学生惊叫"不好"，许真君的泥塑大头呼啸而过，劈头盖脸砸在神坛前的络腮胡子脑壳上，把他砸成了一团模糊的血肉，众人惊骇夺门而逃，以为许真君显灵了，还有人大喊："破封资修！就是不让怪物作怪！谁还迷信牛鬼蛇神，继续砸！"

老许只听得一声惨叫，尘灰弥漫，里面有人喊："出人命了！"万寿宫里外密密麻麻就挤满了人，全是看热闹的，把老许几乎挤成了一张芝麻烧饼。老许肚里翻滚，喉咙发痒，嘴里猛咳起来。他拼命往外挤，想从看热闹的人群中抽身出来，可人都往里涌，把他往外倾的身子一下架空起来，他脚不沾地，心里倒有了一些慌。幸好这时传来救护车的警报声，人自动辟出一条路，工农兵医院救护车停在离老许不远处。车是石灰白，刷着醒目的红漆十字，老许似乎闻到了医院消毒水的气息。车后门往外推开，急匆匆跳下两个穿白医务大褂戴白口罩的人，一前一后，手拎一副木杆的军黄帆布担架，只往里奔。看热闹的人似乎稍稍松动，有人说："这下有救了。"几分钟后，见担架从里头抬了出来，担架上的人蒙着白布，人没动静，白布上洇的血红色，有些触目惊心。抬担架的尽管走得快，但步子已没进去那么急，老许知道，担架上的人是没得救了。

看热闹的人散尽之后，马晓朋不知哪来的蛮力，复仇般一边咬牙切齿咒骂着，一边挥舞榔头把万寿宫许真君塑像及匾额供桌一应物品砸个稀烂，灰尘四起，泥块遍地。他突然坐在那里抱头大哭，同伴劝也劝不住，拉他走，他也不走，一时不知如何是好。翠花街麻石板地上的脚步声也稀落了，日暮如烟，落入视野的街道都如同旧物。第二天一早，翠花街开进了几辆笨重而马力十足的东方红牌重型推土机，神秘而陈旧的万寿宫在推土机坦克履带连续数日不停地隆隆碾压下化为瓦砾。

第 3 场

满脸痤疮的马晓朋在万寿宫破四旧，一榔头砸碎许真君泥塑的同时，连带取走了另一个人的性命，事出意外，又是革命行动，便没担任何责任。死者工宣队长王师傅在人们眼里仅仅是个倒霉蛋。

马晓朋继续在豫章路的豫章中学念高中，继续逃课、打架，叼一根仿佛永远点不着的飞马牌香烟出没于豫章路。万寿宫一榔头的经历反而令他有了杀气，使人对这个满脸痤疮的少年畏惧三分，他一副屌兮兮的样子没事就晃荡到了胜利路，不小心踏入八一桥地界，遭当地的罗汉暴打回头。

八一桥的罗汉以狠出名，威望最高的，却是八一桥菜场的一个卖菜的，诨名叫驼子。驼子背不驼，只是话少，半天可以不吭一声，貌似老实驼子。可一回他闪电般出手，就拧断了一个享有名头的罗汉的两根手指，令对方跪于脚下求饶，称他大哥。从此八一桥地带的罗汉都对驼子心怀敬畏。但驼子只是享有江湖上的名气，从来不插手江湖烂事，他仍卖他的萝卜青菜。满脸痤疮的马晓朋却是屌性不改，由于生得人高马大能打敢拼兼能勾搭女同学，便得了个马卵糟的诨名。城区街巷地盘上混的大小罗汉都有诨名，没有诨名的，多半不好意思在街上出头露面，也就别想勾上女雀子（女流氓），那就属于打不出来的罗汉，只能跟着有名的罗汉做吊刀（马仔）。

马晓朋对八一桥的驼子是仰慕已久的，他极其佩服驼子那一手能拧断人手指的绝活，总想找个机缘学个一招半式。

马晓明几次到八一桥菜场溜达，连驼子的鬼影子也没碰见，他晃到东万宜巷，又冤家路窄，被四五个正在用快刀劈甘蔗赌香烟的小罗汉截住。没容他开口，人家都欺上头，将未熄火的烟头往他颈背衣领里塞。马晓朋当即发难，却遭众人拳脚交加，打出那条破布条般的巷子，狗似的落荒而逃。马晓朋回到石头街，想找绳金塔的大罗汉，诨名三节包的，帮他出头。

三节包是个拖板车的，一身酱油色的肌肉闪闪发亮，单手能举起板车的双轮子，脚上却穿着一双擦得贼亮贼亮的三节头皮鞋，在板车行当里，穿三节头皮鞋的独他一个，有个老大讥讽他几句，当即被他打趴下。他朝皮鞋吐了一泊白痰，把脚伸到老大跟前。老大乖乖蹲下，不加思索就腾出一截白衣袖来揩皮鞋。三节包鼻子重重哼一声，脚一顿，抬到他的鼻尖下。老大翻眼再往上看，见三节包吐出鲜艳的舌头，用手指尖点皮鞋。他是要老大用舌头舔皮鞋上的痰。

此刻在这个倒霉的老大眼里，三节包吐出的舌头，像一条鲜艳的狗鸡巴，很恶心。他闭上眼，忍住，仿效三节包伸出舌头，正要去舔。三节包竟把脚缩了回去，自己扯肩上的布掸了掸，哈哈笑道："好兄弟，够味！"

从此三节包成了绳金塔的老大。他的塌鼻子上架起了一副墨镜，扁脸鸭嘴，端着架子，一张好似洗不干净的脸，也就仿佛有了板荡之气和阅尽江湖风云之色。街巷混混见了，便显出卑恭与敬畏来。

马晓朋见过三节包几次，三节包虽没把他当回事，却觉得人还客气。三节包粗人一个，连大字也认不得几个，毕竟是个莽夫，对此马晓朋心里是不屑的。他心想早晚有一天要取代他。马晓朋后来爱上了绳金塔荡得出名的女流氓"酒精灯"，惹来了几条街的罗汉参与一场大型群殴。那几条街都有罗汉与酒精灯有染，岂容马晓朋独占花魁？便都跟马晓朋争风吃醋起来。马晓朋率豫章路的流氓兄弟上阵，第一次吃了败仗，大家都不服，便联手沐英城巷和右营街的罗汉来助威。暗地备好了十几条偷来的自行车的铁链子，缠在衣袖里，以便开打的时候，一挥而出，横扫千军。

马晓朋遣人约好对方，拟于次日日落时分到进贤门摆场子，企图一举扳回面子。正当双方人马拉开架势，在进贤门打得如火如荼时，两边人都被警察包抄了。是西湖分局动的手，各方领头的皆遭拘留，马晓朋也在其中。只是马晓朋在这次群殴中打坏了一只左眼，被在抚河分局上班的细叔保释了出来。经高明的大夫治疗，他成功地换上了一只狗眼做替代品。每当他用左眼看东西时，都是变形的，仿佛会扭动，出现一些穿古装的稀奇古怪的影子。

起初，他以为是重影，大夫也说人畜器官移植会有一段时间排异与不适，可时间久了，那只眼睛愈发乖张，能看见更多别人看不见的可怕之物。他甚至想挖掉那只该死的狗眼，大夫说现在它已长好了，就是他身体的一部分，再挖除，会引起神经坏死，双眼都会瞎掉。

马晓朋只好作罢，只是他尽量眯起左眼，只用右眼。一天，他在翠花街用一只眼睛看人敲洋铁时，遇到了一个穿湖绸长衫的人，那人自称是他舅舅的老熟人，叫柳士龙。

他对马晓朋说："我知道你现在在街上有了名气，算个罗汉。"

马晓朋斜睨着他，冷冷地说："跟谁说话呢？我又不认识你。"说罢，将头撇过去，继续专注于人家敲洋铁，好像他不是无聊，而是真对敲洋铁有了特别兴趣。

柳士龙说："你不是这块料。"马晓朋不高兴地蹦一句："你怎么知道我不是这块料？"柳士龙说："就是这洋铁吧，只有敲打后才能成器。"马晓朋嘿嘿笑道："你以为我是洋铁呀！"柳士龙道："我可没这么说。"马晓朋说："那你闲得慌，敲打我来了？"

柳士龙说："我还真没这闲工夫。"马晓朋说："那就一边待着去，别走翘步街。"说罢吹着口哨，吊儿郎当就要晃开了。

柳士龙抓住他肩膀，马晓朋肩一抖，没抖脱，那手像焊在他肩上，他感到一股沉甸甸的阴劲，知道遇上道上高人，心里有些恐骇，说："我跟你没仇吧！"柳士龙道："你别紧张，我只想跟你交个朋友。"马晓朋用一只眼盯着抓住他肩头的手，撇撇嘴说："有你这么交朋友的吗？"

柳士龙一松手，马晓朋就甩甩膀子，那半边膀子都有酸胀之感，又不放心地说："你没给我下'五百钱'，要把我膀子废了吧？"

"五百钱"是民间流传的一种阴狠点穴功夫，由丰城一带传入南昌，市井传闻有那功夫的人，只要一搭你肩膀，就把你穴位封了，若知晓，赶紧送五百钱去求人解穴，不然轻则三五天内一条好端端胳膊必定废了，重则半月之内性命难保。

过去南昌人与丰城人结了仇，仇家必遣五百钱高手来报复，故南昌人对丰城五百钱十分忌惮，谈其色变。柳士龙拍拍马晓朋的肩说："放心吧小老弟。"马晓朋顿觉酸胀全无，肩膀轻松，仿佛虎口脱险，便歪头说："有事就说。"

柳士龙笑笑："嗯，刚才我们说到哪了——对，你以为你算个石头街的小罗汉了，是不是？可不过是烂崽一个。你要做就得做出桩像样的事！"马晓朋听他这么说，开始怀疑他是公安局的便衣，他知道自己在局子里有案底。八成是便衣找他做卧底，便显出几分鄙夷，说："你要我去做钩子，那可是找错人喽！"他边说边将脑袋摇得像个拨浪鼓。

柳士龙盯着他，掏出一包壮丽牌香烟，自己咬一根到嘴上，递给他一支，说："你正是我要找的人。"马晓朋满头雾水，不知所以地再次重申："我不认识你。"柳士龙说："你不认识我没有关系，关键是我认识你。"

马晓朋听他这么说，更怀疑他是便衣。他不接柳士龙的烟，仿佛那是套。口里只说："开什么玩笑，我饭还没吃呢！"柳士龙将那根烟塞回皱巴巴的纸盒里，说："这好办，附近不是有一家红卫汤包店吗？听说味道不错，吃过吗？"马晓朋又撇撇嘴，也不说自己吃没吃过，否则太老土，显得没面子，只假装不当回事地"哦"一声，也算答应这趟吃请了。

柳士龙把他领到翠花街口，这里过去是以热闹著称的洗马池，红卫汤包店就在马路边上，木门刷着绿漆，门玻璃上用红漆写着店名。马晓朋坐定，看看店里几张四方桌都空着，桌中间各搁着一筒倒插的筷子、一个豁了口的白瓷酱油壶子，顾客只有刚进来的他们俩。柳士龙去开票交钱，不一会儿，服务员就端上来一摞六蒸笼热气腾腾的汤包。马晓朋心中暗喜，敞开怀，反正人家请客，一口气连将五笼汤包吃了下去。柳士龙不吃，马晓朋以为他是怕多花钱，便有些不屑，恶作剧般又吃起第六笼来。

柳士龙点燃第二根烟，笑眯眯看着他，仿佛对马晓朋的吃相颇为欣赏。第六笼吃到一半，肚子已撑得溜圆，胃口也起了腻，马晓朋忍不住打了一个嗝，涨到喉咙的汤包汁些从嘴里溢出来。马晓朋为这个很丢脸的饱嗝面皮一红，很是惭愧。赶紧掏出脏不拉唧的手绢假装揩脸，以掩饰脸上的难堪。那条手绢是女友酒精灯送给他的，原本是粉红色，被他用来抠鼻孔，揩嘴，抹鼻涕，从未洗过，早已像是纸壳一般硬，揩在脸上仿佛带刺。柳士龙吐出一口比较浓的烟，像飘荡的破布，恰好帮马晓朋掩饰了难堪。

马晓朋收起手绢，草草往裤袋里塞，不慎掉到了黑乎乎满是油污的水泥地上。马晓朋这时对那条女友送的手绢似乎有了心疼，他想弯下身去捡，肚里满当当的汤汁直往嘴里倒喷出来，马晓朋慌忙挺起身子，才稳住。柳士龙笑道："吃饱了吗？"

马晓朋连说话都困难，只点头，像鸡猛啄几下米。柳士龙就说："那咱就先坐会儿。"马晓朋斜着身子，一边打着嗝，一边再次打量着他，见柳士龙样子并无太特别，一身灰色干部服，平头，面孔五官周正，表情时而严肃，时而放松，双眼有着疲惫的黑眼圈。这种人常混人堆里，却非同一般人，此时他一脸似笑非笑的神情，仿佛对整个世界都充满不屑与无可奈何，其深不可测好像他已活过几辈子了，是一根惯于出入于江湖的老油条。马晓朋索性点破他的身份："我知道你是保兄！是分局的吧？"马晓朋说的"保兄"，是市井坊间对局子里的公安人员，尤其是刑侦便衣的称呼，是时公安又称保卫部、保卫科，保兄由是得名。

"不瞒你说，我跟保兄，不挨着！"柳士龙说着话，把手指上大半根没吸完的烟弹了出去，那烟一溜弧形，像飞镖，煞是好看。

马晓朋庆幸自己走了眼，便认定对方是道上朋友，就有了兴致，说："那你是有对头了？找我是要卸人家的一只手，还是一只脚？"柳士龙哈哈一笑，不答话，又摸出烟，只顾划着火柴，点嘴上烟，先吸一口，再递过来，马晓朋故作大气地推开，柳士龙坚持递给他，仿佛是一种试探，马晓朋接过，颇为老练地吸着，根本不像个十六七岁的人，俨然是根老烟枪。马晓朋吸了几口，再客气地递回去。

柳士龙接过，弹弹烟灰，眼盯着烟头，说："你打死一个人？"

马晓朋顿时有些支吾："没，没有的事。那个，谁，是被倒塌的泥塑砸到头，压死的。"柳士龙说："是你先砸了许真君的头吧！"马晓朋抢辩道："是他叫我砸的！"柳士龙说："他还是因为你砸了才死的。"马晓朋停顿片刻："我说嘛你还是保兄！这都好久以前的事了。你们这种人，就喜欢翻老账。"

柳士龙说："可你总有账让人翻啊！你以为你真砸的是许真君，破的是封资修啊！没有的事，那是活生生的人命，人家可有一大家子呢！男人死了，就是顶梁柱塌了，女人一病不起，还有大小三个孩子，老大捡煤渣，老二帮人推板车，老三还小，还在尿裤子，谁去管他们！你砸了许真君，死的是王大发王师傅！可现在全靠你院子里的邻居打鼓佬关心照顾着，没准哪一天三个孩子长大了就会找

269

你复仇了。"

马晓朋有些沮丧，却还是反击道："你别说得那么吓人，跟电影似的，还苦大仇深。我又不是地主老财，又不是黄世仁南霸天，还真没个完了。"柳士龙说："你等着吧，打鼓佬当初可是看见你砸那许真君，不，是砸到王师傅的见证人，他可是亲眼看见你是怎么砸的——王师傅是怎么倒下去的。"马晓朋狐疑："你是怎么知道这些的？你是怎么知道打鼓佬亲眼看见了我？你怎么知道打鼓佬是我院子邻居？你又说自己不是保兄，你是什么人？！"

柳士龙平静如水，淡淡地说："我是什么人？这个你不用问，总之我是来指点你的人，来救你的人。"马晓朋一撅屁股："哎哟，你说得这么玄乎，好像我真掉在套里了。你当我马卵糟才刚出道混啊！也不去石头街绳金塔打听打听。"

柳士龙做了个颇为不惮的手势，嘴朝烟头吹一口气，一撮雪白的烟灰飘到马晓朋脸上，他冷冷地说："你那点事，甬问，我都知道！酒精灯是不是？一个罗汉会靠女雀子罩着？充其量也是个没出息的花罗汉！"说着柳士龙眼角轻蔑地瞟了一下马晓朋掉在地上的脏手绢。马晓朋深受挫伤，他最受不了别人轻蔑的眼光："你说谁呢！有这样骂人的吗？"

柳士龙若无其事，轻描淡写地说："我是骂你了吗？"

第 4 场

绰号叫酒精灯的余小眉，其实是个瘦削骨感的漂亮女孩。一次上化学实验课时，戴高度近视眼镜的化学女教师拿出实验用具，小心翼翼划火柴点燃酒精灯，将一只下圆上长的玻璃器皿，装有氯化钠的试瓶在灯上烤一下，让同学们了解化学反应。没容女教师提问，余小眉就发现新大陆般叫道："气鼓卵！"

女化学老师愣住了，还没反应过来，教室同学已是哄堂大笑。待化学女教师明白过来，用黑板刷往桌上使劲一拍，熄灭酒精灯，骂了声："流氓！"愤然朝走廊而去。

余小眉从此得名"酒精灯"，后来干脆逃学，跟社会上一帮不良少男少女在绳金塔一带混，让男流氓争风吃醋，渐渐在不断惹出的一次次群架里出了名。

马晓朋第一次见到酒精灯，就被她有些玩世不恭而混合着冷艳的气息所吸引，就像沾了毒品，明知有害，却欲罢不能。余小眉留着齐耳根的游泳头短发，脸圆，皮肤像牛奶冰棒一样白。马晓朋跟着她从一间朋友秘密举办地下舞会的黑屋里出来，从寂静的省委宿舍（那些单门独院的高干楼死气沉沉，恍若无人，其实里面可能住着某位已故首长的遗孀）所在的经纬路，走到热闹繁杂的胜利路市井中心。马晓朋像尾巴一样跟着她。“别追我，你追我干吗？”酒精灯噘着嘴，气呼呼地说：“拦住他！”她对聚在扁担巷口比拼劈甘蔗的一伙小青年招呼，语气不容置疑。那伙人放下手中的比拼，有的顺手抓一条木棍，有的操起一把铲子，有的干脆拎着劈甘蔗的片刀就围了过来。

马晓朋知道这条巷子里有一个叫王甘蔗的，人又叫他甘蔗王。甘蔗王倒不是会种甘蔗，会卖甘蔗，而是会劈甘蔗，会用一把明晃晃的片刀把甘蔗从头劈到根。每到过年，甘蔗王便去甘蔗摊上与人打赌刀劈此物，双方约定的是劈到某一节，某一节以上部分就归劈者所有，因此他几乎每次都把整根甘蔗赢在手中，然后砍断一截往人怀里一扔：“拿着！”气势雄伟得很。甘蔗王还有更绝的技艺，放鞭炮，手握一根猪大肠粗的炮仗，点燃坚持到最后一秒，突然一扬手扔向空中，与此同时，只听得半天云里一声雷鸣，红黄纸屑，纷落如雨。但有一次他扔晚了半秒钟，那只手就不见了，从此改绰号为擀面杖，因为那无手之臂颜色粉红，质地光滑，状如一根过年擀饺子皮的短木棒。

马晓朋对扁担巷地痞瘪三是见识过的。此时他抡两条凳子腿，根本没把向他拥过来的瘪三放在眼里，他一边大声呵斥，一边左击右打，一口气打过百十米的巷子，头上淌着血，追了上来。酒精灯立住，回过头，有些感动。语气和缓而柔软了起来：“你这是何苦？傻不傻呀你！我不是值得你追的女孩！”马晓朋说：“我不在乎！反正你就是我要追的女孩！”

马晓朋为争酒精灯没少吃苦，被人五花大绑地吊打，打得下身遗精，他竟有了种难以言喻的快感，人便服了他，让他得了酒精灯，马晓朋名声大噪。这就引起最早跟酒精灯余小眉有过一手的大井头巷罗汉刘小宝的十分不满，他带人把马晓朋一伙打得皮塌毛落，正要扬长而去，马晓朋从烂泥水里爬起来，指着刘小宝，气咻咻吼叫："我跟你不得脱节！"小宝一回头，道："好哇！我等你，再打过一场。"接下来终使马晓朋在进贤门的下一场群殴中打坏了左眼。

马晓朋后来才知道余小眉是市委书记余天水的叛逆女儿，她闭口不提自己权倾一时却对宠爱的千金没有一点办法的父亲。余小眉给马晓朋看自己一周岁的黑白照片，一个光着身子的女婴，只有脸上的酒窝依稀还在。马晓朋歪着头看她，那女婴仿佛已从余小眉身上消失，或藏在她身体里。马晓朋见过她的全身，亲近过她的每一寸皮肤，感觉到的是她的皮肤细腻如婴儿，但她的毛发黑且浓密，就像隐藏着流水的原始森林，蕴含着野性。她的爷爷是个老猎人，曾经在山林里猎野猪，每到夜晚，一双眼睛还像豹子一样闪闪发光，爷爷老了，床头仍挂着擦得锃亮的老猎枪。父亲余天水是背匣子枪打过仗的干部，平日的面孔如同苍凉的莽原，令人敬畏。母亲是位歌舞团演员，从未演过主演，身体既柔软又过于丰满，对于中国歌舞演员，尤其是革命的舞蹈女演员来说，丰满是先天的局限。她嫁给领导干部余天水后就退出了舞台，担任副团长，余天水在她丰满的身体上如鱼得水，仿佛找到了肉体的舞台，他莽原般的脸上一度挂满了操劳过度的痕迹。女儿余小眉的出生，使余天水充满了欢喜，他将女儿视作自己辛勤的劳绩，疼爱有加。他反反复复地看，越看越像妻子，满一周岁，他抱女儿坐黑色吉姆车到真真照相馆拍下了周岁照。当时的时尚，不管男孩女孩，都光着身子，余小眉笑吟吟的，俩小酒窝，像浅浅的花蕾。

马晓朋一直认为自己是属于生得渺小死得光荣的那种人，他在进贤门的惨烈群殴中打坏的左眼，换了一只狗眼做替代。平常只用右眼看人视物，左眼尽量避免与人对视，与其说是出于内心自卑，不如说是那只装在他眼眶里的狗眼，能使他看见一些别的东西。

那是人眼绝对见不到的怪异东西，比如传说的鬼怪。马晓朋不信这个，只当那是畜生眼里的世界，他不是畜生，他是人，就有意不用左眼看东西，仿佛狗眼在他脸上根本不存在，也以此把自己作为人所在的世界与畜生的区别开来。可事情往往难如其意，总是不经意间，左边那只狗眼便会不听使唤地睁开，自行其是地逡巡它的世界，这就使马晓朋会不断看到一些不该看见的东西。

一个相貌姣好的少妇吸引了他的目光，少妇身后无人，光天化日下，马晓朋却看见有个影子伏在她的背上。开始，他并没经心，再看就讶异，接着心生恐惧。豫章后街茶铺明明是三五个老头在笼着袖子喝茶闲聊，他左眼看到的却是牛头马面。一只猫顽皮地追着破报纸飞跑，他却能看见那张纸被一只血淋淋的断手拎着，猫是在逐血腥气味。这样的景象使曾经胆大包天的马晓朋经常吓出一身冷汗。他害怕起他那只换过的左眼来，确切地说是狗眼睛。他多次找过大夫，说很不舒服，难受得作呕。恳求将狗眼摘掉算了！大夫移过灯光仔细观察，多次耐心地说："无异样，恢复得极好。替换的眼睛就像是从你身上长出来的，完美无缺。"马晓朋没说那眼会看见邪物，只说难受得很！大夫说："动物器官移植到人身上自然会有一段时期的排异性，视觉也会有恍惚，慢慢就习惯了。"可是马晓朋不能习惯，有一次他看见一个影子抱着光溜溜的婴儿在街头乱走，自行车撞上来，婴儿哇地惨哭起来，影子若无其事地飘走。马晓朋分明看清婴儿生着一张满是皱褶的老脸，如同噩梦。那天午后，学校停课已多日，马晓朋从破窗户爬进教室，独自蜷缩在课桌下，抱着头抽泣起来。

他感到痛苦、伤心，哭了很久。他猛地举起一支圆珠笔，对准左眼，颤抖着，真想用力戳下去。一声猫叫，酒精灯苗条的腰，像猫一样爬过窗口，双手后撑，头发飘闪，身子跳了进来。马晓朋一张脸从抱头的双肘下露出来，满是泪痕。酒精灯也不问，眼神里满是心疼，两人抱在一起，不动，相互搂得很紧。久久，才分开。

酒精灯说："让我瞧瞧你的眼睛！"手指就去掀他左眼眼皮。马晓朋手捂着，不肯。酒精灯女孩子兴起，更要看，马晓朋死死捂着，好像怕左眼一睁开，她就不是她，而是别的什么。他心有恐惧。酒精灯不解，淘气地硬要掰他捂住左眼的手。马晓朋急怒而起，挥右掌扇了她一个耳刮子。下手不轻，酒精灯一时被扇蒙了。待反应过来，见马晓朋那只右眼怒视着她，嘴里发泄地吼道："你知道我这只狗眼整天能看见什么吗，啊？！"

酒精灯也不示弱，跟着尖叫："能看见什么？不就是妖魔鬼怪吗！这世界难道不都是妖魔鬼怪，你怕什么怕？怕我是鬼吗我是妖吗？我就是要让你睁眼看看我，是不是人们说的女流氓女雀子酒精灯！是不是个吓死巴人的女妖精！"

马晓朋经她这样无遮无掩地一嚷，竟突然有了安慰，他松下左手，慢慢打开左眼，认认真真看着酒精灯，好一会儿，才说："你不是女妖精，也不是女流氓女雀子，你不是酒精灯。你在我眼里是个名叫余小眉的美丽的好女孩。"

余小眉不无惊喜地说："真的吗？你说的是真的吗？我是个好女孩吗？！"马晓朋点头，说："真的，你是个好女孩。"

余小眉站到课桌上蹦呀跳呀，舒展着身材，说："我美吗？我真的很美吗？我怎么不知道啊我……"说着她哭了起来。马晓朋也哭，说："你很美，我说你很美就是很美嘛！"余小眉一边哭，一边伤心地说："我一直觉得自己丑，是个坏女孩……"马晓朋用手绢为她擦拭眼泪，说："谁说你丑我跟谁拼命。"

余小眉破涕为笑："谁要你拼命了，你已经把一只眼都打掉了。"马晓朋苦笑："还好，这不有了一只狗眼吗？"

余小眉说："你呀若把命拼了，你爸妈会伤心死的。"马晓朋说："你呢？"余小眉问："我什么？"马晓朋说："你会伤心么？"余小眉说："你别这么问，再问我又会哭的。"马晓朋赶忙刹住："好好好，不问了，什么也不问了行么？"

第5场

炎热的六月天，城市里到处都是红色的，仿佛一座名副其实的红（洪）都。红砖房子，红色街道，红色袖章，号称仅次于天安门广场的插满红旗的拥有红色主席台的第一枪广场建成了，南昌城像在彤色的火上烤，人都似热锅上的蚂蚁，戴着红袖章打着红旗喊着红色口号到处乱窜。城里大街小巷都刷满了标语，墙不够用了，又竖起篱笆墙，糊上报纸再用墨黑刷子刷上更加激烈的标语，标语中出现的人名，均打上了粗暴而有力的红色大叉，仿佛宣判了死刑。那标语既令人触目惊心，眼皮狂跳，又撩起莫名的亢奋与原始激情，一座城市也就如同进入了危险的血压高状态。房屋，街道，工厂，机关，学校都在高烧和血压高状态下眩晕，一层层累积的糊在墙上的纸标语像鞋底一般，又厚又硬，散发着暴烈的刺鼻气息。

也就是在这个令人骚动不安且焦灼的下午，马晓朋还没走进赣剧团家属大院那扇名存实亡的大门，就看见一条令他脑袋几乎爆炸的大字标语：董艳玲畏罪自杀，是自绝于人民，罪该万死！

董艳玲是马晓朋身为赣剧名伶的母亲，早年因演《还魂记》的女主角一炮而红，曾数度进京表演，还拍成戏剧电影公映过一段时间。狂热群众运动一经掀起，她就被打成了"三名三高""黑线人物"，《还魂记》也被定性为"大毒草"。董艳玲大热天被强行穿厚重的戏服化彩妆接受群众批斗，三天两头有人上门来抄家。把当年恋爱时，马晓朋身为编导兼文化局分管地方戏的副局长的父亲马一鹤，写给母亲董艳玲的情诗也作为黑材料。

马一鹤作为反动学术权威，先是在城隍庙被隔离审查，城隍庙里供的灌婴是西汉名将，豫章城最早筑城者。专案组进驻城隍庙之前，城隍就被砸了，辟出几间冷清的房子，除专案组占光线好的两间办公，其余皆关隔离对象。城隍庙侧对小金台，转弯处是一栋四层灰色水泥覆面的原抗战时空军俱乐部老楼房，后改为市委内部招待所，里面住着一两位年事已高身体欠佳的老干部。与城隍庙相隔一箭之地的是人声鼎沸的建德观菜市场。

马一鹤熬过隔离审查后，被下放到珠湖农场改造。原本董艳玲是要随丈夫同期下放的，但剧团一位浓眉大眼、貌似样板戏人物杨子荣的军代表万先勇，特别提出：董艳玲留单位接受批判，清其流毒。

万代表是山东人，脸呈酱油色，大块头，天再热，也穿一身汗渍渍的军装，戴军帽，腰间皮枪套里是一支红布包的鸡腿撸子手枪。那支枪是当初他的一位满脸大麻子和一嘴蒜臭的老上级送给他的，老上级有个相貌奇丑又任性的女儿，他貌似慷慨而又带命令性地招投军的孤儿万先勇为入赘女婿。老上级把鸡腿撸子别在他腰上说："这把枪，就像我女儿，我送给你了，你要好生挂着。"

枪，是把淘汰的烂枪，万先勇虽时刻挂着，却从没擦过，任其让红布包着，但它毕竟是一支枪，沉甸甸的，仿佛代表着不可动摇的权威。所以再怎么样，除了洗澡之外，他也是一直系在腰上的。

　　马晓朋在外面游荡，斗殴，游行，已很少回家，这个家如噩梦，他不愿回，这次，他一回，就跌入了噩梦的深渊。他和余小眉一人各穿一套半新不旧的黄军装，暴烈的太阳，已把他们晒成了两条干巴巴的影子。晚上，他梦见自己迷失在瀛上烈士陵园的老林子里，里面都是烈士墓，每年清明他所读的豫章小学都会组织学生们一路举着红旗从城里排着队、唱着歌，自备干粮来这里扫墓，然后孩子们就游魂似的在林子的墓地里追逐嬉耍，有一次他跑离了伙伴，迷失在老林里，他东跑西跑，碰到的都是坟墓，和同学们在一起祭扫时那些埋葬烈士的墓并不可怕，而当一个人面对那一堵堵墓碑时竟觉阴气森森，仿佛置身于鬼域阴间，他不由哇地哭了起来，一边惊慌失措地奔跑，一边大声呼喊着："妈妈！妈妈！"他的哭喊被守墓人听到，帮他找到了急坏了的老师和同学。可林子里迷失的那一刻从此成了噩梦，多少年来一直伴随着他。

　　马晓朋后来才知道母亲董艳玲之死的前后真相。发现董艳玲服安眠药自杀的，是暗中关心她的剧团打鼓佬许大头。他首先跑到办公室打电话要医院来施救，被军代表万先勇拦下，问情况，许大头说："赶紧送医院，还有救！晚了人就没用了。"万代表皱起眉头，呵斥老许道："也不分阶级立场，知道这是什么性质吗？！"董艳玲这种行为是自绝于人民，必须到现场去批斗，让群众擦亮眼睛，看清真相！万代表当即纠集一群人赶到董艳玲家里，对她进行最后的现场批斗会，逼迫早已不能说话的董艳玲交代罪行。及至人死了，万代表才叫来医生，说要寻找国民党留给特务用的发报机和照相机，强行命令做尸体解剖。万代表说："有人揭发董艳玲是国民党特务，是奉了命令才自杀的，所以要做尸体解剖，检查她肚皮里的特务作案工具。"医生本能抗拒，说："人都死了，何况肚子里是藏不住发报机什么的。"万代表面色很难看，说："特务眼珠子里都能藏照相机，一支烟里都能藏炸弹，还用钢笔手枪搞暗杀，为什么肚子里不能藏发报机？！我们不能放松警惕！"医生说："我只会给病人开刀治病，这样开膛剖肚？我没学过，找特务作案工具，那是法医的事。"万代表顿时恼怒起来，张口骂："你他妈的是个什么东西！一点革命立场也没有？难道要老子崩了你！又没有叫你给她看病，不就是叫你找她肚里的发报机吗？你到底是开还是不开？"这个医生害怕了，手心冒汗，觉得鼻梁上的眼镜框夹得有些疼，他扶了扶眼镜，不知从哪里找来一把医用的小斧头，进行当众剖尸。军代表万先勇始终站在旁边，没离开半步。医生当众将董艳玲的外衣和乳罩剥去，用小斧头从咽喉以下砍起，左一斧右一斧地一根肋骨一根肋骨地砍，将内脏拉出来。在胸部没有找到发报机，继续再往腹部找，掀开肚皮，肠子也翻过来，结果只找到了一百多片安眠药，其他什么也没有。即便如此，万代表下令继续深挖。最后一斧劈开了耻骨，膀胱破裂了，尿喷了出来。万代表望着董艳玲破碎的尸体，悻悻地说："董艳玲，我没看过你的戏，也没看过你的电影，今天我看到你的原形了！"

后来有人认为军代表万先勇与董艳玲本无仇隙，完全是他对名旦董艳玲一厢情愿的暗中艳慕，梦想一亲芳泽而不能，所导致的变态作恶行为。

马晓朋再次见到柳士龙时，翻起狗眼看了他一眼，竟吓了一跳，发现初次见此人时竟走眼了，他霍地立起身就想逃，柳士龙按住他，马晓朋惊骇，问："你，你，你是？"柳士龙却平静地说："这本是个人妖颠倒的世界，有什么值得大惊小怪呢？"

马晓朋的狗眼看到的面前这位英俊而面带疲惫黑眼圈的中年人居然完全是另一副面目，人说猫狗的眼能见鬼怪，眼前这个显然并非人类。

柳士龙按住他，说："别害怕，正因为你有异眼我才找你。"柳士龙从马晓朋身上看到了自己，仿佛他是一面镜子，他从中也看到了内心深处的一段毁灭的柔情。

马晓朋平静下来后将母亲的不幸告知了柳士龙，他觉得在这个世界上，自己和柳士龙都是异类，只有跟异类在一起他才有些许归属感。马晓明诅咒发誓说要杀军代表报仇，柳士龙却说："如果打鼓佬许大头不直接去报告军代表，而是送你母亲去医院，你母亲就不会死。是许大头害了你母亲！军代表不过是个狗屁不懂的大老粗，像蛆虫一样，担负不起你的仇恨。"

马晓朋被说得凉了半截，便有些不知所以，问道："那你说，我该怎么办？"柳士龙没有马上回答，而是点燃一根烟，慢慢吸起来。

不久全城就有传言赣剧团军代表万某在洗澡时，正进入忘我的自渎，被其凶悍肥壮的妻子发现，他们之间婚后少有性事，也未有子女生育。其妻见状，怒不可遏，将万代表搁在凳子上的鸡腿撸子手枪从皮套里一把掏出，拎着就冲进洗澡间，万代表大惊，手一松。其妻照他下身就是一枪，万代表的家伙被崩飞了。那把鸡腿撸子掉在水泥地上，枪把上还裹着红布。万代表的妻子既绝望又懊悔地说了声："我还以为这支枪打不响呢！"

万代表大吼一声："我操你妈！"昏死过去，血淌了一地，像一块更大的红布。

第 6 场

马晓朋站在洗马池边的时候，日当正午，刚从公共厕所出来，他肚里就空了，歪头想了想，便径直往胜利路走，他打算到射步亭街梅姨家去吃饭。梅姨曾是他家的保姆，马晓朋几乎是她带大的。

梅姨的前夫沈祥泰是过去南昌三大商场——泰昌绸缎店、山泰商场、丰泰布店，号称"三泰"的总老板，算得上南昌数得上的有钱人。梅姨当年白净修长，长得标致，是有名的美人，沈祥泰娶她时，前面已有三房太太，梅姨贤淑，深得宠爱。公私合营后，沈祥泰被定为大资本家强制改造。四房太太，大太太回修水老家，二太太跟他，其余两个，皆另择人家。梅姨下嫁给了沈家的雇工德贵。

德贵是个本分憨厚人，一天到晚只知闷头做事，不多言语。离开沈家，德贵做了皮革厂工人，有了一份养家的薪水，也就闷声跟梅姨深耕细作，生出了一男两女。

马晓朋念念不忘的是梅姨家的青椒炒油渣，百吃不厌，那喷香焦酥的猪油气息混合着青椒的生脆鲜辣味，隔三条巷子也能嗅到。猪油渣是寻常人家的上等佳肴，却又仿佛是梅姨家的专享，如同老天的厚赐——梅姨的丈夫德贵所在的皮革厂，处理原材料猪皮的第一道工序，就是清除猪皮上残留的脂肪。那些猪皮上的残留物被德贵和他的同事仔仔细细刮下来，就颇为可观了，厂里用来炼油。所余猪油渣，香喷喷的，捞出量也不少，便当福利分给职工。德贵十天半月就能带回一大包。梅姨心思好，每回都分给左邻右舍共享，一时邻邻舍舍欢天喜地，仿佛家家都有了浓郁的猪油的肉香。而每家视如珍宝的蓝色塑料封皮供应证，限定每户每月的量，合起来难有一斤肉，且都要留待年节或来了贵客才舍得动用。梅姨家的猪油渣就极为金贵。

马晓朋想到梅姨，就仿佛闻到了那股猪油渣的扑鼻香气。当年他总是就着一碗金黄色夹杂绿色点缀的辣椒炒猪油渣，扒下两蓝边碗米饭，把肚子撑得滚圆，就弓着腰，撅屁股，捂着肚皮往茅房奔，将一路鸡鸭惊得嘎嘎乱叫着四散而逃。想到当初那点出息，马晓朋脸上一阵发热，尤其自己撑得肚胀，梅姨一家却还空着肚子呢！梅姨的老家在距市区百里开外的松湖艾家。

这年冬季赣水流域气候格外冷，松湖艾家的村民被城里下乡干部撩拨起来的革命激情却空前高涨，为了向公社表明他们对红太阳的忠心，一伙男女村民操着火把敲锣打鼓要在寒夜去向阳镇的人民公社献上他们的忠心书——一首用大字写在红布上的文字火热的打油诗。

表忠心的队伍蜿蜒而行，火把在黑暗中微弱地晃动着一圈圈有限的红色光晕，它的光亮所昭示的是黑暗的无比强大，只有太阳才能把它推开。队伍在锦江渡口止步，为了证明他们炽热的激情与忠心，一致决定弃船渡江，对面雪岸已冒出了前来迎接的火把，影影绰绰。两边的锣鼓彼此敲出了呼应的节奏，众人摩拳擦掌，嘴里呵气成冰却跃跃欲试，仿佛都急欲扑通一声扎入水中，泅到对岸向组织掏出一颗红闪闪的心来。

队长刘太任觉得这还不够出彩。妇女主任刘彩娥挺胸而出，主动提出，大家在岸边鼓劲，由她一个撑着忠心书游过去，表明艾家的村民对红太阳是一心一意的，并且她要脱光衣服一丝不挂游过去，以示赤子之情。众人哄然叫好。

队长刘太任的独子去年夏日在锦江游泳，被水草缠身而溺亡，他为刘彩娥的精神所打动，原本他是想独自一人代表大家游过河去，既是用肉身在刺骨的水里实行对溺亡之子的伤悼，也是表达对红太阳的不二忠心。

妇女主任刘彩娥没容刘太任开口，已三下五除二脱掉了大红大绿的棉衣棉裤，把粉嘟嘟的身子剥了出来，冒着热气。一把从举忠心书的二苟手里抢过红布，人便将锣鼓敲得更加让人血脉偾张，河水都要沸腾了。仿佛人在红色运动中是没有严寒这回事的，红色的布，红色的火，红色的字，红色的任何物品，在这场运动中都有了神圣寓意。反之，黑色的，白色的，黄色的，就要受到红色运动的清扫。在很多村民烙下深刻记忆的这个冬夜的锦江两岸，锣鼓和口号声此起彼伏，都为裸着身子泅水过江献忠心的妇女主任刘彩娥而疯狂鼓劲。

自刘彩娥扑进黑漆漆的水里，男人们就看不清她粉嘟嘟的身子了，但疯狂的锣鼓与口号声仿佛把刘彩娥雪艳的大奶与屁股一次次高举在眼前晃荡，男人的血脉一再鼓胀，紧跟着也有几个精壮后生扒光自己扑通下水，追随刘彩娥的屁股而去，人就起哄。有的就捡碎瓦片贴水皮子打后生屁股。反倒将刘彩娥忽略了。

队长刘太任心里一动，叫一声"不好"！果然那头，精壮后生都上了岸，独少了光溜着身子献忠心的妇女主任刘彩娥。红太阳出来的时候，人们在下游一个浮着垃圾和气泡的河湾里找到一具全身赤裸的女尸，手里紧攥一块红布。她的表情幸福而安详。

第二章

第 1 场

余小眉在象山路殡仪馆对面工农兵医院和区法院交界口租下半爿小门面，开了个洗相馆。另半爿是一家卖花圈的。余小眉瞒着家里辍了学，穿一身半旧军绿服装，洗相馆小窗上就她一张俏脸晃着，像打眼的广告。她屁股后一副竹床搭在两条精光的板凳上，马晓朋从家里出来后，多半时间就陪着女友余小眉百无聊赖地躺在这里。一天，窗外探进一个头，问："马晓朋在吗？"

余小眉俏脸一扬："你认识他吗？"

那人说："老熟人。"余小眉有些狐疑："我怎不认识你？"那人笑，露出很白的牙齿："你是马晓朋的女朋友，叫——"余小眉赶紧打住他，说："我叫小眉。"回头敲敲竹床，故意抬高声音："马晓朋有人找了！"

柳士龙缩回头，身子斜靠窗口，掏烟，还没刮火柴，马晓朋就懒懒散散出来，头发乱似鸟窝。柳士龙说："看你像个长毛贼，也好意思见人，该剃个头了。"马晓朋说："谁想见人了？不是你要见我吗！"

柳士龙说："走走走，我领你剃个头去。"马晓朋说："我套条裤子。"说罢转回里面套了一条松松垮垮的军裤出来。

马晓朋到建德观剃头担子旁坐下，剃发匠老吴是个深藏不露的人，没人知道他真实的过去，仿佛天造地设，建德观那儿就该有副剃头担子，剃发匠就是老

281

吴。老吴一身蓝布对襟褂，洗得发白，溜光的头脸，像每天都精心修理过，好以此显示自己的手艺，那脸上架着闪闪发亮的金丝老花眼镜。跟人剃头时，他会全神贯注，眯着眼，盯着人的头，剃刀却在人头上神游一般，奇妙得很。他的剃头担子，早就年深日久，如同老古董。一头是镶有镜子的洗头架子，架子里嵌一铜脸盆，另一头是把笨拙的椅子。皆老旧得无法推断其年岁，唯剃刀照旧锋利，推子利索，磨刀布乌黑而油亮，一条洗头巾灰不溜秋，看不清一根纱。老吴似乎便是用这副剃头担子活到一把年纪，早出晚归于建德观一带。下雨天，没客人，便在屋檐下，唱旧京戏，一嗓子《空城计》，仿佛满眼迷离，尔辈尽是宵小——"我本是卧龙岗散淡的人哪……"烟嗓，拖抖音，踉跄起伏，跌跌撞撞般，不唱得九曲回肠，似雨样缠绵，不收声。

马晓朋从小跟父亲花五分钱在这里剃过头。读中学后多半就到胜利路理发店花一毛五理个头。

胜利路理发店有一位皮肤雪白、胸部浩大的未婚女理发师常给马晓朋剃头，他一坐下，女理发师就抖开一条白床单似的围巾，带一股凉风罩在他身上。剪头开始，女理发师整个身子都贴得很近，围着他转，随着一撮撮头发掉在脸上、颈脖子里，痒痒的，女理发师的胸部也会擦过他的耳背、脸部，尤其热天，女理发师里面穿得极少，外罩一件宽大的白色理发衣，马晓朋虽然佯作老实地低着头，眼睛还是能瞅见女子的乳沟和略微隆起的两坨白肉。

女子混杂着淡淡汗味的香皂气息热乎乎地刺激着他的鼻孔，令早年的马晓朋朦胧情动，心猿意马。放在扶手上的肘触及她下部的衣裤时，就有种异样的快感，而女理发师也有意无意在那部位蹭来蹭去。

有一晚，他梦遗了，那是夏夜，他躺在露天的竹板上，稀里糊涂觉得有两坨衬衣里的白肉在他身上来回蹭，感觉异样熟悉而真切，他隐约看清了女理发师的脸和白色理发衣里光溜的雪白身体。禁不住他少年的蓬勃便一射如注。好在夜黑，他摸着湿漉漉裤裆没人瞧见，天亮前就干得壳硬了。次日，一个疯狂的念头促使他写了一张向女理发师示爱的纸条，他要亲手交给她。事先想了种种交给她的方法，最正当的理由莫过于去理发，在理发的过程中将字条塞入她手中。其次是到胜利路理发店门口守株待兔，等她下班时尾随其后叫住她，将字条交到她手中。

第一种方法去理发，有可能她没空，正在跟别人理。如果在那里坐等，十之八九会被那个在一旁常常闲着而又对女理发师鲜活的身子虎视眈眈的拐子理发师拉到他的理发椅上去。何况他的头刚理几天，还没长起来，这样去不仅显得别有用心，而且胜算很小。剩下的第二种方法，只有硬着头皮守株待兔，虽费些时间，却能一击必中。

打定主意，便决定如法炮制。傍晚下班时间，是胜利路每天人最多最纷杂的时候，蛋黄般猩红的太阳在街西端缓慢下沉，把雾蒙蒙如蒸汽般的蛋清洒在街上，胜利路上尽是热气攒动的人群和面孔，就像泡在沸热中煮熟的饺子，汗淋淋地浮动着。

马晓朋看着女理发师背着一只粉红小挎包从胜利路理发店玻璃门出来，走了十几米踅入射步亭巷，立马追了过去。为了使自己显得体面些，马晓朋专门用母亲的香皂仔仔细细洗了个澡，头发也照镜子梳了梳，分了一条界。可在人堆里挨了一个多小时，又是一身臭汗。当马晓朋在巷子里追上女理发师，他"喂"地叫了一声。

女理发师回头，一脸奇怪和陌生，好像跟着她的马晓朋是个小偷。

马晓朋内心一下碎了，他还是壮着胆把字条塞到她手里。这时一个高大英俊的小伙子从旁边的厕所走过来，跟女理发师打招呼："你下班了？看电影去吧！"女理发师满脸灿烂，撒娇般说："人家还没洗澡呢！"小伙子伸手从女理发师手里顺手拿过字条，笑嘻嘻展开，说："哟，又收到情书了！"

女理发师一把抢过，看也不看，就撕了，嘴里不屑道："小屁孩。"便和小伙子手挽手走了。看着碎在地上的字条，马晓朋心上像蒙了一层白雪。他掉头就跑，发誓再也不到胜利路理发店理发了。此后他只让建德观剃头匠老吴剃头。

剃头匠吴忌见柳士龙同马晓朋来剃头，心中不无惊讶。他当然知道马晓朋是赣剧团名伶董艳玲和导演马一鹤的独子。关键不在于他的出身，而是这孩子有一只异乎寻常的狗眼，能辨鬼神，他能跟柳士龙在一起便不能不使他吃惊。

天道循环，万物并生，这个繁复冗杂的世界看似平淡无奇，凡人处世，处处都是凡事，鸡毛蒜皮的日子在手指上过来过去，了无新意的生活却合乎天道的轮回，而在看似不起眼的角落却隐蔽着天道轮回的暗中守护者。它让拿明刀明枪的人守卫一些看得见摸得着的东西，又让拿笔的唱戏的人守卫另外一些，更让有道法之术的人守卫着既看不见也摸不着的重要东西，那种东西就是天道轮回的秩序。这些道术之士外形随世道而变，混迹于市井常人之中，仿佛与他人无别，好像是低头不见抬头见的街坊，彼此表面都熟稔如同一块街头巷尾公厕上的老墙皮，而他潜藏的身份与本领旁人一无所知。他们隐藏得几乎跟凡俗众生无异，如果不是被异类惊醒，他们一生一世或许就是凡俗之人。

　　剃头匠吴忌是被柳士龙惊醒的人，他知道柳士龙不是冲着自己来的，他带着马晓朋，肯定是看中了这孩子有一只超乎寻常的眼，并要利用他去唤醒沉睡得更深的人。无疑他知道自己潜藏的身份，他会把自己视作潜藏者的一个联络点。想到这里，他不动声色地把剃头布朝风中一抖，冲着马晓朋打招呼："哎哟，来剃头了！"

　　马晓朋嘴一咧，"嗯"了一声，说："人请客，我剃头，他付钱。"将嘴歪向身边的柳士龙。

　　剃头匠吴忌笑道："那好，两位一块剃了。"柳士龙说："总该有个前后吧？"马晓朋说："付钱的在后。"柳士龙说："行。"

　　马晓朋说："吴师傅这回你可赚了。"吴忌说："我这行本是个亏本手艺，哪有什么赚头？"

　　柳士龙笑道："瞧你说的，你这无本的生意，有啥可亏的！"吴忌一边手头为马晓朋系上剃头布，一边说："我确实无钱可亏，亏的却是时间，这就是命，是亏了命的老本啊！"

　　柳士龙一语双关道："你可以不干这行啊，或许可以有更好的命！"吴忌眼一瞪："不干这一行？谁说的？"他对柳士龙说，"你能改吗？"

　　柳士龙说："我改什么？我有什么可改的！"吴忌道："就是嘛，你什么也改不了，我又怎么能改行呢！看来我们都是做亏本生意的。"

　　柳士龙赞道："说得妙。"吴忌说："再妙也妙不过天命安排，就像一出戏，早就让人编好了你我角色，谁又跳得出自己的戏呢！你这么演，我也就跟着演下去。"

马晓朋插嘴道："你们说什么呢？跟戏词似的。那我是什么？是个跑龙套的？"吴忌朗声大笑："快别说你了，早晚是个主角，得演得狠点，我才是个跑龙套的呢！"又朝柳士龙说，"瞧瞧这是什么主——不一般哪，太不一般了！"柳士龙道："别！你还真别这么说！戏呀都是被逼出来的，迫于无奈！就像《白毛女》里的杨白劳和《智取威虎山》里的李勇奇，哪一个不是苦大仇深？对他们来说，那戏就是报仇雪恨。"

马晓朋又打岔道："那杨白劳可是含恨而死的。"柳士龙说："没错，所以大春要报仇。"马晓朋说："大春是他女婿，白毛女才是正主。"柳士龙道："你说得太对了。丈人被逼死了，老婆被逼入深山洞穴逼白了头发，大春觉得此仇不报非丈夫。"

剃头匠吴忌咯咯笑着说："世道上演的难道都是戏？还真看不出来呀！"马晓朋说："怎么看不出来？不都明摆着在眼前嘛！"老吴意味深长又不乏无奈地"噢"了一声。手上的剃刀剃得仔细了几分。

第2场

与胜利路并行的子固路过渡到中山路那一段竟然是复式老街，柳士龙发现这条老街藏在经常走过的一条街里。那里头有古庙、老戏园子、茶馆、酒肆、楼台亭阁、马车、牌坊、匾额，像一套古典而珍贵的老家具。那些老房子皆如精致的木雕，乌黑发亮，每个细节都有着时光累积的包浆，从门洞里看进去，里面一进又一进，由天井隔开，层层递进，仿佛层出不穷。有老人坐在光影里闲聊，不一会儿跑出一个明花照影般惊艳的女子，她满怀善意而美好地望着你，漆黑发亮的眼睛如同深潭。房子里的过道由青砖和红石铺砌，上面布满青苔，灰暗潮湿，桌子和椅子都沉郁而笨重，仿佛经过千年。只有屋里的人都有着岁月无惊而静好的闲逸与从容，好像那些如水般的漫长光阴都从他们脸上流过，洗净了常人的疲惫与忧郁之色，使面孔变得光滑而丰润。

　　柳士龙心怀激动，万万没有想到这样一条街就藏在老城中心地带的两条街的过渡段而不被常人察觉，这里面又像一个夹缝，由一条缝隙进入，那个缝隙躲藏在一家百年国药堂里。国药堂内幽暗、混沌，散发着各种中药混合的苦味与草木、干虫、墨鱼骨头和贝齿类的腥气。药堂的门半开半掩，人都知道，却少有进去。柳士龙进去之后拐个弯，里面别有洞天，竟是一条老街。这样一群古人就一直生活在现代人背后。每次走进这条街他都是无限惊喜地到处观望，仿佛回到了久远别离后的老家，既熟悉，又异样新鲜，不胜欢喜，他总是忘记了与人搭话，甚至不知道他们的口音和言语。有一次他用照相机拼命拍摄，拍老房子、老人、老天井，拍明媚可人的女子，可快门总是按不下去，听不到相机快门的咔嚓声。端在手上的照相机不是卡机，就是没有胶卷，或是储存卡早满了，他总是着急，总是遗憾而怅然。当他走出这条街时，发现没拍出一张照片。再回头，那条街不见了。何时出现，有可能在下次或再下次经过的时候。如果再去那间百年国药堂，还是卖药的，却没有了那处能拐弯的缝隙，再前前后后打量，店里人皆以异样眼光看你，像是把人当一个贼，起了防范。这里是国营药店，个个都是国家职工，不能乱来的。柳士龙的脑里只停留有老屋的光影和女子明眸皓齿的鲜艳记忆，仿佛一个梦，但是真实地存在，那条街口上钉着蓝底白字的铁皮街名：翘步街。

　　柳士龙知道这是城里老街巷，去过翘步街多次，就在子固路出口，正对中山路。翘步街只是一条窄巷，巷口有家水果店，水果货架后面嵌着一面如水的大镜子，红红绿绿地映出无尽的苹果、香蕉、橘子和梨。可那条巷子里没有令柳士龙惊奇不已的老屋和那些惊艳的人影，只有几个懒懒散散的街坊，不是拎着马桶上厕所，就是弯身蹲聚在石头墩子旁下棋。柳士龙怀疑自己可能是经过那些窄得仅可容身的一人巷进入老街的，那条一人巷就在国药堂里，南昌街道房屋的缝隙里有很少这样的一人巷。

　　他以买药为名特地又到国药堂跑了几回，从前堂到后屋，发现里面仅有一个门洞，是个男女不分的厕所，根本不存在拐角的缝隙和一人巷。

　　他数度怀疑那条翘步街的景象与瓦子角的嫁妆街和棉花市的珠宝街及瓷器街

有几分相似之感，为印证这种感觉专门在这几条街转了几个来回，皆嘈杂不堪，烟熏火燎，不是拥挤的商贩摊，就是一家家招徕食客的餐饮店，家电维修站和烟酒店，这些街巷无一不散发出粗糙的油腻味混合呛辣与公厕粪便溢出的气味。柳士龙伤感地发现那条街藏在城中街道的不易察觉的缝隙里，像捉迷藏一般，尽管说出现就出现了，又如同海市蜃楼，但它不属于此世，而是他生生世的景物，那些人也个个与此世无关。他（她）居留在时光深处，永远在古老的街道与房屋里，与老时光老物件相伴，他（她）们走不出老街，不像他具有出入过去与现在的能力。有一回他和老许进入了那条街，在一幢老屋里，柳士龙流连老屋书架上的一卷卷纸页发黄的蓝布封面的线装书，依稀见到一卷《还魂记》剧集，他拿出来翻了几页，戏文的叙述使柳士龙恍然若梦。

乐颠颠的老许仿佛宾至如归，被房里的主人热情迎到里屋，出来时见老许颈上挂了一个银项圈，那是主人送给老许的礼物。柳士龙放下书卷，似乎对主人轻慢自己而厚待老许内心颇不舒服，闷头只往屋外走。老许却在身后一个劲地用古代烦冗而客套的礼仪跟人家告别，柳士龙故作视而不见，一路头也不回地走出来。真想一把揪住老许的衣领数落他一顿："贱人，贱人！就是发贱。"

这天中午柳士龙嘴里不干不净骂着，终于一把掐住了老许的脖子。

用肘子骨抵住他的不停挣扎摆动的肩膀，将整个屁股的重力压着老许的腰身，手里握紧刀子，横着架在他喉咙上，费大劲往狠里切割。仿佛在切一截香喷喷的香肠，他要享受这一刻，摆出一副咬牙切齿的凶蛮样子，又像在对付一只皮塌毛落却怎么也杀不死的鸡。他下了杀死对方一百次的决心，可是却杀不死这个看似完全被他占了上风的家伙。因为他手正握着的是一把软刀，像一截软塌塌的皮带，怎么使劲都被那把软刀化解了，柳士龙发现那把软刀正在消解他的仇恨。他折腾出一身白色迷蒙的灰尘和泥土，也无济于事。柳士龙愤懑地破口大骂一声，爬起身来，啐了一嘴唾沫星子，口干舌燥，一跺脚，那家伙就地打了个滚，像只土鸡带一股灰烟跑得飞快。柳士龙无奈地躺在床上，他无法在梦里处决一个仇人。好像这个梦不是属于他的，他主宰不了梦里的事情，这个梦完全是别人强行塞入他的睡眠里的，是对他柳士龙的挖苦与嘲笑。

第 3 场

这年二月的南昌，正是春寒料峭的湿冷时候，寒雨连江，仿佛把赣江的水降温之后，洒到了城里。厚墙路 2 号院门紧闭，像是要将凄风苦雨关在门外。一个身穿米黄色上海大地牌风衣，撑着黑色布面钢棍伞的男人，形迹可疑地在厚墙路 2 号院外徘徊，他竖起的风衣领子挡住了那张阴郁的脸。

院内一栋二层小楼，看似不见生机，灰墙上满是爬墙虎与青苔，此时在阴雨覆盖中显得神秘而诡异。厚墙路 2 号的原主人是一位很有荣誉资历的老军人，他的资历上可追溯到三十年代，那时他是转战部队的一名小马倌，准确地说他跟随的部队将领是个了不起的大人物。小马倌在一次意外遭遇战中负伤，一颗子弹卡在他的骨头里，顽固地不肯出来，这直接影响了他的身体和此后命运。他几乎从五十岁开始就在地方上挂了个虚职，同辈的战友程麻子已经干到了司令和省军区政委了，正如火如荼呢，他却被安排在厚墙路 2 号过着养老生活。医务人员会定期上门检查身体，一个叫小红的护士叫他栾老。

栾老身体病痛在身，脾气暴躁，对乡下保姆常会发火，尤其对保姆做的饭菜不满。他好一口赣江里的鲶鱼烧豆腐，说这道菜很容易的，只需鲶鱼和水都是赣江的就行，可保姆烧得就不地道，换过几个，一如既往，栾老也就怒不可遏，有时对组织上来的人怒斥：找个保姆这么难么！难道为这点破事要我给程政委打电话？！

组织的人就诺诺，保姆便一个接一个换。栾老唯独对护士小红和颜悦色，颇显慈祥，有时还会用家乡土话蹦出几句调笑。一次，护士小红为栾老量血压，小红用细嫩的手撸起栾老的袖子，露出又黑又糙的老树般的老手臂，栾老竟先咧嘴笑了，他摸着护士小红白嫩的手说："小红啊你可是个鲶鱼精呀。"

小红说："怎么了？"栾老说："鲶鱼的肚皮又白又滑，鲜得很，不就像你吗？"

小红笑着，把手从栾老的抚摸中缩回，说："那我就是鲶鱼精吧。"栾老满意地点头："是咯是咯。"

栾老年事渐高，只能卧床度日了，一栋二层楼的房子除了卧室，似乎皆与他无关。除了保姆会进出那个房间，整栋楼的人仿佛都把他遗忘了。他的离了两次婚的大儿子经常往家里领回陌生而妖艳的女人，栾老一概不知。直到有一天公安上门将他的大儿子以流氓罪逮捕，栾老在他那间白天也要开电灯的房间里咽了最后一口气。此时距那个穿米黄色大地牌风衣，撑着黑色布面钢棍伞的男人来门口还差四个月，也就是说栾老死于秋天。这时厚墙路2号的实际房东已是曾被栾老生前称鲶鱼精的小红，而此刻她早就成了一位人到中年的官太太。

当初栾家老大曾提出过要娶小红入门的念头，栾老竟出乎意料地反对，说："鲶鱼精要不得，会使你销魂蚀骨、血干精枯的！"栾老说这话时一脸狰狞，像个恶鬼。栾家老大见状，委实吓了一跳。

那个穿米黄色上海大地牌风衣的阴郁男人就是柳士龙，他对栾老生前称鲶鱼精的小红百思不得其解，怎么她就成了官太太呢？

这个他曾经熟得不能再熟的女人，这个她对自己的前世一无所知的女人，她幸福地住进了厚墙路2号，好像就终于找到了自己的巢，却不知道门外的街道上正徘徊着她前世的男人。这个男人本不想出现在这里，他只是突然心血来潮，预感到小红的身为抚河区区长的丈夫汪达铭，会在出差上海时，死于一次意外车祸。

事故发生的地方叫南昌路，当时在下雨，汪达铭刚刚拜会过一个在上海总工会做副秘书长的老乡，打算过马路到公用电话亭给怀有身孕的妻子小红打电话。一辆满是黄色泥浆的运货车经过长途跋涉后撞到了没带伞而又急于过马路的汪达铭身上。人行道上有人发出惊叫。司机猛踩刹车，已经来不及了，货车猝然而停，车身大震，货厢的门震开，一摞红砖急骤掉在结实的柏油马路上，摔得四分五裂。而汪达铭已躺在货车前右车轮下，齐腰压断，其状惨不忍睹。他的一张因失血而苍白的脸孔，在雨水的洗刷下如同景德镇的胎瓷，竟然有几分女人的无比脆弱的艳丽。开货车的外地司机惊恐之下慌忙逃逸，下落不明。

柳士龙在厚墙路2号门口来回走走停停，足足两个小时后，看见几个身穿蓝布干部装的男女打着伞过来，一路叽叽呱呱说个不停，神色颇显仓皇。他们到了厚墙路2号门口，领头的一个双下巴的胖子做了个噤声的手势，众人不语，面显严肃与哀戚之色。敲门再三，开了，一行人急急忙忙而又不无瑟缩地进了院子，门合拢。

五六分钟后，柳士龙听到了院内传出女子猝然爆发的哭声，像瓷器不慎掉在水泥地上，刺耳的碎裂声，一时不可收拾。面对一地破碎，仿佛无从下手。柳士龙抿了抿嘴唇，走开了。身后是寒风苦雨和遥远的碎裂记忆。

马晓朋随柳士龙各骑自行车，一前一后往大堤上蹬，面对45度倾斜的堤坡，马晓朋有些莫名的亢奋，提气，铆足劲，手握紧车把，两腿卖力，一口气居然紧咬着柳士龙飘在身后的衣衫，上了西河大堤。兜头的是黄铜色泽的阳光，扑打过来，是劲风挟着阳光，铜器般撞在脸上，硬邦邦的。马晓朋以为上了堤，便可以松弛了，不想大风吹得单线走的车身别扭起，像是薄薄的剪纸，弱不禁风，只有拼命用身体的重量压住车身，双手扭动车龙头把手，仿佛在跟强大的外力掰手劲，以期最大限度保持平衡。马晓朋张嘴，大风像一团破布堵住他的嘴。他喘着粗气，狠命咳嗽，风呛得直流眼泪，他语带撕裂地朝前面的背影喊："到背风的地方，停下吧！"柳士龙不回身，风里传来他的声音，呜呜地响："你知道我带你来干什么吗？"马晓朋吞一口凉风，把下巴歪到领子里，说："你不带我来看西河口的吗？！"柳士龙说："可还没到呢！"马晓朋没辙，硬头皮稳着单车往前骑。马晓朋记得，阳春季节西河堤下是有女子常在洒金的水边洗衣裳被单的。那些女子的打趣声，笑声，和浣洗的水声汇合，有些温软的喧哗，散发出洋洋暖意，哪有这冬日的冷硬。正吭哧吭哧边想边蹬着自行车，前头柳士龙却飞身从车座跃下，手指自抚河口入赣江的水面，说："你看，那是什么？"

马晓朋屁股一扭，赶紧下来，推车跑两步，往堤下瞅。

赣江青寒，泛着白色的光亮。而从抚河口流出的水里，似乎可以看见水皮下有一块块灰白色的床单大小的布匹，随波逐流。好像每隔一段，就有一块白床单在漂。马晓朋好奇，说："是赣江招待所晾晒的床单吹到河里了。"柳士龙不语，好一会儿才说："是沉船，是很多年前沉下的船帆又漂起来了。"

马晓朋"哦"一声，光天化日之下，竟感到一种说不出的诡异。他还听见风里发出嘭嘭的声响，像天上在打鼓，鼓槌上蒙着布，空洞而沉闷。

第4场

财金厅破旧的老院子里，一辆废弃的美式道奇卡车静静地躺在黑亮的雨中，像没有埋葬的动物尸骸，散发着疾病与死亡气息。闪电仿佛为它进行迟到的药物注射，每一次闪光，都像刀一样狰狞，又像死神在亲吻着往事中的某件特殊遗物。这样的时刻马晓朋往往一个人爬到财金厅废弃仓库的破楼上，在蛛网、灰尘与发出霉味的杂物中，透过玻璃残缺的窗户，注视着雨里的卡车怔忡不已。

这辆卡车的司机是个倒霉蛋，他在结婚前三天死于一场毫无预兆的车祸，他的准新娘紧接着就嫁给了车队队副。这个叫李云的队副开着那辆道奇卡车假公济私踏上了一条走私的道路。他的做厅长的堂姐夫在一次揭批会上大义灭亲，把李云送进了老福山看守所，保住了他的仕途，最终又被李云毫无保留地交代，因重婚与多起不正当男女关系而被革职查办。

李云的堂姐有一副绵软的歌喉，做厅长夫人之前，是野战军文工团一个歌唱演员，有"小百灵"之称。转业地方却改行到土产公司上了班。她烫着大波浪卷发，很是令人艳慕。谁也想不到她竟会在一个骚乱不安的夜晚来到东湖边，湖岸的柳枝在白日暴晒后仍处于不退的热度中苟延残喘，李云的堂姐徘徊良久，停在一株树身大半弯垂到湖里的老柳树下，树上一只聒噪的蝉还在歇斯底里嘶鸣，她上前两步，闭眼，将身体从立足的石头岸边朝湖中投出去。月亮在倾斜的过程中，她感到一只大手，铁钳般抱住了她的腰部，仿佛那是湖岸伸出的手，令她挣脱不了，无法做出赴死的跨跃。她只听到扑通一声，有个影子跌入了水里。

救她一命的是抚河区红星酱油厂的工人廖大毛。廖大毛家住东湖边下水巷，父母弟妹一家九口挤在一个不足十平方米搭建于公厕旁的棚户里，身为兄长的廖大毛年过三十仍没找上对象。这个闷热异常的夜晚，他卷着草席打算照例到湖边睡觉。远远看见一披头散发的女子沿湖游荡，仿佛魂魄被鬼牵住。他扔下草席赶紧追过去，一把捞住将要投水的女子，顺脚把岸边一块平时坐人的石头踢下了水。事隔半年，李云的堂姐从廖大毛口中得知，那块石头是作为她的替身被踢下水的，否则水里的冤魂会纠缠不休。此时酱油厂工人廖大毛已是她的二妹夫了。

这年秋天，城里许多道路被一批外省民工开膛破肚挖得坑坑洼洼，有人说是官方在寻找一件遗失多年的珍贵古物，有人说是有关部门打算挖一条从广场主席台穿过城市经赣江底下直通西山的战备地道。

指挥这项工程的是昔日打仗以善谋而著称的孟小晖将军。

锦江一役，孟小晖将军以不足员的三个步兵营，巧妙地诱敌深入，吃掉了黄仲泸的整个美式装备的加强旅。那一年，锦江两岸的桃花开得正艳，令人情丝缱绻，转眼却变作人身上鲜艳触目的伤口，十分惊心动魄。此后孟将军再见桃花，都回避，不忍看。他的那只沾满硝烟的黄皮军用公文包里放着一套光华书局 1942 年版的《虞初新志》。很多时候他在作战室里看着地图发呆，时间久了，他会习惯性地用温热的掌心捂住害眼病的右眼，过去长期在昏黄的豆油灯下熬夜看地图，把眼熬坏了，落下眼疾。现在地图上红线标出的那些蛛网般的地道，如同这座城市的血管，盘根错节，四通八达，如同迷宫。

孟将军想象着战争一旦发生，地下将隐藏着千军万马，粮草辎重，还有布衣百姓，吃喝拉撒都是问题。这个浩大的挖掘工程不断挖到古墓，经考古人员鉴定，多半是东晋时期的，尤其在火车站底下挖到一座同样状如迷宫的地下宫殿。而在城南地带又挖到了一片东晋古墓群。这些报告传来使孟将军往往陷入两难之地，是命令继续挖掘，还是暂停下来把那些远年的区域划为禁地实施保护，让他一再举棋不定。而雪片般的报告涌来，使他发现自己仿佛已陷入了一个古代的城池中。整个挖掘工程在将军两难的犹豫中渐渐处于瘫痪状态。

孟将军一度打算调一支远在新疆的工程兵部队来接手这项工程。但终于因为颇费周折且耗资巨大而中断。出于可能发生战争的考虑，将军又陷入了另一项更加庞大而艰巨的工作中——指挥南昌往西山脚下的石岗镇一带拆迁的工作，这几乎涉及整座城市体系（工厂、商店、医院和学校等包括它的一砖一瓦的转移），民间的说法是：拆了南昌建石岗。那些挖掘到的古墓和地宫由此也让考古部门接手。

考古学家方大钺当时正处盛年，豫章古城的挖掘与地下发现使他陷入一种前所未有的亢奋之中。他预想到这座城市在一千多年甚至更长的时间以前，曾经发生过非同寻常的大事，甚至它比已知的历史地位要重要得多，面对这座埋在地下的看不见的黑暗的城市，方大钺会有一种灵魂出窍的感觉。

他的妻子周绮是一位娇小而皮肤吹弹即破的仿佛时刻需要获得保护的女人，面对在事业上仿佛进入巅峰期而踌躇满志的丈夫，周绮竟有些忧心忡忡。她有时半夜惊醒，发现丈夫面对一块冰冷的古墓碑出神。

为了不惊扰妻子睡眠，方大钺常常悄悄爬起床，打着手电筒痴迷于墓碑上的文字。周绮不知道那块墓碑上刻着的是东晋豫章太守梅颐写的一篇字字都弥漫着神秘与玄思的祭文。文中写他的一位英年早逝的朋友葛琼生前曾遇到了一个仙人，仙人自称是来自终南山的抱朴子，他指点葛琼不要太贪恋人世繁华，因为一个更美好世界已经等他太久了，葛琼便辞别好友与如花美眷隐身西山修真。豫章太守梅颐去看他，葛琼求梅颐为他写一祭文。梅颐笑道："你不活得好好的吗？比我还年少，干吗要我写祭文！"葛琼却说："你祭文写成之日，我已不在此世。"梅颐参不透其中玄机，嘴上答应了，回到豫章却拖延着迟迟不肯动笔。葛琼来信催促，他只托故于公务烦冗，只是想以此打消朋友弃世的念头。某天衙中午寐，梦见朋友和仙人抱朴子登门来拜访，说他欠的一笔文债到了该还的时候，否则会有遗憾。梅颐惊醒过来，百思不得其解，这时有人来报，葛琼无疾而终。梅颐这才提笔写下这篇既哀伤又带有诸多疑问的祭文。扑朔迷离的叙述使方大钺如堕入了一个深深梦魇中。

一天早上，周绮发现丈夫方大钺抱着一块墓碑死在堆满考古文献的书房里，他的面孔栩栩如生，带着一种豁然开朗的神情，仿佛如愿以偿实现了久已期待的神秘约会。

而此时城市拆迁指挥部已从阳明路洪都宾馆搬到了西山万寿宫。

当孟小晖将军面对蒙尘的许真君塑像，竟莫名其妙涌起一种百感交集的心情，仿佛是以往一场恶战开始之前才会产生的感觉。这天他在万寿宫过夜的时候，恍惚中发现有条恶龙盘踞在结满蛛网的梁柱上，恶龙遍身黑色潮湿的鳞片，发出刺鼻的腥臭气味，朝他觑觎着。孟小晖将军摸出枕下的驳壳枪，反手打了一枪，梁柱上，掉下一条大蛇。警卫员闻声赶来，他将枪往枕下一压，大喝一声："有什么大惊小怪的，睡觉去！"次日，那条蛇不见了。人说那是一条找许真君复仇的千年蛟精，给孟将军打跑了。将军不以为然，照常有条不紊地指挥他浩荡的迁移工作。

距西山万寿宫十数里的汪山大塘村，一座覆压近百亩的壮阔庭院汪山土库，此时正经受百十个村人的锄头乱舞，在乒乒乓乓的尘土飞扬中已拆去大半。房屋的程姓主人及主要亲属早就随旧军队逃往台湾或羁留海外，遗下的近亲也多被武装镇压。村人早就对大片的房屋庭院眼热得很，浮财是分光了的，连一条凳子也没剩。村长带头利用这次南昌往石岗大拆迁，纠集村民动手把大屋拆了，将拆的木料、砖瓦运到各家盖新屋。二十余幢连为一体的百年房屋庭院眼看就要灰飞烟灭。孟将军闻讯乘一辆军绿色苏制军用吉普赶到。

太阳已偏西，光芒照在拆毁的庭院上，有些惨淡。一个为首的村人，跛着腿叱声赶开几条围着吉普车狂吠的土狗，土狗欺他是个跛子，只就地转着圈跑，吠叫不绝。跛子追着狗转，像是被线牵着飞得歪斜的纸鸢。孟将军威严地咳一声，土狗四散，又在不远处聚拢，悻悻然，做低吠状，仿佛犹有不甘尚心怀叵测。跛子咧着嘴，笑着迎接了从车上下来的将军，说："我是村长，欢迎首长来检查工作。"并极其殷勤地领将军观看他们的战绩。

那些精美的建筑残留物仿佛挣扎着在抗议把它们变为废墟的暴行，将军心疼了。他板着脸质问道："你们都干了些什么？"村民只涎着脸，嘿嘿笑着。跛子村长告诉将军，打了一条地主家的黄狗，晚上请将军赏光吃狗肉。

孟将军大吼一声："我牙疼！"把跛子村长震退三步。他又虚着眼问村民："你们牙不疼吗？"跛子村长回头看看村人，又上前两步，龇着满嘴黄牙笑嘻嘻地说："不疼，我们牙不疼。"

汪山土库上千间房子和数百个大小天井，无数雨廊和巷落、荷池与花园构成了广袤庭院，繁复迂回，深邃莫测如同迷宫。若不是孟小晖将军喝止，百年庭院必毁于一旦。拆剩的一半院落，由程家的旧日长工老陶头看着，日子一久，有些屋又成了村人的牛圈、猪窝，有的院子村人进去辟了菜地。老陶仍是不依不饶守着日渐衰败所剩无几的破屋，每到夜晚还会不由自主在另一半院子里梦游，他仿佛能触摸到那些木门、雕窗，嗅到园子里的暗香涌动，荷池里的露水，井里晃着的月光，看到一盏盏灯笼在回廊花厅里亮着，一个个衣香鬓影在浮动。他联络的莲灯社组织偶尔还会有人来，其中一个名叫柳士龙的人，曾在最后一次临别时交代，不管世道怎么变，都要看好这个土库。哪怕只剩一间屋，一条巷子，一眼井，它总有衰退，也总有兴盛。因为莲灯社的种子在这里。老陶头隐约感到这里藏着一些秘密。他一次次在那些繁复的庭院里穿行，开门，闭门，重复着几十年来循环往复的动作，那些熟悉的人事、情景、气息，仿佛一样不少，完好无损地，全部都在。他根本不知道自己是在月光下的一块满是瓦砾的空地上徘徊，像个孤独的游魂野魄。

第 5 场

孟将军和程氏家族的一位远去海外做桐油生意的侄子曾是大学故旧，只是两人背道而驰。而主政地方的山东人程政委似乎与这里有千丝万缕的关系。这位被坊间称作程大麻子的军人，是四野首长的得意部下，他带过来的一批南下干部均已到当地身居要职，他主政期间以行事雷厉风行而著称，个人功过后来颇多争议。拆了南昌建石岗的大胆设想就是他提出来的，不仅如此，为战备考虑他还在西山等不同所在地为以前的四野首长修建了数座秘密军事指挥部，以备不时之需。他乘坐着银灰色苏制伏尔加轿车经常从省机关大院驰出，像一把闪光的剑似的奔向西山，他神情亢奋地一次次巡视秘密军事指挥部的建设，不厌其烦。连工地的民工也熟悉身披黄呢子军大衣的程政委的身影。而在农业方面他大肆推行"八字头上一口塘"的方案，以至普通市民家的油纸伞上都画着"八字头上一口塘"蓝图。

他的妻子是一位梳着发髻的戴黑框眼镜的白净女子，喜欢埋首于书本，看见她的人印象里只保留着她埋首于书本的背影。这给她身为武夫的丈夫增添了一点儒雅之气。后来程政委作为四野首长的亲信卷入了一场世人皆知的未遂的军事政变，被革去军政职务，判处十年以上徒刑。

当他多年以后保外就医出来，看到重修的汪山土库时百感交集。此时他重用过的下属孟小晖将军已于数年前死于自杀。据说孟小晖不甘受辱于专案组的欲加之罪，便在自家卫生间闷抽了一包大前门香烟，最后那支吸到一半时，他摸过放在抽水马桶上的手枪，把枪管含在口中。他吻到了死神冰冷的嘴唇，索性将眼闭住，一扣扳机，把自己崩死在浴池里，血和脑浆红白相间，从崩碎的后脑溅到白瓷砖墙上，像绽开的烟花一样绚烂。

随程麻子南下的干部中有一位姓臧的胖子，原是部队的机枪手，虽有战功，却因赌钱屡教不改受过处分。按资历是不低的，却被安排在市商业局做了副局长，惹出多起男女关系案，一时成为下属上百家国营商店男女职工乐此不疲的谈资。是时桥南商店的卖毛线的女售货员刘美芝和经理焦大同正陷入一场纠葛中。

焦大同因垂涎刘美芝的姿色，屡不得手，而在工作上找她碴。刘美芝本对焦大同的性扰搅不胜厌烦，最近一次年终盘点时又怀疑他有贪污之嫌。刘美芝向在报社上班的丈夫马平说出了桥南商店屡屡盘算不清的账目漏洞，矛头直指焦大同。马平面色认真地警告妻子刘美芝，别惹麻烦上身，多一事不如少一事！而此时焦大同早把麻烦引到了刘美芝的身上，一次，他趁帮刘美芝搬货之机，一只手在她胸脯上抓了一把，刘美芝碍于周围同事没有声张。

焦大同色胆更炽，这天晚上刘美芝和另一位男售货员值班，焦大同趁刘美芝独自到后院库房边上女厕所之机，竟闯了进去，令刚蹲下撒尿的刘美芝慌忙站起来兜上裤子。焦大同竟嬉皮笑脸地说："别害怕，我们的事，不会有人晓得。"

刘美芝说："出去！要不我喊人了！"

焦大同说："你喊谁？外面柜台上的是我小兄弟，他才不会理你呢！"说着手就往她裤子里伸，里面有一条刚脱下又贴近她敏感下体的红色三角裤，那是她托一位老同学从上海带来的，她只有来月经的时候才穿上，匆忙中上面刚刚沾上了湿印。刘美芝骂道："流氓！"

焦大同说："我是你的领导，怎么会是流氓呢？你呀就是不服从领导，今天我可以好好领导一下你！"双手拉下自己的裤子就朝刘美芝身上蹭。

刘美芝闪身，焦大同身子前倾，脚却被掉下的裤子绊住，身体走空，本想一击而中，将刘美芝搂入怀里——力道、速度都过猛，岂料目标转移，他收不住身体，一头栽进了木板下的粪坑。

刘美芝一边往外跑，一边叫喊"救人啊！"跑到店前柜台，她气喘吁吁对同事说："焦经理掉进女厕所了！"

桥南商店经理焦大同长得并不难看，粗壮的身体还略显魁梧，只是他有位性冷淡的妻子，使他过于强壮的身体常常处于随时可能铤而走险的不安状态。他的父母使他在婚配之年错过了一位体态丰满且性欲同样旺盛的乡下女子，而让他娶了对门的一位手帕厂厂长的病恹恹的女儿。婚后生了个女儿，其妻就不愿再与他发生性事，好像她身为人妻的人事已经完成，他们肉体之间便没有了瓜葛，各归各所有，这使焦大同痛不欲生，又不便与人道。女同事刘美芝姣好的容貌和丰硕的屁股使他想入非非，无法自拔，在相当长的一段时间里是他手淫的对象，多次他梦见自己与她在蚊帐里做爱，一泻如注。半夜起床偷偷换裤头时，妻子发现，顿现鄙夷，令他自惭形秽，恨不能变成老鼠，钻入洞里去。有时他偶发奇想，就是做一只老鼠也比他快活，可以享有快活的性事，不然哪有那么多层出不穷的老鼠后代啊！

柳士龙经过桥南商店时，和所有人一样根本不知道焦大同的苦闷。许多年以后，柳士龙回忆过去，并没有往事如烟的感觉。那些过去发生的事，仿佛历历在目，如同文化宫电影院上演的一部部新的彩色电影，故事虽陈旧，人事却是活的，且色泽鲜艳。他身上发生的事，多少年来豫章城的角角落落的人们，都在程度不一地上演并周而复始地循环往复。活了这么多年，他真正有众生如蝼蚁的感觉，每思及此，他就有些悲哀，为别人的生，也为自己的不死，而心生苍凉之慨。

他突然觉得遗忘反而是一种幸运，老许的失忆，更是幸运，而他清晰的记忆和念念不忘的过去，却是对自己严厉的惩罚，他甚至将此视为另一种不幸。柳士龙觉得当过去的自己和现在的自己迎面走来的时候，他们可能在一个中间点上融为一体，也可能穿插而过，背道而驰，各自走向不同的终点。在走的过程中，他见得越多，经历得越多，就越感到是世上最不幸的人，仿佛世上所有人的经历都是他的经历。他在水中浮沉，又接受飞机的轰炸，断壁残垣，都是他身体的废墟。他从楼梯下散发出潮霉气味的角落里，推起那辆几乎要散架似的老式二八永久牌自行车出门，走到豫章后街街口打算飞身上车时，看了一下腕上毛衣袖口的庐山牌手表，7点15分，正是人们上班的时间啊！

　　大街上人流滚滚，如另一条赣江。他骑自行车汇入人流，像大河里一滴水珠，一时在水里无影无踪。

第三章

第 1 场

豫章中学门前的豫章路对面高大围墙里是警备区司令部，沿墙一直往北走到底，是一片低矮破败而潮湿的棚户贫民窟。穿过这片地上污水横流的板壁油毛毡房子，就到了赣江边的龙沙。

这里地势陡下去，呈现大片沙地，虽然荒凉，却是作为古来"豫章十景"之一的所谓龙沙夕照，城里居民却习惯叫下沙窝。过去是秋决犯人的地方，现在是警备区和民兵的靶场。每年这里也会有一两次死刑犯在这里被打靶。前不久，有个打掉的强奸犯，弄得街谈巷议了好一阵子。

原因是这个强奸犯是女性，布告上写明毛小云，黑白相片印刷得很模糊，市民眼尖，仍能看出她精巧的五官轮廓，真是个美人，名字上却打了红叉，人就不无惋惜。毛小云所犯的事跟一个少年有关，牵扯到了性关系，女人是成年，少年尚懵懂。事发了，有人到公安局举报，谁强奸了谁，说不清。对少年不好量刑，就将毛小云按强奸处理。定上强奸就得枪毙，十一国庆前是要打掉一批犯人的。

大限之日，毛小云穿得很入时，白衬衣领子翻在红毛衣外面，轻声哼着一首听不清歌词的小调，根本不像强奸犯，如果不是戴重镣，却像个去郊游的人。当由解放牌货车充当的押赴刑场的刑车环城游街示众时，人行道上挤满了争睹美女毛小云的市民。

有人说毛小云哪像强奸犯，若是流氓见了反会强奸她。

据说针织厂青年女工毛小云是色诱了一个十四岁的处男，被孩子父亲告发了，孩子父亲无比生动而又苦大仇深地向组织控诉了女流氓强奸他儿子的全过程。听的人仿佛觉得强奸情景历历在目，热血沸腾，当即把女犯抓捕归案。

女犯出人意外地对其奸淫之罪供认不讳，有关方面就铁板钉钉定下了强奸罪。打靶之后，坊间也流传另一种谣言，说男孩的父亲作为女犯单位领导曾一直打人家的歪主意，人家才被陷害了，但仅为谣言而已。犯人家属老实，也无异议，一家人都是针织厂的，交了五分钱子弹费，用草席收了尸拖到八一桥那一头叫零（瀛）上的公墓区埋了，一桩风靡全城的事也就一了百了。只是夜半三更，在懵懂少年的一厢情愿的绮梦里不时还会遭到美女毛小云的强奸。而下沙窝没有记忆，只有顽皮少年偶尔捡到的黄铜子弹壳，孩子们又称炮铜子。空弹壳里都是下沙窝的沙子。把沙子倒空，将空弹筒贴在唇上轻轻一吹，会发出呜呜的悲凉之声，像有人在远方哭泣。

柳士龙是在去下沙窝的路上，莫名其妙地遇上了一伙要砍他的抚州泥瓦匠。柳士龙听说过南昌有许多抚州民工，盖房修房的活都被那瓦刀队揽下来了。谁抢他们的活，必遭砍杀。柳士龙也仅是道听途说，还真没见过。市工农兵医院常有被瓦刀砍破头的民工到门诊包扎伤口，痛得鬼哭狼嚎，却未必是抚州瓦刀队砍的，粗人干活，彼此间常起冲突，拎什么就动什么，也不稀奇。

这回柳士龙却是被一伙手持瓦刀的黑脸民工逼入了一条空荡荡的地下人行道，四个出口都被瓦刀队的人堵死了，他们像吊死鬼般竖在出口上，瓦刀雪亮嗜血。领头的是个镶有一颗显眼金牙的家伙，他龇牙咧嘴地逼视着仿佛被追杀的猎物，有一种立马手到擒来的得意。

眼看无路可走，这时，一个梳齐耳短发游运头发式的女子，与柳士龙擦肩而过。柳士龙便跟着她走，地下道越走越窄，越走越暗，像一个仅能容身的狭长的地洞，这个洞有熟悉的气味，阴凉而腥湿，仿佛是在一口干枯的井底。

那女子把他带到一个有光亮的地方，回头朝他笑着，点了点头，她略黑且健康的皮肤，乌金似闪烁的眼珠子和很白的牙齿如同地下的一个黑美人——夏九娘。柳士龙说："怎么是你？"女子没吱声，只趄着身子，从变得更窄的洞窟钻过去，便不见了，这是摆脱尾随追杀而来的瓦刀队的唯一出口。

柳士龙紧跟着降下身，钻进那个洞，他的头就顶住了前面女子的硕大丰腴的屁股，能感到那种异样的生命热量与气息，他循着那种气息往前爬，感觉女子用劲推开了一方堵着的石板，身子随即一滑溜了出去，柳士龙亦仿效她的身姿滑出洞。发现洞外是赣江，他们已身在江水里游动。女子惊喜地对他说："出来了！"

柳士龙这才看清她不是夏九娘，竟然是杨小姐，而且她滑出洞进入赣江的一瞬，已褪光了身上的全部衣服，像一条裸泳的鱼。

柳士龙既惊异又兴奋，水，多么熟悉，如同故乡和家一样，他发现那条鱼的身体也是熟悉的，每个部位都亲切，像自己的身体，他触碰她，抚摸她，仿佛回到久违的家。

柳士龙大着胆子把自己放开了，他感到身体不再僵硬，而可以随意自如，游刃有余。在水里摸到了她的隐秘花蕊，她在水中隐秘地盛开，释放出滑润而温热的汁液。柳士龙的手指能触摸到那种滑润的质地，美妙奇异的感觉在指尖上逗留，又激发着隐秘花蕊不断释放汁液，荡漾在江水里，美人鱼的性的汁液使赣水神秘而妖娆。

柳士龙感到来自肉身的召唤，他的漂泊无依的根对于肉体的回归。在飘忽的水草和青荇里一种逐渐而急迫的游移，开始进入水中开放的隐秘花蕊，那种温热与柔软的进入，他的内心激跳着，完成了妖娆而勾魂摄魄的交合。

当他从水中冒出来了，发现是在下沙窝游泳场，从板结的泥土堤上倾斜而下的是大片黄色沙滩，像一张贴在平底锅上的熟透的烙饼，许多光着身子的男男女女欢蹦乱跳着在炙烤的阳光下朝江水狂奔而来。

那些粉白耀眼的身子，像是急欲逃脱一场无形的追杀，带着不可遏止的骚动与喧嚣，仿佛集体的哗变和背叛。

柳士龙不及上岸就被狂奔而至的人们挤到了水里，无数的男女发出尖笑与呼叫，在奔跳过程中用身体秘密摩擦，仿佛炽烈灼目的光影扑向水里。那一个个光着胸脯，光着屁股，光着大腿的身体闪闪烁烁涌入江流，溅起大片水花，像是骤然倒入沸水汤锅里的饺子，热气腾腾，不辨面目。只有女人跳荡的肥硕乳房和男人激昂的阳具，在暴烈紫外线的照射下闪耀不定。

柳士龙猛然发现杨小姐不见了，她与无数光着身体奔入赣江的男男女女混在一起，又好像被那些更加激烈的肉身取代了，柳士龙眼睁睁目睹着一场赣江上迟到的狂欢，把他的身体抽空了，他似乎觉得自己形同废墟。

午后的光线再度懒洋洋地照在下沙窝的沙滩上，贮木场堆积的木料，东一堆西一堆，高高低低的，如同古老的城垛，把从赣江上折射过来的光亮切割成明一块，暗一块。一座由一根根粗大的杉木垒如平房高的木垛上，坐着两个半天不动的人影，仿佛望着白布般没有阴影的江面发愣。木垛下面斜靠一辆几乎要散架似的老式二八永久牌自行车。

"会游泳吗？"沉默良久之后，柳士龙问。

"太会了，我是赣江边长大的！"马晓朋不无得意地说，"一口气能游上沙洲呢！"

柳士龙说："好多年前这里是个游泳场，很热闹的。民国跳水皇后杨小姐，在这里进行过跳水表演，知道吗，她可是一条有名的美人鱼。"

"美人鱼？"马晓朋无限好奇。

"是的，美人鱼。"柳士龙说。马晓朋看看荒凉而杂乱的四周："这地方，能有美人鱼吗？有鬼魂还差不多。"柳士龙不无感慨："是啊，这才过去多少年，就满目不堪了。"马晓朋无聊地用一块石头敲打着一截木料，发出空空的响声。柳士龙从他手上抢过石头，一使劲，扔到了很远的江面上，溅起一个耀眼的白点。马晓朋惊叫一声："扔那么远，你手臂的劲真够大的！"

"明天下午约打鼓佬许大头到龙沙，到下沙窝等我！"柳士龙对他说。

"你是跟他约架？听说打鼓佬有来头的，会武术！"马晓朋有点兴奋，指手画脚地说。柳士龙懒洋洋白了他一眼："少废话，不就是个老不死的妖道吗？约他来就是。"马晓朋一愣："妖道？"柳士龙说："你不有孙悟空的火眼金睛吗？怎么连这都看不出来！"马晓朋嘿嘿一笑，尴尬道："我哪有什么火眼金睛啊，一只该死的狗眼珠子罢了。"柳士龙说："这不能怪你，是万寿宫许老道太狡猾。

看我怎么对付他。"马晓朋一时活跃起来，摩拳擦掌，拍胸脯道："你放心好了，我铁定把打鼓佬约到，摆场子的事，我可是行家，你说几点钟，要不要我带些哥们来助威？只要你一句话，我没二话！"柳士龙说："你的话太多了，明天下午五点，叫打鼓佬来就是了。"马晓朋"嗯"一声，屁颠屁颠跑去了。

柳士龙两手朝天一撑，伸了个懒腰，仿佛要把天撑起来，而天是庞大且不可言状的虚无。

赣剧团鼓师许大头第一次看见董艳玲时就隐约预感到她不幸的结局，但他在事发之前不敢说，对谁也没说，他知道那是不可避免的。只是许大头没看出董艳玲这个满脸痤疮而又顽劣异常的儿子马晓朋，忽然一日会找上自己，而且说出的话令他颇觉万分蹊跷。

"我是叫你许老师呢，还是许师父？或者干脆叫许道长？有两种选择，一是让人把你揪出来游街批斗，另一种是你跟我去见一个老朋友。"

"这话怎么讲？我可是你妈的老同事，你小时候我还抱过你，你小子还拉过尿在我身上，都忘了？"马晓朋笑，说："你也别跟我扯远了。二挑一，你说怎么办吧。"

"要我见谁去？"许大头说。

马晓朋说："好，明天下午五点，下沙窝，你去了就明白了。"许大头两手一摊："我明白个啥，我啥也不明白！"马晓朋见打鼓佬那双手的巴掌很大，像蒲扇，却是红扑扑的，马晓朋扭着脑袋说："不管怎么说你算答应了，答应了就别反悔，否则后果自负。"

许大头说："负什么负？我答应就是了。"

马晓朋说："那我也不多说什么，一言为定！"说罢抬脚就走，许大头在背后嘟囔："好一个小兔崽子。"他搓着双手，那两扇巴掌变得通红，像两片深秋时分经霜后的枫叶，要滴出血来。

第 2 场

许大头戴着高帽，挂的牌子上面写着"封建残渣余孽妖道"，背插一把桃木剑，穿着道士的戏服被红卫兵押着游街。人用又臭又糙的鞋底抽他耳刮子，噗噗地冒灰，他脸皮子颤抖，像火燎着。人朝他吐白色唾沫，甩鼻涕。又架在凳子上，反扭两手，做喷气式飞机状批斗，受尽各种侮辱，一脸狼狈。柳士龙仿佛把这些都看在眼里，他的目光是冷的，他巴望扛步枪的女民兵，把枪取下来，对准老许的大脑壳，给他来几粒花生米，像枪毙强奸犯那样，才解恨。

"饭还没吃呢！你把我约到这鬼地方，是要干吗呀？"

一个干巴巴的嗓音把柳士龙从想象里扯出来，他背靠着紫色的木材垛，转过身，见老许姗姗来迟，眼里还是冒出兴奋的光亮。

"你还是来了，许先生！"柳士龙说。

"你这让人喊着催债似的我能不来吗？"许大头说。他的脸在抖着，汗涔涔的，柳士龙看了觉得怪怪的，又很想笑，他说："我们这么多年了，总该有个了结吧？"

许大头说："你说呢？我还真不想继续跟你玩下去，没劲。"

柳士龙笑笑，说："这个地方很有名啊，叫龙沙夕照，你看，现在剩下的这点残阳，像金子，只照着我们俩，好像很多年前，是不是？"

许大头说："你这说的是哪一出啊？！想不起来了。"

柳士龙说："你健忘啊，好一个打鼓佬，那出《还魂记》才多久没演了，就都忘了？"

许大头说："《还魂记》有两出，今人编的戏荒人亡，古人编的一时还半死半活，你是说赶考书生柳梦梅？我没忘。"

柳士龙说："还有呢？"

许大头说："你是说多情女子杜丽娘？我没忘。"

柳士龙说："还有呢？"

许大头停顿了一会儿，接着说："你是说放魂还阳的阎罗王？"

柳士龙道："正是。"

许大头说："我没忘。"

柳士龙说："还有呢？"

许大头茫然，说："还有什么？"

柳士龙道："那阎罗王放魂还阳，为的什么？"

许大头说："寻找书生柳梦梅呀！"

柳士龙说："为啥寻找？"

许大头说："他们在阳世有一段未了情呀！"

柳士龙说："未了情？"

许大头说："是呀，她在阳世寻找那段戏舞台上走的是碎步，全是打鼓佬的鼓点——锵锵锵锵，锵锵锵，很急切的。"

柳士龙说："是，未了情，未了恨，都是一腔血，能不急切吗？！"

许大头说："你看这世上发生多少事，大浪淘沙，又有多少事细如沙子，被淘掉了。而这一个'情'字却让人死也不能，哭诉到阎王那，阎王于心不忍，让她还魂，多好一出戏啊！"

柳士龙说："你那通鼓算是没有白敲，参透了一个'情'字。却不明白情与恨是相连的，如果杜丽娘不是一病而殁，却是被人逼杀身亡，而且还搭上他们的孩子、老人，柳梦梅该会怎样？"

许大头说："哪有这样的戏？这就不是戏了，这是一场恨，大仇大恨。"

柳士龙说："许先生啊你这回可真没说错！那柳梦梅身怀大仇大恨该怎么办？"

许大头说："这又是一通鼓戏了，锵锵锵锵，锵锵锵，报仇去呀！"

柳士龙说："你说对了，可是仇家太狡猾。"

许大头说："狡猾怎么了？也得把仇家挖出来，别让他逃了，看看这下沙窝，枪毙过多少杀人犯，这还真是个了却仇恨的地方。"

柳士龙说："所以我约你到这里来，了却我们的那笔宿债。"

许大头说："原来如此呀！你拿得准我是你的仇家吗？你真觉得自己不会出错吗？你不听我劝，从没去医院治治自己的臆想症，你要明白自己是个病人。"

柳士龙说："我的病是你引起的，你的命就是我的药。"

许大头说："瞧瞧噢，你说这话就证明病情又加重了，赶紧治，啊！"

柳士龙说："我约你来就是治病的。"

许大头说："你有香港脚，还是梅毒？牙疼我也能画道符把它镇住。"

柳士龙说："我心疼得厉害，这么多年了从来没好受过。"

许大头说："心脑是连着的，还是想出了岔子，这病找我粗通点土方子的打鼓佬可没戏。"

"戏是人演的。"柳士龙说，"这么些年，我就觉得你演得挺好。"

"我在赣剧团混，就一打鼓的，台也没上过！"许大头说。

"听人说，打鼓就是个指挥，心一狠，鼓敲个没停，孙悟空再会翻筋斗，也停不下来，非累死在台上不可。"柳士龙说。

"哎，你说错了。"许大头说，"那叫跟斗，不叫筋斗！"

柳士龙笑道："你说筋斗就筋斗。"许大头一摆手，再次纠正道："是跟斗。"

柳士龙说："好，你说了算。"许大头眼珠子一转："你说我说了算是吧？"柳士龙说："你说了算。"许大头说："这可是你说的？"柳士龙说："是我说的。"许大头说："不反悔？"柳士龙说："不反悔。"许大头说："你说我说了算？"柳士龙说："对呀！"许大头说："你说我说了算，我说到哪里了？"柳士龙说："就一个筋斗的事。"

许大头说："对了！呸，不对！是跟斗。"

这时就听有人长长叹息一声，使两人的斗嘴戛然而止。马晓朋大大咧咧从一堵木材垛后晃出来，慢悠悠地说："我长这么大还真没见过跟人杀点子，只斗嘴不动手的，多没劲啊！这么斗嘴斗下去，谁也赢不了，不如早散了还干净。"一直躲在木垛后偷看的马晓朋，原以为这回必然会有一出厮杀的好戏可看。他知道柳士龙非寻常之辈，打鼓佬许大头又被柳士龙视为妖道，两大高手一斗起来，非在龙沙斗得天昏地暗不可。没想到偷看了半天，丝毫没动手迹象，净斗嘴，两个家伙反倒有些惺惺相惜起来。实在不耐烦，忍不住跳出来，张嘴耻笑一番。

许大头见了，"咦"一声，说："你这不是路皮说的鬼话么？"（南昌人称死于车祸者为路皮，多用于咒人。）马晓朋当然听出来了，他只说："许道长我算白张罗了，你也白跑一趟，斗嘴来了不是？谁也没拿下谁？不好玩！我还以为你的光脑壳会让人当鼓敲呢！锵锵锵锵锵！锵锵锵锵！"

柳士龙不恼，笑着说："你小子站着说话不腰疼，见过一条好汉先向老人家动手的吗？"

马晓朋说："我还没见过妖道呢，现在算见上了，人家就一打鼓的，碍你什么事了？约人来这鬼地方，太寒碜了。我还不如不掺和这破事！"

柳士龙说："去去去，有多远滚多远去。"许大头见马晓朋果然走了，就对柳士龙说："我也得回去吃夜饭了。"柳士龙说："你也走吧。"许大头多了一嘴说："那你呢？"柳士龙说："改日再找你。"许大头知道说漏了嘴，只得含糊"嗯嗯"着，立马走人。

第3场

老许剃光头，逢每月十五必剃，再泡澡堂子，然后上馆子喝上三两。

剃头匠老吴边剃头，边一搭没一搭跟人说着闲话，手里刀片刮得利索。一日他边剃着头，边对老许说："人过日子，必是一日遇佛一日遇魔，风刮很累，花开花也疼。"老许那颗头，虽在剃刀下，仍是狠命点了几下。柳士龙却接话说："光头之所以会发亮，是要天天从刀锋下经过。"剃头匠老吴便停手，眯眼觑了他一下，这话一来一往，便有了玄机。都明白这世上藏着多少非凡角色，也就不再言语，只将手中头剃下去，仿佛唯恐泄了天机。

马晓朋闲时，喜欢看鱼贩子蹲路边，对鱼开膛破肚，仿佛有仇，下手既狠且精准。他好奇，鲫鱼竟从背部剖开，像把一片叶子析出了一两片一模一样的，颇惊异。一日马晓朋到建德观剃头，剃头匠老吴问他："那个人经常找你吗？"

马晓朋道："你是说柳士龙？"老吴说："是吗？"马晓朋说："他找错人了，我不是他要找的人。他好像在追查一桩神仙也要隐瞒的事情。"老吴就笑。马晓朋说："真的，吴师傅你还真别不信，他这人——"老吴用手拨了一下他的嘴，说："别动，小兄弟，剃头呢！小心刀伤着头皮。"马晓朋脸上一笑，说："你是谁呀！豫章神刀，能伤着我吗？"

老吴不屑道："都人瞎说，剃头功夫，能神吗！算个屁，糊口都难。"马晓朋说："太平盛世，刀不能用来杀人的，只能用来除鬼。那为啥不改行，做点赚钱营生？"老吴说："老祖宗传的家当，不忍心。"马晓朋说："也就这一忍呀，得吃多少苦。"老吴说："这不，剃你这一头，才三块钱。"马晓朋说："是我这颗头便宜。"老吴说："是剃头这活儿贱，还什么神刀，哪有啊！"说罢取下马晓朋颈上围布，迎风一抖，碎发纷纷扬扬，飘散在空气里。马晓朋一摊手掌："三块钱。"老吴就笑："谢小兄弟赏饭了。"马晓朋忙说："吴师傅你别吓我，挨不住。"老吴说："小兄弟，你不简单的。"马晓朋不吱声，恐他是暗指那只见鬼的异眼，仿佛被人揪了尾巴，低头溜走。

剃头匠老吴手掂着每次剃完一个头接到手的几块钱，脸上就现出意味深长的神色。心想，人头终是贱，不抵钱。不如妖鬼的头值钱。妖鬼是虚拟商品，有时与人相安无事，有时就过不去，要作祟，隐蔽在世人中的除妖人就要出手了。三万一个，有时除一个，二万。而瀛上的鬼也有管理员，白天他是火葬场工作人员，晚上他的隐性身份就会出来，在坟山陵园里一看，都是幢幢鬼影，有的在三五成群打牌，有的在看电视，有的在饮酒作乐，有的在相互嬉闹，有的突然不见了，也许溜出了界，这就得去管理了。

管理员在其中出入，鬼也不避，跟他作对时，他也怕，得拿出鬼头斩，一把白天看不见的刀，只有鬼作对时，管理员才取出，鬼惧刀，也就安分了，很少真正用上，主要是震慑。如果鬼危害人间，管理员就请除妖师出马，酬金由殡葬管理处付。

管理处一个叫廖桃花的书记一概负责，他是退伍军人，貌丑，却有个如花似玉的老婆，人叫燕子，在市区胜利路篆刻社上班。廖书记惧内，下班后把老婆待候得熨熨帖帖，生有一子。颇乖巧，像书记。廖书记当兵时，打过老山，副营转业，先在退伍军人安置办当科长，是有实权的，到家送礼的人络绎不绝。登门者皆转业人员，等待安置，见廖桃花，皆恭敬。见廖桃花老婆燕子，皆惊艳。那时他们夫妇儿子都五岁了，燕子仍穿白色蓝波浪条纹的海魂衫，丰乳细腰却更妖娆。廖桃花嘴脸竟严肃得很，对上门送礼的年轻转业军人一口官腔，人便不敢斜视。人留下礼物走了，燕子骂廖桃花，一脸死相。

廖桃花才满脸堆笑，仿佛四月桃花，把老婆哄得花枝乱颤。数年后廖桃花提副县级，仍在民政局下属单位，出任殡葬管理处书记，单位名称不好听，却是大大的肥缺，涉及千家万户，又是一把手。廖桃花开始捞到这肥缺，有人不满，找局长反映，局长说："你能跟人家廖桃花同志比吗？他生那一副面孔就是干那事的，能镇鬼！"

人一想廖桃花的尊容，自是无话可说。廖桃花每天乘一辆白色桑塔纳轿车过八一桥到瀛上来上班。赣江北岸的瀛上是全市的统一墓葬区，城里人又称为零上，意指人一生归零的地方。晚清民国年间就开始葬人，原先是乱坟岗，也在这里处刑犯人，阴气重。火葬场烟囱一冒烟，人就唯恐避之不及，白天也没人敢路过。后来公家统一规范管理，把城里的殡仪馆也迁过来，火化、殡葬、墓园合为一体，归殡葬管理处管。廖桃花走马上任，大刀阔斧，对满目的乱坟岗进行有序的规范性改革，将偌大个瀛上墓葬范围，划为青山区、琼山区、灵山区三个葬区。山头按条条块块改造，每个坟都找到家属登记造册，无主之坟全部铲平，所有坟墓属何区何片何排皆有号有证，一目了然，先来后到井然有序，无有僭越，墓地亦按风水环境及殡葬不同要求分了价位等级。管理处大楼也在一处高坡上盖了起来，从远处看，正好挡住了火葬场的烟囱，仿佛风水也好了起来，陆续有了人烟。

廖桃花每天早上从桑塔纳上下来，在高坡上朝四下一望，一片片墓区俨然是整齐的军营，又似一亩亩田地，尽收眼底，全然没有过去乱坟岗般愁云惨雾的现象。他知道这土里埋的人口不比赣江南岸城区的人少，密密麻麻，层层叠叠不下百万之数，他觉得这就是一座江北的看不见的城市，与江南之城是一阴一阳的对应，富贵贫贱，各行各业，各色人等都有，他廖桃花就是这座看不见的城市的市委书记，一把手。且原先几任市长、市委书记都埋在这里，被他管辖着。想到这些，廖桃花觉得俨然是个大首长了，他点燃一支烟，手叉腰，目光就变得更加深邃而意味深长起来，仿佛登泰山而小天下。

然而一座看不见的城市还有一套看不见的隐性管理，那就是上百万鬼魂，难免不作乱。剃头匠老吴的隐蔽身份是殡葬管理处聘的除妖师，他过去是一名道士。后来白天的公开身份是建德观街口的一名剃头匠，夜晚就是一个除妖师。

　　一日老吴在灜上（坟山）忙了一夜，天亮准备下山，站山坡上朝下看去，上山道上的人密密匝匝，男女皆浓妆艳抹，细看，都是要回到墓穴来的死人，老吴一惊，难道昨夜灜上的鬼倾巢而出了？自己一夜都被假象绊在山里，白忙了。他要赶下山回城查看，从坡上飞身而下，潮水般的死人都是迎着他而向山上涌的，也不避让，皆无表情，像戴着洗脸壳一般，只低头赶路回山。老吴只有避开他们，一拨又一拨，他越急，越走不出去，仿佛陷在一个活死人阵里。突然听有人在另一头高喊："喂，谁在那！干什么呢？"

　　一抬头，见廖书记站在墓园大门处跟他打招呼。老吴应一声："廖书记是我啊！"鬼群不见了。老吴骂一声："他妈了个逼，鬼也怕领导。"心想跟鬼打架，还是白打了，就差没动鬼头斩。

　　鬼头斩不是轻易能用的，小小一把刀，如果鬼妖不祸害到人，是不能出手的。所以妖鬼也明白，只是逗他，他就常累得筋疲力尽。感觉这活难干，钱越来越不好赚。有时他与郎中老许对饮，常自嘲道："一酒解千愁，一刀取人头。唯妖鬼之头最难搞定。"

　　老许说："你吹吧，把人头剃好就行了，牛鬼蛇神的头唯有干革命的解决。"老吴就苦笑，大叫三声："道长留情，道长留情，道长留情啊！"老许说："哪来什么道长呀？"两目茫然。老吴不答。

第 4 场

　　这个刮风不止的礼拜五，负债累累的王永增和朋友张良富——一位身穿对襟大褂，扎裤脚，踏老布鞋的莲花汉子，在满是脚手架的胜利路黄庆仁药栈路段陷入仇人伏击。

　　一伙假装做工的泥瓦匠突然丢下手中的活，发疯般手舞瓦片刀朝两人扑来，个个像狂犬病发作。两人猝不及防，随手抓起铁锹与泥瓦匠人打作一团，拼死突围。泥瓦匠则越打越多，在包工头的吆喝下亢奋异常，两人终是寡不敌众，朋友张良富被瓦片刀砍得浑身开了口，伤在脚手架里没有出来。王永增拖着一条淌血不止的腿，杀出重围。头上连缝二十七针，头顶盖几乎换成了钢板。一年后，用剩下的半条命盘下了朋友遗下的那家自行车店。

王永增将店改为一家老残酒馆，把进门的一段走廊设计成手枪的形状，他要让仇人进来，死在一把枪里。朋友店里原来所剩的两块钢板，王永增把它打磨成了两把快刀，等待着即将到来的复仇。王永增在每晚的梦里大张旗鼓把刀片子磨得霍霍作响，刀片子飞快。他相信自己总会在一个梦里，穿着那套灰不溜秋的旧衣裳，抡着双刀，像个真正的飞天拐子一样，在秋风月下把仇给复了。

此前他一直骑着辆破旧的上海永久牌二八自行车在胜利路的人群里歪歪扭扭穿来梭去，那条伤残的腿仿佛显得多余，在风中晃晃荡荡。他歪斜的车轮数度在烂泥浆里难以自拔。那些拆了又立起来的维修老屋的脚手架一处挨着一处，仿佛形成了沿街而生的迷宫。人们都阴着脸在脚手架里上上下下，他的自行车几乎成了累赘，似乎行进于噩梦中。一个老友妻子模样的女人，姓周，梳游运头，红色呢子衣，她的丈夫李文业是一家图片社老板，长期受风湿病的折磨，苦不堪言，对手下员工甚为严厉，手指头上总是燃着一支烟，好像那是他多出的一根手指。李文业穿红色呢子衣的妻子出现在王永增面前，指点他别骑自行车了，把它扛起来往回走，就出去了。如她所言，他果然回到了老残酒店，扔了车，又装模作样磨起刀来，把动静弄得很大，仿佛那是唯一正经八百的事。即便复不了仇，也是他唯一该从事的工作。

周日一早，马晓朋邀余小眉去东湖划船，她是喜欢在明媚的天气划船的，那种无拘无束放飞心境的感觉令她快慰，可自一次她不慎落水之后就心有余悸。那次她从船上掉到水中时，隐约看见水下有一个黑影，像洇开的水墨，弯弯曲曲，都是触手一般的，要抓她，好在迅速被同伴拉上了船。此后划船就成了她的噩梦，余小眉不止一次在梦中看见水下的魅影，仿佛生着三个尖脑袋的怪物，朝她袭来，她一次次从梦中挣脱。有一回她经过水观音亭附近的灵应桥，从桥上朝水里看，好端端的蓝天映在玻璃镜般的水里，她看见披头散发的女子的影子在水里游荡。

人说月前有个未婚先孕的女子在情人背弃她之后从桥上投水而殁。她是见到那女子的魂魄了。起初她不信，后来看见有人夜里在桥上烧纸钱，朝水里放荷灯，她明白了。余小眉记得上次自己从船上掉进湖里也甚蹊跷，当时她正坐在船头，一伙男女同伴在身后嘻嘻哈哈地划动木桨。她将赤着的双脚吊到湖水里，春天的湖水凉酥酥的，在她的光脚上萦回缭绕着，她似乎感觉被一股莫名的力气拖拽了一下。她惊叫着，滑入水里。那股莫名的力气来自水底。后来她听说只有多年的死水才会积聚很多阴气，人在水边容易被阴气拖住，而东湖的水经涵洞应该是与抚河赣江相通的，明明是活水啊！

哪有活水？同伴告诉她，涵洞早淤塞了，连抚河都是死水。到处阴气沉沉，死水一潭。余小眉当时惊得不轻。同伴说："要坐船，只有去赣江，坐航运公司的客轮，每日早晚两班，下吴城，入鄱阳，到长江，通大海，那才是活水。"余小眉仿佛有了向往，她想早晚得坐客轮去旅行，沿一路活水，走得远远的。余小眉没有跟马晓朋说出内心这个秘密，却婉言说，她不想划船，想看电影。

马晓朋说："我照相机都借了，里面还有十几张胶片。"

余小眉说："可人家没心情照相，看电影就不行吗！"马晓朋说："好好好就依你。"

他们跑到文化宫，看了当场的一部外国片《苦海余生》，片子很压抑，散场出来后两人还没从情节中缓过来，马晓朋五毛钱买了两瓶汽水，冰镇的，两人站在文化宫门口喝下去，打了几个嗝，才觉得好过一些。

马晓朋看见五月的阳光晒在余小眉头上，照着她精致的五官，才是明媚的。他看着余小眉笑了。余小眉问："笑啥？"马晓朋说："不笑啥。"余小眉说："不笑啥那笑什么？"马晓朋说："只是想笑就笑了。"余小眉"哦"了一声。两人的影子轻松地从文化宫门口台阶上飘下来，柏油马路上刚洒过了水，有干燥的灰尘混合着水腥的气味肆意浮荡在空中。

第 5 场

　　复仇还是发生了，但没有发生在豫章城大街小巷，没有发生在楼房，厕所，停车场，垃圾场，加油站，贮木场，下沙窝，系马桩，半边街，古玩城，小金台，翘步街，射步亭，校厂东，天灯下，三眼井，十八坡，石头街，广润门，筷子巷，沙井，投书浦，丰和大道，那些看似任何一个可以发生复仇的地方都平静如常。城区东湖，西湖，甚至红谷滩公安分局以及下属各派出所，都没有接到报案，也没有发现重大斗殴乃至杀人事件，也就是说当柳士龙对许大头动手复仇的过程前后，豫章城太平无事，

　　整个复仇经过柳士龙都躺在豫章医院急救室的一张病床上，而复仇是在他的梦里进行的。

　　许郎中在梦里就是当年的许真君了，他身后还跟着两个叫不出名却颇脸熟的弟子。这次许真君还真不敢掉以轻心，他让弟子从西山瘗剑柏里取出了封存千年的五花剑，他是自上回以此剑击败蛟精，把对方打入铁柱井后，就再也没动用过了。

　　原以为那剑早就成了废铁，或与老柏树生长为一体了，柏木收敛了它的杀气。没想到从千年的柏树身里取出此剑，它竟锋利如昔。

　　许真君不是像那些在民间混吃混喝混香火的道士那样，每临法事，必烧黄纸，取背上桃木剑，口中念念有词作法，以驱鬼祛邪。许真君所用的是其师谌姆所赐的五花剑，当初化作大牛与他在沙井激斗的蛟精，就是腿部中了一剑而被他拿住的。现在这剑这招式，面对在深井里困锁千年，也修炼了千年的老蛟精，是否还管用？许真君心里是没有底的。

　　这一千多年来蛟精是不停修炼，丝毫未懈怠，一刻也没忘记复仇。而许真君真是懈怠了，由于隐身埋名于寻常巷陌，千年的时间真是太漫长了，尽管其间蛟精多次从井下逃脱，令他没少费周折斗法，这大大耗损了他的元神，也令他斗志消磨，一次比一次颓废，他仿佛早就忘记了过去的所为，尽管偶尔会在梦里跟人缠斗，他总要避开，逃掉，却仍然会被一股怨怒之气缠住，一些似曾相识的场景，

一些似曾相识的面孔，经常会浮现在梦里。那些场景，那些面孔，现实里根本就没有，但就是熟悉，仿佛一再到过那里，也仿佛确实认识那些人。清醒的时候，他仔仔细细想过这些事，可从现实中总无法理出头绪，为此，他经常头痛，也就常常活在恍惚中。

现在，这个自称柳士龙的家伙终于使他有了答案，明白了自己是谁，这让他可以自如地进入到他的梦里。那么，一场决斗就必不可免了。

出现在柳士龙梦里的已不是那个目光油腻而浑浊不堪的郎中许大头，而俨然是另一个人，他就是许真君，一个法术高强的老道，像做了贼似的面对柳士龙，浑身紧张，如临大敌。

柳士龙很平静，呼吸均匀。可就在看似千钧一发的时刻，陡然天昏地暗，飞沙走石起来，柳士龙还以为是许真君突使道法，要把他交付大风一片片撕个粉碎。没想到的是，许真君也似纸鸢般飞在空中，眼看着被卷走在弥漫旋舞的飞沙走石里。柳士龙悬飘在空中，东抓西搂，拼命挣扎，那辆老式二八永久牌自行车也飞在当空。狂风忽然止住，他的身子像个物体，停在空中，又自由落体般直线地摔下来，他惊得"哎哟"一声，老永久自行车彻底摔散了架。

柳士龙直挺挺地感到自己跌在一张冰冷而硬邦邦的木床上。

他张开眼睛，庆幸不是在医院急救室病床上，而是每晚睡觉的地方。他转过身，面墙而卧。仿佛看见了一幅熟悉的景象。在柳士龙的梦里，只长久停留一个画面，那是赣江码头旁的一座临水的老屋，一半深入在水里，几根木柱扎在烂泥底，触到了下面结结实实的土，它向上长着，有木头，梁柱，框架，地板，墙壁，窗户，门，走廊，栏杆，翘角，屋顶上覆盖着灰色的瓦片如同整齐有序的鱼鳞。屋的另一半在岸上，石头，泥土，树木掩映，飞鸟停立枝叶里发出吱吱的啼鸣。石墙上有水的痕迹，像烟熏似的灰白而干燥。青苔从黑色中咬出的绿，漫不经心地懒在上面，就不走了。一些脱落的灰屑，一些年深日久的惨淡，一些花白。木头的颜色在加深，被潮湿的气息经年不散地围绕郁结着，雨水浇过，阳光晒过，风吹干，就不情愿地黑了，深黑的光阴在木头里凝固。窗口晃动着酒客的影子，走廊上风一般滑过酒娘的裙裾，她的笑声窸窸窣窣，像揉搓衣服的声音。这样一座江边老屋，一半咬着土地，一半落在江上，明月镜子般照着，水流，人老，屋在，满是前世今生的气息。风物模糊的故土上走失了一头黄犬。荷灯在栏外漂着，既像温柔的嬉戏，又似冥灵的哀怨。《楚王渡江》的吟唱，水冷江寒，女唱师哀号般诵声像要把五脏六腑全呕出来，将一把千古的荒凉抛向两岸。

　　风闻已久的赣江码头拆除终于要动工了。

　　赣江码头拆除前的最后一班轮船马上就要起航，机轮发出突突的轰响，几声尖厉的汽笛声从压抑中冒出来，又被笼罩于江上的阴云盖住，那声音仿佛贴着水皮低回哀婉。很多对赣江怀有眷恋尤其是对水路念念不忘的男女，都买了这班轮船的票。他们忍受不了将要开掘的过江隧道，忍受不了因为隧道开掘的需要而拆除千百年的赣江码头。起航这天下午，天气原本就有些阴郁和沉闷，许多人都拎着沉重的行李箱，就显得更加沉重。登船旅客的行李箱里装着金银细软，就像一群逃难者一样搭上了最后一班船。有的男人还穿着旧式长衫，戴着礼帽，女士穿着旗袍，各自的心情都五味杂陈。他们上了船后，就跑到栏杆边，向江岸的城市依依惜别。这些人中有一位风华绝代却面色庄重的女子，有人认出她是前市委书记余天水的女儿。

　　余天水离任从一次身体检查之后就一直住在省医院高干病房，他患上了一种奇怪的病。遍体生出了鱼鳞，不疼不痒，开始是从背部而起，当时余天水尚处于任上，不及在意，医生也视为皮癣，认为搽搽药没准就自然脱落了。后来出现蔓延之势，当他退下来时，鱼鳞已向四肢发展，鳞片光亮壳硬，有刺鼻鱼腥气。以至到严重时，院长和一班专家会诊，围着生一身鱼鳞如穿着硬邦邦盔甲躺在病床上无法动弹的前市委书记一筹莫展。只有大白口罩和白布医生帽间露出的一双双眼睛转动着，面面相觑。而余天水的眼睛干瞪着天花板，无助而荒凉，直到死于这个拖沓而湿冷的冬天。

　　余小眉站在船栏边，用冷冷的目光与烂熟而伤心的江城作别，江边的景物在她的注视下仿佛挂上了冰凌，那是她曾经和马晓朋冬日嬉闹时敲下来在嘴里吸过的，凉飕飕的，一嘴冷气，现在都结束了。他们的婚姻在处理完余天水的后事后亦走到了尽头。那些早年混乱中的美好是刺激而快慰的，却注定无法等同于同床异梦的婚姻，即便诞下一子也无法挽回爱情的沦陷。

轮船像移动的墙，船身虽为了这次航行油漆一新，仍掩遮不了厚重的锈斑。岸上没有送行的人，只有一堆笨重而冷酷的漆着黄色和红色的机械，如同冷冰冰的刑具，显得触目惊心。一伙准备开动这些机械拆除码头的民工暂时若无其事地在那里抽烟，闲聊，走来走去，他们个个看似面无表情又心事重重。

男女乘客的眼里都没有过多对于岸边城市的留恋，更多的是一种决然，这使轮船离开老码头沿着江岸缓慢行驶的告别过程成了一种颇含悲风的仪式，令人想到那句千古绝唱——风萧萧兮易水寒，壮士一去兮不复还。而这艘轮船在这个阴郁而沉闷的下午驶出码头，恰好在黄昏时分，经过龙沙，没有夕照下的好景，只有岸滩土埠上稀疏的草树和幢幢的影子在跳跃不停，人鬼莫辨。

这艘轮船在赣江上渐渐消失，日后就再也没有了下落，船上的乘客也如同从世间蒸发了。据说一些航运业的重要人物和特别与水路难以割舍的货商都义无反顾地携家眷上了那艘船，他们抱着追随已逝风景而去的心境，一去不回头。所以坊间隐约有传言称这次赣江的告别之旅为死亡之航。

只是官方与民间都没有对这艘轮船的一致说法。而有限的熟悉航行术的人士又闪烁其词，避重就轻，在关键问题上语焉不详，那艘船带走的仿佛是古老赣江的秘史。在以后修订的《赣江航运志》里，对那次航行也只字未提。

原航运志编辑办公室的一位干部李泳后来干脆写起了小说，他索性就以舵爷为笔名出版了一部长篇就叫《黑浪枭雄》，被改编成电视连续剧在黄金档播出后轰动一时，其续篇随之接二连三问世，一跃而成写赣江的开山之祖，文炳江右。

李泳的父亲是原航运公司的老干部，当年随部队南下而来，为清理水路参加过赣江流域的剿匪战斗，在所写的篇幅有限的回忆录里，他和战友们一样，将那些与水上匪徒发生的武器交火形容为"难忘的战斗"。他记得匪徒的装配与正规军比，老式而陈旧，除了有限的长短枪之外，还有鸟铳和鱼叉。从他们手中缴获的武器上都散发着一股浓重的鱼腥气息，有的武器上还有银光闪烁的鱼鳞。

李泳的父亲后来极其有尊严地在南昌工农兵医院住院部病逝。弥留之际，老人脑海里江水翻涌，一羽王勃辞赋里的孤鹜把他的灵魂重新带回到了江上，从此他与赣江合二为一。李泳保持了赣江之子的习俗，每年七月十五都要到江边为父亲放荷灯，以寄寓深切与不泯的怀念。

第四章

第 1 场

程国伦导演在昌期间下榻秋水国际大酒店，酒店一道菜——鲶鱼炖豆腐鲜美异常，令他赞不绝口——这来于赣江的鲶鱼，其滑润与妖娆的形体，使他想到了水的幻象，那么的多变与不可琢磨——如同蛟精，他专门私下到厨房看了鲶鱼炖豆腐的制作过程。一个名叫金宝的大厨面色严肃地现场演示了一条从水里捞出的鲶鱼，由斩杀、煎炙、下料、炖豆腐至撒香菜到起锅的不传之秘。

他只强调炖鲶鱼的水有讲究，必须是每天黎明前就驾木筏子到赣江中流去提取的。并说，过去到江边取水就可以了，现在污染太重，水质好一点的一天只有这个时辰才能取到，天见亮就有运沙的铁驳船了，铁驳船烧柴油，一开动，水质就坏了，有柴油味。别的话金宝也不多说。程导演注意到金宝斩杀鲶鱼前会在供奉的小神龛上敬香，虔诚拜上一拜。程导演问："大师父拜的是什么神？"

金宝没吱声。待他将一道鲶鱼炖豆腐从头到尾做完后，程导演双手合十道谢，金宝说："导演不是问我拜的是什么神么？"程导演说："是啊。"金宝说道："鲶鱼精。"

程导演"哦"了一声，若有所悟，灵感频生。

他在实景大型水舞剧《浮灯》剧组里对演员们说："我没有见过真实的蛟是什么样，对于我们来说，它只是传说，可我见到了赣江的鲶鱼——一种富于灵性的生物，人们都在吃它，因其味道的鲜美，可斩烹它的大厨却把它奉为神。"

这时赣剧团重排了地方名剧《还魂记》，大胆起用了男旦扮演杜丽娘，演员上妆后形象俏丽不亚于当年的赣剧名旦董艳玲，其唱腔之华丽婉转仿若董艳玲再世，令观众大为惊艳。该演员就是已故该剧原导演马一鹤与董艳玲之子马晓朋。他的表演使重观《还魂记》的每个人都恍然如梦。

大导演程国伦应邀来昌导演大型实景剧《浮灯》前，在位于象山南路的老赣剧团地址新建立起来的现代化剧场，观摩了重排的《还魂记》。他一眼就看中了男旦马晓朋，此时马晓朋青春期的满脸痤疮早已褪尽，满脸光滑的皮肤有着女性的细腻，精致的五官酷肖其母董艳玲。

程国伦为他扮演的杜丽娘大声喝彩。马晓朋的男扮女装表演，使他想到早年使他获得国际影响的影片《贵妃醉酒》里扮演贵妃的香港演员张国荣，有一种夜空中绽放的烟花般的绚烂与孤寂。程国伦导演为之感动，观看演出后对马晓朋表示了自己的欣赏，他私下对妻子棋棋说出了他的看法，这个演员就像古典银器会越擦越亮。

马晓朋的演出使初来乍到南昌的程国伦导演有些亢奋，甚至觉得这方水土真是人杰地灵。尤其马晓朋卸妆后那种慵懒与落寞的气质让他印象深刻，京城演艺界浮躁已难得见到这样的演员了。令他感到意外的是，在他与马晓朋交谈时，马晓朋竟自顾自地点燃了一支烟，他没有像别的演员那样一见到程国伦这样的大牌导演就急于攀附，而是下台后非常自我，只沉浸在自己的世界里，一如在台上专注于角色，而自顾自地抽上一支烟，那丝丝缕缕袅绕而起而又渐渐飘散的烟雾，很可能是他从角色中退出来的唯一通道。程国伦看出这是好演员甚至是大演员的素质。他决定邀马晓朋担纲《浮灯》主演。

马晓朋这天下午跟程国伦讨论《浮灯》，突然说，他其实很喜欢话剧，台词很吸引他，尤其是老式话剧，台词里包含了很多东西，把舞台拓展得很宽，文字穷尽词语之妙。程国伦说，莫言也写过一个荆轲的话剧。马晓朋看过程导演拍的《荆轲刺秦》，他是很喜欢的。马晓朋觉得将由他扮演的《浮灯》里的复仇者角色骨子里是与导演电影中塑造的由张丰毅演的荆轲气质接近的，只是他更欣赏李雪

古老的赣江，就是一部水的传奇与史诗。

健演的秦王，颇多况味。

马晓朋总感觉导演潜意识里在许真君身上贯注了一些秦王的特质，在导演的内心荆轲刺秦王的冲突一直存在着，并延续到《浮灯》的人物身上。他想问，但他没说。晚上睡觉就梦见莫言出了新作，并非正式出版的，先在电影院电影售票窗卖，算一种试验。正逢他约同学去买电影票，一个是小学同学，一个是老邻居，同学抱怨这些年遇到的都是小时候成绩不好的家伙，成绩好的一个也见不到，像是绝迹了。马晓朋说："我碰的同学多，仔细想想也是坏同学。"老邻居排队到了售票窗口回头说："票是晚上九点的。"马晓朋说："买前一场的。""前一场六点，不尴不尬，吃不了晚饭。"马晓朋说："那你俩看，我住红谷滩太晚了没车回去。"邻居买了两张票往队伍后走，马晓朋挤过去想看看杂志，就见到老莫新书，挺厚重大气的，虽非正式版，价却高，买的人少。书名好像是说养生的，与什么有病没病有关，马晓朋拿一本看了，引言写得很妙。规避敏感词，却直写，挑不出一点毛病，是诺贝尔奖大手笔。按这路子写的文字马晓朋几乎读有数页，想记下来，却只清楚记得开头两句，心里还是佩服。就下床屙尿。开始是在街头走得好端端，时近黄昏，街道灰白色，天阴得厉害，要下狠雨了。马晓朋就躲进一家老屋，门是一溜老式厚重门板，灰不溜秋的，里面早躲了不少人，有亲戚、邻居和同学。天黑得像锅底，马晓朋见天空出现红黄色的闪光，仿佛庞大的机械章鱼游弋着，一群外星飞行物在城市屋顶上穿来梭去，声势极骇人。众人惶恐不安，世界末日来了！几个大个子就去拉上门，门太宽，一时拉不上，易被外星人发现，危及众人，原来少了几块门板。马晓朋说："我去邻居家扛几块过来。"同去的是小学同学，个子小，别的人无动于衷。跟随马晓朋的，还有俩女孩，一个女孩面熟且可爱，边走边聊些熟事，也不知说了什么。门板塞在柴堆里，很难拿出来，大家就有些知难而退，意兴阑珊。有人建议不如去看新上映的片子，就径直到象山路一家老电影院。马晓朋没看到电影，却出乎意料地看到一本小说，书里的文字仿佛历历在目，完全是一种全新的书写方式，无奈他只记住了两句。马晓朋脑中浮起的另一幅画面却异常清晰，今年两会期间，程导演和莫言坐在一起，记者蜂拥采访导演，导演乐呵呵回应提问，大谈《浮灯》大戏，仿佛舞台已在他眼里眉飞色舞地展开。莫言一边闭目打坐，抿嘴不语，如他的笔名准确诠释的。

第 2 场

　　程国伦的戏从东晋的豫章古城就开始了，那些轮番登台的人没有谁知道自己仅仅是被生活背后的导演设计好了的，他们对生活的境遇与命运的差遣没有丝毫犹疑，仿佛一切都是天造地设的。只是程国伦在整部戏《浮灯》的构思过程中对纷至沓来的人物与事件乃至场景的取舍，有所迟疑，尤其是一些风起云涌的史实和不无纸醉金迷的典故，还有大面积蓬勃而至的远远近近的男女面影，使他欲罢不能，欲说还休。潜藏在他们生命链中的草蛇灰线绵密无间，千百年的杯弓蛇影，如出一辙。进入越深程国伦越发现《浮灯》是一部众生与人世的大戏，他从没有用过如此繁复而又看似漫不经心的手法来导演这样一部戏，看似顾左右而言他，处处节外生枝，鱼龙曼衍，但皆在一张他撒下的网中，明明暗暗设下了许多机关和扣子。他试图通过这部鱼龙曼衍的壮观大戏让世人对世界的复杂与众生是一种相互关联的存在有所领悟和珍惜，他是在给新陈代谢的众生还魂。

　　所有人鬼莫辨失去前世而又正在遗忘今生的人，仿佛都如浮灯一样在象征生生不息而又超度与放生的河流上复活。

　　他是有野心的，但这种野心他没有跟邀请的官方与投资方万有集团吐露，他知道这些合作方不会领悟这部戏的深层含义，只有他的夫人棋棋懂得。尽管做房地产起家而开始进军文化旅游以及影视娱乐领域的万有集团董事长黄先生，是一个面皮白净而不苟言笑却又颇有文艺细胞和文化情怀的人，但更是一个精明的商人。虽然他也是程国伦的电影的忠实观众，曾经在心里把棋棋视为梦中情人般的偶像，但他绝不会为程国伦导演作品的思想深度豪掷数亿，他看中的是这部情景大剧的壮观奢华与热闹，必将吸引世人的眼球，这对他的战略合作方的水都打造是一个有力支持，而对万有集团在当地旅游娱乐城与地产项目的开发又是重磅宣传，如此一举两得的事，也是看似在他与市长和程国伦夫妇的谈笑之间轻轻松松敲定的。

春夏之间，赣江上行来了一艘艘载满硕大的轻型木材陡峭如山的大船，白色与暄红木材的新鲜香气浮于水面经久不散，仿佛使拥挤在陡峭山形沙石上的乘客站立不稳，随时有倾覆的危险。

一条满是外来《浮灯》剧组工作人员与家属的船上，人们既兴奋异常又提心吊胆，为将要进行的演出和左右摇晃的木船而心如浮萍。一个身轻如燕的特技师居然飞身而起离开众人，在江面上展开了传说中的凌波微步，他的妻子和朋友一时都喝起彩来。特技师轻松而且炫技般地在空中踱步，在彼此相隔的船与船之间行走如仪，当他来去如风地从一条花枝招展的年轻群舞女演员船上经过时，她们爆出惊艳尖叫和呻吟，特技师一闪而过的身姿蜻蜓点水般划过她们藕白的手臂与脆薄衣衫，风中的娇喘此起彼伏格外香艳。一个巨乳浩荡的妖娆女伶在挟技而过的特技师掠过身前时，竟噘起烈焰似的红唇主动索得刹那间的深情一吻，这使特技师收获了此行出乎意料的美妙艳遇与最大奖赏。

当特技师行侠仗义般回到妻子的身边，如同载誉归来的航天英雄，满船的自豪和欢呼流溢于江水之上，仿佛一首远行的骊歌逶迤而至。

在导演《浮灯》的日子里，年过六旬的程国伦感觉自己就像被激情与灵感燃烧的木头，有着化为灰烬前的痛楚与疯狂。他深知这样的作品自己几乎是拿性命在兑换的，几百万酬金与之相比仅仅是杯水车薪，但他毫无怨尤。

自导演《贵妃醉酒》之后，程国伦已很久没有这种体验了。棋棋当然担心已患有糖尿病和心脑血管病的丈夫一进入创作状态就透支身体，她比谁都清楚丈夫的大师之才对于中国电影的价值，以及比这更重要的对于自己和两个在国外留学的女儿的珍贵。在丈夫导演过一部大片后而出现长时间眩晕住院期间，她一度产生劝丈夫退出工作的想法，面对躺在病床上头发灰白面孔浮肿的丈夫，往日的雄壮与伟岸面容已然似冰山崩毁，棋棋心里隐隐作痛。

年龄小于导演二十岁的棋棋虽然鞍前马后操劳，所幸容貌无大变，仍有女星的美艳与照人的风采，这使她和丈夫站在一起如同父女。

棋棋知道电影对导演丈夫而言实质上是噬食他生命的怪物，但如果他不干，又等于终止他的生命，他就会成为一堵衣物包裹的废墟，这比什么都残酷。这也是棋棋因帮不上丈夫而百般痛苦和煎熬的地方，仿佛她只有眼睁睁看着丈夫的生命在燃烧中焚毁，这是棋棋内心一直在发生的不为人知的悲剧。她既是演员，也是唯一的观众——伟大导演丈夫的唯一观众。

棋棋甚至后悔促使丈夫接下家乡这部情景剧的导演工作。

原本以为只是一部视觉华美而热闹的城市旅游形象剧，没想到丈夫程国伦一接触到内容，一到南昌的赣水岸边就若有神灵附体，令他不顾一切地投入到《浮灯》创作的情境中。仿佛他前世就出生在赣水之滨，这里的景物和人事所散发的气息既陌生又熟悉，使他如痴如醉欲罢不能而暗自心惊。

他仿佛找到了一个时间的虫洞与古老的密穴，他陷入其中，身不由己，好像一种宿命。程国伦若有所悟，可能他与棋棋邂逅而生情缘就是为了从京城到南昌，就是为了这部戏，并从这里面洞悉潜藏于浮华人世的众生之秘，这或许就是他今生的不懈使命。

第3场

几个月过去，就像眨眼之间，而这几个月对程国伦和《浮灯》剧组来说则是最为关键的。随着夏日到来，天气一日热甚一日，首演之期也在逼近，压力空前巨大，每日不仅紧张繁忙，而且要解决看似层出不穷的难题。程国伦的脸上也少见笑容，一天绷得比一天厉害，有时还发脾气，暴烈的太阳下指挥排演，不躲不避，众人都觉得导演在为这个戏拼命，也不得不跟上他的节奏。

棋棋戴个太阳镜整天随在导演身边共进退，有时实在看得心疼，毕竟六十多的人了，垮了怎么办？心疼归心疼，导演自是不管不顾地在偌大的场子上调度指挥着，样子极似他早年友情客串出演的将军，于千军万马中处变不惊，指挥若定，仿佛一根定海神针。部队有他在，胜利就有把握。

只是那部电影里是冬季，程国伦穿一身臃肿的军棉衣，手拎一把从士兵手里夺来的长枪，振臂一呼，群情激动。此时正值南方酷夏，程国伦套个皱巴巴的白色短袖老头衫，一条平常大裤衩，整个人像从赣江捞出来的，汗涔涔，湿漉漉的。棋棋忍不住伸手用毛巾为他擦汗，不由遭他大声呵斥。

他在工作场地是具有将军般的威严与狞厉的。尽管眼看胜利在望，导演仍不敢有丝毫懈怠，他吊在口头的一句话是："首演没有开始，你永远无法预期它会是怎样的！"

省城的有关媒体却不断派出记者到现场做出刺探，就《浮灯》的究竟做出报道，晨报本埠新闻就披露：万有集团投资数亿的赣江实景剧《浮灯》，选择以西山万寿宫为背景，沿赣江龙沙、滕王阁到生米街一线打造长达数公里的实景。届时赣江水面将在月明之夜漂满万盏荷灯，有女唱师在船上唱古曲《楚王渡江》，被开发为城区的生米街斗门一带原住民渔户会重操旧业，在水上撒网。上演许真君率十大弟子在水上斗蛟精的宏大场面。该剧全部运用现代声光科技，与真山实水相结合，超过了全国已有的旅游区情景剧，大有重新独领风骚之势。《浮灯》定于重建千年万寿宫祖庭落成典礼暨万寿宫灯会之日首演。全剧分为"秋水长天""渔舟唱晚""春江花月""珠帘暮雨""楚王渡江""铁柱仙踪"六个部分。记者在文化娱乐版披露《浮灯》彩排内容：

"秋水长天""渔舟唱晚"两场都展示了王勃《滕王阁序》里的美妙与壮阔意境。第三场取意张若虚的唐诗名篇《春江花月夜》把赣江之美尽数铺排，像徐徐打开的一幅动态唯美的中国画卷。第四场"珠帘暮雨"场景陡然一变，仿佛天雨粟而鬼夜哭，蛟精兴风作浪，怪力乱神，水淹城池。第五场"楚王渡江"里许真君率弟子斩蛟，与蛟精斗法。蛟精借荷灯出逃，水漫豫章，声光色营造的景象波浪冲天，许真君站在古塔顶上，道袍飘飘，威风凛凛，他剑指兴风作浪的蛟精，厉声喝道："妖孽，休得猖狂，看本道五花剑把你来降，还不乖乖受擒！"宝剑喷出火来。蛟精不甘示弱，化作龙形，激吐出一道白花花水柱，直射五花剑。二者水火相斗，互不相让，激烈而壮观。观众看得掌声雷动。十二弟子在水中捣起银色铁链，如一条条闪电，把蛟龙困在阵中。任它怎样挣扎顽抗，施展种种变化，一会儿变为人，一会儿变为黄牛，一会儿变为巨蟒，都在五花剑的五彩索妖的剑芒里。剑光和铁链绕着蛟精旋转如同一个深渊，生生将它困住。观众会看到蛟精终于被许真君高超而炫目的法术所征服，乖乖蜷伏于井底，像一只常见的宠物狗。许真君再大喝一声："我今除妖务尽，免得你再来妖惑人间，看俺五花剑的厉害！"在许真君的暴喝声中，五花剑喷出的五彩火焰顷刻间将蛟精化为一道青烟。第六场"铁柱仙踪"里许真君得道升仙，功德圆满，一座宫殿在水中浮起，铁柱万寿宫金碧辉煌，护佑江右黎民百姓，世人礼赞不绝。水中舞台、灯光、全息影像、LED、焰火等高科技舞台技术，使一场场戏得到更加立体的呈现，充分体现了古典中国的美学气质，使观众得到动静皆入画的全新体验。当演出终章"铁柱仙踪"的音乐响起时，一组人工喷泉摇曳绽放在如梦似幻的江面上，三座灯光璀璨的钢结构铁柱万寿宫从水面缓缓升起，在绚丽光束的映照下光芒四射。随着乐曲逐渐达到高潮，缤纷绚烂的焰火骤然点亮了整个夜空。水舞台上呈现的将是观众的视觉与心理乐意接受的结局，让人们如愿以偿地获得了三个亿打造出来的实景剧带来的满足。

《浮灯》是导演程国伦完美地为困在庸碌生活里的万千观众提供的一个云波诡谲而又不须让人付出丝毫代价的超现实的梦境之旅。让人们看到古老的宝剑在他们崇仰的许真君手里锋芒如昨，仿佛给每个人都授予了一道护身符。

媒体的报道如鲜花着锦、烈火烹油。

暴热之后转眼就到了初秋时节，千年祖庭铁柱万寿宫在预定时间内重建完工。万众期待的实景大戏《浮灯》亦将在秋水广场面对的赣江如期首演。这里将再现一千多年前豫章江城的恢宏和壮阔传奇秘史！场景动用水中升降舞台、美国拉斯维加斯火海技术、瑞士超高亮度大型影像投影机、意大利香气扩散效果系统、亚洲最大的700平方米LED可折叠软屏，舞台效果国内独创、世界一流，堪称惊世之作。这部真山、真水、真实地域传奇的实景舞剧《浮灯》，以西山为背景，以赣江做舞台，以亭、榭、廊、殿、垂柳、江水为舞美元素，营造了富丽堂皇的古代寺院殿宇，万星闪烁的天空，滚滚而下的雾瀑，熊熊燃烧的火海等壮丽场景。巨幅LED屏，全隐蔽式可升降水下舞台，近六百名专业演员，以势造情，以舞诉情，在真山真水中再现了一段远年的不朽传奇与赣江秘史。

夜幕降临，能容纳万人的秋水广场早在一个月前就进行了封闭性改造，将原先的临江斜坡改成了可以坐人的梯级性台阶，并搭起了营造激光和灯光等景观效果的固定钢铁器材架，增设了各种情境剧所需的高科技设备的运营设施，以及将江面景观和广场喷泉可融为一体的操控组件，而在江面划为表演的区域更是采用了为国际首脑峰会开幕表演的顶尖情景剧西湖印象技术团队来精心构设，以便使大批的水上仙女般的表演者凌波微步，如履平地。

导演程国伦对科技团队天衣无缝的合作，并尽全力体现导演构思而达到的艺术效果是满意的。唯一令他尚放心不下的是赣江的不可预知性，它的深广与浩荡远远超过了国内情境剧表演水域的漓江与西湖诸处。尤其程国伦内心对这条江还是心存莫名的敬畏，只是这种情绪没有流露出来。

庞大剧组里的众人在导演脸上看到的似乎都是满满的自信和一丝不苟的认真与严谨之色。导演笑起来，脸上会升起孩子般两个小酒窝，像两朵纯净的云。工作时，两个小酒窝化成了脸部坚毅的线条与凹坑。《浮灯》中最为特别之处在于它的全部演出是水面之上，多达六百人的舞蹈放置进赣江的景观之中，形成了前所未有的天人合一的意境。而万寿宫景观与赣江江水中倒影的月光交相辉映。万盏荷灯在江面上涌现，六百名妖娆的女子在特制的荷花灯船上起舞，伴随女唱师《楚王渡江》的合唱，随着人造的淹城巨涛从江中喷薄而出，数百名扮演水妖蛟精的演员逐浪而蹈，白袍飘飘的许真君仗五花剑率十二弟子凌空飞至，与兴风作浪，水漫豫章的蛟精斗法，十二道铁链横江而出，摆成巨阵，蛟精和道士在十二道铁链上下翻飞激斗起舞，声光色的变化如真如幻，视听效果极其震撼。

万众翘首而企望的九月之夜终于在瑟瑟凉风中如期到来，赣江波澜不惊，一场美轮美奂的大剧在此上演。

程国伦导演和制作人棋棋提前到场时，《浮灯》的作曲兼音乐总监梅林茂先生在全剧彩排完成回日本略做休整后特地赶到南昌，出席首演。梅林茂先生今晚一改过去的休闲打扮，穿得很正式，仿佛是来参加一个庄严而神圣的仪式。梅林茂先生为这台剧谱写的音乐也充满了古朴而激荡的仪式感。导演程国伦对他的作曲与音乐配器和整个演奏效果十分欣赏，他们从电影合作开始，已然形成默契，二人都将此默契看得弥足珍贵。当他们在特定位子坐下，已见秋水广场座无虚席，人们都沉浸在一种即将看到神迹出现的万般期待的亢奋中。

晚上八时，在薄雾缭绕的江面上，古老的楼阁与渔火时隐时现，千变万化的艺术灯光、奇妙的音响效果，将赣江装扮得宛若人间仙境。

大型实景剧《浮灯》表演以"秋水长天"作为正式开场。

第 4 场

柳士龙从大批人群里挤出来，已是在洗马池的十字街口，他看见三个人在一家店铺门口演戏，其中两个似乎面熟，个子矮的教个子高的演，叫他弯下身子做动作，并一遍遍演示给对方看。矮子演得很熟练，高个子学得很认真，另一个人面目模糊，只一心跟着比画，有不少看客喝彩。柳士龙觉得三个人演得很笨拙，像三个皮影。他刚要开口讥讽几句，被人从后面扯了一下衣服。一回头，是杨小姐。

"咦，你怎么在这？！"柳士龙惊喜道。杨小姐叫他别多事。柳士龙见杨小姐穿着很露的衣服，好像是要去游泳。他似乎从高处将嘴唇移动下来，终于碰到了她的嘴，湿的，很软，彼此吸着。她有一双灵动的黑眼睛，短发甩动着，泳衣布质薄柔，带着水意，而天气是温暖的，她的样子极像一个香港女星李嘉欣。

可大街上这么多人，都嘻嘻哈哈盯着杨小姐看。柳士龙心里觉得杨小姐穿着太不得体，有些难过。两人走到状元桥栏边站住，又见人在唱戏，唱词很熟，是拖音唱的一句"愿烟火人间安得太平美满，我真的还想再活五百年"。嗓音由低不断拔高，拖长音，高音在空中旋转，持续几个圈，像一只鹰。柳士龙觉得人没唱好，情绪不对，没唱出热泪盈眶的感觉。他张口不知吼了一句什么，反正是捣乱的声音。那头有人朝他扔来一个火团，像个流星，红色的，从密匝匝攒动的人头上滑过来，擦着他的头发掉到状元桥下去了。他似乎觉得嗅到一股头发烧着了的焦臭，但似乎又没有。却看见杨小姐把手表和项链放在一个石头桥墩上，只顾瞧热闹。一个身穿褪色泛白的蓝色长袍的老家伙佯装不以为意地顺手拿走了桥墩上的手表和项链。

柳士龙正要喝破，却见老家伙竟笑眯眯地将手表递给杨小姐，并好意提醒她别丢了，而另一只手却将项链藏于屁股后头。

柳士龙一把揪住他说："老贼！"杨小姐一脸惊诧。老家伙也不示弱，两人就在桥上互相掐住对方的脖子各不松手，扭作一团，像两个前世结仇的冤家。杨小姐越劝，两人越掐得紧，都要置对方于死地。这时柳士龙看清了老家伙面目狡诈，不是别人，正是老许。

他一狠心，发出大力，将老许掐得缩成了一个皮影戏里的又薄又轻的影子，他似乎轻轻一下，就把对方推到桥栏外。

柳士龙眼见老许穿着长袍飘飘忽忽地在风中掉到水里，才缓过一口气来。杨小姐很生气，扭头就走，柳士龙就跟她走，边走边埋怨她穿着暴露，苍蝇不叮无缝的鸡蛋云云。

这时天下起雨来，杨小姐淋着雨走，任他一个劲埋怨也不回头。柳士龙撑起一把黑布伞，为杨小姐遮着，见她全身淋得湿透很是心痛，脱衣服给她披上。

两人停在街边一个转角，里面有个红砖墙的公厕。柳士龙一边为她擦脸上的雨水，一边说着怜惜的话。

杨小姐嘤嘤地哭了起来，她趴在柳士龙的肩头。柳士龙感到肩头是热的，内心很宽慰。却见一只陌生男人的手在偷偷摸杨小姐的背部，他一把又掐住那人的脖子，用力之大，指甲都扎入了对方脖子的皮肉里，那人僵住了，柳士龙惊讶地发现这人是子易堂的唐三樵。他忙松开手。唐三樵也尴尬，说："我是来看戏的，你送的三张票都是四排四号，可只有一个位子，老婆和女儿都坐不上，估计是印错了，只有挤到这里来改票。"

柳士龙这才看清旁边是剧场售票口，很多人拥挤着排队买票看大型实景剧《浮灯》。柳士龙有些恍惚，唐三樵手上高举三张都是四排四号的票，眨眼间人就被推拥到前面去了，他的老婆和女儿在后面笑着礼貌地跟自己打招呼。柳士龙有点自责，心想或许自己太看重杨小姐了，对周围人就显得多疑而冲动。他悻悻然和杨小姐走出拥挤的人流，看见大型的露天椭圆剧场里层层叠叠的观众痴迷而疯狂，密集如水中挣扎的蚁群。

他只有倒退着走开，没留神脚上的一只鞋被过路的人一脚踏飞了，落到了旁边的一条仅一人宽的仄巷里。

那巷子叫繁荣巷，巷口有个钟表修理摊，只是一张蒙着白色塑料布的桌子，上面摆着几只老旧的钟表和七零八落的修理工具，修表匠却不见了，隔街正对着亨得利钟表店。

柳士龙光着一只脚，单腿跳着进入繁荣巷去捡鞋。鞋拎起来，发现里面尽是黏糊糊的黑泥，没法穿，却见巷里又有一条巷子，隐约有个自来水龙头。那水龙头在倾斜而下的路旁墙脚下端，墙脚生着年深日久的暗绿色苔藓，水龙头从墙里伸出，是黄铜色的。

柳士龙只有走下坡，到那条巷里去，一拧水龙头，堵的，没水，龙头嘴里塞满了固化的水泥。再左右看看，发现一个巷口坐着人，便过去询问："这附近哪有自来水？"人指另一条巷子，说："三眼井在那头。"

柳士龙往人指的方向走，发现巷子越走越多，却没有一处有水。而鞋子越来越沉，这时雨停了，每条巷子都有阳光照在陈旧的褐色板壁房舍上。每条巷子都几乎一模一样，他走不出去了，自己也记不清转了多少巷子，他感到是自己记忆出了问题，已摸不清方向，找不到出去的路，他隐约觉得自己离热闹的洗马池很远了。不得不再一次向闲坐在屋檐下的老人结结巴巴地打听："要去繁荣巷怎么走？"老人说："这就是繁荣巷。"

柳士龙说："我从繁荣巷进来已经走了很多巷子啊！"老人说："繁荣巷就是很多巷子，你再走还会有更多巷子出现，这就叫繁荣巷嘛！"

柳士龙觉得自己迷失了，他可能永远也找不到出口，走不出层出不穷的巷子，永远也见不到杨小姐了。他的心隐隐作痛，他的鼻子有些酸。他不知道自己为什么要为一只鞋子而离开杨小姐。这时候他看见老许从一条巷子里朝他走来，竟是一派仙风道骨，与此前判若两人，仍是笑眯眯的，老熟人般，却是藏着杀机，手上拎着一把剑。

柳士龙敏感意识到，那就是五花剑。

再看老许，他显然不是豫章后街开中医诊所的失意土郎中，而是许道长许逊。

柳士龙这才想到那只鞋把他引入繁复迷离的巷子，就是安排好了让他与许真君最终相遇的。他不得不佩服这个设计很精巧，完全出乎他意料，正是众里寻他千百度，蓦然回首，那人却在灯火阑珊处。

第 5 场

老许不知道他是什么时候入戏的，当时他正在打盹，耳畔有人喊："道长，蛟精又出现了！"老许猛然惊醒，好像这一刻是他期待已久而又唯恐出现的，他还是来了！老许心里想。他的十二个弟子严阵以待，剃头匠老吴将五花剑郑重交到他手里。老许吩咐："吴猛，你们十二人各居各位，布下铁索阵把他引进阵来，别再让蛟精逃了，待我亲自除了这妖孽。"吴猛诸人得令而去。

十二道铁索变化成了交叉繁复的小巷，如同一个城市迷宫。十二个弟子分别扮成稀疏地坐在巷落屋檐下的闲人，只为了将蛟精引入布好的铁索阵里。这是个巧妙的设计，多少年来他们早对阵法的变化驾轻就熟，他们就像舞台的置景工人一样随时可以按照导演的要求布置出剧情所需的情境，与接下来将要发生的情节衔接得天衣无缝。两个势不两立的对头看似不经意地在蛛网般的穷街陋巷里狭路相逢。

老许已认出柳士龙就是变化成人的千年蛟精，是他仗五花剑欲除之而后快的妖孽。他似乎完全恢复了许真君的记忆，他的得自谌母真传的千年不朽的道术都在五花剑里珍藏，今天他要再度启封。

柳士龙一见到道长许逊就说："老许，你太土了！都什么年代了还在用那把古董剑，早该是破铜烂铁了吧！"

老许说："五花剑非铜非铁，它是一把柏木剑。那些传说都是错误的。"

柳士龙说："这说明它就没有什么神奇的了，它不过是你虚构出来的用以对付我的一个圈套。"

老许道："可以这么说，五花剑确实是把木头剑，世人一直以为它是一把古色斑斓的宝剑，也是一个幌子，它不同于任何一把世俗的帝王宝剑，但五花剑对付你确实有效，它是一把除妖之剑。"

柳士龙说："你可能忘了，这么多年过去了，自从你杀死了我的伙伴和妻儿之后，我早已是一个真实的人了。"

老许说："人？你在我的五花剑下必定原形毕露，变出妖的本来面目。"

柳士龙道："你错了老许，这不是在民间传颂你的神话传说里。"

老许笑道："难道你还没有明白过来吗，你我都在别人早已安排好的戏里，世人需要我来代表正义除掉你。"柳士龙笑道："太老套了。那种愚人的方式早就过时了。你的神像不是被砸了吗？万寿宫也让人扒了。"

老许说："现在不是又重建了吗？你身为蛟精还是要被镇锁到那地狱般的井里去，人们就要看到这个在重建万寿宫时也特地做的铁柱锁蛟井，那是你的地狱。"

柳士龙说："可那是假的。一直就是一个谎言。铁柱井根本不存在，甚至你也不存在，仅仅是个传说而已。"老许笑："我堂堂许真君怎么可能是假的？"

柳士龙说："是的，你我根本就不存在于现实的世间，根本就不存在于世人的生活中，只存在于他们的精神需要的想象里。你我都是一个幻觉，像梦，天亮了就会无影无踪。世人在平淡无奇甚至百无聊赖的生活中每隔一段总会为自己造神，以对平淡的生活进行不必承担多少风险与付出自身代价的补偿，而一旦有危机与风险出现，他们就高举神力在前，自己的内心却可以从中获得合理的逃避。

这便是世人造神并且乐此不疲的古老游戏。所以从一开始我们就是被虚构的。你老许不必得意于看似为你而建的万寿宫，其实那是世人为自己的私心而建的避难所。重建万寿宫也只是一桩更有利于他们的生意，跟你毫不相干。你我的仇恨与相斗也是他们虚构的，我的存在是为了你的确立，所以他们毫不犹豫要让我和我的妻儿牺牲，这不是你的罪孽，而是世人内心的残酷，你我原本是不存在的，是人心塑造了我们。现在该是你我退场的时候。"

老许说："难道连你期待了一千七百年的决斗也没有了吗？"

柳士龙说："在你我之间没有，因为我们根本不存在，可在人的世界里注定会发生。我们要做的是如何明明白白地从这个世界上消失，而我们的决斗会发生在世人演出过千百遍的戏里。它跟我们本身不是一回事，它只与古老的民间传说和神话相互缠绕，世人的仇恨不泯，复仇也就不绝，而你我已经从戏里出来了，也远离了传说。"

老许说："秋水广场不是在上演与我们相关的戏吗？"柳士龙说："他们演他们的，跟我们哪完全是一回事呢？那是观众想看的。"

老许说："难道我们不是在戏里吗？"

柳士龙说："你我都知道戏的结局，可观众却知道我们的结局。"老许说："我们的结局难道会和观众所看到的不一样吗？"柳士龙说："观众所看到的永远是虚拟的假象，比如一千年来传说的是你许真君除掉了作为蛟精的我。"

老许说："真实的结局会相反吗？难道真实的结局会是蛟精除掉了许真君吗？"柳士龙说："并非没有可能，但起码有一种结局是存在的，他们都消失了。"

老许说："消失？怎么消失？你我都不活生生站在这里吗？谁说消失了？"

柳士龙说："你我都在别人虚构的戏里，它就像一场梦。"

老许说："你的意思是我们是别人想出来的？"柳士龙说："是这样的。"老许说："那为什么我们要跟别人想得不一样？"柳士龙说："我们只有摆脱了别人设置的剧情，才能逃出永远不死的千百年来仇恨的轮回。"老许说："原来我们是因正邪相互对立着的仇恨而活的。"

柳士龙说："我们是因世人的仇恨无以排解而设置出来的假象，它使我们活在永远对立的所谓正邪的仇恨里。这个仇恨因我们不死而变得异常古老而坚硬。由此而衍生出五花剑这样同样代表正邪之间杀戮不息的魔器，它的能力越大越神奇，证明我们的仇恨越大，世人的杀戮心越大，他们会从我们的仇杀中获得相互仇视的心灵补偿。"老许说："那么，我许真君也是恶的。"

柳士龙说："你没有看见世人打造的你斩蛟锁蛟的塑像有多么的穷凶极恶。是人将他们心藏的大恶移情到了我们身上。"老许说："我们怎么办？"

柳士龙说："消失，永远从人们想要看的戏里消失。"

老许说："那《浮灯》还怎么演下去？"

柳士龙说："赣江上演出的戏不是属于我们的，是属于一座冰冷的城市的，跟我们没有关系。我们消失了，随便他们怎么演，观众要的是热闹繁华的另一种假象，也有人把它当作一种城市的仪式。一座古老的城市在今天如果没有仪式感的东西无异于废墟，万寿宫是出自人类自我补偿与自恋的仪式性需要重建的，跟我们没有关系。我们太古老了，该退场了老许！你我的冤仇也会在退场中烟消云散，好像从来就没有出现过。"

老许说："那万寿宫供奉的是谁？"

柳士龙说："是世人自身，是世人对自身转嫁仇恨的一种自恋方式。根本不是你，因为你在世人的虚构之外根本就没有存在过。他们是在迷恋自己的邪恶与正义的设置，因为那就是人类自身的塑像。"

老许说："看来你是对的。"

柳士龙说："我也是刚刚才弄明白自己是活在别人的梦里，从一开始，就是一出戏，只是这出戏太漫长了，以至我在里面迷失了，根本没有意识到一切都是虚构的。"

老许说："我也终于明白了，我只是个演员。一个老戏子，戏该散场了，我也该走了。"

柳士龙说："你走吧老许，我们不会再见了。"

老许说："好吧，我们后会无期。"

他们的对话，没有别人听见。柳士龙说罢将自己变成了一棵古树，风声在树叶间缠绕，鸟雀虫蝶在里面飞舞跳跃。而那些小巷却终于像一条条链子把柳士龙困住了，老许问一个剃头匠："老吴，蛟精何在？"

"他藏身到一棵大树里。"吴猛指着巷口的那株大树说。

树上叽叽喳喳都是鸟。老许一剑刺过去，柳士龙避开了，五花剑刺及树身，剑没入柄，仿佛被树吃了进去。

老许大惊。树身里空空的，犹如一个洞，像黑色的深渊般的枯井。老许去拔剑，他的手随剑柄慢慢被树吸进去，老许惶恐，试图抽手脱身，已脱不出来，大树将他的身体都渐渐吞了进去。他这时才发现，大树就是柳士龙，他被柳士龙困入了深井里。那株瘗剑柏原来是柳士龙对付他的一个巨大的陷阱。

老许陷入一片迷茫，他喊："结局不是这样的啊！明明是我把妖孽打入了铁柱井里，怎么可能是我许真君被封在井里？错了错了！这是一出演错了的戏！真实的事情根本不是这样的，是我许真君铁柱锁妖，而不是妖锁了许真君！那么你们建的万寿宫难道供奉的是妖吗？你们供奉错了！"

许真君在黑洞洞的井底狂喊："你们供奉的是妖孽！你们拜错了神，你们拜的是妖啊！"他的喊声嘶哑而悲愤，像一道伤口，却被深土掩埋。他仿佛看见蛟精登上了重建的万寿宫的神坛接受着信众的虔诚膜拜与颂仰。他糊涂了，心想，难道重建万寿宫是为了纪念柳士龙的胜利？

他没有看到在秋水广场癫狂而陶醉的万千观众眼里，万寿宫又有了他们的大神，他通过在赣江上表演的精彩斗法取得了胜利，巨大的五彩喷泉带着激昂的音乐喷薄而出，六百位舞女在霓虹幻影的江面荷灯上为之翩翩起舞，成百上千只白鹤飞过头顶。

第6场

老许糊涂了，他弄不明白怎么自己就成了个戏子。

他出现在戏里时，柳士龙已经在剧情里了，仿佛等了他很久，老许是不会演戏的，他觉得柳士龙演得真好，很投入，跟真的一样。当他开始分不清剧情中的自己和剧情外的自己时，柳士龙却有异样之感，越来越发现是活在一出戏里，从开始就是。是程国伦导演专门邀请他扮演柳士龙的，在演出的过程中，他忘掉了自己原来的名字。

他突然找到自己千百年来不死的原因，就是在戏里，只有在戏里才可以不死，从古演到今，这是角色的需要，是戏剧虚构的假象。他只是佯装有着不死之身，设身处地想象是一个蛟精，仇恨也是虚构，由于他的不死的时间的延长，虚构的仇恨比现实更有力量。在这个世界上有两个壁垒，一个是人，一个是妖。妖的壁垒是人的一种假设。而一出戏公演时不过一两个小时，但对沉浸在戏中的演员来说却是一个漫长的梦境。在梦境中虚构的力量无所不在，它看似无序而凌乱地摆布着层出不穷的境遇，其内在却有着异常的秩序与合理性。所有碎片式的人物与场景都不是突如其来的昙花一现，它们彼此之间都有着必然的千丝万缕的联系。

导演程国伦暗自心惊，他透过赣江的声光色的大戏，随着剧情进展到第四场，他发现戏中人物已离开了这个光怪陆离的舞台幻象，而进入了豫章古城的内部，那十二条铁索变成了繁复如蛛网的街巷。行人如蚁，而戏中的人物出现在人群里，他们像普通人一样进入了他们生活与情爱和仇恨的场域，他们有了自己的情节走向，这种走向是离开了戏剧的，他所导演的戏是对他们行为的模仿，但仅仅是浮光掠影的夸张与宏大造势，与人物的真相相去甚远，乃至无法企及，但他能看见。

导演程国伦所看到的情节与观众眼里的大不相同，那仿佛是同一时段发生在不同空间的情景。程导演心里清楚，正在赣

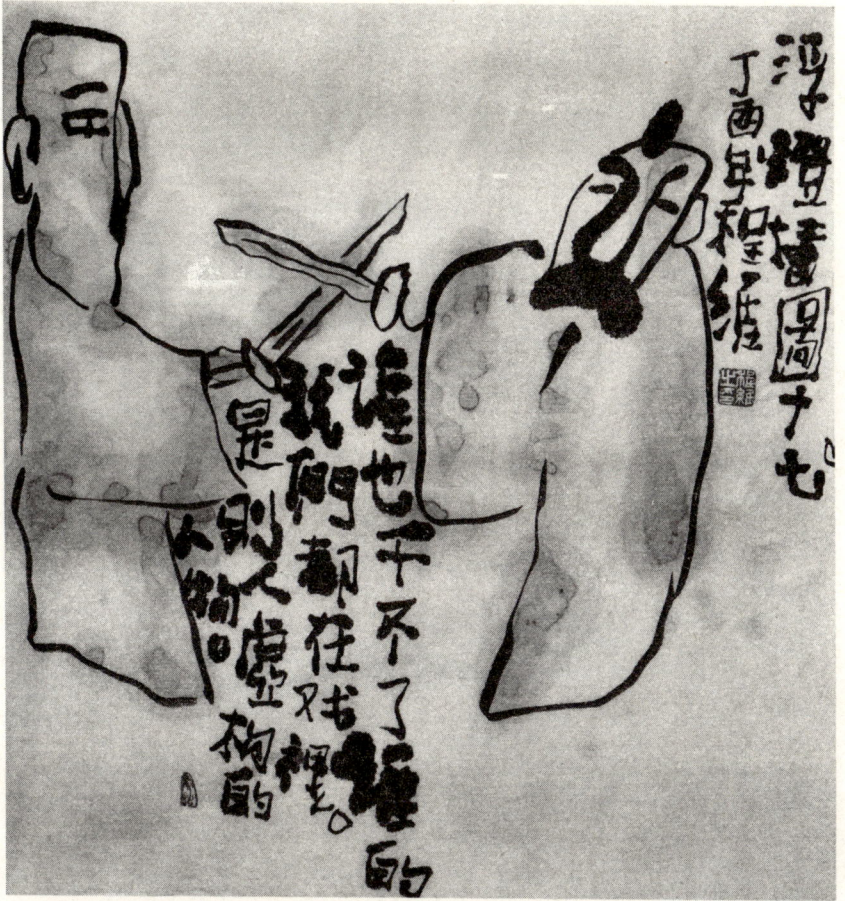

千年的对决，一剑不能两断。

江上演出的大型实景剧《浮灯》，演到中途时，便朝编排不一样的情节发展。仿佛剧情本身有了生命，它摆脱了导演的构思，自行衍出令人感到意外的情节与结局。这是他万万没有料到的，而且别人无法看出，表面的热闹好像与事先编排设计自然而然。

赣江有属于它的宿命与恩仇，这哪里是人能左右的，程国伦导演心里有了恐惧，这种恐惧由于剧中角色的出现又不断衍生出新的角色，仿佛延绵不息的江水。那些浮满大江的荷灯，也活了，生出了万千水的灵魂，翩跹起舞，如同遍江的鱼精被神力释放。万千变幻，万千妖娆，把秋水广场的观众看傻了。程导演的心由恐惧而慢慢转变为巨大的敬畏。他清楚这赣江上演的不是一出浮华铺张的视觉实景戏剧，而是在发生着一桩古老仇恨的真实对决，弄不好所有观众，包括这座古老城市都会被大水所淹，葬身鱼腹。

不仅仅是柳士龙与许真君的宿仇，更多人的仇怨，冤家路窄，都在这出情景剧中走到了一起。许多面孔和人影出现又重叠，就如同附在荷灯上，漂浮而来，变幻异常。那些仇怨的魂灵，积怨甚深，无以排遣，都在这出剧里碰头了。程导演感到毛骨悚然。仿佛是他冥冥中导演了他人千百年来未能如愿的复仇，是他人进入到了他导演的戏中来了结仇怨。那是他阻止不了的剧情和真实事件的延续。

戏演到这个份上，眼看一切都无法阻挡。柳士龙出乎意料地终于在剧中发现自己跟平常想象的完全不同，他不是一只令自己困惑不已的蛟精，只是一个扮演蛟精的普通人，是一出地方戏《还魂记》中扮演书生的一个演员。

这出戏是他拿手的，他仿佛演了千百遍，演过很多年。对戏里出现的其他角色他都轻车熟路，梅丽娘、许真君、吴猛、岳丈、鲶鱼精等，几生几世的人物，层出不穷的众生，一切都好像手到擒来，而过去的演出又总是力有不逮。

演女旦的名伶董艳玲，演许道人的老生许大头竟然游刃有余，可以在戏中出出进进，唯有他入戏太深，进去了，就出不来，就只有活在戏里。他当然知道接下来的戏，是跟许真君拼个死活，可当他见许真君手持五花剑，伫立船头上场时，发现扮演许真君的演员许大头似有异样。

许大头手握五花剑时，前尘往事仿佛都回到心头，他记起自己就是许真君，为躲避仇家柳士龙的追杀东躲西藏，还是被他找出来了，冤家就是冤家，正邪不能两立。

没想到杀是真杀。自己却能被国际大导演运用的高科技弄得飞起来，腾云驾雾，身轻如燕，且又变化多端，这给复仇带来了便利，却不是顺利。演对手戏的柳士龙也同样厉害。柳士龙一出手，居然就将他置之死地。戏便似乎演到了戏外。

老许终于豁然开朗，发现自己是个演员，跟老戏骨李雪健是老哥们。

他觉得柳士龙扮演得真好，柳士龙把他杀了，柳士龙一角是《还魂记》中的赣剧演员马晓朋。他杀了老许，在观众眼里看到的，竟是老许杀了妖。观众的亢奋达到高潮，整条赣江伴随梅林茂的音乐都发出狂欢般的声浪，仿佛一场大水再度淹没了城郭，预示着大型实景水舞剧《浮灯》首演获得轰动性成功。

柳士龙谢过幕，导演握手祝贺他，说："马晓朋，你演得太好了。"马晓朋看见棋棋眼里含着泪，跟杨小姐一模一样。柳士龙在他头脑中仅存的最后一点感觉意识到，他再也见不到杨小姐了。他们真的永别了！马晓朋回过神来对程国伦说："是导演厉害，扮演许真君的老戏骨的戏好，我是跟着许老师提供的线演，才有这么好的演出。真的太好了！"

导演回头问："许老师呢？"旁边剧务人员说："戏结束了，许老师就不见了。"导演笑，调侃道："难道他升仙了？！"

若干年后当导演程国伦在北京再次遇见马晓朋时，马晓朋已做了变性手术，与生有一子的妻子余小眉早就离了婚，曾经欢喜的过往也消失得无声无息，好像只是一场梦，梦过之后什么也没留下。他嫁给了一位常驻中国的法国艺术家布朗德先生。

程国伦见到马晓朋是在布朗德艺术展的开幕酒会上，他一般无暇出席这类活动，但即将开拍的电影《浮灯》的投资人黄先生邀他来看一看。黄先生说这个老外很有点想法的。此时马晓朋更名马莉，已是一位电视娱乐节目风情万种的女主持人。她左眼异乎寻常的能力已发展到了右眼，在繁华遍地的京城，龙蛇混杂，每当主持节目，尤其大型盛典或晚会，一登上台，就能看见很多异物以人的面目或肥头大耳，或光鲜靓丽，皆身着华服奔涌到眼底，多少年的历练，她已处变不惊。在当今世界，他们恪守着神妖的古老戒律，不会贸然出来大动干戈打破人间的秩序，尽管芸芸众生中，人鬼混杂，但都是以人的面目，也尽量貌似以人的规则在游戏，可这并不说明神妖们并不存在，他们的时代并不会消失。

当名为马莉的马晓朋穿着半裸胸部的华丽晚礼服手挽布朗德先生出现在程国伦面前，并没有使程国伦吃惊，只是为他放弃表演艺术而出任电视娱乐节目主持感到遗憾。但程国伦没有当面表露出来，两人只是感叹光阴似箭，岁月如梭。程国伦在得知马莉出身戏剧世家与少年经历时，想起了二十年前自己在日本制作完电影《贵妃醉酒》后期的休养间歇写过的一本薄薄的自传《少年游》，那些忆及早年动乱年间的经历文字皆不无感伤与狂灰般的悲绝。

布朗德先生是一位有着一头丝绸般银灰色卷发的精力与创造力同样旺盛的现代装置艺术家，他在一家著名现代艺术馆里以日本枯山水的形式再现了一个中国南方的古老神话原型《浮灯》。他说这个大型装置艺术作品的原材料——数十吨一般大小细腻度与颜色皆一致的鹅卵石都是来自古老的赣江，数株虬龙般造型的古柏和一支文物级的残剑都是来自于豫章的西山。而那些同样从神话的故乡空运过来的两万枝干枯的荷，皆喷上了金色，如同一张张古老的极富表现力的面孔，仿佛在叙说前世的故事。布朗德说它们是有生命的，他以此作献给自己的夫人马莉女士。

开幕展的当晚，马莉梦见一个小男孩在林间墓地里奔跑，他跑出了阴森森的林子，那座林子还带着一大堆坟墓在身后追他，他惊惶地大喊："妈妈！妈妈！"

2017.6.29风雨之夕于南昌

2018.1.22二稿

2018.5.31三稿

后 记

　　朋友从上海来南昌，我带他到赣江边散步，当时正下雨，我们的鞋都湿透了，天又冷，我指着江中正对抚河出口的那一段，告诉他，我正在写的长篇，其中有个场景就是有无数荷灯从那个出河口蔽江而来，设想又有导演在这里排演一场大型实景剧，就是《浮灯》。

　　而江对岸老城的市井中心道教净明派祖庭，具有一千七百年历史的万寿宫原址重新打造的万寿宫老街区正在如火如荼地建设中，每回经过那里，我都会于匆忙中放慢脚步，投去不无怀旧的目光，我是在那里读过中学的，我熟悉那里的气息，我知道多少年来有多少故事在那里发生。长篇《浮灯》的内容直接与万寿宫的故事相关。

　　历时三年，现在我的这部长篇终于完成了，一段煎熬与难忘的日子似乎告一段落。写长篇是生一回死一回的事，不说贾平凹、莫言、阎连科，凡把长篇当回事的，几乎难有轻松。长篇写作就是享受那种置之死地而后生的快感。长篇写作没有侥幸而成，一个孬手怎么可能写得好一部长篇。每部长篇接近完成都是胆战心惊，尤其在进行修改时总是沮丧多于自得，岂有胜利可言，甚至每次写成一部长篇，都感到是一次无力挽回的失败。仿佛珠穆朗玛峰就在那里，自己尽了全力，只能攀到大半，抬头一看，山还在头上，只有望峰兴叹。有多少人能攀上长篇的峰巅啊，我是存疑的。每写出一部长篇，我只能说已尽了写作此书时的全力了，好坏都在这里。

无难度的写作当然容易上瘾，原因是舒服轻松，像说段子开玩笑，但仅止于此。偶尔也玩，但常生警惕之心。每一次动笔长篇都觉得是个新手，完成一部后仍是这种感觉，好像总不像个老油条那么淡定从容，每次总像在面对一种全新的形式，超出自己能力的难度，写下来了，终于，是从看似无尽的黑暗隧道走出来的感觉。

当然写长篇的过程中也不乏美妙时刻，我曾记下这样的时光——"早上七点就开始写作，感觉很美妙，手头的长篇已达二十万字了，只有避免干扰的闭关式写作才能保持完全投入的美妙，对每天写出的几乎意料之外的情节禁不住得意。我不否认我喜欢博尔赫斯的小说和莎士比亚戏剧，重读他们的作品我并不羞惭我又获到的领悟。《浮灯》这部小说有迷宫式的影子，也有莎剧式的舞台剧场感，这是我所要的。"或许这种小小的"自鸣得意"仅止于私下的瞬间，而更多的是接踵而至的煎熬。

一个长篇写过来，你才知道你已尽力了，你能达到的程度都在这里。所以写完一部长篇之后，你会心生敬畏，长篇是巴别塔，它的高度是无止境的。而你的长篇到了哪一层，足以心知肚明。

每次写长篇，就像面对一次不可能完成的任务，尤其面对动手前就为之设定的难度——它必须要我抛弃简便的叙述方式，而从难度入手，否则这次高强度和漫长的写作就失去了意义。我一再告诫自己，世界不差一部长篇，你的写作没有新意便毫无价值，一切将变为徒劳与无效的印刷垃圾。正因为有了预先在构思中设定的看似不可能的难度，再以最大的努力去实现它，这就是我写作的动力，而关键还得回归到根本，你得像黑泽明导演所说的那样：无论如何都要写到最后，只要放弃一次就完了。

我在写，证明我还能创造奇迹，当然我还没完，即使这部完成了，还有下一部，我又必须给下一部设定新的难度，正是有难度的写作吸引我，使我获得征服者的快感。我拒绝阅读平庸的无难度写作的小说，无难度的思考必然导致平庸之作的泛滥。

当我年纪大了，我会去用手写的方式，老老实实去写一本甘于落后的书，写一部讲慢故事的小说，长篇的，作为留给下辈人的一个遗存。

我国每年产出两千部长篇小说，在汗牛充栋的世界里，不差任何人的一部新作，但永远缺乏行之有效的写作，我称为有难度的作品。让一些作家在熟练的技艺中炉火纯青，而我总是重新出发，在不可能的地方踏出一脚，以图寻找小说尚存的新的可能性，从而获取新的经验。有多少作家在难度面前束手就擒从而转向驾轻就熟的"知名作家"的惯性写作，我称之为无效写作，而有效写作则是具挑战性的难度写作，非探险者莫能为，它是杰作产生的必由之路，亦是平庸与流俗之作的终结者。它可能身存诸多缺陷而元气淋漓，不借助于小说熟练工的尸之余气而指向小说的某种新的法门与途径。它有可能从宫殿建筑与散点透视的山水画中去寻找长篇的结构，也有可能从梦境的非理性中去寻找小说技术的合理性。在诸多电影大匠中我尤欣赏王家卫的电影，他往往放弃完整的叙事而捕捉飘忽不定的流动性的有意味的场景与细节，不惜回环往复地咏叹与铺陈，把故事仅仅作为背景，将那些看似边边角角的、零散的、碎片式的影像化为其电影的叙述主体，从而成就了其独特的美学追求与风格，他是国产电影中最大限度而又恰到好处展现了故事电影"诗性"的票房导演。从王家卫身上我发现了电影的"好看"与"玩味"性，长篇小说也需要这种"好看"与"玩味"。

一部小说有一部小说的命运，它是由我写出的，而它将由何处出版，由哪些人阅读到，是弃之如敝屣，还是恍如知己，皆不可预知。

我还想说的是，对于文学我尚抱着固有的己见，唯长篇小说与诗是同等重量级的竞技。虽然我也反复阅读诗人、小说家博尔赫斯的短篇，川端康成的几个完成度很高的中篇也给我极好印象，但那种巨匠式的长篇仍令我百般神往。

我设想公元 3000 年，我已成了古人。生活里没有我的影子，只有我的诗被少数人记着，小说被读着，画在博物馆。剩下的一切都与我无关。

顺带提及，《浮灯》曾列为本省作协重点作品，对于三年苦役般的写作有过些许安慰鼓励，聊示谢忱。

转眼又是新年，在一场小恙中，我又重读并稍事修订了一下全书，如此而已。

2017.6.29风雨之夕于南昌

2018.1.22